Les calces al sol

Regina Rodríguez Sirvent, nascuda a Alp el 1983, es va graduar en Psicologia, però després de treballar-hi durant un any va veure que no. Va marxar a viure fora per buscar-se. A la tornada va estudiar guió de cinema a l'Escac i va fer cursos de novel·la a l'Ateneu Barcelonès. Ha publicat articles, ha escrit guions de programes i ha presentat reportatges de vídeo.

A diferència de la majoria dels escriptors que comencen, no havia guanyat cap jocs florals ni cap concurs literari quan va publicar *Les calces al sol,* la seva primera novel·la. Un any més tard, però, i després de l'èxit de la publicació, amb més de 30.000 lectors, va guanyar el premi de votació popular L'Illa dels Llibres.

Regina Rodríguez Sirvent

Les calces al sol

La Campana

Paper certificat pel Forest Stewardship Council®

MIXT
Paper | Donant suport
a la silvicultura responsable
FSC® C117695

Penguin
Random House
Grupo Editorial

Primera edició amb aquest format: novembre del 2023

Travessera de Gràcia, 47-49. 08021 Barcelona
Disseny de la coberta: Penguin Random House Grupo Editorial / Begoña Berruezo
Il·lustració de la coberta: © Silja Goetz

Printed in Spain – Imprès a Espanya

ISBN: 978-84-19836-00-7
Dipòsit legal: B-17759-2023

Compost a La Nueva Edimac, S. L

Imprès a Rotoprint by Domingo, S. L.
Castellar del Vallès (Barcelona)

CA 3 6 0 0 7

Al meu pare, per creure en els somnis
A la meva mare, per sostenir-nos a tots
Al meu germà, per la vida sencera
A la Koeman, per existir
Al Guillem, per la màgia
Al Nord, per l'infinit
Al Bruc, per l'explosió de llum

Als Kretsinger-Walters, per convertir-se en family
A l'Aksel, l'Eva i el Bini, perquè mai els podré fer justícia
A la Lídia, per la gran aventura
A la Clari, per venir: el Grand Canyon sempre serà nostre
Al Britt Dean, per veure'm

La semblança entre els personatges ficticis i reals no és pura coincidència. Què és cert i què no mai se sabrà.
Però la veritat és que tampoc és important.

Índex

PRIMERA PART

SEGONA PART

TERCERA PART

PRIMERA PART

El cartell de neons

—I tu com vas saber que volies ser depiladora? —La Pam es concentra. La cera bullent em cau líquida sobre la cuixa. Pronostico una cremada de segon grau.

—Doncs em vaig fer dissenyadora estètica —remarca la paraula «dissenyadora»— perquè, de totes les cosines, jo era la que pentinava millor la tia Paquita. —Bufa—. Que crema, encara?

—Molt, Pam, crema molt... A més, demà tinc una cita importantíssima i l'aspecte de la meva cuixa serà crucial...

(De fet, no sé si la tinc, la cita, fa dos dies que espero el seu missatge i no arriba).

—Bueeeeeeno, dona, no et queixis tant, que és una cremadeta de no res; ja et rebaixaré un euro.

—Algun dia m'ho hauries de fer gratis, en homenatge a tota l'epidermis que m'he deixat al damunt d'aquesta llitera.

—Ai, nena, «epidermis», que tècnica que et poses. Et depilo els braços?

—Ja t'he dit mil cops que no, Pam. Que no en tens prou amb la resta del cos? Total, no n'hi ha per a tant.

—Que no n'hi ha per a tant? Això ho dius tu, perquè aquesta pelambrera no l'accepten ni al Pakistan rural.

—Aleshores, vas saber quina era la teva vocació només perquè pentinaves bé la tia Asunsion?

—La tia Paquita.

—Paquita. I ja està?

—Ai, Rita, que pesadeta. Sí, quan era petita m'agradava pentinar les nines, les meves germanes i la tia Paquita.

—Ahà...

—I, ja de gran, no sé com, ho vaig veure clar. Un dia em vaig adonar que la meva vocació havia sigut sempre aquella. Va aparèixer com un cartell de neons. El disseny estètic m'havia agradat des que hidratava els cabells a la Barbie nedadora i feia trasplantaments capil·lars al Ken.

—El Ken és calb? —No sé res de Barbies.

—A casa meva era calb, no facis més preguntes. Escolta, per què m'ho demanes, això? Que no acabes la carrera, tu?

—Mira, veus el paper on has deixat el tros de cera amb els pèls dels meus engonals?

—Sí.

—Doncs és el resguard que necessito per anar a buscar la nota d'anglès, l'última de totes. Si l'aprovo seré una dona llicenciada.

—Oh mai got! Llicenciada! Advocada!

—Psicòloga.

—Hòstia! Una loquera! No m'analitzis, eh? Les ungles les tinc així de sempre, eh? Bé, en realitat no, la meva mare...

—Pam, relaxa't, que això no va així. A més, no tinc cap intenció d'exercir. He fet Psicologia per tenir una carrera, perquè no tenia ni idea de què fer amb la meva vida... i llestos.

—I?

—I que després de la carrera encara no ho sé.

—I doncs?

—Doncs res, cap vocació. Hauré d'anar a buscar aquest cartell de neons que dius.

La Pam fa l'última arrencada de la mort i s'enduu tres capes de pell; em cau una llàgrima, però ella no s'immuta.

—Per cert, Pam, tu no et deies Dolors?

Surto al carrer gestionant el frec sec dels pantalons damunt la pell. Quin mal. El sol de juny s'amaga darrere d'un núvol esponjós, i jo avanço per la plaça principal de la Universitat Autònoma deixant-me endur per l'eufòria pròpia de l'última setmana de curs. Crits i riallades i orles sota el braç. Miro al cel, tanco els ulls i em permeto un luxe que encara no m'he guanyat: sentir l'estiu.

M'emmirallo a la paret de vidre de l'hemeroteca i penso que el reflex no està gens malament. El meu cos fibrat i sense corbes, la cabellera morena, llisa i desbocada; els quàdriceps socarrimats sota els texans. Em queden quinze dies sense pèl.

Miro el mòbil: cap missatge.

Deixo la plaça enrere per començar a enfilar cap a la Vila. Fa estona que m'esperen i sospito que avui serem uns quants. M'aturo a la porta principal de l'escola d'idiomes i respiro fondo. Entro amb decisió, el repic de les xancletes ressona fort pel passadís. Ni rastre dels accents estrangers, ni de les cabelleres pèl-roges, ni de les aromes exòtiques dels estudiants durant el curs. Soc l'últim mohicà.

Aquesta vegada hauré aprovat. Per primera vegada vaig repassar tots els deures. Vaig omplir els espais en blanc de les frases. Vaig buscar sinònims de qualitat i vaig posar-me el casset de quan una tal Stephanie anava a un restaurant a menjar fish and chips. Impossible suspendre.

Poso la mà al pany de la porta i, quan em disposo a entrar, el mòbil es dispara. La cançó «Mi carro me lo robaron» em reclama amb un extra de volum. Després li trucaré.

L'apago, estic massa nerviosa per parlar amb ningú. L'estiu m'espera. La llicenciatura. El futur. La vida.

Torno a respirar fondo i pico a la porta amb un somriure forçat. Tot ajuda.

—Endavant. —Una veu seca que no aixeca la mirada del paper em convida a entrar. La calidesa britànica.

—Bon dia, Suuus...

—Oh, Rita —em veu, decepció absoluta—, ets tu.

Oh, la Susan! La «Suuusan», com ens obliga a dir-li. Podria ser la representant de la comunitat guiri a Catalunya: vinguda d'un poble emmurallat a prop de Newcastle, té més de seixanta anys, és prima i blanca i amortitza els pocs cabells que té allisant-se'ls amb l'assecador cada matí. Que això no vol dir que es dutxi cada matí. Té les dents desordenades i pintades del groguenc hippy dels que van viure al Londres dels setanta. Potser folla molt amb el seu marit, però no es nota gens. De jove devia estar força bona; me la imagino ferma i esvelta, amb un d'aquells cossos plens de promeses. Per això creu que no hauria de ser aquí, fent de professora d'aquesta universitat pública del sud d'Europa, més a prop d'Àfrica que de Yorkshire. La pobra Susan fins i tot hauria acceptat casar-se amb un ric descamisat de l'època daurada del Gil y Gil, que ara li permetria flotar a les aigües de Marbella en un vaixell que potser duria el nom d'una altra dona, però que ja faria el fet. El que fos per no estar ara mateix davant d'aquesta noia, quaranta anys més jove que ella, que passa olímpicament de tot.

—He vingut a portar-te el comprovant per recollir la nota... —La cera ha quedat enganxada damunt del número d'expedient. L'intento arrencar.

—Dona-me'l, és igual...

—Un segon, és que... —No l'hi puc entregar amb pèls, hòstia, Pam!

—Rita.

—Ja gairebé està...

—Rita.

—Un segon.

—Rita, has suspès.

—Co... com?

—Has suspès.

Merda.

—Però... No pot ser... Sé com demanar fish and chips i...

—Aviam: com pots saber que «destraler» es diu «clumsy», i no pots conjugar una simple frase en futur? —Doncs perquè Big Muzzy, el millor professor d'anglès que he tingut, era destraler i no se n'amagava—. Rita, que el futur és de tercer de bàsica!

—Però, sí... Sí que sé conjugar el futur perfectament... —Sempre tinc problemes amb el futur, però com a mínim he après a conjugar-lo en anglès.

—Mira —la Susan col·loca el tors esquifit damunt la taula—: si em saps traduir ara mateix la frase «Avui podria acabar la carrera», t'aprovo.

—Així de fàcil?

—Així de fàcil.

—Un segon, un segon, deixa'm pensar...

—Ara.

—Tudei... —Cinc paraules i acabo la carrera. Big Muzzy, vine a mi!— Tudei, ai... will... —Muzzy!— Ai will can... finish... de digrí.

—Ens veiem l'any que ve.

—Però si ho he fet bé! Pregunta'm com demanar fish and chips!

—Good bye, Rita.

He tancat la porta darrere meu arrugant l'examen amb la mà i he deixat la dignitat i l'estiu de somni damunt l'escriptori gris i insuls de la Suuusan. He avançat pel passadís arrossegant les xancletes, pensant com diria als meus pares que no he acabat la carrera perquè no sé parlar un idioma que estic aprenent des dels vuit anys. Fuck.

Abandono el caminet de sorra de l'escola d'idiomes i em fixo en les roses vermelles que s'enfilen per les parets de ciment calent de la Vila, a l'altra banda del carrer. Trec el mòbil que em reclama des de fa estona, i escolto el missatge que la iaia ha deixat quan Manolo Escobar ha parat de cantar.

Diu que li porti bacallà de la Boqueria, el de la Carme, que demà venen les seves amigues al restaurant i els vol fer esqueixada de la bona. També diu que no vol anar amb l'Imserso a veure les granges de percebes a Galícia, perquè li importen una merda els percebes, però sobretot perquè a l'Imserso només hi van els vells. Té vuitanta-quatre anys. Es queixa perquè amb el fred que fa a Alp els geranis no hauran crescut per Sant Pere, i tretze minuts i vint-i-vuit segons de tonteries imprescindibles. I bé, que tardo massa a anar-los a veure.

L'examen que m'ha arruïnat el dia em cau de la mà sense adonar-me'n. M'ajupo per recollir-lo i el llenço a la paperera.

Un sol amable m'escalfa la cara i il·lumina l'esplanada dels verds i els marrons que pinten el jardí de la Vila Universitària de l'Autònoma de Barcelona. Al costat del primer arbust veig el Virus, un noi de vint i pocs que està «a punt d'acabar Geografia» des que vaig arribar i que canta una de les seves cançons davant de quatre estudiants primerenques que han vingut a veure el campus. Virus i nouvingudes coregen la tornada de la cançó amb entusiasme, sentint-se part del clixé somiat, on l'universitari grenyut canta una cançó que va escriure sense samarreta i amb els dits plens de tinta, i ara la toca amb la seva guitarra plena d'adhesius antisistema.

Uns pares amb matrícula de Lleida aparquen un Renault 21 i surten del cotxe amb una certa mandra, com si anessin al casament d'un cosí llunyà. El pare es corda el botó dels pantalons i observa el Virus amb fàstic, amb la repugnància pròpia dels pares que estan a punt d'abandonar les seves filles verges i perfectes al que els sembla la Mansió Playboy, més que una universitat de cert renom.

El Virus ha ampliat el quòrum. Ara exagera la tornada com si cantés AC/DC, però la cançó diu alguna cosa com «m'agrades més que els macarrons de la iaia. Yeah, yeaaah...».

La mare de l'estudiant de Lleida somriu amb una alegria nostàlgica, vivint l'inici d'un somni que li hauria agradat protagonitzar a ella molts anys abans, quan encara pensava en primera persona. Darrere del cotxe, entre maletes i dos sacs de taronges, surt la filla: una nena de divuit anys que observa el paisatge com si acabés d'arribar a la Lluna, o més lluny encara, i amb la boca oberta se li transparenten la il·lusió i el terror.

Són quarts de dues. El sol pica fort i l'olor dels tàpers que s'obren simultàniament als centenars de cuines que m'envolten em recorden que faig tard. Per favor, quina mandra que em fa explicar als meus amics que he suspès anglès i que bla-bla-bla. I quina gana que tinc.

Però, de cop, sense avisar, el món s'atura.

La gola se m'asseca. El petit timbre a dos temps del meu mòbil ha provocat una onada expansiva d'esperança. He notat la vibració combinada amb el so que em pot obrir les portes dels llimbs: «Pip-pip, pip-pip».

Em poso la mà a la butxaca com si hagués de desactivar un paquet bomba i noto com l'escena que m'envolta entra en ralentí.

Les boques de les fans del Virus canten lentes sense veu. La família de Lleida es petrifica en el moment en què al pare, amb cara de buldog, li rellisca un dels sacs i les taronges comencen a rodolar per l'asfalt. Tinc les mans fredes i ja no sento l'escalfor del sol.

Tanco els ulls i agafo el Nokia:

1 mensaje recibido

Que sigui ell, sisplau, que sigui ell.

GONÇAL:
Morena! Què dius? Demà a la nit arribo, t'espero a les 9 a casa meva. Tinc una sorpresa.

Buum.

La gola torna a la vida i emet una espècie de crit sense vocals que es podria encasellar a la família dels dofins. En qüestió de segons, el rectangle de verds i marrons de la Vila s'ha transformat en un jardí de meravelles, com si una ombra de fred s'allunyés i fes créixer una flora salvatge al seu pas. Estic tan contenta que veig el Virus amb uns calçotets de molsa.

Rellegeixo el missatge sis, set, trenta-vuit vegades. Dissenyo la nit de demà amb un collage d'imatges de les nits que hem passat junts: aquell prat ple de neu, el seu llit en una cova, el Cadí des del Quer Foradat... fins que un crit d'histèria m'arrenca del somni.

—Ritaaaaaa! —L'Astrid salta amb els braços estirats, com si només amb el seu crit de lloca no hagués despertat tots els habitants de Marràqueix.

Trenta-quatre hores per veure'l. Avanço fins a ells, miro al cel i somric.

—Rita, t'està caient la bava. —El Demura em mira per damunt de les ulleres de sol, amb una mica de fàstic.

—Va, calla, idiota.

—Rita, tens una gota de saliva a la barbeta. Et brilla amb el sol. És un fet. —S'encén el porro.

És cert, però per sort la resta de la colla no la veu, la gota, perquè estan massa ocupats gaudint de la felicitat ineludible d'haver acabat la carrera, de saber on treballaran l'any que ve, de tenir el pla vital que jo no tinc, d'arribar exultants a les cases respectives, on les seves famílies cuinaran paelles i trauran cava del bo per celebrar el final d'una era.

—Bono, bono, senyora contenta, així has aprovat inglès, per fi? —pregunta el Nofre, amb el seu mallorquí sexi.

Som-hi.

—No... —I quan em disposo a continuar, les mirades llicenciades dels meus amics em trituren.

—Tia!!! —L'Astrid crida.

—Què vols dir? —pregunta el Demura—. Has suspès... suspès? Però si era el nivell 1, Rita, era imprescindible per...

—Sí, que ja ho sé... És igual, en el fons tampoc no és cap sorpresa, ja hi pensaré —contesto feliç, perquè l'únic que m'importa ara mateix és un compte enrere.

—Però, i et quedes així de tranquil·la? —L'Astrid encara no se'n sap avenir.

—I què vols que faci? No et preocupis, un dia aprendré anglès i tornaré a veure la Susan i parlaré amb ella durant hores sobre els pobles de Yorkshire i la Marbella del Gil y Gil.

—Verge santa, Rita, com pots fer broma en un moment com aquest...

Potser té raó. Amb la carrera acabada hauria tingut un pla, el que sigui, un cartell de neons provisional, però ara, de cop, no hi ha res. Buit existencial en tota regla. Bé, sí, tinc demà i tota l'eternitat amb el Gonçal.

—Idò, en aquest cas crec que ha arribat es moment que obri es souvenir de final de curs —prossegueix el Nofre amb un orgull poc vist en els ulls modestos als quals ens té acostumats—. Jo, Onofre Torres Mulet, natural de Son Macià..., net, besnet, rebesnet i sang des primer homínid que va trepitjar sa roqueta més esplendorosa de la mar Mediterrània —treu una caixa octogonal coberta de paper de plata i la sosté, oferint-la al cel—, vos faig entrega de s'ensaïmada verda, feta amb maria que jo mateix he vist néixer i que avui, 29 de juny de 2007, ha sacrificat ets seus frondosos fruits per convertir-se en es Hulk de ses ensaïmades, la baula perduda de sa pastisseria moderna.

Arrenca el paper de plata amb un cop sec i mostra la seva obra mentre fa una mitja circumferència amb el braç, com un torero. Les cares dels presents s'il·luminen.

—Però, però, però... Això són tres quilos de plantes de maria en forma d'ensaïmada! —crido.

—Tu riu, però quan la tastis ja m'ho contaràs. —Parla com si tingués la veritat més absoluta. El Nofre treu la navalla d'escolta mallorquí i talla la pasta verda en porcions massa generoses.

Trenta-tres hores per veure'l.

«Wa yeah!»

M'he llevat asseguda a la butaca del menjador amb el cap penjant del reposabraços.

A la taula hi havia dos paquets de pa Bimbo, puré de patata i una caixa de Donetes Nevados buida. Nosaltres no comprem mai Donetes Nevados. Aquí va venir algú.

—Ja has ressuscitat? —pregunta l'Astrid mentre s'encén un porro des de la barra de la cuina.

De cop em ve una seqüència de flaixos: *Els Simpson*. La bandera americana. La *Mary Poppins*. Tres nens destrossant un os panda de peluix que tenia quan era molt petita i que no havia recordat mai més.

—Hòstia... no tinc saliva. Tia, que m'han embalsamat. Què ha passat? Quina hora és? I qui ha portat aquests Donetes Nevados?

—Fa unes deu hores i mitja que dorms en aquesta butaca.

—Què?

L'Astrid comença a riure, s'ennuega amb el fum del porro.

—Tia, no m'estranya que no tinguis saliva, et vas fotre una caixa de polvorons.

—Polvorons? Teníem polvorons?

—Sí, estaven caducats i algú els devia portar per a una festa;

després, clar, com que els llavis se't començaven a cargolar, vas decidir menjar paté perquè passés millor.

—Paté?

—Paté, Rita, paté. I com que amb paté no baixaven, et vas fotre mig bric de Don Simón.

—No pot ser. T'ho estàs inventant tot.

—Ha! Tia, quin viatge. Puto Nofre. Quina maria! Jo m'he llevat a les sis del matí perquè t'estaven trucant. Tenies quaranta perdudes. N'hi havia de la mare, les Sares, la Nu i l'Anne, que ja ha marxat cap a Lleida.

—I el Gonçal?

—No, el Gonçal, no. —L'Astrid fa pipada de porro—. Jo estava fatal, però tu... T'he preparat cafè amb llet i t'hi he posat dues cullerades de sal, aviam si reaccionaves.

—Puta.

—Però res. Vam parlar molta estona, te'n recordes? —L'Astrid m'acosta un ibuprofèn—. Del meu viatge a Amèrica, de si te n'anaves a fer el Camino de Santiago...

—Jo? A fer el Camino de Santiago?

—Això deies. Després, no tinc ni idea de com vam arribar a les butaques. Ni de com cony han arribat fins aquí aquests Donetes Nevados.

El sol d'aquest matí estrany flota en un oceà de cel blau. Els rajos s'escolen per la brutícia dels finestrals del menjador, i arriben fins als cabells de color cendra de l'Astrid, en una espècie de poema visual. L'Astrid, a qui la bellesa innata li permet aguantar digna fins i tot amb una ressaca com aquesta, s'estira, mandrosa, damunt del matalàs que tenim al terra del menjador, i al qual només li queden unes hores per tornar a la vora de la piscina on el vam trobar, ara fa quatre anys, el primer dia d'universitat.

Són les últimes hores que passem aquí, juntes, soles. La melangia ja ha començat a rosegar, però l'amaguem bé. Jo millor que ella. Ens abracem i repassem els moments antològics amb un nus a la gola.

Però l'Astrid aguanta poc i plora. Plora pel vertigen d'abandonar la universitat. Plora per la voràgine de l'edat adulta, per la caiguda de la pell i per la roba que, segons ella, ja no ens podrem posar. Jo la consolo i me'n ric. A mi em costa plorar. Em costa per la mandra que em fan els comiats, em costa perquè tinc la pell estupenda i perquè no tinc cap intenció de canviar de vestuari... Però sobretot no ploro perquè tinc la millor cita de la història.

Una vegada he passat el túnel del Cadí, l'última frontera abans d'arribar a la Cerdanya, quan agafo el revolt cap a Urtx, canto. No ho puc evitar. Tornar a casa i que «casa» sigui la Cerdanya suposo que fa cantar a qualsevol. Però avui canto sobretot per domar-me les paraules, perquè penso en ell i em tremola la veu, em tremolen els genolls i em tremola la vida en general.

En l'allargament del càntic de l'última «a» de «Cerdanyaaa», agreujat per la densitat cerebral de la ressaca d'herba mallorquina, m'envaeix un lleu estat d'hiperventilació que em fa veure guspires de colors. Paro. Sí, millor que pari. Aparco la furgoneta al replà del revolt. El vehicle fa una lleugera olor de bacallà, i això que la Carme l'ha embolicat amb cura; quin espectacle, avui, la Boqueria!

Es comença a pondre el sol i el cel brilla en un degradat de roses. Al centre de la imatge, connectant cel i terra, la boirina es fon en gotes que il·luminen la vall.

Les muntanyes, fornides amb milers de pins, emmarquen l'escena en forma de corona verda; una capa verda i densa que es comença a desfer, faldilla avall, fins a convertir-se en pobles de pedra, teula negra i campanars en punxa.

Just a sota meu hi ha els prats dels Flotats, els Moxó i els Oliu, cada prat es cus amb el següent en una filera de pollancres i caminets de sorra; onades vellutades que quan es gira vent canvien de color.

Des d'aquí dalt les vaques són joguines en miniatura. Pasturen vora la recta on sempre feia l'esprint final després de córrer quinze quilòmetres com a entrenament per a la temporada d'esquí.

Arribava fins al prat on hi ha el mur allargat de pedres que em recorda el mateix on el Morgan Freeman troba la caixa que el Tim Robbins li havia amagat a *Cadena perpètua*: «Ja que has arribat fins aquí, potser estaries disposat a viatjar una mica més lluny». El camí de Fontanals a Sanavastre és un somni.

De mica en mica, la llum tènue del vespre comença a tenyir els roses. M'aixeco per marxar i veig com, al final de tot, com una cremallera que es tanca a càmera lenta, el tren de Barcelona avança paral·lel a la recta de Queixans i desapareix a la falda de Puigcerdà. Aquest cap de setmana hi és tothom —és com si sentís els crits dels meus amics, el Riqui i el Riesgo, fumant entre vagons— i tinc unes ganes de festa que no me les acabo.

Des d'aquí només hi ha silenci i tranquil·litat, exactament tot el contrari del que passarà quan arribi a Puigcerdà. Però encara falta molt per a tot això. Respiro fondo i m'armo de valor per reprendre el camí.

La casa del Gonçal està al final d'un caminet sense asfaltar on no passa mai ningú. El punt de referència per agafar el seu trencall són les restes d'una casa de pedra on els pagesos guardaven les eines, però que ara és només això, l'eco d'una època passada, quan la Cerdanya estava feta més de terra que d'asfalt. Però, fins i tot quan arribes al final del caminet, la casa encara podria confondre's per les restes d'una església antiga on hi ha crescut un cirerer gegant.

M'arreglo el vestit blanc i vesso la mostra de perfum de Coco Mademoiselle que venia amb la *Vogue*, la majoria al coll i a l'escot, i m'eixugo les restes a les calcetes.

Inspiro, expiro. Inspiro, expiro. L'aire s'omple de farigola i de la fresca inconfusible de les tardes d'estiu a la muntanya. Aixeco la mà i agafo un grapat de cireres. Me les menjo a consciència, com si protagonitzés el començament d'una pel·lícula porno —espero que sigui així—, cosa que em fa caminar amb un balanceig dramàtic de malucs.

Avanço per sota les branques i arribo al final del petit mur de pedra que s'amaga sota el cirerer. M'aturo una vegada més. Torno a respirar i entro al pati; veig l'ombra tremolosa de la meva figura.

Pico a la porta.

—Hola? Gonçal? Gon...

La porta s'obre sola. Damunt de la tauleta del menjador hi ha una nota amb una margarida fresca.

Ja he acabat la caseta de l'arbre, t'espero allà.

Que m'hagi proposat anar a l'arbre vol dir que avui ha decidit desplegar totes les armes. Que sembla que no n'hi ha prou que quedem en una casa preciosa feta amb pedres de quan el món era dels homes de les cavernes. Que no és prou magnífic que des del menjador l'únic so sigui el de l'aigua baixant pel rierol que travessa la parcel·la. —Joder!, que els hippies podrien gravar els cassets per fer massatges aquí!—. A sobre el cabró decideix arreglar la casa de l'arbre, esperar-me allà i dir-m'ho amb una nota de paper escrita a mà i amb una margarida fresca. Estic segura que ha comprat formatges de Ger i tot. És un professional.

En realitat m'indigno perquè sé que quan semblava impossible millorar-ho, quan semblava que no me'n podia enamorar més, descobreixo que no era veritat. Que encara quedava un últim baluard per conquerir: la màgia.

Inicio el trajecte i és inevitable recordar el primer dia que vam caminar junts el passeig més romàntic de la història dels passejos.

Recordo els petons. L'aigua salvatge del gorg. La brisa ens movia els cabells al punt just, com els ventiladors que mouen les cabelleres de les models en una sessió de fotos. Els ocellets feien giravolts damunt nostre i semblava que reien i que també tinguessin cabelleres mogudes calculadament per la brisa.

Vam cantar junts la cançó «Wa yeah!» d'Antònia Font —«Jo cant sa Lluna i s'estrella, sa jungla i es bosc animat...»— mentre la vida avançava en algun altre lloc i el món només existia on érem ell i jo. La veritat és que podria haver plogut merda i m'hauria continuat semblant el passeig més romàntic de la història.

Recordo que quan vam arribar a l'arbre la cara se li va il·luminar. «És una de les úniques tres sequoies que hi ha a la Cerdanya i serà per a mi! Ningú arriba mai aquí, Rita!», va dir. En realitat n'hi ha més, de sequoies, a la Cerdanya, i aquell arbre no n'era una, però ves, a qui cony li importa?

«Refaré la casa i faré una finestra al sostre i veurem les estrelles». I, tot i que jo sabia que no m'ho podia permetre, me'l vaig creure.

Aquell dia, a l'arbre, només hi havia quatre taulons mal posats entre les branques i unes fustes clavades al tronc que servien d'escales. Els claus que sobresortien els recordo molt bé, perquè quan m'hi va encastar per aixecar-me les faldilles, vaig sentir com se me'n clavava un subtil sota de l'espatlla. Però vaig decidir callar i deixar que la seva mà seguís fent-se camí entre les meves cuixes. Recordo bé que només em vaig aturar un segon, quan va dir el nom d'aquella cambrera del Raval, i vaig notar com se'm clavava un altre clau invisible, molt més dolorós. Però fins i tot llavors vaig callar.

Avui avanço pel mateix caminet de ginestes i sento com el terror i la felicitat em cavalquen per l'esquena, conscient que la col·lisió és imminent.

De cop, arribo al punt on el camí s'interromp pel gorg. És un salt d'aigua més impressionant del que recordava i l'aigua no es recull en una textura de vellut fins molts metres més avall. Però si vull seguir endavant, l'he de creuar sí o sí. Abans d'enfilar-m'hi, però, torno a respirar. Inspiro, expiro. Sento la solitud. El preludi. El silenci, el soroll dramàtic de la cascada, l'aigua blanca que arrossega records fosos de l'hivern.

Falco el peu en una de les pedres més grosses i continuo. Una, dues, tres passes més cap amunt. Escalo fins a l'última roca i, amb les mans molles i lliures, m'aixeco al capdamunt de tot. Ja hi soc. Avanço per un camí esborrat fins que arribo al truc final de l'amagatall: el camí sembla que desaparegui darrere dels esbarzers, però, si arribes a l'altra banda de les branques, amb un parell d'esgarrinxades de peatge, la llum cau damunt d'un petit replà i s'obre per presentar el gran final.

La caseta de l'arbre.

Un blau marí suau s'ha apoderat de tot el cel. Un pantone elegant que contrasta amb la fusta acabada de pintar i amb les espelmes que il·luminen els marcs de les dues finestres. Putes espelmes. Quina foto. La ràbia intenta fer-se lloc entre un devessall d'amor, però no ho aconsegueix. Ja és massa tard. La silueta del Gonçal s'atura davant de la porta.

El piu-piu dels ocells es fon amb les notes d'una cançó que comença. El repic suau d'una bagueta inconfusible. La melodia que dona pas a una guitarra i marca el ritme d'aquesta bonica nit d'estiu. Ara sí: l'estiu és aquí.

Una corda surt disparada des de dins de la caseta i cau al costat dels graons a una distància calculada del terra, només apta per a atrevides. L'agafo de la punta amb totes dues mans, decidida a escalar-la, i la ressegueixo amb la mirada fins a trobar-me amb ell.

Les primeres paraules de la cançó entonades per una veu mallorquina s'enfilen per les branques: «Jo cant sa Lluna i s'estrella, sa jungla i es bosc animat...».

A l'altre extrem de la corda el Gonçal somriu i puc notar

com em comença a devorar; està quiet i espera el moment just per cantar-me les paraules que se'm graven amb foc, per sempre, a la memòria: «Que sexi, que dolça i que freda, wa yeah...».

Tomàquets madurs

Hi ha dies que farien vomitar a un unicorn. Aquest n'és un.

Condueixo cap a Alp amb un somriure gloriós i tanco els ulls cada pocs segons per reviure la nit. M'oloro els llavis. Sostinc un ble de cabells humits entre la boca i el nas i recordo l'olor del xampú amb què me'ls ha ensabonat aquest matí.

He hagut de marxar a la tercera trucada de la mama perquè m'esperaven per dinar i ja no podia allargar més l'excusa —li he dit que hi havia cua a la pujada del túnel del Cadí, però totes dues sabem que és dimarts i que és mentida.

Passo per davant del banc del poble i no hi veig ningú assegut. Ni la Lina. No hi ha ningú al carrer. Aparco el cotxe fora del pati. Em retoco el maquillatge que em tapa el xuclet del coll i em deixo anar els cabells.

Les campanes de l'església toquen quarts de dues. La veu de la presentadora del telenotícies surt per la finestra del menjador de la Magdalena, que està sola i li discuteix l'argument. Entro al pati de casa i miro per les finestres: no hi ha gaire gent al restaurant. Millor, perquè faig mitja hora tard.

Decideixo entrar a la cuina per la porta del darrere i veig que a la tele hi ha TV1. Anne Igartiburu anuncia grans titulars a *Corazón, corazón*.

La veig d'esquena, parlant en veu alta mentre renta tomàquets. Duu la bata habitual, està tan gastada que no sabria dir quins en van ser els colors originals, però ara és gris clar i s'hi entreveuen uns quadrats roses i molts anys d'història. A les sabatilles hi té restes de terra de l'hort.

—Iaia! —crido massa i li faig saltar un tomàquet.

—¡Coññño! —contesta ella, allargant la «ñ» a consciència—. Hija mía, ¡qué susto me has dao, porfavooor! —Es gira amb els ulls tancats i la mà al cor, el cul al marbre.

I quan es recupera i jo em disposo a donar-li el bacallà, ella obre molt els ulls i s'atura amb un crit més fort que de costum —que és molt dir:

—¡Aiuuuuuuuuuh! —La mà al pit, l'esquena arquejada—. Madre del amor hermoso, pero ¡qué cara que me trae, mi niña! ¡Tú estás enamorada hasta las trancas!

Jo em quedo immòbil i penso que no sé si m'ha impressionat més el crit o la velocitat amb què m'ha llegit. Em poso bé els cabells i em giro per emmirallar-me i assegurar-me que no se m'escapa res.

—No hace falta que te mires ar mirai, que eso lo veo yo en los ojos, que son el reflejo del alma. Y tú tienes el alma atrapaíta perdida, mi niña...

L'abraço. Fa olor de lleixiu i d'hort.

—Però què ha passat? Què són aquests crits? —La mama arriba accelerada.

—La Rita me ha dao un susto que casi me meo encima.

—Així que hi havia cua, eh? —pregunta el papa, que em fa una abraçada que fa cruixir i s'asseu a mirar les notícies.

—Sí, a la pujada del túnel...

—Home, tu diràs, un dimarts de juny al migdia, a la Cerdanya ja se sap, es fan unes cues... —continua, irònic. Ara m'abraça la mama—. Mmm, colònia nova?

—Xampú —responc.

—Xampú.

Fa veure que no s'ha adonat que encara duc els cabells molls. I em fa un petó i em diu que ja era hora que vingués. Diu que faig molt bona cara. I jo somric i m'alegro de ser a casa. Sobretot perquè ningú recorda que ahir em donaven les notes d'anglès que determinaven el meu futur immediat i, per tant, també a llarg termini. Millor, que tinc molta gana.

Per dinar hi ha crema de carbassó, una safata d'embotits per parar un tren i sobrassada de casa. Feia un mes que no pujava i em sembla una eternitat.

Agafo els tomàquets i em torna la imatge del Gonçal ahir a la nit, quan els tallava amb la camisa mal cordada després d'haver fet l'amor per primera vegada, i jo l'escoltava pensant si seria possible, de veritat, aturar el temps.

—Rita, Rita?! —Les cares de tota la família em miren—. Rita! —crida una vegada més el meu germà a la porta de la cuina—. Tia, estàs molt a la parra, no?

—Albert! —El meu germà m'aixeca com si pesés tres quilos. Quan em baixa a terra em veu el xuclet.

—Ja era hora que vinguessis, no?

—¡Venga, va! ¡A la mesa to el mundo! —crida la iaia, traient l'espatlla de xai del forn.

Penso en quan vaig creuar la porta de la caseta fent un salt des de l'últim esglaó de fusta. Quan ja no vam dir res. Quan ens vam començar a despullar, molt lentament. Les seves mans dibuixant-me les cuixes per sota el vestit blanc, la cançó a l'orella, els seus llavis als meus pits. L'olor del seu alè. Els llençols nets i els formatges damunt d'un drap, a terra. Una botella de Camins del Priorat.

Compto els minuts que falten fins que anem junts a Girona. Mil pessics a la panxa.

—Per cert, divendres em necessiteu al restaurant? —pregunto—. M'agradaria anar a Girona.

—A Girona? —fa la mama.

—Sí, he quedat amb l'Astrid i els de la uni. També vindrà el Santi i el seu amic —calculo la magnitud del somriure, abans de dir el seu nom—, el Gonçal.

—El Gonçal, el de Cal Fuster de Das?

—Sí. —Arrufo el nas mentre reprimeixo el somni que un dia tots formarem una gran família i ens reunirem en aquest menjador el matí de Nadal, i ens asseurem a taula per posar la carn picada dins dels galets.

—No caldrà que ens ajudis, divendres —diu el papa, que no aparta la mirada de la tele i celebra el gol d'ahir del Ronaldinho—: aquesta setmana la tenim tranquil·la. Tu ves i passa-t'ho bé. Què n'opines, de la malvasia? Bona, no?

—Efectivament —continua l'Albert en aquell to adult que li surt amb els comentaris enològics—, es noten els sis anys de barrica.

El vi té aromes d'ametlles i de pela de taronja. L'alcohol es fa notar, però no despunta. I recordo el sabor de la tardor i les mans de la iaia, ossudes i arrugades, quan fan panellets i passen les tardes recordant històries de contraban.

—Boníssim! —exclamo, salvatge, pressionant-me el vestit damunt la panxa, tipa a rebentar.

—De verdad que siempre da gusto verte comer, hija. —La iaia em fa un petó ple d'orgull.

—Has suspès anglès, oi? —L'Albert i jo hem sortit al pati a fer tocs amb la pilota.

—Sí, Albert, sí... —Escalfo la cama esquerra amb tocs baixos—. Però no comentis res als papes, que estan una mica preocupats perquè aquest juny ha sigut fluix al restaurant.

—Aquest juny no ha sigut fluix. Cada any diuen el mateix, i després arriben tots els pixapins de cop i no donem l'abast. —Vint tocs—. Però, Rita, com pot ser?

—El què?

—Que hagis suspès! Que no t'hagis tret la carrera! Que no sàpigues conjugar el futur simple, hòstia!

—Ja ho saps, l'anglès i jo som incompatibles.

—Va, calla, però si has aprovat les assignatures més xungues de la carrera, i fa res vas treure un excel·lent en una assignatura d'escriptura, no?

—Cert. —Quaranta tocs.

—Ho veus?

—Era una optativa i vaig tenir un cop de sort. Em va venir una bona història. Però ara això és igual, la qüestió és que no tinc carrera. —Xuto la pilota alta i la recupero amb un control sorprenent.

—I llavors, què faràs? Quan l'acabaràs?

—Ai, doncs no ho sé. He fet Psicologia com podria haver fet taxidèrmia o gaita. M'ho hauria tret amb la mateixa desgana. —Seixanta-cinc tocs—. La qüestió és tenir una carrera, no?

—També podries començar algun curs d'alguna cosa que t'agradi molt fer, que et vingui de gust, i a partir d'allà...

—Sí, ja, com si fos tan fàcil saber què m'agrada.

—I què faràs l'any que ve?

—Albert, pesat! No-ho-sé! No m'estressis més. No sé res! És que s'ha de tenir tot calculat a la vida amb vint-i-tres anys o què?

—Sí, perdona. —L'Albert es permet una filigrana amb la pilota que posa en risc el comptador, però, com era d'esperar, acaba dominant. Me la torna. Vuitanta.

—De moment l'únic que sé és que aquest divendres me'n vaig a Girona amb el Gonçal i que d'aquí a dos caps de setmana serà la festa major de Puigcerdà!

—Ahà...

—La vida pot ser meravellosa encara que no tinguis ni puta idea de cap a on anirà després de la festa major del poble, saps?

—Si tu ho dius...

—Noranta-nou, cent!

L'alba

No puc dormir. Fa sis nits que no dormo. Només penso en ell i la seva esquena i la seva boca, i els formatges i el *Wa Yeah*. Avui, per fi, marxem a Girona.

Després de fer unes vuitanta voltes al llit, al final m'he rendit quan passaven pocs minuts de les sis. He baixat a la cuina i he afrontat el silenci únic del matí, quan hi ha més dosis d'esperança general, quan les olors estan en repòs i hi ha un ordre immòbil, tot a punt d'estrenar.

Encara carrisqueja algun grill, però tret d'això sento que amb el frec esponjós del calaix del pa fabrico els primers sorolls d'aquest divendres. Poso la llet a escalfar i vaig a l'hort a buscar tomàquets.

Un gall canta i l'Antònia comença a munyir la primera vaca. Jo em quedo una bona estona asseguda entre les tomaqueres, imaginant el dia. El Gonçal i jo pels carrers de Girona, el Gonçal i jo fent un gelat, el Gonçal i jo anant a...

—¡¡¡Toda la leche desparramááá!!! —La veu surt per la finestra com una ona expansiva. Corro cap a la cuina.

—Iaia! Xxxt! ¡No grites, hostia! ¡Que vas a despertar a todo el pueblo!

—Niña, mi arma, es que siempre haces lo mismo con la leche... ¿Qué haces tan temprano despierta? ¿Te encuentras mal o argo? —M'acosta un suc de taronja que m'acaba de fer.

—No podía dormir...

—Claro, si es que se te ve de aquí a la China, niña. Es por el Punsá ese... —afirma convençuda, escorrent la baieta plena de llet.

Em surt mig suc de taronja pel nas.

—Niña, que te me vas a ahogá.

—Iaia, se llama Gonçal, no Punsá.

—Gunsá, Punsá, qué más da. Mientras no sea un hijo de perra...

—Iaia, ¡qué dices!, si ni lo conoces...

—Créeme, no me hace ninguna farta.

—Pásame el aceite, anda.

La casa s'ha posat en marxa. La veu de l'Antoni Bassas a la ràdio. La iaia s'ha posat una mena de reixa al cap i ara aboca el cafè en una tassa gegant mentre taral·leja una de les seves cançons preferides de Radio Teletaxi. «Cómo le gusta la zanahoria al conejo de mi novia...».

Suco el pa a l'oli que queda al plat com si m'hi anés la vida, i faig un altre tall de llonganissa. I quan estic a punt de demanar a la iaia què collons és aquesta reixa, es gira amb la safata a les mans i un còctel gastronòmic que sobrepassa les calories que necessita qualsevol jugador de bàsquet de l'NBA: dos ous ferrats, una xistorra brillantíssima, una morcilla de ceba a punt d'explotar, dues llesques de pa xopes d'oli i una tassa de cafè amb llet.

—Pero..., pero ¿eso no era solo para tu cumpleaños?

—¡Ja! ¿Tú cómo crees que me conservo así de bien? ¿Comiendo lechuga? —S'ajusta la reixa del cap—. Tengo ochenta y cuatro años y el colesterol de un niño de doce que va pa cura. —Suca la morcilla a l'ou, i segueix—: ¿Y cómo crees que tengo la piel sin una arruga, eh? ¡Que la Nivea no da pa tanto, hija!

En realitat té la cara més arrugada que un llenyataire centenari basc.

—El secreto es una chistorra cada mañana —n'agafo un tros del seu plat—, y el aceite de Jaén, nena, el del primo de las Casillas de Martos.

—Tomo nota, iaia, que yo para llegar a tu edad como tú estás, como lo que haga falta.

Pujo corrent a vestir-me, que s'està fent tard. Com a cas extraordinari, ahir a la nit em vaig preparar la roba damunt de l'escriptori: texans estripats, jersei negre amb coll blanc i unes sabates de xarol negre. Conjunt arriscat però elegant. Girona sabrà entendre el meu estil.

—Me'n vaig! —crido fort perquè em senti tothom—. Torno aquesta nit!

I quan estic a punt de tancar la porta, el meu germà entra a la cuina amb un banyador a les mans, molt emprenyat:

—¡Iaia! ¡Me has vuelto a arrancar el forro del bañador! ¡Este era nuevo, hostia! —Aleshores l'Albert s'adona que la funda que busca la porta la iaia al cap i li passa la mala llet de cop.

Jo tiro un petó a l'aire —«Adeu!»— i surto al pati.

La furgoneta del Santi espera a la porta.

El restaurant més romàntic del món

Sempre que he vingut a Girona ha sigut de nit, per Barraques, i no m'he mogut de l'esplanada de sorra on era obligatori portar una birra en una mà i un porro a l'altra. Una vegada, amb la Koeman, recordo que vam veure un mico a l'espatlla d'algú, ens vam mirar i vam seguir com si res. Així que podríem dir que avui visito la ciutat per primera vegada.

Per als que hem crescut entre estovalles i cassoles, per als qui els pares ens han calculat l'alçada per les possibilitats que teníem de servir taules, anar a dinar al restaurant dels pares Roca és com anar a un concert dels Beatles.

Miro per la finestra des de fora i veig la mare Roca de refilada. Que fort. Paul McCartney. Llegeixo el menú i dubto entre escollir el bacallà amb samfaina, els peus de porc o el fricandó. Tinc temps, encara. Quina indecisió.

L'Astrid ja ha arribat però dissimula. Està guapíssima.

—Ja podem entrar. He reservat taula per a quatre... —anuncia ella, morta de vergonya i d'entusiasme.

—Aneu entrant, que he de fer una trucada —diu el Gonçal mentre s'allunya amb el telèfon a l'orella.

—El Gonçal està raro, em fa pànic que estigui parlant amb una altra tia ara mateix —dic a l'Astrid, amb desànim, mentre entrem al restaurant.

—Què va, no exageris, deu tenir gana —respon ella, per dir alguna cosa, mentre segueix el Santi com un gosset—. No entris en paranoia, tu, ara. Si ha sigut ell que t'ha convidat a venir fins aquí i vau follar fa dos dies!

Les taules s'omplen de clients puntuals i dels treballadors del restaurant dels fills que venen a dinar aquí cada dia, abans de la batalla diària en defensa de dues estrelles Michelin; penso que un dia m'encantaria anar-hi amb el Gonçal i tastar l'escamarlà amb artemisa.

Finalment m'he decantat pel fricandó. I a la tercera mossegada me l'he tirat per sobre. Tota la falda plena. Després que tots es riguessin de mi una estona un pèl massa llarga, el Gonçal ha proposat d'anar a fer el cafè a un altre lloc.

Ens hem perdut per carrerons de flors i de pedres, i hem vist heures que escalaven columnes en patis abandonats. Hem caminat pel casc antic, tan bonic com és, mentre l'Astrid i el Santi es rebolcaven per les cantonades. El Gonçal somreia, llunyà, i si no fos perquè el conec diria que tenia vergonya. Llavors he recordat la nostra última nit junts i he pensat que semblàvem idiotes, que només feia una setmana d'aquella nit. He decidit acostar-m'hi. Amb els batecs del cor a la gola m'hi he posat a menys d'un metre, però a l'últim segon ha vist alguna cosa i m'ha fet una cobra. Una puta cobra històrica.

—Mira-la! —ha cridat ell, i ha avançat pel carrer contigu per tornar amb una noia—. Rita, et presento la Sònia, és una amiga meva de la infància, de tota la vida. —«Amiga», «infància», «de tota la vida». Fantàstic. Esplèndid. Joiós. Alcem els cors, glòria, al·leluia!

—Hola, encantada... —he mentit, automàtica, impregnant-me de la seva colònia de pàtxuli. L'he repassada i li he mirat el cul i les mans i les dents.

La Sònia és una d'aquestes noies roqueres clixé dels anuncis de Levi's: texans, samarreta blanca i jaqueta de pell. Té els cabells rossos i tan afro que sobresurten un pam per damunt del cap del Gonçal; duu els ulls pintats d'un negre profund que n'hi ressalta la foscor. Aquesta noia és tan cool que de cop sento que porto el vestit dels diumenges de l'Antònia.

—Per cert —he afegit, assenyalant-me la falda, graciosa, per trencar el meu propi gel—, aquesta taca no és d'un fricandó qualsevol, és fricandó de Can Roca!

—Molt bé, encantada —ha respost, amable, amb accent gironí. No sabria dir si ha sabut apreciar la broma.

De seguida han arribat el Santi i l'Astrid; duien els cabells esvalotats i els llavis inflats. I després de les presentacions pertinents hem vorejat la cantonada i a pocs metres ha aparegut la plaça de la Catedral. Ens hem assegut a la terrassa de l'Arc, just al final d'una escalinata llarguíssima que comença a les portes de la catedral. Les campanades anunciaven la tarda i el sol tenyia les façanes de taronja.

Són gairebé les sis i la Sònia i el Gonçal fa una bona estona que rememoren anècdotes passades que, he d'admetre-ho, són bastant divertides. Però estic molt molt contenta perquè la Sònia ha comentat no sé què de la seva parella. Té parella. Quina meravella de dia.

La tarda avança entre gintònics fins que es fa de nit i per fi abandonem els records infantils d'*Els Pastorets* amb malles marcant paquet i parlem de política i de teories de la conspiració. I quan ja pensava que tornàvem cap a la Cerdanya, de sobte sembla que a tots els han entrat unes ganes terribles de sopar.

Quan he arribat al replà per on s'entra al restaurant Le Bistrot, he pensat que aquell racó l'havia vist en una postal. Aquest arc, aquesta escala. Tota l'escena és un viatge en el temps, una pel·lícula.

La porta d'entrada al restaurant és de fusta antiga i s'obre per sota d'una heura llarguíssima que penja des de la teulada, quatre pisos més amunt. El Gonçal obre la porta fent-nos una reverència graciosa, que comença per la Sònia i culmina amb mi. I jo em poso vermella. Idiota.

M'aturo a l'entrada i parlo amb el cambrer, que és integrant de la comparsa dels Showboys del Carnaval de Palamós. M'explica que aquest any es disfressaran de Les Tres Bessones i que no sé què. Però tarda poc a adonar-se que ara mateix no em pot importar menys de què es disfressaran els Showboys i m'acompanya fins al nostre lloc. Em toca ocupar el cap de taula, al costat del Gonçal.

El Santi i l'Astrid continuen al seu món i el Gonçal i la Sònia, cinc hores més tard, encara riuen dels putos leotards d'*Els Pastorets*.

—Jo faré un timbal d'escalivada —responc—. I un gintònic, sisplau.

—El gintònic és per ara o per després?

—Ara. Per ara mateix.

Llanço una mirada a l'Astrid i m'aixeco en direcció al lavabo. Quan arriba m'ensabono les mans per tercera vegada.

—Tia, són imaginacions meves o... o es molen?

—Com? —L'Astrid reacciona com si acabés de sortir del llit després de follar tres setmanes seguides.

—Però no veus com el mira, la pava? I ell no fa res! Hòstia, que vam follar fa una setmana!

—Eh? Però què dius? Si ella té parella, ja ho ha dit. Tia, feia mil anys que no es veien, són amics de tota la vida...

—Potser sí... és que m'agrada molt... —contesto, ja sola, perquè l'Astrid torna a ser de camí cap a la taula.

De tornada a la meva cadira observo la sala amb les mans enllaçades sota la barbeta i espero el meu timbal d'escalivada. Gaudeixo de les pessigolles a les galtes del segon gintònic del dia. Veig els plats dels veïns i penso que potser hauria d'haver demanat canelons. Segueixo la safata del cambrer, plena de croquetes, i espero que giri cap aquí, però desapareix a la sala del costat. Torno a la meva taula, amb certa desgana, fins que els ulls s'ancoren en un punt proper.

De cop, el temps pren una nova dimensió: els segons

s'allarguen com el vidre calent, les pupil·les se'm dilaten i noto que soc capaç de desglossar un petit univers dins d'aquest moment. Els dits se'm desenganxen de sota la barbeta i enfoco els ulls amb una mirada que no havia conegut fins ara. La meva memòria acaba d'encendre una torxa per gravar-ho tot.

Observo amb cura com el nas del Gonçal s'encaixa amb el de la Sònia. Penso que si allargués el braç els podria tocar. Ella tanca els ulls i obre la boca lenta i delicada, els llavis sembla que experimenten un plaer absolut, conegut. No és la primera vegada. El petó dura un milió d'anys. Lentament, amb la dansa d'aquestes llengües hipnòtiques, sento com el món es comença a tenyir de negre i a poc a poc extermina qualsevol esperança de tornar a sentir amor, de tornar a sentir. I noto, amb una punxada terminal, com dues mans fantasmals em travessen la pell, m'arriben a l'ànima i s'apoderen del meu cor per estrènyer-lo amb una força inimaginable.

La bilis

«Rita...». Una veu enllaunada em crida des de la distància, a l'altra banda d'un túnel negre: «Rita...». A poc a poc les paraules es perfilen fins que el volum puja de cop i veig la cara distorsionada de l'Astrid:

—Rita! —repeteix, preocupada—. El timbal d'escalivada és teu, no?

El cambrer serveix el plat mentre la Sònia cargola una làmina de carpaccio de vedella, aliena a tot. El Santi comença a menjar-se el seu bistec i el Gonçal m'ha mirat durant una mil·lèsima de segon abans de tornar-se a girar per mirar-li els llavis a la Sònia.

No puc creure el que acaba de passar. Que ho he somiat, potser? Miro el gintònic buscant una explicació i després busco l'Astrid, que em mira de reüll entre la vergonya i el xoc. Em bec el gintònic d'un glop.

Sento la pudor de fricandó de la falda més forta que mai. El so d'una torrada que cruix tres taules més enllà. De cop, com si el timbal d'escalivada hagués saltat del plat i m'hagués fotut una hòstia a la cara amb la mà oberta, em desperto del tot amb un dolor que em talla l'aire. No puc respirar.

—Ara vinc! —crido. Agafo el mòbil i marxo.

Surto a fora i m'assec a l'escala de pel·lícula. Agafo el telèfon i començo a trucar a tothom. Truco al Pol, que és el que està més a prop. No em contesta. Truco a la Koeman i no em contesta. Truco a la Marta, a la Gemma, a la Barranqueras, a la Clara. Ningú no em contesta! On collons és tothom? Inspiro, expiro. Inspiro, expiro. L'Astrid no surt.

Acaba de passar? De cop, sense cap mena d'explicació lògica, una riallada em surt disparada des de l'estómac. Acaba de passar? M'acosto les mans a la boca i m'estiro la cara amb força cap a baix. «Hòstia puta», dic en veu alta. «Hòstia puta, el que acaba de passar».

Miro al voltant i sento un neguit estrany, com si acabés de matar algú i encara fos a l'escena del crim. Miro a dins però l'Astrid no surt. A la porta llegeixo el rètol d'un premi: «Aquest restaurant està considerat un dels deu restaurants més romàntics del planeta». Fantàstic. He de marxar d'aquí.

Baixo les escales i començo a caminar. Tinc el cervell petrificat, no puc pensar en res. Sento que em pesa la roba, les sabates, les mans.

Giro per aquests carrerons que ja no són bonics, sinó un maleït laberint de pedres que no em deixen veure res. En un gir a l'esquerra em sembla veure aigua; avanço. Em xiulen les orelles. Creuo un carrer on hi ha un grup d'adolescents borratxos que m'assenyalen els pantalons i em demanen si m'he cagat. Penso que un altre dia seria àgil amb la resposta, però ara només tinc forces per caminar. Arribo a un pont fet de creus de ferro vermelles i avanço fins a la meitat, exhausta, flotant, i m'assec a terra amb les cames penjant. Tanco els ulls. El cap em dona voltes. Crec que estic en estat de xoc.

Sona el telèfon. És el Pol.

—Nenaaa! —crida, esverat, amb música alta de fons.

—Ei, Pol, escolta... —Em sorprèn la serenor de la meva veu—. Em podries deixar el cotxe?

—Ara? Espera, que no et sento... El cotxe, ara? Però no

estàs amb l'Astrid? —S'allunya del soroll—. Tia, estic a Palamós i són les onze de la nit, on ets?

—Soc a Girona. Sisplau... —segueixo amb un silenci llarg i un to tan allunyat de mi que l'espanto.

—Rita, estàs bé? Què passa?

—Sí, sí... estic bé, ara no puc parlar. Però vine, sisplau. Soc en un pont del riu de Girona, és vermell amb unes creus...

—Ja sé on és. Vinc.

No em puc moure. Torno a obrir els ulls i veig Girona reflectida sota les meves sabates de xarol.

De mica en mica es fa el silenci. La roba estesa decora la filera de façanes penjants que s'emmirallen al riu. Em fixo en una casa beix clar, tacada per la humitat; una mare amb el seu fill a coll s'acomiaden de la ciutat darrere la finestra. Els fanals dibuixen aurèoles de vapor sobre l'aigua. Les llums parpellegen i la ciutat es va traient la disfressa d'aquarel·la. Penso que les bombetes del pont reflectides a l'aigua em recorden un collaret de llums blanques, i que la brisa les allarga i les transforma en llàgrimes. Llàgrimes. Encara no he plorat. La catedral també treu el cap, recordo l'escalinata imponent, quan feia el primer gintònic i he pensat que era un dia bonic, però no tinc força per mirar-la. L'Astrid truca una vegada i una altra. El Santi també. Ni rastre del Gonçal. Apago el mòbil. Desitjo amb totes les forces que no em trobin.

Baixo el cap i torno a mirar el meu reflex al riu. Miro el jersei i els pantalons que em vaig preparar ahir a la nit per venir aquí. «Ahir a la nit» em sembla un altre planeta que va existir fa un milió d'anys. Em sembla que el fet que el fricandó no m'hagi arribat a les calces és el millor que m'ha passat en tot el dia.

Torno a tancar els ulls. Però només durant un moment, que és el que trigo a vomitar el dia damunt les sabates; i mentre m'eixugo la boca amb la màniga, una vella remuga darrere meu:

—Aquest jovent d'avui… quina pena, noia.

He sigut una estúpida. Des que he pujat al cotxe aquest matí que he sigut una estúpida. Des que em vaig enfilar a la caseta de fusta. Des que el vaig veure per primera vegada, darrere d'aquella barra de bar, i m'ho vaig creure tot.

Soc una estúpida per haver pensat que quan arribés aquest moment el podria controlar. Vull que passin mil anys.

El Pol ha arribat al cap d'una mitja hora, mig espantat. Quan m'ha vist s'ha calmat i ha entès que ara no li explicaria res, i tampoc no ha gosat preguntar-me què era la taca dels pantalons.

—Pol, si m'hagués cagat no tindria la taca al davant, hòstia, la tindria al darrere.

M'ha comprat una ampolla d'aigua, m'ha donat vint euros i m'ha cobert les espatlles amb un polar que només fa servir quan va a pescar. Feia pudor de sardina. Li he donat les gràcies amb la serenor de qui dona el condol i li he demanat que truqués a l'Astrid per dir-li que me n'anava i que no calia que em truqués.

Les calces al sol

La iaia puja l'últim esglaó del terrat i, com si fos un guarda reial anunciant l'arribada d'un cosí tonto, m'ofereix el telèfon:

—É la Atri.

—L'Astrid?

—Sí, coño, ¿y qué he dicho? Dice que te ponga. —cobreix el telèfon amb la mà i afegeix, cridant—: Que ya no se cree que estés montando a caballo.

—¿Montando a caballo?

Al matí m'he endut l'esmorzar al terrat i he dit a la iaia que si trucava l'Astrid li digués que havia marxat. «Marxat» així, en general, però es veu que ha decidit nodrir l'excusa.

—No puedes estar cinco horas en la ducha, Rita —remuga—. Pero si tú no te quieres poné, pues no te pones.

Jo no hi puc estar més d'acord, però tampoc puc evitar l'Astrid eternament. Soc conscient que potser exagero, però que em veiés marxar a punt del col·lapse i decidís quedar-se amb el Santi va ser com caure d'un cinquè pis.

L'Astrid saluda amb un «hola» tímid i arrossegat, i em comença a demanar disculpes: diu que va pensar que seria un simple petó a la galta perquè ella també se n'estava fent un amb el Santi («Bravo, Astrid!») i que es pensava que jo aniria a parlar per telèfon i tornaria a entrar, que m'havia escrit mil missatges... i altres excuses que segur que són veritat, però que no m'importen gens.

—Ara ja és igual —responc.

Es fa un silenci llarg, desconegut. Després continua dient que en realitat tothom sap que el Gonçal és un pendó —sento una punxada gèlida a l'esquena—, i continua xerrant, omplint els meus silencis, fins que troba la manera de parlar del Santi. De com n'està d'enamorada —estic a punt de penjar— i que ja no té ganes de marxar de viatge perquè no pot suportar la idea d'estar lluny d'ell...

—Doncs no marxis. Mira tu quina complicació.

—No puc, ja ho tinc tot pagat i tancat. Si no hi vaig perdo tota la pasta. Marxo d'aquí a una setmana... —continua, amb el que em sembla el preludi d'un plor romàntic que reté per compassió. Després fa una pausa dramàtica i afegeix, com si em recomanés un restaurant—: I per què no hi vas tu, en lloc meu?

—Perdona?

—T'aniria bé prendre distància, airejar-te... I seria perfecte, allà segur que aprendries anglès d'una vegada!

—I qui cony t'ha dit que tinc algun interès a aprendre anglès?

—Bé, si no n'aprens no et trauràs la carrera.

—Com et pots imaginar, ara mateix m'importa una merda la carrera. Mai he volgut ser psicòloga.

—Però sempre has dit que era un primer pas, començar, una oportunitat per trobar el que realment t'agradaria fer.

—Doncs he canviat d'opinió... —Silenci, penso en Amèrica—. A més, saps que jo amb els ianquis no sobreviuria ni un dia... No sabria ni demanar un taxi...

—Bé, precisament «taxi» en anglès es diu igual..., «taxi».

—Ha, ha.

Aleshores menteixo i li dic que he de penjar perquè em

reclamen al restaurant. Ella fa veure que em creu i acordem que ens trucarem més tard. Pengem, tristes, perquè tot i que sabem que un dia no gaire llunyà tornarem a riure juntes, també sabem que aquell vincle blindat que ens ha unit durant quatre anys s'ha esquerdat.

Miro el mòbil amb l'esperança de trobar una trucada del Gonçal, un missatge de disculpa, un senyal. Fantasiejo amb la possibilitat que en algun moment, sense adonar-me'n, m'hagués menjat el tall de pastís de marihuana de Mallorca que vaig guardar al congelador, i que tot hagués sigut un mal viatge. Però la tristesa i la ràbia són massa reals. Miro la pantalla: trobo un munt de trucades perdudes de l'Astrid, un parell del Santi, i la resposta, ara ja inútil, de totes les persones a qui vaig trucar ahir a la nit, enmig del naufragi.

Tanco els ulls i sento l'escalfor del sol que es fa lloc entre les batzegades dels llençols eixugant-se a l'aire. Les calces de la iaia onegen a contrallum. Penso que em quedaria aquí dalt per sempre, dormiria al ras i diria que em posessin el menjar en un cistell que pujaria amb la politja un cop al dia. Com feien els contrabandistes. Miraria el cel de nit de la Cerdanya i resseguiria les figures còsmiques. Seria perfecte: tindria les millors vistes del món i mai més no sabria res de ningú. Bé, o gairebé de ningú...

—Iaia, ya puedes salir, que te veo las zapatillas por detrás de la cortina. —I en un acte reflex s'amaga, com si no acabés de dir exactament el que acabo de dir. A continuació remuga, i amb un «la madre que la parió» entra al terrat fent-se l'ofesa. Agafa una cadira de fusta, li treu la pols amb el drap com si l'estigués apallissant i després hi posa el drap amb cura per no embrutar-se la bata.

—¿Qué te ha dicho la... la... esa?

—Nada. Tonterías, excusas. Además, va y me suelta que está tan enamorada de su novio que no quiere irse de viaje.

—Jodé, qué poco tacto, la jodía...

—Dice que me vaya yo de viaje a Estados Unidos.

—¿Eso dónde es?

—Es América.

—América...

—Sí, iaia, allí donde hacen las películas de los vaqueros.

—Ah...

No en té ni la més remota idea. Ens quedem una estona en silenci i sentim els xiulets de l'Asunsion que obre la porta perquè entrin les vaques: «Vaqueee». Mentrestant, una família de Barcelona comenta l'escena amb molt d'entusiasme: «Neeens! Mireu les vaqueees, tenen les cuixes plenes de caca!». «Cacaaa! Quina pudoooooor!».

La iaia tanca els ulls, respira fondo i expulsa l'aire amb un fil de veu. Somriu i dispara:

—¿Y por qué no te vas?

Jo la miro i penso que s'ha tornat boja.

—Iaia, no sabes lo que estás diciendo... —Fem una pausa llarga. L'única imatge que em ve dels Estats Units ara mateix és el capítol de *Sex and the City* quan una russa li depila tot el parrús a la Carrie perquè la russa no sap anglès. Jo seria aquesta russa. Cada dia depilant parrussos per equivocació—. ¿Qué voy a hacer yo allá? Esto está al otro lado del mundo, allí hablan inglés y...

—¿Y qué? ¿Te crees tú que cuando me vine yo de Andalucía sabía algo de catalán?

—Seguro que no... Bueno, y ahora tampoco... —Ric, sense resposta.

Està asseguda amb les mans encaixades sota els pits, el nas encarat al sol i el somriure intacte.

—¿Y qué vas a hacer, Rita...? ¿Te vas a quedar aquí sentada, esperando a que el Punsá te llame? —Sap que no respondré i continua, agraint que el sol li escalfi els ossos—: Eso no es amor, niña. El amor de verdá, el que te ciega y te quema, es un torrente que se lo lleva todo, como el mío, que me hizo dejar a mi familia, a mis amigos..., a mi vida.

No l'havia sentit parlar mai així. Parlar del seu passat sense fer broma. Mantenim un silenci tan llarg, aquest somriure misteriós… Callo, conscient de l'oportunitat del moment. Fins que de cop el cos de la iaia s'atura, rígid, com si acabés de trobar-se de cara amb una Natalia que feia molts anys que no veia, que no li parlava.

La Natalia que adora perquè és l'alegria de cada festa, la veu i l'estrella dels escenaris d'Andalusia. La joveneta que il·luminava els que venien a veure-la cantar i ballar d'amagat de la seva mare. I la retrobada és duríssima.

S'acaricia les mans amb molta cura, però per primera vegada no les mira amb melangia com fa tantes vegades d'amagat, amb llàgrimes de ràbia.

—A mí me querían casar con el Granaíno, pero yo no lo quería… Yo solo quería irme de Las Casillas, huir de mi madre. Y quería a tu abuelo, no tenía ojos pa nadie más… Y él… pues te puedes imaginar lo loquito que se quedó cuando me vio en aquel escenario con mi vestido de lentejuelas cantando a mi Carlos Gardel.

»Ai, pobrecico mío… —Una llàgrima li cau per la cua de l'ull, lenta, recorrent-li la galta de vellut—. Yo solo era una niña. No tenía ni veinte años cuando me fui de casa a escondidas con la mula, muerta de miedo. Cogí las pocas perras que tenía y me fui dejando las llaves en la puerta. Si mi madre me llega a pillá… —continua, quieta, i veig com la pell del braç se li eriça fins al clatell— me mata, mi madre me mata a palos.

»Pero cuando aquella noche vi a tu abuelo acurrucaíto a la puerta de la María la Tuerta, esperándome, supe que era mi única oportunidad. Venirme a Catalunya con tu padrí fue la mejor decisión de mi vida. Dejar mis canciones fue lo más duro que he vivido nunca, ¡porque yo quería ser cantaora! ¡Yo ya *era* cantaora! Pero los fogones me parecieron un paraíso si así podía estar lejos de mi madre. Tú sabes que lo hemos pasao muy mal. Hemo pasao hambre y frío, y penas que nadie debería pasá. Pero he vivido mi vida como decidí yo, y te juro por San Benito que lo volvería a hacer todo igual. —Torça el cap—. Bueno... casi tó.

Obre els ulls i fa un petó a la medalla que porta penjada al coll, on encara guarda la foto en blanc i negre del seu casament. Es treu el mocador de dins dels sostenidors, li cauen cinc euros, un sobre de sucre i un tiquet de la compra, i s'eixuga les llàgrimes amb la força amb què netejaria el fang de les sabates de l'hort. Torna aquí i em mira.

—Tú y tu hermano sois mi alegría. Ya sabes que lo daría todo por vosotros, mi arma, pero hay cosas que solo las puede hacer una misma. Eso tú todavía no lo sabes, porque hoy en día los jóvenes no sabéis lo que es sufrir. La vida es una maravilla, sí, ¡una maravilla! Pero no todo es fiesta y chistorra, mi niña. La vida también es muy puta y duele. Pero lo que no puedes permitir es dejar que otro coja las riendas de la tuya. Y menos un sinvergüenza como ese. —Es recolza en una cama, prem el puny amb força i em clava els ulls—: A mí no me quedan muchos años, hija, pero cuando miro atrás estoy orgullosa de lo que he hecho. —Se li fa un nus a la gola, per un moment penso que no pot continuar—. ¡Aprovecha la suerte que te ha tocado! Tienes que agarrar tu vida! ¡Devorarla! Y eso no lo vas a conseguir aquí sentada en el terrat, ¡mirando cómo se secan las bragas al sol! —M'agafa les dues mans amb força—. Anda y vete. Ve a buscar tu vida, a encontrar lo que te haga feliz de verdad, que cuando quieras volver, aquí te estaremos esperando.

El cel, d'un blau opac, fa córrer una brisa suau que gronxa les margarides i enlaira els tovallons. La iaia s'aixeca i camina fins a la barana, hi recolza els braços amb un dolor lleu i observa l'horitzó.

Està sola. Lluny de mi, lluny de tot.

A poc a poc, el seu cos, rovellat i tossut, modula una dansa de gestos que rescata d'algun indret llunyà en la seva memòria motora. De quan era una artista. De quan la vida li bullia a la sang. Una aura antiga li abraça el cos i li enlaira l'ànima. No la reconec.

Estira els dits, que per uns instants obliden el dolor, i s'observa les mans com si acabés de retrobar-se amb dues velles amigues. De cop retorna als dies de llum i d'èxit. La Natalia torna a l'escenari.

Alça les mans a l'aire i arqueja els canells, com si els despertés. Aixeca el cap amb un somriure immens que ofereix al sol, i per primera vegada a la vida, amb una veu tan profunda i colpidora com una tempesta, la sento cantar:

Yo adivino el parpadeo
de las luces que a lo lejos
van marcando mi retorno.
Son las mismas que alumbraron
con sus pálidos reflejos
hondas horas de dolor.

[...]

Volver con la frente marchita,
las nieves del tiempo platearon mi sien.
Sentir que es un soplo la vida,
que veinte años no es nada,
que febril la mirada, errante en las sombras
te busca y te nombra.
Vivir con el alma aferrada
a un dulce recuerdo
que lloro otra vez.

[...]

Pero el viajero que huye
tarde o temprano detiene su andar
y aunque el olvido, que todo destruye,
haya matado mi vieja ilusión
guardo escondida una esperanza humilde
que es toda la fortuna de mi corazón...

Una àguila plana damunt d'un camp de roselles. S'acosta el migdia; la llum arriba a les cornises de les cases de pagès, i a les capçades dels arbres i a la roba estesa dels veïns. És una escena preciosa... però no la veig.

No veig l'àguila, ni les roselles, ni les cornises de les cases, ni la roba estesa dels veïns. Perquè només la veig a ella.

Qui és aquesta dona?

On ha estat tot aquest temps?

L'observo i juraria que l'he vist levitar. Encara al costat de la barana del terrat, retorna al sol els moviments de joventut prestats i els agraeix amb un darrer somriure.

La iaia torna aquí, vestida amb el davantal gris gastat i les espardenyes de l'hort. I el dolor. I l'entrega.

Es gira i em mira. Una pau colpidora ha transcendit a la melangia i el rancor. Ha fet les paus, potser amb el passat, potser amb ella mateixa. Ignora el fet que jo tingui la cara plena de llàgrimes i l'ànima als núvols. Ignora la connexió brutal entre ella i jo, les paraules, l'art i la seva veu. Només em mira i, emmarcada pel sol de l'estiu, em diu:

—Tú no eres una viajera que huye, mi niña. Tú te vas de viaje porque te vas a buscar.

On dius que vas, ximple?

—A ver, Rita —el cap de rul·los de la iaia sobresurt entre una muntanya de tàpers—, te he preparao: embutío, paparajotas, una botella de aceite del bueno, penní y bacallà en sanfaina. Y para el avión, unas croquetas.

Aleshores aixeca la mirada i s'eixuga les mans al davantal. I amb la seguretat d'algú que no entén exactament què vol dir anar amb avió o què vol dir Estats Units, pregunta:

—¿Vas a tener suficiente?

Penso que dos mesos a Amèrica poden ser molt de temps o molt poc, però ara mateix em semblen una eternitat.

—Iaia, me parece todo perfecto. —Li faig una altra abraçada.

Ella s'aparta de mi i remata:

—¡Y no te olvides de mirar bien todos los bolsillos de la maleta!

Surto al pati i torno a mirar les taules del menjador; la llum s'esmuny per les finestres i ressegueix els plecs dels tovallons de roba i cinc cartells de «reservat». Els pixapins s'acosten.

Hòstia! M'aturo un moment en un instant de pànic i obro la motxilla. Sí, és aquí. El vibrador amb forma de dofí i el porc clauer de penis extensible que em van regalar les meves amigues com a souvenir de viatge són aquí. Ahir vam fer un sopar de comiat improvisat i vam acabar molt tard. He dormit quaranta minuts.

—On dius que vas, nena?

Una filera de veïns m'esperen al portal del pati amb el mateix posat que esperen les núvies del poble sortir de casa. S'han vingut a acomiadar i l'expressió general és de profunda incomprensió.

—Me'n vaig a Amèrica. —Sembla que no vagi amb mi.

—Agon, dius? —L'Asunsion no entén res.

—Als Estats Units, a Nova York, allà on roden les pel·lícules del Woody Alle... de vaqueros. —L'Asunsion em dona un parell de llonganisses.

—Sí, ja sabem on és, Amèrica, collons, et penses que som rucs? —contesta ella, sonant-se el nas amb un mocador de fil planxat—. Aioooi, Rita! Pel teu mal cap has suspès la carrera i ara te'n vas on Déu Nostru Senyor va perdre l'espardenya. Que Déu ens agafi confessats.

De vegades m'oblido de la velocitat supersònica amb què corren les notícies en un poble. Va resultar que els papes no s'havien oblidat del meu examen d'anglès. Per sort, en vam parlar abans del servei, amb certes presses, però la mirada trista i decebuda que va caure damunt la taula de la cuina no va ser menys punyent. «Però, Rita, podries haver tingut un estiu meravellós, lliure d'obligacions, i per una simple assignatura, per l'anglès... Quin greu, filla, quin greu. I ara, què faràs?».

—A quina ciutat dius que vas? —El Lluís crida en la distància. Per alguna raó ha decidit quedar-se plantat al mig del carrer.

—A Nova York... —Les dues paraules sonen absurdes.

—Mira, just ara que l'alcalde Bloomberg deixa el partit republicà... —El Lluís es gira i se'n va.

—Agoita! —diu rient la Trini—. Pere, has sentit on va? Aiuuui...

—On vas, boig! —crida el Pere, que pela una poma des del balcó—. Què cony se t'hi ha perdut a Amèrica? I qui ajudarà els teus pares al menjador?

—Desdeluegu... s'ha de ser ximple! —L'Isidre em mira com quan va veure el negre de Banyoles per primera vegada.

Jo els voldria dir que sí, que soc una ximple i que no se m'hi ha perdut res de res, allà. Però accepto l'últim fuet amb un somriure.

—Va! Calleu tots, ja, collons! —La Trini em fa una abraçada—. Que tinguis bon viatge, nena, i vigila! Que no t'enganyin, que allò és un xafarranxo i hi ha gent molt puta!

Ja al cotxe, resisteixo la son per acomiadar-me de la Cerdanya. Sortim d'Alp, ens enfilem per la carretera de Das i em retrobo amb el paisatge de l'altre dia, de sempre. «Dos mesos», penso, «tampoc n'hi ha per a tant...», però la veritat és que mai he estat tan lluny, ni tant de temps fora de casa. Serà suficient per trobar una vocació de veritat?

Són prop de les vuit del matí i sembla que la vall encara dorm. A l'església d'Alp toquen les vuit i el so de les campanades ressona fins a desaparèixer amb els camps i les teulades negres de les cases. I el meu terrat. I la iaia.

Al fons de l'escena, al final de la rectíssima recta de Queixans, Puigcerdà s'empetiteix alçat al cim del turó.

Giro el cap amb malenconia, amb la intenció de tancar els ulls per no obrir-los fins a l'aeroport, quan de cop, com un fantasma vestit de negre que sobresurt entre la boirina matinal, el veig.

La furgoneta del Gonçal està aturada al final del seu camí. Un reflex antic, massa recent, em fa incorporar de cop. És un reflex tan potent que m'extermina la decència i em fa aixecar la mà per saludar-lo. Des del meu seient, amb la cara embalsamada de ressaca i una mà congelada a l'aire, el temps torna a entrar en ralentí: veig la cara del Gonçal, tan sorprès com jo, que em segueix la mirada. Jo no puc apartar-la. Durant uns instants sento que encara puc tornar enrere, que podem tornar a qui érem fa només uns dies, a l'altra banda d'aquell camí, a la caseta de l'arbre...

Fins que el sol il·lumina el seient del copilot, i la veig. La Sònia i la seva cabellera afro perfecta dels collons. El rastre del parabrisa dibuixa una forma de cor damunt dels vidres. Bonica merda. Torno a sentir l'ombra allargada que em va atrapar fa quatre dies a Girona i noto com qualsevol bri d'esperança que pogués guardar a dins acaba de morir. M'adono que encara tinc la mà alçada. I que malgrat la quantitat de possibilitats que ha donat aquest moment infinit, ell no saluda. El Gonçal continua immòbil, l'intermitent posat, seguint-me la mirada. La Sònia, aliena al moment, s'inclina per apujar el volum de la ràdio. Ella somriu i el mira. Però ell em continua mirant sense aixecar les mans del volant. El moment acaba i el Gonçal desapareix darrere la corba d'Urús. Ell i tota la meva vida fins ara.

Les fabuloses Tortugues Ninja

Sec a l'única filera buida de la porta B34, a la Terminal 2 de l'Aeroport del Prat Barcelona, i desembolico amb cura l'iPod que m'ha regalat el meu germà. El disseny del paquet m'encomana una pulcritud en els gestos que no reconec en mi.

Des que he acomiadat els papes i l'Albert darrere l'arc de seguretat, saludant a mode «Noche de fiesta», que arrossego un nus a la gola. He intentat distreure'm empastifant-me de dalt a baix a la secció de cosmètica, però no ha funcionat gaire. I ara, quan veig que l'Albert ha inclòs a l'iPod la meva música preferida per sorpresa —és que fins i tot hi ha posat «Turistas heridos», de Cyan—, el nus ha agafat la textura d'un litxi.

Sec davant de la porta i obro els ulls amb intermitència prudent per comprovar que encara no hem començat a embarcar. Alhora gaudeixo de les múltiples flaires cosmètiques que deixen els meus cabells. Magnòlia, te verd. Fins que, de cop, un objecte desconegut es filtra al meu camp visual: és un tirabuixó.

La meva filera de seients s'omple d'un escamot de jueus ortodoxos. Una trentena d'homes clonats, vestits de negre amb barret de gautxo i maletí, seuen aparatosament a les cadires que m'envolten. Projecto la imatge des de dalt i m'imagino l'escena amb mi i el meu jersei de color blanc, com si jo fos el Floquet de Neu en un dinar familiar.

No parlen. Es balancegen al ritme d'un càntic inintel·ligible que entonen a partir de les pàgines del llibre que tenen entre les mans. No cal tenir el nas gaire fi per adonar-te que no s'han dutxat durant la visita que han fet a Barcelona. Que no deu haver sigut curta. El meu veí em mira i em diu alguna cosa que no entenc. Parla en anglès. Assenyala l'iPod i em demana si el pot tocar. L'hi ofereixo i m'ensenya com puc canviar de cançó i de volum fent lliscar el dit en cercles sobre la rodoneta.

«Thank you», li dic, agraïda, tot i que ja ho sabia. Sembla que tindré el plaer de perdre la meva virginitat transatlàntica amb aquest grup simpatiquíssim de fashion victims ultrareligiosos. Espero, com a mínim, no haver-hi de compartir filera.

No he tingut sort. Gens de sort, de fet. No n'eren només trenta, d'ortodoxos, sinó cinquanta. Un grup que ara mateix es concentra en un mateix compartiment, el mateix que aquí, una servidora asseguda en un centre geomètricament perfecte, sembla que presideixi divertint les hostesses que s'amaguen el riure i la pudor —és una realitat, els de la meva filera fan molta pudor— amb un dit per sota el nas.

Diria que l'última vegada que em vaig posar uns auriculars estaven folrats d'espongeta negra i sonava el CD de Dover. Gairebé m'ha sabut greu escollir un tema després de donar mil voltes a la rodona. No vull pensar: Queen.

M'aixeco sense miraments a la meitat de l'enlairament i aconsegueixo un lloc al costat de la finestra a ritme de «I Want to Break Free». Necessito acomiadar-me de Barcelona des de l'aire. La ciutat que fa cinc anys que s'ha convertit en part de mi ara es fa petita sota meu. Adeu, Apolo, adeu, adeu, Ovella Negra, adeu, adeu, Razz, adeu, adeu, birres de la plaça del Sol i xauarmes del Raval... Adeu, adeu, amics.

La tarda comença a caure i una manta porpra tenyeix el cel. La llum malva entra per les finestres d'aquest avió gegantí com un llamp que busca la sortida i esquitxa els respatllers i els tirabuixons dels meus companys de viatge. De mica en mica la ciutat es difumina sota d'una capa de núvols vaporosos, fins a desaparèixer del tot en un cel immaculat, en terra de ningú. S'esfuma com aquest matí ho han fet el terrat de casa, i les meves muntanyes i la iaia amb el davantal. Com ho ha fet el Gonçal. Com ho he fet jo. Sento que el buit a l'estómac és més tangible que mai i tanco els ulls gestionant un mareig sobtat. M'adormo.

No sé quantes hores fa que dormo però pels turmells que tinc en deu fer unes quantes. Semblo la Montserrat Caballé.

Destapo amb il·lusió la safata de menjar que m'he trobat a la tauleta reclinada de davant. És una panga rebullida amb patates i, després del primer mos, penso que l'estètica no fa justícia al gust. El meu veí devora un grapat d'ametlles mentre llegeix l'Antic Testament amb un lleu balanceig del tors, i amb cada batzegada deixa anar unes aromes clares de suor i naftalina. Malgrat la pudor de ranci, m'aventuro a mastegar un tros de pa de brioix amb mantega; m'incorporo amb el coixí per tornar a tancar els ulls, però de cop s'apaguen tots els llums de l'interior de l'avió en un ambient de xou.

Comença el descens.

La veu radiofònica del capità desperta els passatgers amb un entusiasme inesperat. L'home emet un missatge inintel·ligible i content, i acaba amb un mig crit que dona pas a les primeres notes d'una cançó que sempre he sentit a la discoteca a les sis del matí, i que ara provoca una remor d'emoció entre els meus amics passatgers. El meu company de negre, que s'ha donat per vençut intentant comunicar-se amb mi amb onomatopeies —li he dit que no sé anglès fa hores—, em passa per davant i apuja la persiana de la finestra.

I apareix.

Buà. La vida es compta a base d'instants que et paralitzen el cervell. Saps que estàs viu per aquests moments que et disparen de la realitat i t'envien a anys llum dels dies ordinaris. Un punt i a part. Una imatge com aquesta.

Una pantalla negra plena de llums. La ciutat s'estén a l'altra banda de la finestra com una bassa de nit amb rierols de boirines fluorescents. Edificis i edificis. No en veig el final. M'amorro al vidre. Sembla que no pugui ser. La veu de Frank Sinatra cantant «New York, New York» s'esculpeix lentament i profundament en la meva memòria vital.

Diria que és l'avió sencer que acompanya Sinatra amb un accent tan ondulat que em flipa i m'aterreix a la vegada. Centenars de veus que arriben des de tots els extrems de bord canten a plens pulmons sense vergonya.

Veig l'Empire State. L'Empire State! Penso en la Meg Ryan i el Tom Hanks, i en el porter de l'edifici que li diu al Jonah: «Què faràs quan arribis a dalt, escopir?».

M'uneixo al càntic. Taral·lejo com puc en un estat d'èxtasi fulminant, fins que, davant l'estupefacció del meu company de vol rinxolat, canto amb un crit que m'arriba des del fons de l'estómac: Niu iòrc, NIU IÒÒÒRC!

Soc a Amèrica.

Tot l'aeroport és moqueta i escuts amb inicials i àguiles de l'Air Force One. He fet més d'una hora de cua per arribar al mostrador, i he hagut de dissimular com em sorprenia veure tantes nacionalitats, tants turbants, tants maquillatges, túniques i pentinats del món.

I després de creuar la barrera sense gaires incidents, he viscut un d'aquells moments que sempre m'havien fet il·lusió: que algú sostingui el teu nom escrit en un paper a la sortida de l'aeroport.

El meu nom l'aguantava un noi que no arribava a la vintena i que, per com doblegava compulsivament les puntes del cartell, semblava molt nerviós. M'hi he acostat i ha assenyalat el paper per assegurar-se que era jo. «Welcome!».

En sortir al carrer m'ha rebut una bafarada de ciutat i una filera de taxis de color groc; m'ha fet tanta il·lusió veure'ls que he tret la càmera per fer una foto, però el noi m'ha reclamat de seguida amb un crit. Fem tard.

La furgoneta a la qual el postadolescent em convida a entrar no té cap logotip que anunciï una escola d'idiomes ni res, i per la pinta que fa hi he projectat un carregament exòtic: porcs vietnamites, gallines, cocaïna. En aquest ordre. En tot cas, res de bo.

El noi ha encaixat l'equipatge al maleter entre una desena de bosses més i ha obert la vella porta corredissa amb força. En impulsar-me amb el peu cap a dins he donat una ullada ràpida, i el reflex de les llums del porxo ha il·luminat la meitat de la cara esquelètica, pàl·lida i encaixada entre dos seients d'una noia de l'est que m'ha fotut un susto de mort.

«Renata», s'ha presentat. Ha allargat la mà, aparatosa, entre els dos capçals. I ha repetit: «Renata».

«Rita», he contestat.

La porta corredissa s'ha tancat darrere meu amb un cop sec. «Arribem molt tard», ha anunciat el noi vocalitzant molt, ja amb les mans al volant; el to m'ha semblat prou inofensiu per enroscar-me al seient i veure Nova York desplegar-se darrere la finestra a les dues de la matinada.

«Soc a Nova York», he repetit per creure-m'ho.

Després d'una mitja hora arribem al centre de la ciutat. Les meves companyes es desperten amb els llums de l'interior de la furgoneta i tardo poc a adonar-me que cap d'elles es coneix. (I només hi ha noies! Però a quina mena d'escola d'idiomes s'ha apuntat, l'Astrid?). Baixo i trepitjo terra ferma, contenta que, de moment, no sembla que es tracti d'un segrest ni de tràfic de blanques. Miro al voltant i l'ànima de la ciutat s'apodera instantàniament de mi. L'escena s'omple amb una fressa indefinida de maletes, abrics i monosíl·labs de comunicació logística: «yes», «no», «ah».

El món subterrani s'eleva en columnes de vapor densíssimes que saturen les llums dels semàfors, els cartells de les botigues, els fanals dels cotxes. Només puc pensar en una cosa: Les fabuloses Tortugues Ninja. Veig una dona vestida de pallasso, un conductor de limusina que arrenca i un sensesostre que carreteja un menjador sencer dins d'un carro de la compra. Habitants en un laberint de fum i de neons. La boirina general es desfà façana amunt, acaricia les rajoles marrons i arriba fins a dalt, on els vells dipòsits d'aigua s'alcen com vigilants absoluts.

Darrere meu descobreixo un edifici de ciment ataronjat amb aires dels anys cinquanta que escala cap al cel amb torres desiguals. Al cim, amb unes lletres vermelles que he vist en incomptables ocasions i trencant aquest cel de color vainilla, anuncia...

—Noia! Però què fas? —El postadolescent està indignat—. Estem tots a dins de l'hotel! Només hi faltes tu!

... anuncia: THE NEW YORKER.

Una dona robusta ens espera al capdamunt d'unes escales, a l'altra banda d'un vestíbul de marbre blanc. Sona música d'ascensor i fa olor de moqueta.

Només hi som nosaltres i la dona robusta, que té la pell brillantíssima i els cabells curts i rossos, com un capità militar. Porta uns texans elàstics i una samarreta llarga de propaganda que li tapa les protuberàncies de greix que li surten dels engonals. Ens rep en silenci i amb els braços oberts. El somriure li creix a càmera lenta, al mateix ritme que tira la barbeta cap endins i la papada li surt cap enfora. Quan ja hi som totes, disposades en una filera improvisada sorprenentment simètrica, la dona robusta explota en una frase d'eufòria, que malgrat sigui evident que l'ha repetida centenars de vegades no ha perdut ni gota d'entusiasme. Jo no entenc res, però per la cançoneta i la gesticulació exagerada dels braços —en lloc d'estudiants semblem micos experimentals, però admeto que s'agraeix—, interpreto que ens dividirà en grups.

M'ha tocat compartir habitació amb la Renata i amb l'Ana, una argentina. A l'Ana només li han calgut disset dels quaranta-dos pisos de pujada amb l'ascensor fins a l'habitació per explicar-me amb pèls i senyals com s'ha passat els últims tres anys treballant —des de xofera de passatgers dubtosos fins a esquiladora de llames— per estalviar diners per venir fins aquí, per viure aquest moment.

«M'ensenyes un euro? No n'he vist mai cap!». Està tan contenta i fascinada que l'envejo.

Ja instal·lades, després de presentar-nos a mode indi i de gesticular amb els braços de manera totalment innecessària:

Jooo (mà al pit).

Rita (doble cop al pit).

Barcelona (dues mans obrint-se a l'aire).

«Boluda», ha dit la meva nova millor amiga. «No pot ser, de veritat que has vingut aquí amb aquest nivell d'anglès?». És veritat que havia exagerat —tenia molta son—, però també és veritat que sí, que he vingut amb *aquest* nivell d'anglès.

Ja són totes al llit dormint; fins i tot l'Ana, que segueix parlant amb els ulls tancats i els llums apagats. Jo aprofito el silenci per córrer les cortines i retrobar-me amb la ciutat darrere d'un finestral blindat. Em fico al llit i, en un angle privilegiat, m'adormo amb el que em sembla un miratge: l'Empire State ja no és un pòster a l'habitació de la Vila Universitària.

Un petit imprevist sense importància

—Merrrda! —dic en veu alta, allargant la «r» a mesura que veig tots els llits buits de l'habitació.

Agafo l'ascensor i arribo a la planta baixa després de quaranta pisos amb les orelles tapades. El vestíbul està buit. La recepcionista, que està sola i sosté el telèfon amb l'espatlla mentre desembolica un caramelet, em veu i apunta la porta de la meva dreta amb el paper transparent del caramel. A la porta hi ha un cartell enganxat que anuncia: «Au-pair in The States». Jo la torno a mirar i li faig que no amb el cap. Però ella hi insisteix.

Entro. Fa olor de plastilina.

Dues-centes cares es giren a l'uníson i l'ona expansiva em tensa l'esfínter. Dues-centes cares de noies. Però què cony vol dir això?

La dona robusta de protuberàncies als engonals presideix l'acte —perquè això, com a mínim, és un acte—. Repeteix el somriure «papadal» d'ahir a la nit i amb braç teatral em convida a seure. A la llunyania, al costat de dues índies, veig l'Ana que m'intenta dir alguna cosa amb les mans i em fa l'ullet i riu i torna a dir alguna cosa.

Les parets estan plenes de pòsters de nens. Pòsters amb fills de famílies idíl·liques de totes les nacionalitats possibles, piràmides alimentàries i lemes curts escrits amb lletres de colors. A l'escenari hi ha pilotes, patinets, nines i una muntanya de jocs infantils. Només falta el Chucky.

Potser és una escola de l'Opus? Sabia que l'àvia de l'Astrid era creient, però... tant? Ens raparan?

A l'escenari surt una voluntària. La dona robusta, que quan es posa seriosa inverteix la postura mandibular —ara llavis enfora, papada succionada endins—, li dona un bebè de plàstic que la voluntària accepta amb la mateixa solemnitat i el col·loca damunt d'una taula metàl·lica. La voluntària comença a palpar el bebè davant l'expectació massiva de les noies del públic, que prenen apunts amb la urgència de qui necessita desxifrar el codi de la bomba als últims segons. La voluntària pressiona el pit de plàstic amb dos dits i li practica el boca a boca insuflant-li aire a mitja cara, acompanyant-se d'uns moviments sacàdics amb el tors. Impressionant. Inquietant.

Quan la voluntària considera que ja ha acabat l'exercici, aparta la boca de la cara d'aquell ninot gastat —moltes boques han xuclat aquella pintura de color carn— i s'asseu entre l'aplaudiment efusiu de la sala. Com si acabés de salvar el nadó de veritat. La dona robusta espera que acabi l'ovació per agafar el ninot del peu i sacsejar-lo bruscament. L'esforç li precipita gotes de suor al front i li humiteja els engonals enfosquint el color dels texans.

Per fi atura el sacseig en sec i diu: «NO». I com si fóssim micos dins d'una gàbia menjant-nos les puces respectives repeteix, alt i rotund: «NO, NO!».

El públic apunta a les llibretes: «NO».

Jo observo l'escena mirant a banda i banda, buscant un somriure còmplice que no trobo. L'Ana està concentradíssima. Mentre la dona robusta canvia els bolquers al ninot, passo del meu estat catatònic a aguantar-me el riure per sota el nas. A més, tinc curiositat per una paraula que no para de repetir... Què cony vol dir «au-pair»?

És hora del break. L'Ana s'acosta somrient, satisfeta, i se serveix un cafè en un got de porexpan.

—¡Boluda! Però quina manera de dormir! T'he intentat despertar tres vegades! —I, sense deixar-me parlar, continua:— Quina passada per ser el primer dia, no? Però quina intensitat, ¡la hija de puta! La part d'història americana és la que m'ha agradat més. A tu t'hauria encantat! —M'informa, com si haguéssim parlat més de cinc minuts en total en l'encreuament de les nostres vides.

—Ana, perdona... —Soc conscient que quan li faci la pregunta semblaré la tia més curta del món, així que decideixo temptejar el terreny—. Saps quan comencen les classes d'anglès?

—Classes d'anglès? No, aquests tres dies només ens ensenyen les normes bàsiques. És a dir, què s'espera de nosaltres, la relació amb els pares, què hem de fer quan plou perquè no s'avorreixin, prendre la temperatura de...

—Quan plou? Els pares de qui? —pregunto, carregant-me tots els filtres que encara em situen com una noia coherent que ha travessat l'Atlàntic per un objectiu conegut.

—Com que els pares de qui? Els pares dels nens... La meva família és de San Francisco. M'han tocat dos nens: un de tres anys i un de cinc. I a tu?

Aleshores és quan comença la suor freda i aquell lleuger xiulet de pànic a les orelles; el sabor metàl·lic a la boca. Com quan em vaig deixar el gas de la cuina obert tot el matí al pis de la Vila. O quan vaig veure el mòbil donant voltes a la rentadora. O quan em vaig deixar el radiador engegat... totes les vacances de Nadal. O... tantes tantes coses. Per molt que no ho admeti mai davant de la meva família, és cert: soc molt despistada.

Corro fins a la sala amb olor de plastilina per dirigir-me a la dona robusta, que em veu i em somriu, i, quan comença a obrir els braços per rebre'm, m'adono que després del *hello* no sé com continuar. No sé com es diu res del que li vull dir. De manera que li torno el somriure i corro a buscar l'Ana.

—Ana, digue-li que hi ha hagut una equivocació. Que jo he vingut aquí a fer classes d'anglès. En una escola d'idiomes. Dos mesos a Nova York. No a cuidar nens. Hauria de ser en una altra sala de l'hotel, no en aquesta.

—Quèèè??? —L'Ana crida—. Por la concha de...

—Després t'ho explico bé. Tu digue-l'hi, digue-l'hi. Que busqui a la llista: Rita. Rita Racons. —L'Ana es resigna sense controlar la dilatació de les pupil·les per l'estrès i s'explica amb un anglès tret del màster de literatura comparada de Princeton, Nova Jersey.

La dona robusta l'escolta amb atenció i jo exhibeixo un somriure congelat mentre les observo com un partit de tenis. A mesura que avança el discurs de l'Ana, la cara de la dona robusta es transforma, i passa de la curiositat a la incomprensió, fins a arribar a una expressió de terror que li fa brillar els ulls i li porta la mà a la boca. Se li han tornat a humitejar els engonals. Tres dits de suor. La cosa és greu.

La robusta surt corrent. Però què està passant?

Tarda poc a reaparèixer amb una llista que col·loca damunt de la taula de metall. Localitza el meu nom, aixeca el paper i me'l mostra a pocs centímetres de la cara. Espera una resposta, una reacció, alguna cosa. Jo encongeixo les espatlles, perduda, i espero donar a entendre que m'és igual el que em diguin, que jo no he vingut a Amèrica a fer de cangur de ningú.

—Diu que et van incorporar d'última hora —informa l'Ana—, que substitueixes una tal... una tal Astrid Casanova.

Quan sento el nom de l'Astrid el cor em fa un salt i empallideixo, fent evident, pel reflex de la meva cara als ulls de l'Ana i de la dona robusta, que, efectivament, soc a la sala de plastilina on he d'estar. Però la sentència no ha acabat. L'Ana, després d'un silenci sòlid, continua:

—La teva família és de... —Aixeca la mirada i nega amb el

cap baix, com si m'informés de la mort del marit a la guerra—: Rita, la teva família és d'Atlanta. —La dona robusta segella els llavis controlant una reacció que no sé desxifrar. L'Ana remata—: Tens tres nens: un de cinc anys, una nena de vuit i un preadolescent de deu.

La temperatura corporal em baixa dos graus de cop.

—He de fer una trucada internacional.

—Astrid, que em sents?

—Ritaaa?! —respon amb l'entusiasme de l'estiu mediterrani i de les cerveses de posta de sol a la vora del mar, molt lluny de l'olor d'ambientador de vainilla d'aquest vestíbul emmoquetat—. Com estàs? Com és Nova York?

—Doncs no ho sé, perquè des que he arribat que porto tot el puto dia tancada en un hotel veient com li fan el boca a boca a un bebè de plàstic.

—Com?

—Tia, què vol dir que he d'anar a Atlanta a cuidar tres nens?

—Què vols dir que «què vol dir»? —respon en un to auster, apartant-se del bullici—. No t'entenc.

—La que no ho entenc soc jo. Jo he vingut a Nova York a estudiar anglès durant els dos mesos d'estiu..., no?

—Ri... Rita... —Reprimeix una rialla que sap perillosa—. Estic flipant. Però si als papers que et vaig enviar ho detalla tot, fins i tot hi ha la foto de la família... T'ho vaig explicar tot l'últim dia, a la Vila. L'empresa es diu Au-pair in the Stat...

—Però tu em vas dir que anaves a aprendre anglès!

—Sí, i...

—I què vol dir «au-pair»? Ningú no sap què vol dir «au-pair»!

—«Au-pair» vol dir fer de cang...

—Sí, sí, ara ja ho sé, que he d'anar a fer de cangur!

—I Rita..., el contracte no és de dos mesos.

—Com?

—El contracte... —Silenci—. El contracte és d'un any.

—...

Dos graus menys de temperatura corporal.

—Rita?

—HAS DIT UN ANY?!

—Rita, però...

—Astrid, l'últim dia a la Vila em vaig fotre una ensaïmada de marihuana que em va fer veure paranoies que ni Lou Reed i David Bowie a l'últim dia del Sonar.

Llavors l'Astrid comença a recordar tots els moments en què m'ho va explicar i en què jo, per algun motiu que ara ja no ve al cas, tenia la ment en alguna altra banda. És una cosa que em passa. Em distrec fixant-me en coses aleatòries, com la facilitat innata que tenen els quillos per conduir les motos. O les olors de suavitzant dels que surten a córrer pel carrer. Però ara els quillos i els suavitzants són igual. Perquè resulta que he vingut a Amèrica a fer de cangur a Atlanta (on collons és Atlanta?) durant un puto any.

Sona una cançó que s'ha posat de moda aquest estiu, amb notes altes i ritme alegre. Fa molt bon dia. La recepcionista em somriu a l'altra banda del mostrador.

Miro a través de la porta giratòria del vestíbul i observo una noia de la meva edat, estupenda, que surt sola d'un descapotable vermell amb un cafè a la mà. Llegeix una revista amb un dibuix preciós a la portada. Riu. Es nota que sap on va. Com m'agradaria ser ella. Saber què fer. Saber on anar. Penso que si ella ha trobat el seu camí aquí, potser jo també ho aconseguiré. Torno el somriure a la recepcionista i desembolico un caramel.

—Rita...?

—Sí, sí, soc aquí —responc, en un to serè i amable que sorprèn a l'altra banda de la línia—, ets a Palamós?

Sento la veu del Santi rient a la llunyania i un monosíl·lab insegur, gairebé imperceptible que confirma que també hi ha el Gonçal... i la Sònia.

—Sí..., hem baixat fins a Palamós, que feien el concurs de llançar pinyols d'oliva a s'Alguer, i estem a casa els Mendi...

La cala s'Alguer i les seves casetes de colors. Homes panxuts serveixen rom cremat que s'evapora amb la broma blavosa del vespre. Sardines a la brasa, fuet i pa amb tomàquet. La remor incessant de les ones petites contra les pedres. Les havaneres i la mitjanit.

Les nits d'estiu al Mediterrani allarguen la vida a qualsevol. Només en mencionar-les, cada paraula pesa una tona de màgia. Conec aquestes nits com si fossin casa meva. Les he viscut molts anys i les viuré l'any que ve, i tots els anys que vulgui... El que no tindré mai més és aquest moment, el salt al buit, la incertesa que apareix ara mateix darrere la porta giratòria... L'oportunitat de descobrir el que em va dir la iaia al terrat.

El bombardeig del que em perdré durant un any em sobrepassa: la festa del llac, la Mercè, el Carnaval de Palamós, el Nadal (Nadal!), la primavera a les places de Gràcia, la neu al terrat, els meus amics, tres-centes seixanta-cinc nits envoltada d'una vida que m'encanta.

He de decidir si passar els meus vint-i-tres anys lluny de tot el que m'agrada i de tothom a qui estimo en el temps que dura una bufetada.

El descapotable vermell arrenca i s'allunya a càmera lenta. La noia decidida de plans claríssims desapareix de l'escena amb un elegantíssim moviment de cap.

—Hòstia, Astrid... El concurs de pinyols de Palamós... L'última vegada vaig guanyar jo, te'n recordes? —responc amb alegria.

—Dona, com oblidar-ho! —L'Astrid riu, desconcertada—. Però, escolta... aleshores te'n vas a Atlanta o tornes a casa?

—Ara he de penjar, Astrid. Tinc un bebè de plàstic que m'espera. Un petó.

Atlanta

Comparada amb Nova York, des de l'aire, Atlanta és una taca de ciment amb una dotzena d'edificis que reivindiquen la condició de capital americana. Més enllà d'aquest centre, la ciutat és una esplanada frondosa i infinita de natura verda. Quilòmetres i quilòmetres d'arbres esquitxats pel que des d'aquí dalt semblen petites cicatrius, centenars de centpeus. Cada tall és un carrer, i a l'extrem de cada punt —o de cada pota del centpeus—, a banda i banda hi ha una casa. No m'ho imaginava així. Sembla que la gent visqui al mig del bosc. Si fos així seria brutal.

Tal com informa la fitxa tècnica que la meva futura família adoptiva ha inclòs en una bonica panera de benvinguda que m'han enviat a l'hotel, entre aquests arbres viuen cinc milions d'habitants que converteixen Atlanta en la tercera ciutat més gran del país. També he après que Atlanta té l'aeroport més transitat del món, i que a part de ser la seu de la Coca-Cola, la CNN i Delta Airlines, aquí va ser on va triomfar el primer afroamericà milionari del país. Mai havia sabut tantes coses d'una ciutat. Si aquesta experiència acaba sent un desastre absolut, com a mínim m'hauré documentat en antropologia i geografia ianquis.

Ara bé, tot sigui dit: si em trobo algun nen estirat pels

carrers d'Atlanta a les portes de la mort, que ningú pateixi, perquè el puc ressuscitar de vint-i-quatre maneres diferents.

Comença l'aterratge. Intento relaxar-me i mentalitzar-me per a l'arribada. Que me'n vaig a fer d'au-pair, hòstia. D'au-pair! A Atlanta!

L'aeroport és modern, moderníssim. Després d'esperar l'equipatge he hagut d'agafar un tren (que no conduïa ningú!) que ha travessat tot l'aeroport. Inaudit. El futur.

En l'últim impàs de seguretat, una dona voluminosa i graciosa m'ha dedicat una frase curta i divertida de la qual només he entès una paraula: Hel·lena.

Segons més tard, un home igual de voluminós i igual de graciós també m'ha parlat de la tal Hel·lena. Qui deu ser, aquesta Hel·lena? La patrona d'Atlanta?

Creuo la porta de sortida. No hi ha gaire gent, però el reconec ràpid.

El pare, sol, espera vestit amb camisa hawaiana i una samarreta interior que diu: NO NOMÉS SOC PERFECTE, TAMBÉ SOC AMERICÀ.

Quina meravella.

M'ha donat la mà i m'ha dit: «Tots tenim moltes ganes de coneixe't. Tenim escopinyes».

O això crec que ha dit.

Malgrat que tots dos sapiguem que ja fa tres dies que vaig arribar al país i el canvi horari ja el tinc superat, l'excusa del jet lag m'ha proporcionat una mica de temps i m'ha perdonat les catalanades que m'han anat sortint des de l'aeroport. Entre d'altres, per dir «porta» he dit «port». Per una que em sé i la dic malament.

Quan s'ha presentat, per referir-se a ell ha dit «beca Fulbright» i «graus Fahrenheit» a la mateixa frase, i ara no sé si es diu com la beca o com el grau.

Deu fer un metre noranta i deu tenir uns quaranta o cinquanta anys. Els cabells blancs es fan lloc entre uns cabells decents de color castany fosc, i juraria que li he vist els ulls blaus. No té pinta de fer gaire esport. Ni d'haver-ne fet mai. Té alguna cosa que em fa gràcia, que em fa riure. I no és la samarreta.

Som en un BMW 4×4 impecable amb tapisseria beix que encara fa olor de nou. A l'emissora sintonitzada per defecte hi sona música clàssica. El cotxe marca que estem a noranta quatre graus Fahrenheit —no sé quants graus són, però fa molta calor— i l'aire condicionat m'aparta els cabells de la cara. L'home està un pèl nerviós, però sap com portar la conversa inicial; no només perquè és americà, sinó perquè no dec ser la primera au-pair que va a buscar a l'aeroport.

M'informa que s'ha posat la samarreta expressament per rebre'm, i que ho ha fet amb cada au-pair que ha anat a buscar a l'aeroport. Veus? Em fa gràcia perquè el to serè i intel·lectual amb què parla no pot allunyar-se més de la indumentària que porta. No sé si m'ha dit que és fisioterapeuta o psicòleg. Que sigui físio, sisplau, que sigui físio.

Ara mateix l'entenc una mica més que la resta d'americans que he conegut fins ara, cosa que em fa pensar que té un lleuger accent britànic. Tot i això, li he demanat si sabia qui era la tal Hel·lena, però no m'ha sabut respondre. Porta un perfum clàssic i un pèl antiquat: Aqua di Giò. Malgrat l'accent, m'explica moltes coses que no entenc i jo no puc semblar més simpàtica.

Deu fer uns vint minuts que hem deixat l'aeroport. És de nit i avancem per una autopista amb poc trànsit, fins que ens desviem per on el senyal de color verd fluorescent anuncia l'àrea del nostre barri: Decatur.

Poca estona després d'haver abandonat l'autopista arribem al nostre veïnat. Em crida l'atenció la tira de gespa infinita que recorre cada casa sense tanques de separació. La majoria de cases són enormes, n'he vist una que semblava un castell, mare de Déu, però la resta són boniques i de colors.

—Casa nostra és al final de tot —informa amb un punt d'orgull—, al cul-de-sac.

—Cul-de-sac? «Cul-de-sac» és una paraula catalana! —crido.

—Sí, i francesa, occitana, sarda i romana.

Deu ser la beca. L'home recrea el somriure cordial que ha exhibit després de «port». I llavors la veig. La casa al final del carrer, blava i il·luminada.

—Benvinguda a la llar de la família Bookland, Rita. Welcome home.

«Home», penso, i se'm fa un nus a la gola. Li responc amb un somriure.

Ell aparca el cotxe a la rampa i jo baixo per descobrir un silenci bucòlic que s'omple de la fressa d'arbres gegantins i la remor d'un rierol proper. Faig l'intent de demanar-li d'on ve el soroll de l'aigua però no sé ni per on començar. Només em surt:

—Be water, my friend.

Fa olor de gespa intensificada per la humitat de l'ambient, que em mulla els braços. El lloc desprèn un aire de misteri càlid que convida a asseure's a la vorera i callar. M'allunyo una mica per veure la façana i ell em fa senyals perquè el segueixi al final del jardí.

—La vam dissenyar nosaltres, la casa. L'únic dels tres nens que ha nascut aquí ha sigut el Bini. —Bini? Qui posa Bini al seu fill i espera que pugui fer alguna cosa de profit a la vida?—. Li diem Bini però es diu Xavier.

—Xavier? —Què passa? Per què tot em sona català?

La casa s'encapçala amb tres triangles i al mig en sobresurt el més gran. A la dreta, com un rectangle annex, hi ha les portes del garatge, quadrades, també blaves i amb dues bigues blanques que hi dibuixen una creu.

Però el millor passa a l'altra banda de la casa: unes escales de pedra centrades a la façana i custodiades per dos arbustos simètrics donen la benvinguda al porxo. Un porxo prou ample per encabir-hi una taula de quinze. Del sostre hi pengen uns ficus i al final de tot hi ha un banc que es gronxa penjat de dues cordes.

Comparada amb les parets de pedra de mig metre de casa meva, aquestes sembla que se les hagi d'endur el vent a la primera de canvi.

—Entrem? —pregunta ell mentre obre les portes del garatge.

—Entrem —contesto amb veu tremolosa.

—Welcome, welcome, welcome! —Uns crits agudíssims es barregen amb el cloc-cloc d'uns talons gruixuts—. Welcooome!

La mare de la família s'atura al replà de l'escala que va del garatge al menjador. És una dona de mitja cabellera rossa —sembla natural— corpulenta, guapa i riallera, i que em treu dos pams.

—I ella és la Hanne —diu en Fullbright amb un somriure sincer.

Les parets estan plenes de dibuixos infantils i la casa fa olor de suavitzant i de llimona. La mare em fa una abraçada. Sembla maca. No porta colònia, però fa olor de xampú i de net.

Al final de les escales s'obre el menjador. L'alçada de l'estança i les parets blanques fan que l'espai sigui un pèl fred, però el sofà i la catifa marrons ho salven. Al final hi ha un piano de cua! El senyor i la senyora Bookland s'asseuen i em demanen si em ve de gust una copa de vi.

Comencem bé.

Com que ella no para de dir-li «honey», encara no sé si és Fahrenheit o Fulbright. Així que, encara que soni pompós, l'única manera que trobo per dirigir-me a ell és dient-li «sir».

Esperant que «sir» no vulgui dir «cavaller britànic» o alguna cosa així.

El sir passa la mà per l'espatlla a la seva dona i la parella s'asseu en una posició quotidiana, ni amorosa, ni imposada. Sobrevisc com puc a les primeres preguntes cordials: *of course* per aquí, *great* per allà i *amazing* per tot arreu.

«Els nens estan dormint —avancen—. És molt important que a les vuit ja siguin al llit». La Hanne segueix explicant-me alguna cosa del jardí —crec— quan de cop s'adona que, mentre ells encara no s'han ni mullat els llavis, a mi em queda mig dit de vi a la copa. Ella alenteix el ritme de l'explicació —potser era una prova d'alcoholisme, i jo l'he suspès, segur— i em demana si en vull més. Digues que no, és clar —nooo!

—Sí, gràcies... sir.

—Por ciertou —prossegueix amb el que anticipo que serà el clàssic spanglish: amigou/fiesta/servesa—, el meu maridou i jo parlem castellà, el que ens queda de l'escola, que va ser fa tres segles, vaja... —Riuen. Ella segueix l'explicació amb un accent tipus Aznar, però amb una gramàtica impecable—. Així que, al principi, si tens problemes pots parlar-nos en castellà.

—No, no! No us preocupeu —que vegin que estic motivada—, jo aquí he vingut a aprendre anglès. I a cuidar els nens, és clar. M'adapto ràpid. Avui perquè estic cansada, però entenc el vuitanta per cent —així, bé, bé, introdueix dades, percentatges— de tot el que em dieu en anglès.

Aleshores comencen a parlar en anglès. Per les cares és evident que expliquen conceptes rellevants per a la meva feina, coses importants, hòstia. Assenteixo molt a poc a poc, amb el cap lleugerament inclinat, i enfoco els ulls, concentrada. Arribo a posar-me un dit damunt del llavi per dramatitzar. Però només entenc dues paraules: «Hakuna matata, hakuna matata», en bucle.

—Perdoneu... Podríeu repetir-m'ho en castellà, sisplau?

Només avui, vull assegurar-me d'assentar correctament els pilars bàsics. —Molt bé, aquestes paraules: «correctament», «pilars bàsics».

—Sí, és clar —contesta la Hanne, que riu però se li entreveu un segon d'indignació—, et comentàvem que una de les raons principals perquè us vam agafar, primer a l'Astrid i després a tu —un altre segon d'indignació—, és perquè sempre, sempre que tu estiguis a l'escena, els nens han de parlar en castellà. Malgrat que t'intentin convèncer del contrari. Que ho intentaran.

—Cap problema —responc, rotunda. L'home reomple les tres copes sense preguntar.

—Com han anat els primers dies a Nova York? —pregunta la Hanne en anglès lent.

Abans d'explicar res, però, aprofito l'oportunitat per indagar el nom.

—Doncs, molta calor... —els miro fixament, faig pausa dramàtica— molts... molts graus Fahrenheit...

Em miren amb estupefacció. Cap reacció al grau. Sí, deu ser la beca.

—Dèiem —la Hanne aclareix— que com han anat els primers dies a Nova York...?

—Sí, sí... Doncs han sigut amazings —aquí vaig suelta, que aquesta me l'havia preparada—, a part de la ciutat, que és «amazing», el millor ha sigut conèixer les altres au-pairs.

—Perdona, no t'entenc, com dius? —pregunta ell. Jo l'hi repeteixo una altra vegada però més lenta. Joder, si s'entén perfectament!

—Ahà, ahà... —Beu, no m'entén.

—Estan contentes, elles, amb les famílies que els han tocat? —pregunta la Hanne.

—Sí, sí, el que passa és que fins a trobar la bona, algunes han parlat amb famílies raríssimes. —Faig veure que no m'adono que he tornat al castellà—. N'hi havia que només oferien menjar 100 % vegà, d'altres que exigien a les au-pairs que anessin a missa dia sí i dia també, i fins i tot algunes que no tenien televisió a casa... i que no es podia mirar mai, la tele! Mai! I és com per dir... però, xavals, que això és Amèrica!

Intercepto un somriure tens. Riuen sense mostrar les dents. Es miren. Acte seguit assenyalen la paret de l'altra banda de la tauleta del menjador. On hi hauria d'haver la televisió hi ha una peixera.

—Nosaltres no mirem la tele —diu ella.

—Vaja.

Fantàstic. Deu minuts de conversa i ja em veuen com una alcohòlica, analfabeta i addicta a la tele.

—En tenim una, eh? A baix, a la sala de jocs, però només tenim sintonitzat el canal d'història i el del National Geographic, que són els únics que valen la pena. —Bec, no queda vi—. És que no tenim temps de mirar-la, saps... Sempre trobem coses millors per fer, que és el que també esperem de tu, és clar. —Beu.

—El que sí que fem és escoltar molta música. Això sí que ho tenim, eh, honey? —El sir mira la Hanne amb orgull honest, i ella li respon amb una mirada de dolçor continguda—. Chopin, Beethoven... Melodia, emoció i memòria en la forma més evolucionada de l'art. La música, l'origen tribal, el batec del cor de la mare, la música és èxtasi! —Jo estic a punt de posar-me a riure perquè pensava que era una broma, però no ho és. No fa la pinta que aquest home sigui fisioterapeuta—. Scriabin considerava que la música era la disciplina artística més completa i l'èxtasi l'emoció humana més evolucionada. —Agafo la copa—. Les harmonies dissonants arriben a fer mal a l'orella per la tensió que crea però que culmina... —ell agafa la copa, l'alça a l'aire i la balanceja com si dirigís l'orquestra. Jo he estat a punt de fer el mateix, però ho he salvat a temps—, però que culmina en l'èxtasi! I no només amb el so, sinó sobretot amb el silenci... —Em mira, com si hagués de recitar el que ve ara amb ell, vaig perdudíssima—. Scriabin diu: «Soc un moment il·luminant l'eternitat, soc una afirmació..., soc l'èxtasi».

—Salut! —crido. Ells fan el mateix.

Acte seguit, com si no acabés de dir el que acaba de dir, com si no acabés de tenir un orgasme simfònic, l'home agafa el que sembla un àlbum de la tauleta.

Li identifico una medalla que li penja del coll amb una lletra. Merda, és clar, és una «F». És evident que amb els graus no hi ha hagut gaire resposta, però qui es diu Fulbright avui en dia?

—Fulbright —dic finalment.

Tots dos aixequen el cap, expectants. Ell assenteix.

Per què no m'he pogut esperar? Era només qüestió de temps! I ara què dic?

—Quin nom més... acadèmic.

Somriure doblement enrampat.

—Gràcies —respon, confós. I continua per fi—: De totes les au-pairs que hem tingut, aquest segurament és el millor àlbum de presentació que hem rebut. Felicitats, Rita.

(Àlbum?).

—Sí, tens raó —afegeix ella—, el de la Daniela també estava molt bé, recordes?

—Ai, sí... —L'enamorament per la tal Daniela és evident.

—A més, entre les pàgines —segueix la Hanne— hi havia fulles assecades de cedre amarg que va recollir per als nens al Parc Natural de Guatopo —coincideixen tots dos amb un somriure.

—Potser el que més ens va agradar de tu —diu el Fulbright— va ser aquest amor incondicional pels nens, i com, a través de la teva experiència com a psicòloga evolutiva, pots arribar a gestionar els seus objectius i emocions a través dels valors de l'esport. —L'Astrid realment s'ha assegurat que m'acceptessin—. L'esport, després de tot, és un vehicle extraordinari per a l'exploració del món. Però, és clar, tot parteix de la seguretat forjada durant la infància, no creus? La teoria de l'afecció de Bowlby i Ainsworth. Però tot comença molt abans encara: Hobbes o Rousseau. Què creus que som, el llop o el bon salvatge? I no agafem com a exemple la Samoa de la Margaret Mead perquè es nota que aquell estudi està ple de forats...

Joder, per què no podia ser fisioterapeuta?

És una pregunta retòrica?

Em quedo uns segons sense parla. Ells em miren. No és una pregunta retòrica. He de respondre. Quatre! Quatre anys estudiant i no sé contestar la primera puta pregunta que em fan en la matèria.

Intento aguantar el somriure com si no hagués entès que era una pregunta directa. I l'ha fet en castellà. El Fulbright, l'home amb nom de beca, m'acosta l'àlbum a mode de salvament, perquè els expliqui alguna cosa. Veig una vintena de fotos amb els meus alumnes de les tres últimes temporades d'esquí —i d'altres de nens que no sé qui són—; els records em fan arrugar la gola i potser es fa evident que és la primera vegada que veig aquest àlbum. Les fotos s'acompanyen d'una llarga explicació plena de tecnicismes psicològics ressaltats en negre que, tret d'algun condicionament clàssic, no recordo haver estudiat mai.

L'Astrid ha inclòs la meva foto de l'orla i tot! Però si no la tinc ni jo! El més important és que he sortit guapa.

—Aleshores, Hobbes o Rousseau?

—Rousseau?

—Oh! Segur?

—Mmm... —faig veure que dubto—. «Yes» —allargo la «s» amb decisió.

—Bueno, bueno... ja ens ho explicaràs bé demà, que ara deus estar molt cansada —diu la Hanne. Però què passa amb Rousseau?—. Ara vine, que t'ensenyarem la sorpresa que t'han preparat els nens a la teva habitació.

Baixant les escales, al costat de la porta per on hem entrat des del garatge, m'ensenyen la sala de jocs. És gegantina. Al terra, ocupant tota la moqueta de color beix, s'hi disposa una batalla de soldats en formació.

—La veus? És allà! —diu el Fulbright, apuntant una tele de tub—, i en aquesta habitació és on els nens passen la majoria del temps... imaginant i creant. Si no proporciones un ambient on creadors i inventors poden posar coses en marxa, mai tindràs noves idees, no creus? És així de simple. Ja veuràs que tu també t'hi estaràs moltes hores, aquí. I sense engegar la tele!

—I aquesta és la teva habitació. —La Hanne em mira amb un somriure jogasser, a punt d'obrir la porta del costat de la sala de jocs—. Preparada?

El primer que veig és un sistema senzill de cordes que activa una ràdio i fa que soni una cançó.

L'himne d'«Els segadors» sona a tot drap en aquest cul-de-sac de l'estat de Geòrgia. La Hanne i el Fulbright mouen els braços contents, com directors d'orquestra, orgullosos de l'oferta musical.

—Vam dubtar entre «Els segadors», «La Santa Espina» o «Muntanyes del Canigó».

(Muntanyes del Canigó?).

—Què et sembla l'habitació? —pregunta ell, orgullós—. Els nens s'han passat tota la tarda preparant-la.

Jo obro molt els ulls i em quedo palplantada al marc de la porta.

En una cantonada identifico una foto de la farmàcia de Llívia on hi posa «Impressionant col·lecció de 87 pots blaus, també anomenats Albarels».

(Albar...?).

En una altra paret hi ha una sèrie de vinyetes que expliquen la llegenda de la Moreneta. Comença per l'any 880.

Envoltant el capçal del llit s'hi despleguen les receptes catalanes més tradicionals. De l'escalivada a la carn d'olla. I al costat la brandada de bacallà. No pot ser, no és possible: la portada del diccionari Xuriguera i un esquema vertical amb els accents diacrítics.

Però qui són aquesta gent?

—Les galetes amb la senyera són de tomàquet i plàtan. Les ha fet l'Eva. No li quedaven maduixes —riu la Hanne.

—Tindràs feina a treure-ho tot! —diu ell—, però deixa-ho fins demà, que et volien explicar el sistema de cordes i tenien dubtes sobre com funcionen els pronoms febles —i qui no!—. T'agrada?

—No tinc paraules.

—Et deixem que descansis... —diu ella—. Ah, i per cert... nosaltres anem a missa els dimecres. I ens agradaria molt que hi vinguessis.

Putes de riu i un nas sicilià

Tret d'un últim dibuix enganxat al sostre amb la Sagrada Família i unes gambes en una de les torres, no m'he endut més sorpreses d'ordre nacional. Doncs bé... ja hi som. Aquí, al costat d'aquest armari de mirall, és on em despertaré els pròxims tres-cents seixanta-cinc dies.

Són les nou en punt del matí. Tasto una galeta, l'escupo i tiro la resta al vàter.

És l'habitació pròpia més gran que he tingut mai. De dia es veu molt diferent de com la vaig veure ahir, de nit la llum s'escola entre les llengües de la persiana i dona molt de gust. El silenci continua, ara només acompanyat de pardals americans.

No sé si és jerarquia de la «nanny» d'habitar al pis més baix de la casa, a l'altura del garatge, i si també és per això que dec tenir l'única finestra de la casa amb un arbust amorrat al vidre... Però, eh, no em queixaré. Que tinc llit de matrimoni, una chaise-longue on el Fulbright deu haver il·luminat uns quants centenars de pacients, i atenció: al meu lavabo tinc la mateixa cortina de bany que el Joey i el Chandler (la transparent amb el mapamundi de colors). Això és Amèrica!

Pujo les escales sense canviar-me. Porto uns pantalons de jugar a bàsquet, una samarreta de licra de color carn i a la meitat de les escales m'he adonat que no duc sostenidors, però tinc tanta gana que m'ha fet mandra tornar enrere. Arribo a la cuina amb el clar objectiu d'investigar la nevera (hi deu haver crema de cacauet? Llet en garrafes?), quan sento dues veus sud-americanes que parlen i riuen amb un fons de bachata.

Dues dones mouen braços i cul. Una menja pastanagues i l'altra el que em sembla un gelat maxi de KitKat.

—Mira-laaa! Ets la Rita, oi? —exclama la més jove, la de les pastanagues, sense deixar de ballar, i em fa un petó a la galta—. Mi amor, jo soc la Daniela, l'au-pair.

—L'au-pair? —No era jo, l'au-pair?

—Bé, l'au-pair que se'n va...

L'au-pair que se'n va és una morenassa que si no està operada de dalt a baix, els cirurgians plàstics de tot l'Amèrica del Sud han marcat el cànon de bellesa a partir de les seves corbes. Fantàstic. Seré la substituta de miss Univers.

—Mucho gusto —respon la dona de fer feines, donant-me la mà amb el Kit Kat a la boca; menys cordial, menys contenta de veure'm i d'intercanviar-me per la miss—. Em dic Conchi. Con-chi, no Concha —matisa amb cert escarment—, ve de Conchita. I això —alça la barra de Kit Kat que s'està fotent a les nou del matí—, això és la malparida menopausa.

—Mucho gusto per a mi també —responc, amable i mantenint el cos tan rígid com puc perquè ni se'ls acudeixi treure'm a ballar.

—Què et ve de gust per esmorzar? —pregunta la Conchi.

—La veritat és que m'és igual... tinc molta gana.

—Et cuinaré unes tortitas. Avui t'ho faré perquè és el primer dia, però que no serveixi de precedent, d'acord?, que prou feina tinc.

—En realitat és un tros de pa, ja ho veuràs, només és que li fa una mica de pena que marxi... Ens hem fet molt amigues —aclareix la Daniela, agafant-me de la mà—. Vine, linda, que tenim molta feina abans que arribin els nens de l'escola.

Durant una bona estona, la Daniela, que a part d'espectacular resulta que també és simpatiquíssima, m'ha ensenyat la casa i m'ha deixat anar alguna xafarderia.

En general la decoració ve a ser la que tindria Indiana Jones al seu despatx d'universitat, però si Indiana Jones tingués fills. He vist plats de colors de Mèxic, barrets del Marroc, un mini Taj Mahal, un kiwi platejat de Nova Zelanda... Records diversos i multicolors de tot el món. Fins i tot tenen una fotografia del Fulbright i la Hanne asseguts a la font de la plaça de Sant Felip Neri. Ara bé, la majoria de les parets s'omplen d'una quantitat desproporcionada —i innecessària— de fotos dels fills; de dibuixos fets pels fills, i fins i tot de quadres a l'oli pintats pels infants artistes. A l'únic lloc on no n'he vist, però, és a la llibreria immensa que ocupa la paret de darrere el piano de cua.

La sala que m'ha agradat més de totes ha sigut l'estudi dels pares. Dues de les parets són de vidre, simulant el que sembla una capsa transparent amb aires d'hivernacle, i on els protagonistes són dos escriptoris de fusta antics amb dos iMac! Dos! Només n'havia vist un, d'iMac, a la uni, però mai de tan a prop.

I atenció: quan estava mirant aquella meravella de pantalla, en una foto de l'escriptori, de cop ha aparegut la Hanne abraçant el Bush! El puto George Bush!!!

—Sí —ha rigut la Daniela, orgullosa de l'anècdota com si l'hagués viscut ella mateixa—, això va ser durant l'huracà Katrina. La Hanne és metgessa i va anar a Nova Orleans a fer de voluntària, però no, no està al Govern...

—I llavors, com és que està amb el Bill Clinton —el Clinton!— en aquella foto d'allà dalt, darrere del ficus?

—Ah! És clar... És que el pare de la Hanne treballa al Congrés. És congressista del Partit Demòcrata. —I ha afegit, abaixant la veu, confident—: És un peix gros, gros...

Tan gros per permetre't tenir el Bill Clinton darrere d'un ficus.

A l'estudi, fora de l'ombra de qualsevol ficus, i penjats a la paret en un marc de pam de gruix, hi ha dos diplomes de Harvard. Un porta el nom d'ella i el títol «cum laude» escrit en daurat, i al costat un altre d'idèntic —també cum laude— amb el nom d'ell.

He notat que em suaven les aixelles. Resulta que el Fulbright no és psicòleg, ni fisioterapeuta, sinó catedràtic d'Història —cum laude— i cap del Departament d'Història de la Universitat d'Emory. I ella, a part de metgessa, està al càrrec de l'equip americà que investiga no sé quina vacuna per portar a Àfrica. Vaja, que això no són «Els Simpson».

—Tot el que han aconseguit és mèrit d'ells dos —ha aclarit la Daniela quan ha aparegut una altra foto de la Hanne dinant al costat del Bush—, ja ho aniràs veient...

—Són una família molt bona. Una família d'or, de fet —reafirma l'au-pair, recolzada al marbre de la cuina, mentre fa un glopet elegantíssim de te detox (detox de què?)—. Amb els nens només cal que facis activitats culturals que els mantinguin el cervell ocupat i ja està. Però no els val qualsevol cosa. Els encanta anar al Museu Fernbanck, el d'història natural, sobretot quan hi ha exposicions planetàries, de minerals o de dinosaures. Tot això ja t'ho he anat apuntant a la llista de coses importants que estic rematant. D'altra banda, potser ja t'ho han comentat ells: no els agrada que els nens mirin la televisió.

—Però, per què??? —m'excedeixo.

—Doncs perquè consideren que hi ha moltes coses més interessants per fer. I hi estic d'acord —continua, trastornada per aquest any de desconnexió i misèria—. Però no és una prohibició total, eh? De tant en tant poden mirar algun documental... Encara que, ara que hi penso, crec que aquest any... no n'han vist cap. No... cap.

Faig l'última mossegada a la cinquena tortita escurant-ne la mantega i afegint-hi un últim raig de xarop d'erable. Penso en la meva infància davant de la televisió. Les hores de Disney, Spielberg i clàssics dels vuitanta en vena. Potser ara seria menys somiadora i idealista... i segur que no hauria considerat ni per un segon que el Gonçal podria haver estat el meu príncep blau. Segurament sabria més anglès i gaudiria de més retenció mental. I hauria pogut respondre si la teoria de Bowlby està obsoleta. I jo què sé. És clar que tampoc sabria com fer néixer dinosaures a partir d'un mosquit enganxat en una bola de resina ni respondre a la freqüent pregunta de què és una bola universal.

—Va, marxem —diu la Daniela, recollint el plat que m'hauria agradat escurar—, que t'ensenyaré el barri i, si puc, una mica d'Hel·lena.

—Hel·lena? Però, aviam, qui és aquesta Hel·lena?

—Hel·lena?

—Acabes de dir que si pots m'ensenyaràs l'Hel·lena.

—No! —riu—. Atlanta! És que aquí es pronuncia així. Suposo que l'accent del sud se'm deu haver enganxat més del que em pensava.

Increïble. Segons l'accent d'aquí, per dir «Atlanta» no fan servir ni la «a» ni la «t». Aquest any serà molt dur.

Marxem sense que tingui temps de canviar-me la samarreta. A més, sense sostenidors, crec que un pèl del mugró ha travessat la licra.

El garatge està impecable. Hi ha bicis, estanteries amb carpetes i (més) llibres, però... i les pilotes? I els monopatins? Només hi veig una bandera americana immensa penjada en una de les parets.

—Et presento el teu cotxe! —anuncia la Daniela, obrint els braços amb l'estil que ha après a les finals de miss Univers.

—Què??? De veritat??? —contesto amb la mateixa elegància amb què l'Asunsion entra les vaques.

—Sí, linda, de veritat. —I després remuga, cagant-se en tot—: Juepucha qué mamera volver a Colombia, con lo que amo a mi carro…

Doncs sí. El BMW 4×4 que em va venir a buscar a l'aeroport, el que em va obrir «la port», el de l'olor de nou i tapisseria beix, senyores i senyors, és el meu nou cotxe. Però encara no el puc conduir. Quan ha dit que marxava, aquesta?

Al nostre carrer només hi ha set cases. Totes elegants, totes boniques i una de cada color, cap d'estrident. La filera d'arbres, arrodonits i alts, no ens abandona mai; s'estén darrere de cada casa i per tot el camí, potser fan deu metres d'alt, i no aconsegueixo endevinar de quin tipus són.

—Abans de res has de conèixer el club social, que és on sempre és tothom i on t'hi passaràs mitja vida. —Gira al primer revolt que hem trobat. Si el cotxe no fos automàtic se li hauria calat quinze vegades.

El club social és una casa buida per dins on es veu que se celebren tota mena d'esdeveniments. D'aniversaris a Halloween i diumenges a la tarda. A partir de la casa, baixant en desnivell, s'estenen quatre pistes de tenis, una piscina a l'aire lliure i una pista de bàsquet. Tot a l'exterior.

Són les onze del matí d'un dimecres laboral i quatre homes juguen un partit de tenis dobles. Dos han perdut el punt per saludar-nos i per corroborar que, malgrat totes les pregàries, no sembla que la nova au-pair dels Bookland torni a ser miss Univers.

Al final del següent punt, la Daniela ha aprofitat per cridar «Us presento la Ritaaa!!!» assenyalant-me. Jo he aixecat el braç —poc, perquè no recordava si m'havien crescut els pèls de l'aixella— i tots m'han saludat, amables i cordials; bé, tots menys un.

—Mira, querida —diu la Daniela en to confidencial—,

aquell d'allà, el de verd, és el Ble, l'altre és el Blo i aquell és el Prrr. Oh my God, són taaan simpàtics! Sobretot el Prrr!

—Sempre he tingut un problema terrible amb els noms de les persones. És com si darrere de la paraula «nom» o «es diu» el meu cervell emetés un «piiiiiip» que en fes impossible la retenció. Sempre em passa el mateix. Bé, o gairebé sempre—: I aquell d'allà —continua la Daniela—, el que és una mica més reservat... aquell és el John.

Hem vorejat la pista de tenis i hem caminat fins a la piscina. Ha calgut molt poc temps per adonar-me que aquí la majoria de dones em doblen l'edat però també els abdominals, i que el biquini tradicional deu ser blasfèmia perquè la majoria van amb una espècie de biquini amb cortineta que els tapa la panxa i el cul.

—Sí, querida... —informa la Daniela—. Oblida't del topless i el tanga. El sud és terra de conservadors; de fet, jo he hagut de moderar el vestuari... —diu, col·locant-se els pits en uns sostenidors tan estrets que li dificulten la visió.

De camí al cotxe, mentre la cabellera negra li brilla esplèndida sota un sol de justícia, la Daniela s'atura per acomiadar-se d'una senyora vella vestida amb banderes americanes fins a les orelles; literalment.

—Et presento Mrs. Gee. —Mrs. Gee em dona la mà i me l'estreny amb una força inesperada—. És la fundadora i l'entrenadora del club de tenis i una llegenda al barri de Leafmore.

Mrs. Gee sembla la quarta «mujer de oro». Té el rostre estirat i saludablement rosa, net de pigues i taques, que contrasta amb la resta del cos, que revela l'edat real: un milió d'anys.

Però Mrs. Gee és una d'aquelles persones alegres i despreocupades que es conserven bé a base de bones hores de son, bona digestió i una clara tendència innata a no preocupar-se massa per les hòsties irremeiables de la vida.

Li estrenyo la mà amb força moderada i els cedeixo un moment a soles. Faig veure que he vist alguna cosa interessantíssima i m'allunyo, camino cap als arbres i les deixo que es fonguin en una abraçada dramàtica de comiat. La humitat és brutal i m'adono que tinc dues taques de suor amb forma de mitja lluna sota les tetes.

—Són putes de riu. —Una veu amb una cantarella ondulada m'espanta.

—Perdona?

—Els arbres. Són putes de riu.

—Ahà... —responc. Què ha dit? És el John. El reservat. Porta una tovallola penjada al coll i apunta els arbres amb la raqueta.

No crec que els arbres es diguin «putes de riu». El meu greu desconeixement de la llengua anglesa acaba d'obrir una realitat paral·lela.

—El Bill Gates els planta perquè creixen ràpid. A la primavera jo porto faldilles, de blanc, com un nas sicilià.

D'acord. Això sí que no pot ser. Necessito aprendre anglès de manera urgent.

El John deu tenir uns trenta-cinc anys i té un aire de gentleman clàssic, dels magnètics, d'aquells que et fan sentir especial només d'estrenye't la mà i que t'escolten com si cada frase que dius fos un vers de Shakespeare.

Té la pell colrada pel sol però sorprenentment fina, del mateix to que els seus cabells; els ulls són d'un verd grisós desconcertant, romàntic i implacable.

Fa olor de fusta i de terra. És amable i encantador, i per l'efecte de la seva aura hipnòtica juraria que és amo de totes les respostes de l'univers. Només em cal aquest moment per distingir una promesa amagada entre les seves paraules, com si aquesta trobada estigués escrita en algun lloc, com si ell i jo ens haguéssim de trobar per descobrir un món de possibilitats fantàstiques.

—Hola, Rita. Em dic John, John Lapton... Benvinguda a Hel·lena.

I a mi, en lloc de respondre-li amb una frase intel·ligent i profunda, en lloc de recuperar una bona frase d'alguna cançó dels Strokes, em surt un «Nais tu mit iu» amb accent de Sant Vicenç dels Horts.

Els headquarters de la NASA

Quan he vist que els nens arribaven dins del bus groc m'he quedat parada. No és que m'hagués imaginat un transport en particular, però, hòstia, és que el bus groc és tan clixé que no em pensava que es fes servir de veritat.

Ara estan jugant tots tres a baix, a la sala de jocs. Jo soc a la cuina amb la Daniela, que prepara la llista de «coses importants» mentre suca pastanagues en una espècie de mousse feta de cigrons. «Hummus», es diu.

Mentrestant, jo surto a xafardejar el jardinet que dona a la cuina. És petit i arreglat; hi ha una taula de vidre amb un dit de pol·len al damunt on no puc evitar escriure «hello».

Torno per rebre la muntanya de carnets i, quan passo pel del club de matemàtics infantils, el Bini, el nen petit —deu fer un metre d'alçada—, entra a la cuina. Obre la nevera i agafa una garrafa de llet desnatada i una capsa de cereals.

A diferència dels seus germans, el Bini té els cabells castanys i la pell bruna. Però el primer que destaca del nen són els ulls grossos i les pestanyes llargues i corbades, que li accentuen aquesta curiositat extrema que sembla que té per tot.

El Bini s'asseu a la tauleta, que té els mateixos colors que un taulell de parxís, i s'omple el bol de llet i cereals escampant-ne la mateixa quantitat per la taula.

—És que vol servir-se ell —diu la Daniela, amb un somriure fos d'amor.

El nen, de cinc anys, agafa paper de cuina i el reparteix damunt del merder. Amb el posat d'un executiu analitzant la borsa del dia i desprenent una tendresa irresistible, el Bini llegeix el dors de la capsa, on hi ha diversos papers enganxats.

—Què són aquests papers? —li demana la Daniela.

—Un joc —respon ell, amb un accent que divaga entre l'argentí i el colombià.

—Que no n'hi ha un, de joc, a la capsa? —pregunta ella.

—Sí, però és absurd. —Es pren el seu temps, xarrupa la cullera de Júpiter, i continua—: Vaig demanar a l'Eva que s'inventés jocs nous, més divertits. Més difícils.

L'Aksel entra a la cuina descalç i vergonyós, la preadolescència imminent fa que se senti intimidat per tanta dona. Dona un cop d'ull ràpid a la nevera i la tanca de cop, fingint desgana per gestionar la vergonya. De camí a taula es despentina els matolls de cabells gruixuts i secs que se li acumulen al cap en forma de rínxols mal definits. S'asseu al costat del Bini, en una cadira groga que d'aquí a pocs mesos se li farà petita, i observa la caixa des de la distància. La Daniela afegeix algun parell d'apunts més a la llista de coses importants i jo obro un calaix, fent veure que busco alguna cosa.

—En castellano, eh? —adverteix la Daniela.

Els nens no contesten, però obeeixen.

—Aquest és el joc que t'ha fet l'Eva? —pregunta l'Aksel, servint-se els cereals de colors en un bol del MIT.

—Sí... —respon el Bini—. Va, torna'm la capsa, que em falta molt poc per acabar.

—Oh my God! —crida l'Aksel, que ha vist el joc original de la capsa.

—Ho sé, és molt fort —contesta el Bini.

—Però això no té cap sentit! Com poden fer lluitar un T-Rex i un grapat d'eoraptors amb un estegosaure? Si uns són del cretaci superior i l'altre és del juràssic. Això ho sap tothom! I no només això, mira els arbres! —Ensenya el dibuix al Bini, que observa atent el seu germà gran i es taca la samarreta de llet.

—Què els passa, als arbres?

—Doncs que això és una variació del pi paranà!

—Ostres... —El Bini no entén res.

—El pi paranà només creix a l'Argentina i del T-Rex mai se n'han trobat fòssils a l'Argentina. My Gosh... Ja veuràs quan ho vegi el papa... —riuen tots dos i l'Aksel afegeix—: Després diuen que els nens no prestem atenció a l'escola... Si comencem el dia ple d'incongruqüències!

No sé si he obert més els ulls amb la paraula «cretaci» o amb «estegosaure». Busco la indignació còmplice de la Daniela, però no la trobo. No la trobo perquè ha convertit la llista de les coses importants en un organigrama animat! Hòstia! Però això què és? La NASA?

Faig un glop de cafè.

El Bini apunta la resposta del joc de l'Eva al dors de la capsa mentre l'Aksel revisa la informació nutricional dels cereals. Jo m'aturo de cop quan veig un esquirol que s'enfila per la reixa dels finestrals de la cuina que dona al jardí...

—Un esquirol, un esquiroool! —Surto de darrere la barra i m'acosto per veure'l millor—. Mireu, mireu! Un esquirol!

Els nens es miren entre la incomprensió i la vergonya aliena.

—Rita —la Daniela s'escura la gola—, Atlanta està plena d'esquirols. En veuràs per tot el país; de fet, són com els coloms que teniu a Europa.

Els nens riuen entre dents i jo m'acosto a la taula gestionant les restes d'exaltació que encara m'emet el cos; dissimulo, com si no m'hagués semblat que era la Beyoncé mateixa la que escalava el tronc de l'arbre.

—Puc? —Assenyalo la capsa de cereals i aprofito l'única

arma intimidant de què disposo en aquest moment, que és, qui ho havia de dir, el meu metre seixanta d'alçada.

—Sí, és clar... —respon l'Aksel, abaixant el cap i mirant el seu germà.

Em serveixo els cereals amb parsimònia i un punt de xuleria que no estic segura que acabin de percebre. La llet és terrible, és aigua emblanquinada, la pitjor que he tastat mai. I els cereals, que semblen cagallons d'unicorn, són una xutada de sucre que estic segura que frega la il·legalitat.

—Vols venir a baix? —pregunta el Bini—. T'ensenyaré el que estem construint.

Intento reprimir la felicitat que em dona el fet que, encara que hagi sigut només per un moment, m'hagin posat per davant de la Daniela.

—Daniela, tu també, eh? —aclareix el Bini.

Ella salta del tamboret amb un «i taaant!!!» acompanyat d'una frase en anglès que no entenc i que els fa riure moltíssim. Els nens s'aixequen i corren a abraçar-la entre llàgrimes de riure. Jo em separo una mica de l'escena, deixant que tots tres s'agafin de les mans i baixin les escales davant meu fins a la sala de jocs. I m'escuro la gola.

L'Eva porta els cabells recollits en una cua rossa de fa més de deu hores que li dona un aire bohemi de geni. Asseguda en un tamboret al fons de la sala, la nena manté l'esquena ossuda recta, amb la mirada clavada a la punta del pinzell. Escampa la pintura amb una calma adulta que contrasta amb la mida de les seves mans, petites i tendres. A la cara, les piguetes se li reparteixen per damunt del nas.

El tamboret on s'asseu està col·locat al centre d'una bassa de papers de diari que han salvat la moqueta beix. L'Eva fa els últims retocs als reflexos d'una Lluna il·luminada de grocs: la Lluna de *La nit estrellada* de Van Gogh.

—Oh, Eva! T'ha quedat espectacular! —exclama la Daniela, impressionada, mentre li acaricia els cabells.

—Sí? Gràcies... Però la veritat és que no té gaire mèrit... Només he hagut de seguir els passos que manava el llibre. L'autoretrat de Gauguin va ser més difícil, perquè el vaig pintar mirant la foto, sense referències. Però com que a tu t'agrada tant Van Gogh... m'havia d'assegurar de totes totes que quedés bé.

—Com? És per a mi? —pregunta la Daniela amb l'emoció d'algú que rebria un Van Gogh original.

—Sí! —L'Eva obre els braços i, veient-me, somriu amb un punt de vergonya per fondre's entre els braços i els pits perfectes (operats?) de l'au-pair.

La Daniela, que plora com una magdalena, aixeca la nena en una abraçada triomfal.

Jo les deixo fer en aquest moment d'emotivitat màxima on no pinto una merda, i m'acosto on els dos nens es concentren en el carregament d'un canó.

—A què jugueu? A soldats?

L'Aksel em mira estranyat, com si «soldats» no definís, ni de bon tros, l'estratègia historicomilitar que tenen davant seu. Es posa de genolls i es disposa a descriure l'escena.

—És el primer dia de la batalla de Gettysburg.

—L'1 de juliol de 1863 —apunta el Bini.

—L'hi he dit jo abans —aclareix l'Aksel, repel·lentot—. Doncs això, el primer dia. Aquests d'aquí són els de l'exèrcit del Potomac, amb el general George Meade, que, per cert, va néixer a Espanya, i aquests els confederats, amb el general Robert E. Lee. Bé, és obvi, per les banderes que porten. —El Bini reforça el discurs apuntant amb el dit el que diu el seu germà gran, amb la boca mig oberta—. Va ser la batalla més sagnant de la Guerra Civil Americana i, com que no podem recrear els cinquanta-un mil morts, hem fet un càlcul proporcional amb el terreny de la sala i ens n'han sortit dos-cents vuitanta-set. —M'ensenya un escampall de dos metres de xurros de paper de plata pintats de blau i vermell.

El Bini acaba d'escoltar amb la boca oberta i una subtil acumulació de saliva al llavi de baix. I afegeix:

—I ara que per fi ja ha acabat el Van Gogh, l'Eva ens podrà construir la vall de Shenandoah per fer més real l'escapada del 3 de juliol. Jo, mentrestant, treballaré en un petit monticle on Lincoln farà el seu famós discurs, saps? —em mira—, «fa vuitanta-set anys els nostres pares van crear en aquest continent una nova nació...».

Deixo el nen amb dents de llet que recita discursos històrics i em fixo en l'Eva i la Daniela. Han deixat reposar el Van Gogh perquè s'assequi, i ara fullegen un llibre de dones artistes surrealistes desconegudes de la dècada dels quaranta.

Jo observo l'escena amb la mateixa distància i curiositat amb què miraria una classe de punt de creu de torn de nit. És a dir, amb desinterès i un punt de tristesa. Però des del marc de la porta localitzo una escletxa d'alegria. Una amiga.

Entre un atles botànic i una edició antiga de *L'art de sobreviure*, de Schopenhauer, una pilota mig desinflada treu el cap. L'agafo davant la indiferència de tothom, surto al carrer i la xuto contra la porta del garatge fins que es fa de nit.

«Endooooo iooooooo we'll always love you»

M'he despertat a les sis del matí amb el «cloc-cloc» dels sabatots de la Hanne, que ha obert un ventall de sons que relataven l'escena del pis de dalt: el comiat de la Daniela.

He sentit els nens somicar i fondre's una vegada més entre els braços de la colombiana. Admetré que he sentit enveja perquè aquests nens mai m'arribaran a estimar com l'han estimat a ella.

Només em va faltar sentir-la cantar ahir a la nit després del sopar final.

S'havia passat tota la tarda cuinant els plats típics de Colòmbia —negant-se terminantment que el Fulbright i la Hanne paguessin els ingredients— i ens va servir un sopar de comiat deliciós.

Primer va fer «ajiaco santafereño». Vaig pensar que s'havia inventat el nom. No només va triar aquest plat perquè és un emblema colombià, sinó perquè, cito textualment, «els ingredients representen la transició de la cultura colombiana a l'espanyola a nivell organolèptic».

Aquí et cau lliçó d'història per menjar sopa.

La veritat és que era boníssim. Va rematar el sopar servint un «tres leches», una mena de pa de pessic (vaig creure oportú matisar que en català en diem «pan de pellizco») sucat en llet condensada i crema de llet, i, per si l'amenaça flatulenta de la lactosa quedava en dubte, hi va afegir un últim regalim de llet sencera.

I va ser aleshores, mentre jo endrapava aquell «pan de pellizco» com si el món s'hagués d'acabar als cafès, que la Daniela va decidir cantar. Va mostrar aquella dentadura fluorescent i es va posar dreta.

Vaig pensar que, per arrodonir l'escena i el comiat, començaria a cantar alguna peça de *Somriures i llàgrimes* o, encara millor, una de la *Mary Poppins* per després sortir volant amb un paraigua i uns leggings «push up».

Però no.

Va cantar «I Will Always Love You», de la Whitney Houston. I va ser increïble.

No exagero si dic que mai havia sentit una veu tan bonica de tan a prop. Va cantar la cançó millor que la Whitney Houston; sí, és impossible... però en aquell moment juraria que ho va fer. Mentre entonava «l'endoooooo iooooo» em va entrar un calfred. A mi, i a la resta dels comensals. Bé, a tots menys al Bini, que acumulava els líquids al llavi de baix, obrint la boca com si se li haguessin trencat tots els tendons de la mandíbula. Estava tan al·lucinat, tan entregat al moment, que si hagués corregut una mica més d'aire hauria caigut de la cadira.

La Daniela va rematar la cançó amb els ulls tancats. I amb aquells aguts fascinants va gravar la seva veu per sempre més a les parets del menjador i a les nostres pells. Com si calgués. Amb l'últim «I will always love you...», vaig estar a punt d'aixecar-me perquè em pensava que havíem de reanimar la Conchi, que afirmava que la Daniela era la filla que mai havia tingut.

Doncs sí, l'au-pair que he substituït *també* és cantant professional i futura coach —ho va anunciar durant el sopar— d'*Operación Triunfo* de Colòmbia.

I jo arribo el primer dia, em foto mitja ampolla de vi i em queixo perquè no hi ha tele.

Així que quan he sentit els nens somicar i abraçar-la he sentit enveja, però els he entès. De fet, he estat temptada de llevar-me i pujar escales amunt per agenollar-me davant seu i suplicar-li que no marxés. Que jo no sé fer res de tot això. Que jo he vingut a Amèrica a aprendre anglès i a trobar la meva vocació en dos mesos, que serà un any!

Hi ha hagut un cop de porta. El soroll d'un motor allunyant-se.

I silenci.

La família sencera l'ha acompanyada a l'aeroport. Així que he pujat a la cuina amb l'alegria d'una casa buida i d'una nevera a rebentar. He obert el meu nou Macbook Pro blanc de quinze dies que he heretat de la Daniela i que no sé com funciona. A l'ordinador només m'hi ha deixat l'organigrama animat de les coses importants i una foto d'escriptori d'ella amb els nens a la piscina, exultants de felicitat. He canviat la foto per unes muntanyes nevades.

A la llista he vist que cada dia menys els dimecres tenen activitats extraescolars: piano, violí, xinès i àlgebra. Per tirar-se un tret, vaja. Bé, i tenis amb la vella de les arracades amb les banderes americanes. La qüestió és que cap lloc és a prop de l'escola i no hi poden anar caminant; sempre els hauré de portar jo d'un lloc a l'altre. Començant per avui, que fan piano en una església ortodoxa grega.

L'ordinador no es connecta a internet ni tampoc sé on és el router, així que ja fa dos dies que no miro els correus. I els he de dir alguna cosa, a la meva família, sens falta. He començat a escriure e-mails per informar els meus amics i familiars del que faig aquí. També hi he inclòs l'hermana María, el meu entrenador d'esquí, l'Antònia i altra gent important. El mòbil que m'han donat és de tapa i segons m'ha comentat la Hanne la companyia telefònica no permet fer trucades internacionals, així que encara que volgués pagar mil euros per fer una trucada a casa no la podria fer. Simplement, no hi ha la possibilitat.

Així que ara mateix estic sola en aquesta casa gegant i il·lustre, però sense connexió.

M'enduc el cafè i faig el tomb de xafarderia obligatòria que em bullia des de fa dies.

La primera parada és claríssima: entro a l'estudi de la Hanne i el Fulbright. Vaig una mica cagada. Dono un cop d'ull dissimulat a les cantonades del sostre per confirmar que no hi ha càmeres i m'assec a la butaca d'ell. A l'escriptori, que està bastant desordenat, hi ha dos talonaris: un de més formal, emmarcat en gris plata, on hi ha l'adreça de la casa i el seu nom complet, Fulbright H. Bookland —hi ha gent que ha nascut per guanyar un Nobel de Literatura—, i un altre també amb el seu nom, però decorat amb dinosaures, on veig el meu nom escrit i un valor de 198,05 $.

Cobraré això al mes?

Soc au-pair en pràctiques i no me n'he adonat?

I per què ha triat el taló de dinosaures i no el platejat?

Mentre xafardejo els noms de les carpetes que té disposades en un dels calaixos, moc el ratolí de l'ordinador sense voler i la foto dels cinc Bookland il·lumina la pantalla. Tots duen la mateixa camisa hawaiana. Palmeres, peus descalços i somriures que em donen accés a l'ordinador sense cap mena de contrasenya.

Miro per la finestra per corroborar que, efectivament, aquí la gent no viu al carrer. No hi ha ningú. Un altre esquirol al jardí. Entro a internet.

Reviso l'historial: un partit dels Falcons, la batalla de no sé què, paraules que no entenc, més paraules que no entenc, poesia grega, poesia en esperanto, més paraules que no entenc, i de cop una que entenc perfectament: YouPorn.

Bé, que un home de la seva edat miri porno em sembla normal, més aviat recomanable. No sé si la gent d'Atlanta deu pensar el mateix. Ara bé, si les panxes i els culs tapats amb cortinetes és un detall exponencial, és probable que el Fulbright tingui el Premium.

El que em crida l'atenció és que quan entro al YouPorn —sí, he entrat al YouPorn del pare de la família per a la qual treballo des de fa un dia—, veig que hi ha més d'una vintena de busques d'un tal Frederico Chitawas.

El Frederico Chitawas és un latino baixet i musculat, i disposa d'un tronxo que competiria el pòdium a Nacho Vidal. Llueix un tatuatge d'un gosset moníssim que, incongruent o no, anuncia: «Amor de madre». L'últim vídeo vist és un anunci on el Chitawas va en tanga per casa i va a obrir la porta perquè toquen el timbre; sorpresa, la veïna es posa el dit a la boca i li demana si té sal. «¿Tienes sal, vecino?», i el Chitawas, eloqüent entre eloqüents, respon: «No tengo sal, vecina, pero tengo una polla como una olla». Bravo! Aquest sí que mereix el Nobel de Literatura!

El so d'un motor acostant-se m'arrenca de les projeccions del Fulbright amb el Frederico Chitawas. Tanco l'historial, corro cap a la cuina i agafo un llibre de receptes de cuina cajun de Nova Orleans per dissimular.

Merda, la tassa! M'he deixat la tassa damunt la taula!

El motor és a la porta del garatge i algú ha sortit del cotxe. Torno a buscar la tassa i veig que la pantalla encara està il·luminada. La cara del Fulbright somrient amb la camisa de palmeres és gai, molt gai.

Surto corrents de l'estudi amb el rebot del cor a les orelles. Em pillen segur. Torno a agafar el llibre i, tot i que estic sola a casa, faig veure que no estic d'acord amb una de les receptes.

Estan a punt d'entrar. La pantalla encara està il·luminada. Merda, que m'agafa un cobriment.

Però el motor s'allunya. Espero un temps prudencial i m'acosto a les finestretes que envolten la porta principal. Veig el camió de reciclatge que s'atura a la casa del costat i agafa la caixa blava que han deixat al llindar de la vorera. Com veig que també hem fet nosaltres, i la resta de les cases veïnes.

Buf... El Fulbright arribarà en qualsevol moment.

Totó, crec que ja no estem a Geòrgia...

Després del meu primer dia de feina, en què vaig descobrir que el pare de la família és gai o que li mola el porno gai —com a primer dia de feina, no està malament—, vaig decidir anar a un bar a buscar wifi. Però em vaig perdre.

Em vaig perdre com si hagués sortit de Barcelona, hagués passat Tarragona i anés camí a València. O potser vaig arribar a València i tot.

Però és que, a part, Atlanta i els seus suburbis de luxe són un déjà-vu constant de microveïnats, de vegetació massiva i d'illes comercials amb els mateixos restaurants i botigues. McDonald's, Starbucks, Dunkin', Target, Kroger. Repeat.

A les dues de la tarda ja havia demanat a quatre cotxes parats al semàfor com anar a Decatur, però no me n'havia sortit. No entenia el que em deien i els nens ja feia cinc minuts (atenció: cinc minuts!) que s'estaven esperant.

Però una hora més tard sortia de la tercera gasolinera gestionant la impotència com podia: «Decatur!», demanava de forma claríssima a l'home de la gasolinera. «De-ca-tur». Al final —no sé per què vaig trigar tant—, ho vaig escriure en un tiquet i tant ell com els dos treballadors de la caixa registradora van respondre amb el clàssic: «Aaaaaah», i van pronunciar la paraula a anys llum de com ho feia jo: «Diqueirah», van dir. «Diqueirah» d'«Hel·lena».

Vaig voler plorar però em vaig aguantar. Va ser quan em van explicar per tercera vegada com anar-hi, amables però amb la mà al front i rebufant, que vaig desistir i vaig dir que sí. Aquest accent és impossible d'entendre. I al cotxe no hi ha mapes. Vaig sortir de la gasolinera menjant-me uns M&M's i plorant de ràbia, i vaig trucar al Fulbright per dissetena vegada.

«Rira?», va respondre, per fi, espantat, i després de comprovar que estava viva va comentar que li havia trucat la professora d'àlgebra, molt estranyada, perquè ningú no havia anat a buscar els nens. «I això amb els Bookland no els havia passat mai».

«I ixí im ils Biklin ni ils hivii pissit mii nyi nyi nyi».

Quan li vaig dir on era (es veu que estava a punt de creuar la frontera d'Alabama), l'home va haver de cancel·lar d'urgència la tutoria setmanal per anar a buscar els nens. La Conchi estava a taekwondo i no va respondre. «Per això hi ets tu, estimada», va afegir la Hanne, a la trucada següent.

Tot i que vaig estar una bona estona plorant de ràbia, he de dir que quan vaig sentir que estava tan a prop d'Alabama em va fer il·lusió. Sempre m'ha agradat Alabama. *Forrest Gump*, *Big Fish*...

Al final, el Fulbright em va haver de venir a buscar de nit, a no sé quina autopista, i em va donar ordres explícites de no moure'm. «Rita, no et moguis més».

Vaig decidir passar el disgust en un restaurant xinès amb parets de porexpan. Em vaig posar a escriure postals guarres a les meves amigues —la secció de postals dels supermercats americans en general és una mina—, i vaig repetir unes quantes vegades la d'un home gras amb el cul pelut que duia tanga i estava davant de la Torre Eiffel. Els explicava una història que m'havia perdut i havia acabat a París amb el sexe canviat.

Estaran contentes, les meves amigues, ara no només els envio e-mails de la meva vida, també els envio postals peludes.

El Fulbright em va venir a buscar sense entendre res. No em va demanar ni com havia arribat fins allí perquè sabia que l'explicació no salvava el fet que jo fos allà, a la frontera d'Alabama. O potser, precisament, perquè tenia por de la resposta.

Quan vaig arribar a casa els nens ja s'havien dutxat i repassaven la lliçó de piano.

—Què t'ha passat? Per què no has vingut a buscar-nos? —va demanar l'Eva, en nom de tots tres, que em miraven amb l'emoció d'un canvi sobtat de rutina.

—Nens, ja us ho he dit: s'ha perdut —va aclarir la Hanne mentre amania l'enciam amb llimona—. És normal, Atlanta pot ser molt confusa. —Se li escapava una mica el riure.

—La Daniela no es va perdre mai —va dir el Bini, amb la veritat implacable d'un nen de cinc anys. Va ser com si m'hagués clavat un dard al mig del front.

Suposo que tots plegats es devien cagar en mi, però després de veure'm la cara de croqueta de bacallà amb què vaig arribar, la Hanne no va poder evitar cargolar-se de riure. Va venir i em va fer una abraçada.

I mentre reposava la cara damunt de la seva espatlla, sentint el repic de la seva mà a l'esquena i el buit entre els nostres cossos, vaig pensar: «Tu riu, Hanne, riu..., però el teu marit es fa palles amb el Federico Chitawas».

My name is Rita

Aquesta setmana sembla que s'hagi entossudit a tenyir el cel de gris plom, com si fos una capa metàl·lica que no deixa passar la brisa, i l'aire dels terrestres ens és gairebé impossible de respirar. Avui Atlanta és pitjor que el Vietnam.

Després de seguir un esquirol que m'ha portat al jardí impol·lut d'una propietat privada —volia fer-li una foto i no ho he aconseguit—, torno a resguardar-me de la xafogor amb l'aire condicionat que dispara el meu cotxe de pija de cinquanta anys.

Avui no he hagut d'anar a buscar els nens a l'escola. Es veu que una vegada al mes anirem a sopar a una església i són els mateixos professors que porten els nens al sopar. Un sopar a les cinc de la tarda en una església metodista (és la cinquena religió que sento). És a dir: un berenar.

Soc l'únic cotxe del pàrquing esperant que arribi tota la família. He arribat mitja hora abans per assegurar-me que no la tornava a cagar i que aquesta vegada em quedava a l'estat de Geòrgia. Fa mitja hora que llegeixo una revista que es diu *The New Yorker*. Es veu que és bastant famosa. Les portades sempre són dibuixos preciosos i la manera d'escriure —que continuo sense entendre gaire— és creativa, no periodística, i això, per a mi, la fa molt més interessant. El millor de tot és que entremig dels textos s'intercalen dibuixos en blanc i negre amb frases curtes molt ocurrents que no són gaire difícils d'entendre. Des que la Hanne em va donar el primer *The New Yorker* que m'enduc un diccionari a la bossa.

La millor il·lustració d'avui és la d'una noia que presenta el seu nou xicot al menjador dels pares; el «xicot» és un pingüí que s'està donant la mà amorosament amb la filla. I la frase que la noia diu als pares és: «La veritat és que prefereixo que li digueu 'àrtic-americà'».

A la sala més gran de l'església no hi ha bancs, sembla més aviat un poliesportiu amb vitralls de colors i parquet al terra, que no pas una església. Els voltants de la sala estan fornits de taules amb menjar, i segons m'explica la Hanne tot és cuinat per les mateixes velletes que el serveixen. Només has de pagar tres dòlars i pots menjar tot el que vulguis.

A la primera parada s'ofereix una espècie de sèmola bullida que encara que sembli mentida fa bastanta bona pinta.

—D'això se'n diu grits —informa l'Eva—. A mi no m'agrada, però els papes a vegades s'ho mengen per esmorzar. És el plat oficial de Geòrgia, jo crec que l'hauries de tastar.

Aviam si ara resultarà que els americans també tenen receptes pròpies; me'n serveixo.

La segona parada és la de verdures. I la protagonista és una espècie de vegetal semblant a un pebrot verd, allargat, que deixa anar una mucosa fascinant.

—És ocra —segueix l'Eva mentre se'n serveix una cullerada maldestra.

—Ah, com la presentadora de televisió!

—Nooo! —riu—. Aquella és l'Ophra!

—Ah, d'acord... Perdoni...

—L'ocra és un dels plats més típics del sud del país, tot i que la planta ve d'Etiòpia. —N'agafa un tros amb els dits i me l'ensenya—: Si la talles per la meitat és una estrella perfecta, veus?

L'Eva continua la dissertació sobre les propietats nutricionals de l'ocra, però jo m'he quedat embadalida amb la velleta que serveix les racions.

Tret de l'anell de diamants tallats en baguet, les mans s'assemblen molt a les de la iaia: els dits són llargs i ossuts, i els recobreix una pell tacada, fina i transparent que deixa veure com les venes s'enfilen pels músculs com les branques despullades de la tardor.

La gola se'm cargola en un nus tan sec i dur que no em deixa parlar. Miro al voltant, ple de gent, i no hi trobo companyia. Tinc els ulls enterbolits i la vella de l'ocra ja fa estona que m'ha vist. Em llança una mirada sàvia i tranquil·la, com si llegís tot el que penso, com si sabés que tot anirà bé, i em serveix un plat generós. Jo assenteixo com puc, mossegant-me els llavis, i li agraeixo el plat amb el somriure menys tremolós que trobo.

—Anem a buscar macarrons amb formatge? —pregunta l'Eva.

Jo em poso un bon tros d'ocra a la boca. És cruixent i melosa, em recorda el gust d'un espàrrec endolcit. Noto com llisca i m'alleuja les punxes de la gola.

Ja a taula, damunt d'unes estovalles amb la bandera americana —sorpresa!—, es desplega un regiment de calories servit en plats i tovallons blaus i vermells. A part de l'ocra, a la resta de plats no hi ha ni rastre de verd. La majoria porten formatge o salsa barbacoa o brillen amb un bon dit de caramel, com les costelles.

Per la part adulta dels Bookland, la Hanne i el Fulbright no paren d'aixecar el braç i emetre monosíl·labs a l'aire per saludar altres pares a la llunyania: «Hi!, eh!, ha!, Ha-ha-ha!». De tant en tant ve algun veí a fer el xafarder, potser per veure amb els propis ulls que, efectivament, la miss Univers ja no hi és. Jo m'aixeco amb un somriure i els dono la mà amb el clàssic: «Nais tu mit iu».

Un home alt que duu una americana que val una pasta s'acosta a la taula (aquí també es deu dir «americana»?). Pels gestos que provoca per allà on passa, i en particular a la Hanne i al Fulbright, sembla que estem davant d'una figura social important.

L'home dona la mà als nens. Els fa una pregunta i presta molta i molta atenció a la resposta. Després fa el mateix amb els pares, i després ve cap a mi. La Hanne fa les presentacions pertinents (veu pertinent destacar que vaig guanyar els campionats d'Espanya en la modalitat d'eslàlom quan tenia setze anys).

—Hola, Rita, benvinguda a Atlanta i a la nostra església. —La mà és càlida i suau, però no en excés—. Em dic Paul i menjo figues, figues de la *Mary Poppins*. I tu? Dofins de Versalles?

—Sí.

—I coloms amb patilles?

—Sí.

—Fantàstic, sempre he preferit que els cigrons cantin jazz.

(Home, tu diràs!)

—Nais tu mit iu, Paul.

El pastor Paul marxa i les velletes i els vellets comencen a recollir les paradetes. La sala sembla un casament amb comensals informals i ben avinguts que mengen aliments poc ecològics en taules rodones i estovalles patriòtiques.

A l'últim mos de la tercera costella, un enrenou de cadires, nens i coberts ressona per les parets blanques de l'església.

Tothom s'aixeca. Es fa silenci.

El Paul se situa al mig de l'espai emmoquetat per donar-nos la benvinguda. Hòstia, val, el Paul és el mossèn.

Exploro la sala, passant olímpicament del que diu el Paul, i veig el Prrr i el Ble que em saluden amb el cap. Analitzo el mercat de mascles, que en general no és gaire esperançador, fins que el so d'una porta poc lubricada s'obre a l'altra banda de la sala ovalada.

Apareix un home elegant i sexi a parts iguals. L'equilibri és perfecte, un balanç fascinant. Es treu el barret i demana disculpes pel soroll amb el cap cot i la mà subtilment alçada. Elegància motora. Després l'abaixa i se l'enduu als cabells per modular-se el tupè entre els dits. Quan camina sembla que leviti. És el John. Dandi entre dandis. Jo el segueixo amb la mirada però el perdo entre el centenar de caps.

M'acosto a la taula per netejar-me els dits amb un tovalló que s'esparraca amb les restes de caramel de la costella. Em miro els dits, coberts de barres i estrelles, quan de cop noto el pes de tota la sala damunt meu.

Aixeco els ulls. La meva família adoptiva em mira amb un somriure urgent i diu que em mogui, que camini.

—Ves, va, ves! —exclama la Hanne—. Ets l'única persona nova de la sala, les persones noves s'han de presentar a la comunitat!

Eing? Què ha passat? Anar a on?

—Va, ves! —insisteix la Hanne, assenyalant el Paul—. Ja t'ho ha comentat abans, que hauries de sortir. I digues que vius amb nosaltres i que esquies i que gràcies i bla-bla-bla, i l'ocra i bla-bla-bla... —La veu de la Hanne s'apaga quan avanço cap al mig de la sala i m'engoleix un aplaudiment massiu.

Torno a localitzar la cara del John, que ara em mira i assenteix complagut. Em quedo sola davant del Paul, que m'espera amb els braços oberts al mig de la moqueta i em diu alguna cosa entranyable. Amago els dits empaperats, encongint-los en un puny.

El mossèn espera que digui alguna cosa. Veig el John que obre els ulls i fa que sí amb el cap, que digui alguna cosa. Els nens pateixen, l'Aksel s'amaga la cara amb les mans mort de vergonya. Al Fulbright i la Hanne se'ls enrampa el somriure.

Finalment, parlo. Parlo amb la vocalització i la intensitat d'una professora acabada de graduar en magisteri infantil, que es presenta el seu primer dia de feina a la classe de les tortugues, davant dels seus alumnes de tres anys:

—MY NAME IS RITA. —Alt i clar.

L'audiència assenteix tranquil·la després de comprovar que no soc un orangutan. Que sé parlar. Però volen discurs. Em giro i em dirigeixo a tots ells, aclarint-me la gola. Intento recopilar tots els coneixements d'anglès que tinc, des del *Big Muzzy* fins al batxillerat i la Suuusan i el fish and chips. Però no em ve res. Res! Em quedo encallada en un bloqueig absolut. Només aconsegueixo recordar una frase, una frase... I per fi, davant la mirada atenta de l'audiència, anuncio:

—La veritat és que prefereixo que em digueu «àrtic-americà».

I ho remato:

—THANK YOU.

L'audiència no ha entès que això és tot. Que no diré res més perquè no em surt res més.

Inicio un tímid retorn cap a la meva taula i travesso un desert de parquet i silenci amb la bandera americana esparracada entre els dits. Per fi, després d'un milió d'anys, algú s'atreveix amb un repic de mans dubtós a la llunyania: «Clap..., clap..., clap».

Arribo a la taula entre un aplaudiment desordenat i compassiu, i em trobo amb els nens que riuen, tapant-se la boca. Una gota de suor, grossa i densa, em rellisca patilla avall. A les mans, la suor fa macarrons de la bandera. Així que aprofito per seure i omplir-me la boca d'ocra.

De tornada al pàrquing, un milió d'anys més tard, el Paul em saluda amb un somriure sincer des de la distància i em fa OK amb el dit. Jo l'hi torno. Vull marxar d'aquí.

—Rita —diu el Fulbright mentre prem el comandament

del cotxe a l'aire, intentant localitzar-lo entre la multitud—, si vols pots anar a fer un volt o el que vulguis, tens festa fins demà! —Tècnicament encara no he treballat cap dia, penso—. Ja ens encarreguem nosaltres dels niñous, avui, que per dutxar-los de tant en tant no ens passarà res.

Em fa l'ullet i jo sento que la gola em punxa una altra vegada. No puc empassar. La barbeta em comença a tremolar a una velocitat supersònica. No havia sentit tanta enyorança en tota la vida.

Ovaris

Em sembla surrealista que siguin les sis de la tarda i que ja hagi sopat. A l'hora de sopar de veritat em moriré de gana.

Paro a la primera cafeteria per comprovar que, com a la resta d'illes restaurant que he vist, aquest Starbucks també és un edifici amb pedra vista de mentida. Subjecto la porta perquè surti una velleta asseguda en un carretó motoritzat, i veig com a la paret del costat hi surten uns braços que serveixen cafès per endur i que la gent agafa sense sortir del cotxe. No fos cas.

Entro i veig un afroamericà. M'havien dit que Atlanta era una de les ciutats amb més població afroamericana del sud del país i des de l'aeroport que encara no n'havia vist cap. A l'església dels collons no n'hi havia ni un. Tots blancs. Ni asiàtics ni afroamericans ni llatins. Quin avorriment de barri.

És una cafeteria petita, amb sis taules i dues butaques. Hi ha una finestra gran amb vistes al pàrquing i al Dunkin' que hi ha a l'altra banda de la carretera. Com si estiguéssim a la Cerdanya, vaja.

—Bon dia! Com estàs? —Un noi simpatiquíssim em saluda des de darrere la barra. Sembla que li desperto algun tipus de curiositat—. Em dic Ovari Esquerre i tinc un hàmster i una rata, què voldries avui? —El tio i la seva panxa rodona esperen una resposta amb un got de paper a la mà i un retolador.

—Un cafè amb llet.

—Gran?

—Sí. —No sé com es diu descafeïnat, avui no dormiré.

—OK. Avui, de manera especial, una escola de conills volarà per damunt del Mississippí. —Acompanya l'explicació assenyalant el menú, i després fa un gest amb la mà damunt del got—. Li tenyirem els turmells a un camell i vindrà un escarabat amb serrell. Matusalem també, d'acord?

—D'acord.

El noi marca amb una creu quatre de les cinc caselles del got de paper.

—Com et dius?

—Rita.

Atura el retolador.

—Perdona?

—Rira —repeteixo amb tot l'accent ianqui que aconsegueixo acumular, i agraeixo que no em conegui ningú a sis mil quilòmetres a la rodona.

—Oh! Quin nom més bonic! D'on ets?

—De Barcelona...

—Oh! Barça, Barça! Ronaldinho! Jo sempre he cuinat aixetes des de trampolins olímpics... Ha, ha, ha! Et pintes les ungles, tu?

—Perdona? —pregunto, mentre la resta de cambrers riuen en veu alta i em fan cares perquè no li faci cas.

—Res, res... —Riu, amable—. Són cinc dòlars amb trenta-cinc cèntims.

—Collons... —remugo en veu baixa, mentre li ensenyo la targeta i li pregunto amb els ulls si la puc fer servir.

—Sí! Posa-la aquí... Moltíssimes gràcies! —remata, content, i assenyala l'altra banda de la barra perquè m'esperi allà.

Busco una taula i endollo l'ordinador. Introdueixo la wifi i en menys d'un minut sento el meu nom: Rira!

El meu cafè amb llet espera al final de la barra. Agafo el

got, on veig escrit literalment «Rira», i observo com el cafè amb llet que he demanat —o això em pensava— s'ha convertit en un got de pam i mig ple de caramel, xarop de carbassa i encenalls de xocolata rosa per damunt de tres dits de nata.

—T'agrada? —L'Ovari Esquerre em pregunta amb tota la il·lusió i els dos polzes aixecats.

—Sí! Gràcies... —Tenso els pòmuls, arquejo els ulls.

M'assec i obro el correu per descobrir-hi una vintena de correus suculents d'amics en resposta a l'últim que vaig enviar explicant la meva visita fugaç a la frontera d'Alabama. Però els llegiré després. Obro l'Skype amb l'esperança que tinguin l'ordinador engegat i el meu germà senti la trucada des de la cuina.

Truco i... BINGO!

—Rita?

—Albert?

—Ritaaaaaa!!! —Els ulls se'm neguen. Fa només dues setmanes que no els veig, però la il·lusió és la mateixa que si fes quatre anys que fos nàufraga, vivint en una illa deserta menjant cucs i fulles, i se m'haguessin unit les celles per sobrecreixement de pèl. El local està força ple i hi ha bastant de soroll, així que estic ben camuflada per gaudir de la trucada.

—Papa, mama! Veniu, que és la Rita! Iaiaaaaaa! Iaia, ¡veeen!

Sento les passes accelerades dels meus pares que baixen les escales i una cadira que cau a la cuina: «¡Coñññño! ¡Que no cuelgue! ¡Que ponga otro euro!».

Els meus pares s'encavalquen davant de la càmera i el meu germà es queixa perquè li amorren el cap contra la pantalla. Només havíem parlat un parell de vegades, i molt ràpid. Em fan les preguntes previsibles, exultants de veure'm, i jo contesto amb totes les ganes, agraint el deix de mala connexió que m'amaga la tremolor de les primeres frases. Fa només uns minuts que estic parlant amb ells i el nus a la gola s'ha esvaït del tot.

Veig la iaia al fons, mirant la pantalla amb la mateixa expressió de sorpresa i incomprensió de quan devia veure cantar el Manolo Escobar dins d'una caixa, darrere d'un vidre, en blanc i negre. No sé si està més al·lucinada de veure'm a mi o de veure'm parlant en directe en una pantalla.

Sento que demana al meu germà:

—¿Esta es la Rita, hablando?

—¡Sí, claro, iaia, dile hola! Está en un bar, en América.

—Pero ella ¿nos puede ver? ¿Cuánta gente nos está viendo? —pregunta amb una mà a l'escot, horroritzada.

—Pues claro que te ve, ¡dile hola!

—¡Aaaiuuui! ¡No, no, no! ¡Pero si voy con la bata del huerto! —S'aixeca i se'n va, escandalitzada, tapant-se el cap ple de rul·los amb les mans.

»Rita! —crida, interrompent la conversa amb els meus pares—. Estoy aquí, ¿eh? ¡Estoy aquí aunque tú no me vea!

Els meus pares marxen un moment a atendre uns clients que els reclamen al restaurant i jo em quedo sola amb ella i l'Albert.

—¿Me ven, ahora? —demana la iaia a l'Albert, mentre el seu cap ocupa mitja pantalla i puc veure-li fins les dents tacades del pintallavis que s'acaba de posar.

—No, iaia, no se ve nada.

—Escúchame, niña... —Abaixa el to, en clau confidencial, atansant-se fins a quedar a dos centímetres de la pantalla—, aquí donde estás... ¿hay negros?

—¡Iaia! ¡Qué preguntas haces!

—Pero ¿hay o no hay? Tengo curiosidad, niña.

—Sí, iaia... —aclareixo en veu baixa—, claro que hay.

—¡Ay, madre del amor hermoso! —exclama, mirant al cel, senyant-se—. Y ¿cómo son...? —pregunta, entre la por i la curiositat extrema, sense deixar-me respondre—. El otro día vi uno en el mercado de Puigcerdà, pero de lejos.

—Iaia, por favor, para de decir barbaridades. Ni se te ocurra decir nada de esto en público, ¿eh? ¿Me oyes?

Ella es pensa que no la sento, però, de fons, la sento remugar.

Mentrestant, el meu germà intenta no engegar-me a la merda quan, després d'informar-me que una «gent» li va donar records per a mi dissabte a la nit, jo li demano detalls concretíssims de qui va ser, en quin moment els hi van donar, en quin to i amb quines paraules exactes. I ell es queixa, com sempre, perquè soc molt pesada amb el tema.

I jo penso que comprovar que a casa tot segueix igual és justament el que necessitava.

L'Albert aparca el tema i m'explica que es va enrotllar amb una tia al lavabo del refugi. Mentrestant, la iaia, que fins ara ens escoltava recolzada al respatller amb les mans encaixades als pits, comença a torçar el cap, com si intentés entendre alguna cosa estranya de la pantalla, acostant-se lentament i progressivament, a la llum que desprèn la meva imatge.

De sobte veig que la boca i els ulls se li obren de cop i crida:

—¡Ritaaa! Rita, ¡un negro! ¡Veo un negro!

El cambrer, que per a la meva comprensió es continua dient Ovari Esquerre, s'acosta a la taula i, molt amablement, m'ofereix una mostra d'un Chai Latte. Em giro per agafar el te i veig la iaia que gesticula, nerviosa.

Accepto el got amb un somriure i amb l'esperança que el cambrer no estigui entenent res.

—T'agraden les xinxetes?

—Perdona, no t'entenc…

—Família? —em pregunta, dolç i educat, assenyalant la pantalla.

—Família, família…

Quan he penjat ha sigut com si m'hagués acabat de dutxar

amb aigua freda després de travessar el Sàhara amb neoprè. Un reset.

I ara, més tranquil·la, sento que és estrany seure aquí, sola, sense esperar ningú.

Miro al voltant tot gestionant un glop de nata amb caramel i m'adono que ningú d'aquí em coneix. Ningú del pàrquing, ni del Dunkin', ni dels Estats Units en general.

Ningú sap com em dic, ni qui són els meus pares, ni que em vaig escapar de l'escola als dotze anys amb un piti a la boca i tres aspirines a la butxaca, i que els bombers em van trobar amb la Clari al bosc, a les onze de la nit. Aquí no caldrà que canviï de carrer si em trobo un professor que em fa mandra saludar, ni m'he de vestir amb un mínim de decència per sortir de casa. Ni hauré de fer veure que el Gonçal m'és indiferent mentre em fonc per dins.

Aquí ningú em demanarà si ja he acabat la carrera, o què penso fer amb la meva vida, que «nena, ja toca, eh?», i jo no hauré de recitar un discurs entrenat ple d'excuses per no explicar que, en realitat, no és tan estrany no tenir ni idea de què faràs a la vida quan tens vint-i-tres anys. Que els rars són els que no dubten mai i volen ser metges amb quinze anys.

Aquí no li importa a ningú qui soc o què faig. No els importa que estigui perduda, que hagi arribat a Atlanta per equivocació, que soc aquí per trobar-me, per intentar desxifrar què em farà feliç de veritat. I que no en tinc ni la més remota idea. Tot això els importa una merda.

I em sembla meravellós. És la llibertat absoluta.

Pujo al cotxe i agafo la primera carretera que veig.

Després de vint minuts conduint per veïnats menys encartonats que el meu, en direcció al centre, arribo al barri de Little Five Points. A l'entrada hi ha un bar on la porta principal és una calavera enorme amb la boca oberta.

Aparco el cotxe sota d'un desmai i, a mesura que m'allunyo, penso que la caiguda de l'arbre dramatitza encara més el fet que el meu BMW de pija visiti aquest barri de rapers.

El cel de plom comença a esquerdar-se amb liles suaus que donen treves cada cop més llargues a una humitat brutal. De camí al bar de la calavera fullejo el diccionari anglès-castellà, on espero trobar-hi la traducció de «gintònic».

Un malabarista amb rastes grises observa com creuo el carrer. Darrere seu hi ha una botiga de roba de segona mà amb un estilàs increïble. Em desvio i hi entro.

Fa olor de netejavidres i de cuir; l'espai és ple de cadires de rodes antigues i pòsters de Jesucrist que expliquen acudits.

—Hola, com estàs? —La dependenta duu un barret d'hostessa d'avió blau cel—. Se li han cremat les torrades al Buda, avui? —Espera una resposta. Jo la miro i no sé què dir. Somric, agafo la primera peça de roba que trobo i entro als vestidors.

Al cap de res l'ombra de la dependenta es perfila darrere la cortina.

Em quedo immòbil resant per no haver accedit a res massa obscè. Però la tia no se'n va, així que em veig en l'obligació d'emprovar-me el banyador verd tornassolat que he agafat sense mirar. Semblo la becària de «Las Grandes Galas de Televisión Española» presentant un programa de piscina. El banyador és tot escot i les tires només em tapen els mugrons. L'hostessa no calla i jo li dic yes a tot..., i obre la cortina de cop.

—Wow! —Fa cara de sorpresa per l'atreviment del meu conjunt una tarda de dimecres. No m'ho demana, però faig una volta sobre mi mateixa i, quan veu la cortineta de pèls que em surt dels engonals i es difumina cuixa avall, em mira amb respecte renovat, com si m'acabés de convertir en la seva nova heroïna. «Me quedo el bañador», dic, com si vocalitzant en castellà m'hagués d'entendre més.

Miro l'hostessa amb un somriure i li dono els quatre dòlars que val el banyador però em diu que no, que me'l regala; el posa dins de la bossa i la tanca amb un gomet. Al costat de la caixa, hi ha unes bíblies «signades per l'autor». Me'n quedo una.

Surto de la botiga i em retrobo amb un aire més àgil. I veig que amb l'estona en què em convertia en presentadora de programes de piscina kitsch s'ha fet una cua davant del que diria que és un cine antic.

Giro cap allà, agraint la primera brisa que m'ha refrescat els braços des que he arribat a Atlanta. Fa olor de pols i de marihuana. El cine només té una sala i, efectivament, és una sala dels anys setanta. El cartell on anuncien les pel·lícules és un panell d'aquells antics, amb el fons il·luminat i les lletres de la pel·lícula col·locades a mà on sempre n'hi ha una que queda torta.

El cine es diu «7 Stages Theatre». L'aire brut i esparracat de l'escena s'escampa per tot el carrer: és a les samarretes de tirants, a les joies grosses de plata gastada i als pentinats extrems de la gent; hòstia, com mola. La deixadesa general és en gran part calculada, i es transforma en carisma i en personalitat, i fa que el plafó gegant del Jim Morrison que penja d'una façana propera brilli encara amb més coherència.

A l'altra banda del carrer, un grup de rapers molt fumats beuen suc de poma i rapegen davant d'un radiocasset arrencat del Bronx dels vuitanta. A només vint minuts del meu barri de blancs. Atlanta és una ciutat de contrastos molt heavy.

Em poso a la fila. Anar al cine sempre és una opció millor que qualsevol altre pla. M'adono que fa setmanes que no veia gent de la meva edat. Comparat amb el món de nens, esnobs i mossens que he deixat enrere, aquest carrer és el més proper a mi que he trobat. Tot i que la fila del cine és un pèl més alternativa. No sabria dir si la roba que porten les ties és de quan les seves àvies anaven a manifestacions contra la guerra del Vietnam o si s'han gastat tres-cents euros en uns texans curts.

Parlant de texans, els meus estan a punt d'explotar. M'estic engreixant per moments. Decideixo descordar-me'ls, total, qui em dirà res?

Davant meu tinc un grup de noies bastant escandaloses que no paren de riure. Però no escandaloses del rotllo americana histèrica, sinó de les que s'ho estan passant bé, bé de veritat. Quina enveja. Comenten alguna cosa graciosa que m'encantaria entendre per poder entrar a la conversa i aportar algun comentari interessant i intel·ligent que em permetés fer algun amic —sobretot perquè en algun moment m'ha semblat que mencionaven «Show Girls» i «extintor»—, però em resigno i faig veure que repasso el diccionari.

Penso en l'espectacle de l'església i em moro de vergonya. Penso que no tornaré a entrar-hi mai més. Que em limitaré a conduir els nens cap aquí i cap allà i a no parlar ni mirar mai més ningú del barri. Seré un robot. Mare meva, quin desastre.

Enmig d'una altra explosió de riures, una de les noies abandona la cua per demanar una cervesa. La noia duu els llavis pintats d'un vermell mat preciós i aguanta un cigarret amb la facilitat dels que han fumat un milió de pitis, però amb un extra de do innat. Els gestos automàtics, la naturalitat dels rituals quotidians, sigui quin sigui, em tornen boja. Aquesta noia té uns pits descomunals.

La miro sense dissimular, però sembla que no li molesti. I quan el sortidor escup l'última escuma de l'IPA artesana, la noia mira de reüll una de les amigues que ha deixat enrere i, remugant amb un somriure viciós, sento el que em sembla la frase més bonica que he sentit mai a la vida: «Hòstia, Monica, t'agafaria ara mateix i et follaria al mig del carrer...».

El català mai havia sonat tan dolç.

—Perdona, perdona! —faig. Ella es gira, gairebé tan estranyada com jo, i, com si amb la seva resposta m'hagués de tocar la loteria, li demano—: Ets catalana?

—Hòstia! Has sentit el que acabo de dir?

—Sí, una meravella.

—He quedat com una depravada, no? —pregunta, amb un deix molt prim de vergonya—. Em dic Six. —M'ofereix la mà.

—Has dit «sex»?

—No, idiota. —M'ha dit «idiota»? Ja?—. Em dic Six, com el número, com... com l'amiga de la Blossom.

—Jo, Rita. —Li faig dos petons.

—Ostres, sí, perdona. Fa gairebé un any que no feia dos petons. Què hi fas aquí? Vius a Atlanta?

—Sí, fa dues setmanes que vaig arribar.

—Oh, que bé! Estàs fent un màster? O a la uni? O treballes?

—No faig cap màster, ni estudio a cap universitat, treballo d'au-pair.

—D'au-pair? De cangur?

—Sí...

—Ah, fantàstic. I venies al cine, entenc?

—Sí, bé, la veritat és que estava fent un volt i m'he posat a la cua per fer alguna cosa. No sé ni què fan.

—Si tens algun tipus d'interès a invertir tres hores de la teva preuada vida veient com una polonesa parla de la seva regla i s'acaba suïcidant, endavant. Si no, et convido a una birra.

A la terrassa del bar del costat de la carretera, en una taula de fusta, se'ns enganxen els colzes i fa pudor de baieta humida. Res mai m'havia semblat tan luxós. Ens deuen envoltar un centenar de persones, la majoria són joves entre la vintena i la trentena, i no sembla que demà s'hagin de llevar a les vuit del matí per anar a treballar. A través de la barana de la terrassa els cotxes s'aturen sota d'un semàfor, on els llums de trànsit pengen del mateix cable que tres parells de sabates. Els noms dels carrers s'anuncien en cartells de color verd clínic. Les parets dels edificis estan pintades amb grafitis espectaculars: arbres de colors, el Martin Luther King, el Lincoln amb ulleres de sol... La Six en diu «street art».

Qualsevol que ens vegi asseguraria que som amigues de tota la vida. La Six s'amaga sota una capa fina de fatxenderia ben posada, però està tan contenta d'haver-me conegut com jo a ella.

La gent de la terrassa riu i beu i canta. Les paraules embotides de l'anglès ressonen a cada cantonada, com una ràdio mal sintonitzada, però aquí, davant meu, la veu de la Six es perfila nítida i clara, com un rierol d'aigua cristal·lina.

—Tranquil·la, no t'estressis. Trobar el camí a la vida no és fàcil. Jo soc llicenciada en Periodisme i estic venent aixetes de luxe. Però tots hem de començar fent alguna cosa, no? I com a mínim ja has marxat de casa i del teu país, així que ja formes part de l'àmplia minoria. Felicitats!

—Sí, suposo. Gràcies.

—Tens algun pla de com identificar el que t'agradaria fer? —pregunta.

—Un pla? Jo? De moment, sobreviure. Aprendre anglès.

—Bé, tens un any. Tingues els ulls oberts i un dia ho veuràs.

La Six és més o menys de la meva mida, té unes mans precioses i una dentadura desordenada. És de l'Hospitalet, té un pírcing sota el llavi, i quan menja tacos els acompanya amb els dits fins a la campaneta.

Després de dues Budweiser aigualides decidim canviar a unes artesanes locals i una altra ronda de natxos amb una capa densíssima de cheddar.

—Home, tia, que es liés amb ella davant teu és de fill de puta. Però semblava que quedava prou clar que se'n xingava unes quantes, no? Al final ja veuràs que t'ha fet un favor... —Fa un glop de cervesa i jo m'escuro la gola—. Eh, escolta, què és això?, ni una puta llàgrima, eh, que aquest tio...

—No, no... si no ploro per ell... ploro perquè feia setmanes que no entenia una frase tan llarga.

Truco al Fulbright per avisar-los que arribaré tard. Que ja tinc claus i que no pateixin. Ell agraeix la trucada i aprofita per dir-me que l'Eva no troba la partitura de piano —la vaig deixar al maleter del meu cotxe— i que el Bini tenia malament els deures de l'altre dia perquè no els hi havia supervisat. «Que com que és el principi no passa res, però que no torni a passar», i em recorda, amb mitja rialla, que demà a dos quarts de tres he de ser a l'escola per recollir el Bini.

—Tia, que són nens. Encara que el gran tingui deu anys han de fer el que tu els diguis i punt. Putos esnobs, van a Harvard i es tornen imbècils. I no miren la tele? Aviam, com a mínim el Chucky, que et fa conèixer la por de veritat! —La Six es queda embadalida amb els pits de la cambrera, que va sense sostens—. I, per cert, la Daniela aquesta tornarà de visita?

Els nois de la taula del costat ens envien el número de telèfon escrit en un tovalló de paper i el cambrer ens informa que ens han pagat la primera ronda.

—Mira, Rita, el millor que pots fer és venir a fer una orgia.

M'ennuego. M'interessa. Com?

—T'ho dic de veritat, és la millor opció per socialitzar. De fet... —La Six mira l'hora i calcula, mirant al cel.

—«De fet», què??? —Em tiro mitja cervesa per sobre—. De fet, res! Què dius? Ara no vaig a cap orgia, jo! Tia, que és dimecres i els pantalons em van estrets!

—Sí, més val que vinguis un dia amb uns pantalons de la teva talla... —riu, mirant-me la panxa sortint, i s'encén cigarret mentolat.

—Estàs flipant... —dic jo, fent una pipada al cigarret

mentolat, i afegeixo, amb més curiositat que intenció—: Però… hi hauria homes, també, no?

—Sí… hi haurà hooomes… —contesta amb indignació automàtica—, però, per què els vols, els homes? Ja en tenim prou, d'homes! Ja n'hi ha prou del sexe clàssic, previsible i patriarcal! Prou! Prou polles! Si en aquest país fins i tot hi ha homes que es diuen «Polla»!

—Què? Què dius!?

—«Dick» vol dir «polla», Rita! I aquí hi ha homes que es diuen Dick! Mares que posen el nom «Polla» als seus fills! Oh…, que bonic aquest bebè… Com es diu? Es diu Polla!

—No pot ser…

—Taxistes que es diuen Polla! «Bon dia, cap a l'estació, senyor Polla! I verdulers! Oh, a quant va el quilo de plàtans, senyor Polla?

—Buà, que la teva parella es digui Polla. «T'estimo, Polla». O pitjor, el teu pare! Freud deu tenir algun escrit sobre el tema. Té fills, el Freud? Potser va ser ell el primer que li va posar Polla al seu fill!

—El patriarcat ens fot cop de polla a la cara i nosaltres li donem les gràcies amb un somriure perquè ens porti a l'estació.

—Duríssim.

—Aviam, tornem a l'orgia… Homes. Tu ets conscient pel que ha de passar una dona per fer-li una mamada a un home? —Miro al voltant i agraeixo la poca extensió del català al món—. És incomodíssim! Has de vigilar amb les dents, se't cansa la mandíbula, et venen basques mentre vas amunt i avall intentant respirar pel nas…

—Et deu faltar pràctica.

—Ui, segur! —riu—, però no tinc cap mena d'intenció d'aconseguir-la.

La Six es refà del discurs fàl·lic amb un punt teatral, però no menys sentit, i pregunta:

—Escolta, i d'aquest John, exactament… què en sabem?

Tu creus que a vegades els policies posen les sirenes perquè tenen gana i en realitat van a comprar-se un taco al Rock'n Taco?

He aconseguit sintonitzar més canals a part del National Geographic a la tele de tub. M'ha semblat que fins i tot ella (la tele) ho agraïa.

Bé, en realitat els canals els ha sintonitzat el David, el carter.

Tot ha vingut perquè m'estava prenent el segon bol de cereals del matí i he vist que avui la Hanne no havia agafat el diari del jardí. He sortit descalça, encara amb el pijama i amb la tassa a la mà, i he recollit l'*Atlanta Journal Constitution* embolicat en un rotllo dins d'una bossa de plàstic. (Que tiressin el diari al jardí pensava que només passava a les pel·lícules).

Fins que el cotxet quadrat i blau de correus ha parat a la nostra vorera. El David ha introduït les cartes a la bústia del veí i, com faria qualsevol americà, ha decidit saludar-me.

—Bon dia! —ha cridat des del voral.

—Bon dia! —he respost, aixecant el diari.

—Ets l'au-pair despullada de dia? —Hòstia, ara no sé si ho he entès bé o no. Ho diu per la samarreta de color carn de l'altre dia? En qualsevol cas...

—Sí! Bon dia!

Aleshores el David ha començat a parlar en un castellà robòtic però intel·ligible i m'ha explicat que havia viscut a Mèxic quan tenia deu anys i que ara ja en tenia cinquanta.

Després ha comentat que fa poc havia sortit al programa de l'Oprah per explicar que tenia disset germans, i que el seu germà gran, que ja és mort, havia sigut el primer afroamericà del barri que va anar a la Universitat de Geòrgia. Li he dit que no havia vist cap programa de l'Oprah aquesta i li he comentat allò del National Geographic.

I ha sigut aleshores que s'ha escandalitzat molt. Ha cridat un «COM?» alt i ondulat, i s'ha acostat a donar-me la mà. I després d'una camaraderia instantània l'he deixat entrar —tenia el cotxe a fora amb la porta oberta i el motor engegat, per tant, no m'ha semblat una temptativa perillosa— i en un pim-pam David el carter m'ha sintonitzat els canals que, segons ell, eren «imprescindibles».

En un d'aquests canals imprescindibles feien reposicions d'un programa que es titula com el presentador: Jerry Springer.

Al principi m'ha fet la impressió que seria com una mena de *Diario de Patricia* un pèl més seriós (el presentador va amb americana), però després de veure un parell de casos, al costat d'aquest programa, la Patricia vindria a ser l'equivalent a una científica prodigiosa.

L'estructura del xou és senzilla: arriba un «concursant» que visita el programa per reivindicar o retreure alguna cosa a algú altre. I per «concursants» ens referiríem al pitjor de cada casa. Posem el cas d'una noia que ha trepitjat el plató per explicar que volia cridar l'atenció del seu xicot, i que per fer-ho s'ha tirat el millor amic del xicot i el cosí del xicot, i ara ha decidit visitar el programa per comunicar que també s'ha tirat el germà bessó del xicot.

Aleshores arriba el xicot, que munta l'espectacle esperat —amb la participació de l'Springer, que hi va afegint llenya...; ell és el pitjor de tots— fins que arriba el tercer participant, que en aquest cas seria el germà bessó. Aquest moment sempre és fascinant: dos guardaespatlles es col·loquen entre els germans, esperant, per assaig i error de més de tres mil programes, que hi haurà hòsties. I sempre n'hi ha. Tot això mentre el públic li diu «puta» i «guarra» a la tia, i anima el xicot a apallissar el seu germà bessó. La raça humana, quina meravella. He dit al David que em posés l'últim programa de tots.

He estat dues hores mirant l'Springer.

Gairebé em passa l'hora d'anar a buscar el Bini.

L'escola on va el Bini es diu Oak Grove i respon als estàndards arquitectònics d'escola americana habituals: edifici baix, horitzontal, ataronjat. A l'entrada, hi ha un plafó similar al del cine de Little Five Points on hi diu: «Llegir us farà lliures i que Déu us beneeixi».

I he pensat que hauria estat bé que, a part de repetir-me la segona part del missatge durant els meus setze anys d'escola de monges —«Que Déu et beneeixi, Rita»—, m'haguessin ofert algun llibre mínimament fumable (a part de *Tirant Lo Blanc*) per convence'm que llegir també em podria educar (a part de fer-me lliure).

Fa anys que no llegeixo un llibre. De fet, no sé si n'he acabat mai cap. Així dit en veu alta sona més greu del que em pensava. Però és cert, diria que no n'he acabat mai cap.

El passadís de l'escola fa olor de mandarina i de bata de nen brut.

La classe del Bini és la dels pingüins —cosa que, recordant la meva escena d'ahir a l'església «em podeu dir Àrtic-americà» m'ha semblat una broma de mal gust—. Faig cua darrere de dues lloques que venen a buscar els seus fills amb la mateixa alegria que si sortissin de la sala de parts i els veiessin per primera vegada.

—Bon dia, vinc a buscar el Bini —vocalitzo.

—Perdona? —La professora, amb els ovaris armats d'una paciència infinita i una alta capacitat per descodificar paraules d'infants, no m'entén.

—El Bini, el Bini Bookland.

—Ah! El Bini! —I ho pronuncia exactament com ho he fet jo—. Ets la Rita, tu, llavors?

—Sí.

—Encantada de saludar-te. —Em dona la mà i em clava els ulls blau cel assegurant-se que emet el missatge tan clar com si jo fos un pingüí més—: És una família fantàstica… i amb els nens, amb els nens tingues paciència. Són molt llestos, els més llestos de la classe, i també els més calbs d'Oklahoma. Els he tingut tots tres.

El Bini s'acosta arrossegant els peus, amb el cap baix, resignat, com si cada vegada que el miren més de dos ulls a la vegada passés el pitjor calvari de la seva existència.

—Adeu, eh, Bini?

El Bini la mira amb respecte i la saluda amb un comiat dolç i entrenat.

—Adeu, Miss Moore. Que tingui un bon dia.

—Adeu, Rita. —M'agafa la mà, transcendental—. I recorda que Jesucrist era vegetarià i el Bini té pasta de vidre per sopar.

—Thank you —responc.

Avancem pel passadís sense saber gaire què dir-nos i entrem al cotxe. El Bini es corda el cinturó de la cadireta.

—Bini, em podries repetir el que m'ha dit Miss Moore, sisplau? No sé si ho he entès del tot…

—Mmmmmm… —Amaga un somriure, aviam com em menteix—. Ha dit que ha escrit una nota a l'agenda per al papa i la mama. —Rosega una llaminadura que ha trobat entre els seients, diu la veritat—: Però jo ja sé què hi diu, a la nota: diu que em volen avançar un curs. Ja ho van fer amb l'Eva i l'Aksel: a mi m'és igual… En el fons, dins del meu cor, jo sé que continuaré sent un nen.

Assimilo la resposta, sospesant si és genialitat o depressió, i redueixo la velocitat per deixar que ens avanci un cotxe de policia. El Bini em pregunta:

—Tu creus que a vegades els policies posen les sirenes perquè tenen gana i en realitat van a comprar-se un taco al Rock'n Taco?

Un geni.

—No en tinguis cap dubte, Bini, van a comprar-se el taco.

—I, ja que hi van, podrien deixar pujar més gent pel camí que vulgui anar al Rock'n Taco, no? Així aprofitarien el viatge i contaminarien menys, oi?

Penso que quan arribi a casa faré un apartat a la meva llibreta i hi escriuré les genialitats del Bini.

—I què més ha dit Miss Moore?

El Bini riu i no contesta.

Un mite arriba a casa

El Bini berena i s'entreté amb el joc de la capsa de cereals. A les tres en punt de la tarda, com cada dia, arriba el bus de l'Eva.

El codi oficial diu que he d'esperar l'Eva a la porta de casa i he d'articular un visible «hola» amb la mà ben aixecada, «com a senyal d'autorització adulta», per tal que la conductora pugui obrir la porta i deixar que surti l'infant sagrat, sa i estalvi.

Recordo el meu germà i jo quan teníem la seva edat i ens esperàvem dues i tres hores dins d'un caixer automàtic, de nit, veient com nevava, fins que els pares o els avis aconseguien escapar-se de treballar i ens venien a buscar. Amb tot aquell temps perdut m'hauria pogut llegir la literatura universal o ser advocada als catorze anys si algú m'ho hagués suggerit.

El pitjor moment era quan tancaven les botigues, que volia dir que eren més de les vuit, i les meves amigues em deien adeu des de dins del cotxe, camí de casa seva.

No ens vam queixar mai. No com aquests tres, que arribes cinc minuts tard i s'indignen. Malcriats.

Mitja hora més tard repeteixo el ritual amb l'Aksel. Surto a la porta. Per l'amor de Déu, que té deu anys!

Aixeco la meva mà d'adulta i l'Aksel corre cap a casa. Recordo aquell programa de sexe de Betevé que vam veure fa poc amb l'Astrid, estirades al matalàs a les tres de la matinada. Hi sortia una sexòloga (una tal «Ka») que visitava les classes dels nens de deu anys d'alguns barris de Barcelona (també anava a Sarrià) per parlar del sexe anal. S'acompanyava d'imatges intercalades del He-Man fent cares de plaer i arcs de Sant Martí. I els nens ho trobaven normal... Suposo que a Barcelona la penetració tradicional, ja per a nens de deu anys, s'ha tornat mainstream.

L'Atlàntic és més que un oceà.

—M'ajudes amb les divisions, Eva? —Després d'intentar resoldre-les durant una bona estona el Bini desisteix.

L'atenció sobtada cap a l'Eva fa que ella tanqui l'agenda de cop. S'ha posat vermella i el front li transpira microgotes salades. Amaga alguna cosa.

—Si vols ja t'ajudo jo —m'avanço, fent un esforç d'inclusió familiar, sense parar a pensar que fa mil anys que no faig una divisió.

—OK! —L'Eva agafa l'agenda i corre cap a la seva habitació.

3.987 entre 16.

Ni idea.

Quan es posaven les comes?

Ho intento durant cinc minuts i el Bini, que em suggereix els passos que he de seguir, em mira sorprès pel fet que una adulta no pugui resoldre un exercici d'un nen de cinc anys. Suposo que té raó.

—Escolta, quan tens cinc anys no has de sumar en lloc de dividir? O pintar uns tomàquets? —pregunto.

—Em posen divisions per veure si puc entrar al curs superior —respon ell, transparent, sense acabar d'entendre la pregunta.

M'excuso per anar al lavabo i corro a l'habitació. Google.

Però no m'aclareixo. Torno a pujar amb l'esperança que l'Aksel hagi vingut al rescat amb xuleria i indignació. I no falla.

—Ah, claaar... —exagero, mirant el paper, com si acabés de veure la llum—. És que nosaltres, «allà», ho fem d'una altra manera...

—Ah, sí? —pregunta l'Aksel—. I quina és la manera «d'allà», Hairy?

—Hairy? —pregunto.

El Bini i l'Aksel es miren amb un somriure tens.

—«Hairy» vol dir... —comença l'Aksel.

—«Peluda». Ja sé què vol dir, Aksel. —Em faig la indignada però en realitat em congratulo per no parlar més de divisions.

—A la Daniela li dèiem «Shiny» —afegeix el Bini, a mode de treva.

—«Shiny» vol dir... —continua l'Aksel.

—«Brillant». Ja sé què vol dir, Aksel. Però m'agrada més Hairy que Shiny, és més divertit. —Es tornen a mirar, no esperaven tan bona acceptació—. Al cap i a la fi soc més peluda que brillant, no? El pèl no deixa rebotar la llum. I per quin tros de cos em dieu «Hairy»..., si es pot saber?

Les cares de l'Aksel i el Bini entren en procés d'ebullició a parts iguals. Fins que el Bini s'atreveix:

—L'altre dia vaig entrar al lavabo mentre t'estaves dutxant i...

Ara soc jo que intento gestionar la vermellor. Després de totes aquestes setmanes sense depilar-me és un miracle que no m'hagin posat el sobrenom de «Chewbacca». «Hairy» és gairebé de la reialesa.

Mare meva, tenint en compte que l'únic pèl corporal que ha vist el Bini a la seva vida és el de la seva mare rossa, vikinga i sense bigoti, després de veure'm a mi, no sé com no es va desmaiar.

Entro a l'habitació de l'Eva i me la trobo escoltant Hannah Montana (és humana!) mentre remata el circuit elèctric d'un quadre mapamundi que ha construït amb materials reciclats.

Porta uns pantalons que devien haver sigut del seu germà i una samarreta de l'església local, també del seu germà. En aquesta casa, la moda i el model d'infància clàssica conviuen als antípodes de la resta de la humanitat.

—Què tal, Eva?

—Good... —I continua amb una frase llarga i ràpida, en anglès.

—Eva, ja saps que m'has de parlar en castellà...

No diu res. Prova l'interruptor després d'aplicar una última capa de cinta aïllant al cable. El mapa no s'encén.

—Eva... —somric, simpàtica—, em deixaries veure la teva agenda? —El coll rígid. Intenta dissimular l'ensurt, però per sort encara té vuit anys i no controla les escletxes inicials de l'art de la mentida.

—Per què?

—Vull veure si t'ha escrit alguna cosa la professora, ja saps, el que es fa sempre, no?

L'Eva fa una pausa, mesurant les paraules.

—Ho vols llegir? Si igualment no n'entendries ni la primera paraula... —riu.

Respiro fondo.

M'està fent bullying una nena de vuit anys.

—Me la deixes veure, sisplau?

—No.

—Doncs ho hauré de dir als pares. —Aviam qui és més puta de totes dues.

Llavors la nena em clava la mirada i dibuixa un somriure de repte, com si s'acabés d'adonar que en realitat sí que tinc prou collons per jugar a la seva lliga. I, acte seguit, les expressions de la cara es converteixen en un mirall dels seus pensaments:

1. «He d'actuar ràpid, que aquesta tia ha vist que estic amagant alguna cosa».
2. «Daniela, torna!».
3. «Merda, tinc l'agenda just a damunt de la taula, ja no la puc amagar. I acaba de veure com la mirava. Merda».
4. «Mmm... M'agrada molt aquesta cançó de la Hannah... Hi ha una incongruència sintàctica però a la Hannah l'hi deixo passar».
5. «Puc negociar amb aquesta postadolescent? No sé si és de fiar... Sembla bastant curta, pobra... no capta res. Segur que encara pensa que Edison va inventar la bombeta o que la Terra és plana. A més, no sap dir "wifi". Diu "güifi". Jo crec que la podré torejar bé».
6. «Daniela, tornaaa!».
7. «Merda. Crec que m'he de rendir. No hi ha estratègia viable».
8. «L'única alternativa que tinc és aquesta neandertal que s'ha criat entre cabres en unes muntanyes que no coneix ningú».

—He suspès educació física.

—Com? —Una felicitat immensa envaeix cada racó de la meva persona.

—Si no aprenc a jugar a futbol, o a executar amb precisió els exercicis bàsics, suspendré l'assignatura... —La ràbia i la catàstrofe que suposa que la paraula «suspès» emani de la boca d'una Bookland li fa aixecar el cap i afegir—: Que em sents? Suspesa!

Em mossego els llavis i intento amagar l'alegria. I afegeixo, conscient de la meva resposta incendiària:

—I què passa?

—Perdona? Que no passa res? —Deixa el tornavís—. Quants estudiants de Harvard coneixes que tinguin un «suspès» a l'expedient?

Recordo aquella tarda de primavera, a Puigcerdà; l'Alba i jo vam decidir comprar uns esprais. I així, perquè sí, vam pintar unes quantes parets del poble i després ens vam pintar el cap de color verd. Teníem la mateixa edat que té l'Eva ara mateix. Ella continua, indignada:

—L'any passat vaig recaptar sis mil dòlars per al meu regiment de Girl Scouts i aquest any tinc el rècord de la classe en hores dedicades a causes solidàries. Tinc un currículum impecable, no em puc permetre suspendre!

La nena realment creu que és una desgràcia.

—Eva, suspendre t'ensenyarà més coses que aprovar-ho tot sempre. —Em mira sense entendre-ho—. Per exemple, Van Gogh també va fallar.

—Què? Però Van Gogh va anar al col·le? I tu com ho saps, que va suspendre?

—Doncs perquè qualsevol persona mínimament interessant l'ha cagat a la vida. Ha fallat, ha caigut. Quin avorriment, si no!

—Això ho dius per convence't a tu mateixa. —Uau.

—Potser sí. —Potser sí—. Potser l'he cagat perquè soc a l'altra banda del món d'on hauria de ser ara mateix, on hauria d'estar treballant del que he estudiat. Potser és una cagada. No ho sé, l'únic que sé és que he vingut aquí per descobrir-ho. Així que com a mínim ja he fet el primer pas. Encara no sé què vull fer amb la vida. No en tinc ni idea, però no m'estic queixant.

—Tens carrera, tu? —La cara de sorpresa és indignant.

—Sí, Eva. Tinc carrera. I ja t'informo, des del futur, que no és la resposta a res.

L'Eva torna en si i abaixa el cap i el to.

—Necessito que no ho diguis als pares. —Bingo!—. Tinc una estratègia per solucionar-ho.

—Ah, sí?

Rebufa i mostra símptomes d'esgotament prematur per haver-se de rebaixar al meu nivell intel·lectual.

—He analitzat l'estratègia dels millors equips de futbol del món. —Aixeco una cella—. Sí, el Barça també, és clar. Tres-quatre-tres i fals nou... I he seleccionat les millors jugades per aplicar-les al nostre equip. Em presentaré com a entrenadora.

Faig veure que la seva exposició no m'ha impressionat gens.

—D'acord. —Dramatitzo el moment, com si li estigués perdonant la vida—. Però mantén-me informada.

Toquen el timbre. Això és un no parar.

—Oh! És el Mike! —crida el Bini, fotent-se un cop al cap contra el cantell de la taula—. El Mike!

De camí a la porta passo per davant de l'habitació de l'Aksel, i si no fos perquè és un fet absolutament impossible juraria que l'he sentit cantar. Rapejar, de fet.

El Bini se m'agafa a la cuixa i obrim la porta plegats. Ens trobem un nen d'ulleres de pasta rodones que no té les dents del davant, i que m'ofereix la mà.

—Holau, Riza! Em dic Mike i soc amic del Bini de tota la vida, des de la classe de Mrs. Sweet. Tenia ganes de coneixe't.

—Oh! Hola! Encantada, Mike.

A continuació, aixeco el cap i em trobo sa mare; amb la presentació incisiva del nen no l'havia vista.

Només em cal un instant per sentir l'estranya nostàlgia d'haver-la conegut en una altra ocasió, molts anys abans.

La veia alguns caps de setmana quan anava a casa la Lauri. La pentinàvem i la vestíem —a mi em posava nerviosíssima perquè no entenia gaire què havia de fer— i l'acabàvem asseient al costat del seu marit perfecte, que, com ella, sempre semblava estar d'humor per a tot. Un cop vestits i pentinats, els posàvem dins d'una rulot de surfers de color rosa, plena d'adhesius que brillaven a la foscor, i els fèiem volar i arribar a planetes on la Lauri ho tenia tot controlat.

És ella, sí, no en tinc cap dubte: aquesta dona és la Barbie.

M'ofereix una mà hidratada i estilitzada, de manicura impecable, que —com totes les dones que he vist— llueix un diamant de la mida de les dues dents que li falten al seu fill. La jaqueta és de Chanel i la bossa m'hauria pagat la carrera a mi i al meu germà en una universitat privada. Per fi una dona americana amb estil.

La cabellera rossa, que sembla que obeeixi el vent a càmera lenta, es perfila amb unes ondes mitjanes que li cauen sobre els pits rodons i ferms com dos melons francesos. Els ulls, un xic allargats, són d'un blau cel intens, trencat amb llàgrimes de blau marí. Duu uns texans elàstics que li dibuixen les cames llargues i primes fins als turmells, i li marquen un cul que el meu, al seu costat, sembla el d'un percebe. Amb el moviment del braç, quan m'ha allargat la mà, he notat un perfum de roses i núvols que faria tancar els ulls al Vladimir Putin. L'envolta una arèola celestial, com d'anunci de compreses i xampús que provoquen orgasmes a la dutxa.

—Hello? —arrenca.

Però em mira amb una ingenuïtat estranya, com si no s'adonés de l'impacte que causa, com si cada dia es llevés així, perfecta, sent la Barbie, i fos el més normal del món. Com si totes les dones amb qui es creua cada dia fóssim com ella: altes, primes, calbes de braços, impossibles. Sembla com si, en realitat, aquesta dona hagués intercanviat l'ànima amb el seu fill desdentat i, ara que ho veig, un xic borni.

—Rira?

—Yes! —Sento que li estrenyo massa fort la mà. De fet, ella només l'havia ofert, morta, com si en lloc d'estrenye-l'hi li hagués hagut de fer un petó. Reialesa.

—Encantada de coneixe't. Em dic Samantha. —Samantha!—. Benvinguda. Segur que faràs la fotosíntesi en pols tan bé com la Daniela. —Mare meva... Quants anys deu tenir? Quinze? Cinquanta-vuit? Quina simetria! Ni una taca, ni una arruga, sembla que brilli! ¡Brilla en la oscuridad!

Somric i assenteixo mentre m'explica coses importants sobre el seu fill. No puc escoltar res del que diu. Es toca l'ull amb precisió mentre diu formatge, ornitorrinc, vidre, Teresa de Calcuta.

—Molt bé, perfecte, tot controlat... —contesto.

—Moltes, moltíssimes gràcies, Rira, ets molt amable. Ara me'n vaig a fregir espàrrecs amb un ambientador —informa la Barbie ajupint-se amb facilitat de flexió de genolls damunt de sabata de taló d'agulla i que corrobora, un cop més, el toc diví.

S'ajup a l'altura del seu fill desdentegat, li estreny les espatlles i li fa un petó sonor a la galta. El Mike es deixa fer el petó però de seguida arrenca a córrer cap a la sala de jocs agafat de la mà del Bini. La Barbie segueix el seu fill amb la mirada i, amb una cara de pena exagerada, va cap al porxo i de camí a la sortida s'acomiada:

—És que l'albergínia arrebossada sempre m'ha fet anar coixa. Un altre dia l'escalfarem.

Em fa adeu amb la mà del brillant i em pica l'ullet, un pèl trapella.

Juraria que he sentit un «cling» quan ha picat l'ullet. És la Claudia Schiffer, la Jessica Rabbit, la Verge Maria.

El Mike ha decidit tallar-se el penis

Torno al menjador i veig una llum vermella que pampallugueja a la tapa del meu mòbil.

> 1 MISSATGE REBUT
>
> Rita, t'he deixat dos missatges al contestador. Escolta'ls! Ja t'has comprat uns pantalons nous? Ho dic perquè aquesta nit faig una festa al meu pis (quan dic "nit" vull dir les 8, que això és Amèrica). Sí, també hi haurà homes. I gossos. I ampolla gegant de Jägger, que avui he venut una puta aixeta d'or! Ah! I tinc llonganissa!

De tot el missatge, de totes les paraules que ha dit la Six, n'hi ha una que ho ha canviat tot. No és «festa» ni «homes». Ha dit la paraula més màgica de totes: «llonganissa». Pagaria el sou de tot un mes per menjar un trosset de llonganissa.

Per cert, els 198,05 $ que vaig veure escrits al taló de dinosaures abans de descobrir que el Fulbright era gai és el meu sou setmanal. Així que guanyo uns mil dòlars al mes (uns vuit-cents euros). És a dir, molt més del que cobraria en qualsevol departament de recursos humans com a psicòloga en pràctiques (o sense pràctiques). Demà al matí tornaré a xafardejar l'ordinador del Fulbright, aviam si ha fet alguna visiteta al Chitawas.

Però passem a temes més importants: la llonganissa. Només de pensar-hi salivo. Vaig cometre el gravíssim error de regalar-los una de les dues preuades unitats que em vaig endur de casa com a regal de benvinguda al Fulbright i la Hanne. I un pa de fetge, un bull d'ou i tres-cents grams de pernil del bo.

«Oh... —exclamava la Hanne—. És deliciós... —deia mentre engolia el pernil—, m'agrada més que el prosciutto i tot!». I jo vaig voler cridar: «Ignorants! Això és pernil! Pernil de gla!». Prosciutto... Si no fos perquè tenen un italià impressionant pensaria que diuen «prosciutto» només perquè sembli que saben parlar italià. «És que nosaltres aquí mengem salami».

Salami.

Analfabets! Per salami enteneu una pilota de bàsquet compactada en forma de xurro, no? Perquè no és un salami italià de carnisseria, no, que l'he vist a la nevera. És salami del súper, del rosa, del plastificat.

Malaguanyats paladars!

Per sort per a mi i per a ells, durant aquestes setmanes he pogut anar delectant-me amb els embotits que no van saber apreciar. A falta de pa i d'oli d'oliva decent m'he anat menjant el pa de fetge i el bull sols, làmina a làmina, tall a tall, degustant-los al màxim davant la mirada horroritzada dels nens. M'observaven en silenci des de la seva tauleta de parxís, pàl·lids, com si en lloc de mossegar un tros de pa de fetge estigués arrencant els ulls a una cabra. Gairebé gaudia tant del terror que provocava a cada mossegada com del toc d'all de l'embotit.

Però s'ha acabat tot. Adeu existències. Adeu, estimat porc de qualitat, salvatge i ben alimentat. Ves a saber quant trigarà a arribar el paquet amb reforços que he demanat a la mama. Així que no descarto que aquesta nit acabi fent una orgia només per fotre'm un bon tros de llonganissa.

Quina analogia tan inesperada i oportuna.

—EEEEEEH!!! —Un crit m'arrenca del meu somni porcí. És la Hanne.

Miro al voltant i m'adono que fa estona que no sento cap mena de remor infantil. I això que ara hi ha quatre nens a la casa.

Baixo les escales corrent, imaginant-me llengües electrocutades, dits tallats, sang.

Però quan creuo la porta de la sala de jocs m'adono que és molt pitjor. De fet, el pitjor que podia passar.

Els quatre nens seuen al sofà absolutament extasiats per l'espectacle més dantesc que han vist a les seves —fins ara— pures i immaculades vides.

A la pantalla de la televisió, Jerry Springer riu mentre els dos goril·les aturen un pare en estat d'histèria.

El cas és que acaben de comunicar a aquest pare que el seu fill ha decidit casar-se amb la seva pròpia mare (a més, la mare li ha dit que sí i ha vingut al programa vestida de núvia). Amb l'atac d'ira, el pare ha arrencat la cama postissa de la seva dona, a qui diu «marrana» i «puta» sense parar, i diu que no li tornarà la cama fins que entrin en raó. La mare i el fill es comencen a enrotllar i el pare els fot d'hòsties al cap amb la cama postissa. Mentrestant, a dalt de tot de la pantalla, s'anuncia el pròxim convidat: «En Mike ha decidit tallar-se el penis. Ve al programa per explicar-nos per què».

—Oh, es diu Mike, com jo! —exclama el nen sense dents, mirant la Hanne en busca d'algun tipus de resposta—: I per què es vol tallar el penis, el Mike?

—Akseeeeeel! —La Hanne està fora de si—. On és el comandament???

L'Aksel està a punt de perdre la consciència. Lluita entre l'atac de riure i la impossibilitat d'assimilar el que veuen els seus ulls. L'Eva mira, atenta, analitzant l'escena entre riallades intermitents i preguntes en veu alta:

—Però aquest home per què es vol casar amb la seva mare? I per què ha vingut a veure-ho el pare, si no ho vol?

A la punta del sofà, amb el llavi inferior brillant de saliva i abduït pel que el seu cervell privilegiat codifica com un Poltergeist, el Bini ha abandonat la realitat per lliurar totes les capacitats cognitives a assimilar el que veu.

I jo observo com els personatges il·luminats de la pantalla es tatuen a l'hipotàlem del nen com un dels primers records vitals. El record d'un pare apallissant el seu fill amb la cama ortopèdica de la seva esposa; o bé serà el cas del Mike, l'home que es va tallar el penis?

La Hanne em mira feta una fúria, vermella i suant, i jo sento que m'encongeixo a vint centímetres per segon. No para de cridar.

—Aksel! Dona'm el comandament ara mateix! —Està desesperada.

Enmig de la pallissa televisiva, el cop sec d'un dels goril·les ha fet saltar un pit del vestit de la núvia. El fill l'hi intenta tapar i el pare comença a cridar com un energumen. S'arrenca la camisa.

L'Aksel ha perdut l'oremus. Es cargola a terra en ple atac de riure.

La Hanne no troba el comandament, així que quan per fi reacciono corro cap al televisor i l'apago. La imatge de la mamella de la núvia progenitora desapareix amb un soroll dels anys vuitanta, com un pet electrònic.

La Hanne castiga tots els nens a anar a la seva habitació. El Mike s'aixeca del sofà com si acabés de veure «Barri Sèsam» i ofereix la mà estesa a la Hanne, com ha fet abans amb mi, esperant un encaix de mans més amable del que troba.

La Hanne, al clímax de la ira, m'assenyala i em diu:

—Ara marxem, que tenim un sopar, però d'això en parlarem. Quan tornem en parlarem. Que quedi clar que això no s'ha de repetir mai més.

I desapareix escales amunt, maleint entre bufecs.

Què ha volgut dir amb «això» no es repetirà mai més? Que no em deportin, eh? Que ahir vaig somiar que em trobava el Gonçal a la plaça del Campanar, em transformava en pols i m'escombraven!

I què vol dir que tenen un sopar?

Que jo tinc una orgia!

Machupichote

Poc després del desastre televisiu, el Fulbright ha arribat i ha tocat el clàxon del cotxe per avisar la Hanne que feien tard al sopar. Ella ha sortit de l'habitació amb els cabells degotant damunt d'un vestit negre que feia boles i li marcava la roba interior. Abans d'obrir la porta m'ha llançat un somriure volgudament forçat i m'ha repetit que «ja en parlarem». No ha sonat gens bé. Ha sigut com si m'haguessin fet fora de classe. Després ha girat cua i ha deixat un fil olorós de crema hidratant i de perfum Trésor. El seu somriure forçat ha funcionat. I m'he posat trista.

El cop sec de porta ha alliberat els quatre nens de les habitacions respectives i s'han reunit al voltant de la taula de parxís per comentar la jugada en veu baixa. Eviten mirar-me i remarquen la rotllana tancant els braços perquè quedi clar que no volen que en formi part.

Per la cara que fan tots, aquest programa és el millor que els ha passat a la vida. Començant per l'Aksel, que s'entrebanca per acumulació d'incongruències generacionals, i acabant pel Mike, que sembla que ningú li sap respondre per què algú amb el seu nom ha decidit tallar-se el penis.

Serveixo el sopar i surto al porxo per trucar la Six:

Piiiiiip.

Sec al capdamunt de les escales i respiro fondo: olor de lavanda.

Piiiiiip.

Són les set del vespre i no hi ha cap tipus de rastre humà al cul-de-sac. Visc en un decorat.

Piiiiiip.

M'estiro al terra del porxo. Salta el contestador automàtic de la Six i sento el seu accent americà amb admiració i esperança. «Aquí els contestadors automàtics es fan servir de veritat —em va dir—, així que si no et contesto, parla després del "pip"».

«Escolta, nena... no sé pas si podré venir... Els pares han sortit a sopar i ves a saber quan tornaran. I jo l'he cagat deixant que els nens miressin un programa de l'Springer. Saps qui és l'Springer? En fi, truca'm quan puguis i informa'm de com està el pati».

Deixo caure la tapa del mòbil amb un soroll sec i esponjós. Des del terra del porxo veig com les puntes dels arbres fan moviments petits i ràpids però que a l'escena general són onades gentils i harmonioses. L'escalfor de la fusta a l'esquena em transporta a la vorera calenta de la piscina d'Alp, on m'estirava quan era petita i tenia fred. Obro els braços en creu i tanco els ulls en busca d'una mica de pau. L'olor de la fusta calenta, la humitat a la pell, el vespre que comença. El brogit d'aquests arbres altíssims i les veus dels nens que riuen mentre escuren els plats i s'omplen els gots de llet.

Després de la muntanya russa d'avui trigaran molt a adormir-se. Espero que la festa de la Six s'allargui i hi pugui arribar a temps. Necessito un tall de llonganissa més que mai.

—Hola, Rita.

Tanco les cames de cop.

Una veu d'home es pronuncia a només dos pams dels meus peus. Per la calma amb què parla fa estona que hi és i no s'ha molestat a fer soroll per anunciar-se.

—Ei! —M'aturo sobre els colzes en un instant provocador, enfoco els ulls sota l'ombra del palmell de la mà i m'aixeco amb tota la feminitat que puc, que no és gaire—: Hola, John.

Per la terra batuda que duu enganxada als turmells deu haver jugat unes tres hores de tenis, i malgrat una lleugera pudor de suor, manté la impecabilitat dels gentlemans d'antic llinatge. La veu és greu, jove i sexi.

—¿Siesta? —pregunta, rient, mentre deixa caure el pes de l'espatlla en un pilar del porxo. No saben dir res més, els americans? Siesta, servesa, amigou. Jo ric i nego amb el cap baix, perquè tampoc sé dir gaire més. El John continua—: Que hi són el Fulbright i la Hanne?

—No. Són fora. Sopar.

—OK, cap problema. Els podries dir que he vingut en persona per convidar-los a l'unicorn en escabetx fluorescent que farem al club?

—Perdona, el què?

—El cactus d'oliva... —L'expressió de la meva cara l'atura—. Tranquil·la, no et preocupis, els enviaré un correu. Però, sisplau, digue'ls que he vingut. És important. —Acaricia les puntes de les flors de lavanda, les olora i afegeix—: Tu també hi estàs convidada.

(A una festa d'unicorn en escabetx? Quin honor!).

—Ah, moltes gràcies —contesto. El John llisca els cabells del seu tupè entre els cinc dits i jo noto que salivo—. Vindré.

La conversa es podria donar per acabada, però el John no marxa. Els nens fa estona que no diuen res. Suposo que quan tens de cinc a deu anys el tema de l'incest maternofilial i del tallament de penis dona per al que dona. Faig una ullada ràpida i veig que tant l'Eva com l'Aksel llegeixen un tom d'enciclopèdia estirats al sofà. A fora segueix el silenci i els grills comencen a cantar.

—Rita, i tu, com estàs?

La pregunta m'agafa desprevinguda.

—Bé… —contesto, automàtica—. Bé.

Però insisteix com si fóssim bons amics:

—Segur?

Tan mala pinta faig?

Avui és divendres. La mama i el papa ja deuen haver preparat el menú del cap de setmana mentre la iaia ronda per l'hort. Tomàquets, nectarines, préssecs i melons s'estenen damunt la taula de la cuina. El meu germà ja ha baixat les escales en pijama i amb el cap moll després d'un partit de bàsquet (o de futbol o de tenis) i deuen haver sopat, i deuen haver servit les taules de l'estiu esplèndid amb il·lusió. La iaia es deu haver adormit amb les mans encaixades sota els pits, i a l'hora de despertar-la per anar al llit deu haver dit «que yo no estaba durmiendo».

Comença el cap de setmana.

Unes hores més tard —és a dir, ara mateix—, tots els meus amics seuran a la terrassa de la plaça del Campanar amb unes birres, lluint moreno d'estiu. Alguns deuen haver sopat a casa, d'altres picaran alguna cosa: unes olives i una taula d'embotits, i unes braves i pa amb tomàquet i oli d'arbequina. La conversa no és massa transcendent, però és en català i poden explicar exactament el que pensen, el que volen i el que han fet; i poden fer bromes que tothom entengui.

Parlen de l'últim tio que han conegut al Messenger o del nou company de pis a Barcelona; les primeres experiències com a flamants i prometedors becaris. D'altres anuncien que ja els han contractat com a respectables treballadors (gairebé) mileuristes; el que potser serà el primer dia de moltes desenes d'anys a la mateixa empresa. O potser el primer dia d'un trampolí cap a una vida de ziga-zagues professionals. Fan el primer gintònic. Quan se l'acabin caminaran cap als mateixos bars de sempre i es veuran amb la gent de sempre amb una il·lusió que no caduca. Faran xupitos amb amors no resolts i en descobriran de nous, potser de Barcelona, però només per a aquesta nit.

En un d'aquests bars, camuflat entre un núvol de cent cigarrets i la claror vaporosa d'un llum de cantonada, el Gonçal beu en silenci. Sol. Sembla tímid però no ho és; és una combinació de misteri i de llop solitari que el fa, literalment, irresistible. Entre glops de gintònic i salutacions a la distància, el llop solitari repassa les noies del bar, fa les primeres mirades en una estratègia de caça que se servirà extremadament lenta. Potser culminarà aquest hivern, potser l'estiu que ve. Tot arribarà. Això segur. De moment, una morena de cabells afro amb jaqueta de pell entra per la porta i el saluda amb un petó d'enveja popular.

Les meves amigues el saludaran des de l'altra banda de la barra i faran un xupito a la meva salut. Inconscients de la sort que tenen de tenir-se i de poder parlar amb normalitat, el vodka els acabarà de tenyir la sang i les paraules, ballaran el repertori habitual i es diran veritats dolces i bavoses que l'endemà no recordaran, o potser ho faran veure. Tancaran la discoteca Trànsit. Alguns faran una bomba de fum mentre la gent surt i xerra sota la porxada, però la majoria caminarà fins al Forn Palau. Allà faran xantatge al forner, que ja està fins als collons de tots nosaltres, i menjaran croissants de xocolata a preu d'or mentre el sol comença a il·luminar la Cerdanya.

La llum malva descobrirà les esquenes humides de la parella del bar, el Gonçal i la Sònia fan l'amor per segona vegada damunt la taula de la cuina.

Ja no hi haurà mossos a les carreteres. Les meves amigues arribaran a casa amb el rímel fins als peus, i oloraran la gespa del jardí sense ser conscients de com n'és de meravellós viure un altre cap de setmana qualsevol.

Mentrestant, a set mil quilòmetres de distància, jo vigilo tres merdosos que em parlen com si fos un os formiguer i cada nit resen als anells de Saturn i el cretaci superior perquè torni la Daniela. Recolliré la taula i eixugaré la llet i els espaguetis que els han caigut a terra, i quan tornin els pares hauré d'empassar-me la bronca per haver desvirgat els cervells pre-Harvard dels seus nens.

I tenint en compte l'última mirada de la Hanne, potser els hauré de suplicar que no em deportin. (El que els hauria de dir és que en realitat la culpa de tot la té el David per haver sintonitzat canals de pertorbats mentals; però més val que no els digui que vaig deixar entrar el carter a casa). Tot això mentre m'imagino l'home que estimo abraçat al cos d'una altra dona damunt de la mateixa taula on em va fer l'amor per primera vegada... quan em va dir que era com m'havia somiat i em va esquerdar per sempre.

—Sí, estic bé —contesto, per fi.

—Doncs no ho sembla. —No sé ben bé per què, però jo, al John, li crido l'atenció.

—Estaré millor quan pugui comunicar-me en anglès.

—I ja t'has apuntat a classes?

—No.

—Jugues a tenis?

No sé com dir-li que fa molts anys que no hi jugo, però que a mi tots els esports se'm donen bé. Merda d'idioma.

—Sí... —Faig el moviment retroactiu amb les mans—. Bé, no, bé, sí...

—Sí o no? —riu.

—Sí.

—Doncs diré a Mrs. Gee que et faci la prova de les mòmies calentes d'Albacete.

—Les mòm... com? Albacete?

—Les proves per entrar al club. Albacete.

—D'acord...

—Per cert —m'aventuro, esperançada—, com em vas dir que es deien els arbres? Aquells d'allà?

—Són els mateixos del club. Es diuen «putes de riu».

(Seguim igual).

—Ahà, ahà... Putes de riu. Gràcies.

El John s'acomiada i puja a una bici dels anys setanta. L'observo. Penso que cada vegada que protagonitza una escena el món passa a formar part d'una novel·la. Un món de tupès engominats, de copes de vidre tallades a mà, de les primeres brises de la primavera en una galeria de finestrals alts. De París. De tots els somnis.

Els seus bessons fibrats i empolsinats de color de coure desapareixen pel revolt del cul-de-sac. Jo m'aixeco i, amb un últim sospir, tanco la porta darrere meu i em poso a recollir els espaguetis.

L'Aksel i l'Eva per fi s'han reclòs a les habitacions i jo baixo les escales per enviar al llit els dos que queden.

Sento que tornen a tenir la tele engegada.

Miro per l'escletxa de la porta i veig que només són anuncis, però que els miren com si veiessin l'arribada de l'home a la Lluna. Reculo uns quants esgraons per tornar-los a baixar amb força i donar-los temps per reaccionar.

—Què fèieu? —Entro, lenta i estrident.

—Res! —contesten tots dos a l'unísón.

Els dos nens corren a l'habitació i es tanquen al lavabo per rentar-se les dents.

Tarden molt. Deixo que passi una estona prudencial —recordo que a la llista de normes de les au-pair especificava que no podies estar a soles al lavabo amb un nen que no fos el teu; només em faltaria convertir-me en pederasta, avui—, però quan al cap de deu minuts encara no han sortit, pico.

—Bini?

No hi ha resposta.

—Bini? Bini? Va tot bé?

Per fi respon. És un «sí» inexpressiu, estàndard, baixet. Un sí de: efectivament, està passant alguna cosa.

—Puc entrar?

Passen uns segons i respon amb el mateix «sí» inert d'abans.

Quan entro veig el Bini assegut a la tassa del vàter amb una acumulació de saliva al llavi inferior que indica que ha estat mirant el seu amic tota l'estona que han estat tancats. El Mike observa el seu reflex amb extrema atenció a un dit del mirall. Sembla que té alguna cosa a l'ull. No para de parlar i embafa tot el mirall.

—Va, Mike! —crida el Bini, que s'acaba de despertar d'on fos que havia anat.

—És que no puc! —respon el Mike, cansat. Aleshores es gira, i em diu—: Rita, m'ajudes?

El Mike em mira amb aquella alegria de la vida. Però... però em mira només amb un ull... perquè l'altre... l'altre ull el té a la mà!

No reacciono. El Mike em continua mirant amb la mà estesa. Ara entenc els gestos preocupats de la Barbie i el to confident de totes les paraules que no he escoltat i li he respost amb un «Cap problema!», extasiada per la seva bellesa impossible.

—Un moment! —responc al Mike, amb calma—. Bini, digues al Mike que vaig a fer una consulta a l'ordinador. —I corro cap a l'escriptori del Fulbright.

Google: «Posar a lloc ull vidre a nen».

Però no m'hi puc resistir: vint-i-tres cerques de Federico Chitawas. Faig un estudi ràpid i veig que no només està al YouPorn, sinó també al Punish i al Gemidos. Cada cerca és millor que l'anterior: D'«el taco más picante» al «Machupichote». Aquest Federico és el puto crac. I en aquell precís instant, a la cantonada superior dreta, l'iMac m'informa que acaba d'arribar un e-mail nou. Remitent: Federico Chitawas.

—Rita? —Faig un salt tan gran que el genoll em xoca contra l'escriptori i se'm desplaça la ròtula. El Bini em reclama des del marc de la porta.

—Ja vinc, ja vinc, ja vinc... —Tanco l'historial i obro el

Google per omplir la pantalla d'un centenar d'ulls brillants. Obro un vídeo que s'hauria de mirar en dejú i poso tota la voluntat a entendre el sistema. Per què no ens ho va explicar això, la Robusta, a les classes militars?

—Ja està! —El Mike i el seu somriure crònic apareixen darrere del Bini. Porta l'ull mirant a Ohio, però com a mínim ja els té tots dos posats. El Bini li corregeix l'iris cap al centre i surten corrents per desaparèixer a la seva habitació.

Apago el vídeo. Repasso l'historial una altra vegada. I entre l'enrenou dels nens i el cop que encara em fa veure llumetes de colors no m'adono que el Fulbright i la Hanne m'observen des de la porta de l'estudi.

—Rita, què hi fas aquí? —pregunta ell, preocupat.

Intento buscar una resposta decent però només em puc imaginar el Chitawas dient «Machupichote».

—És que el Mike no es podia posar l'ull. —Soc conscient del que acabo de dir, però mantinc el tipus. A la Hanne se li escapa el riure i desapareix, dissimulant. Va borratxa. Què he dit? Que ho saben, això de l'ull del Mike? Però ell no riu. I jo tampoc. El Fulbright segueix la seva dona amb la mirada i quan comprova que ja no el sent, afegeix:

—D'acord, Rita. Però la pròxima vegada fes servir el teu ordinador, aquí hi tinc documents molt importants amb els quals no puc jugar.

M'aixeco amb una disculpa i cedeixo el lloc al Fulbright. Ell s'asseu amb ànsia i sembla que avui li és igual que siguin dos quarts de deu de la nit i els nens encara rondin per casa.

Avanço pel passadís i descobreixo la Hanne amorrada damunt del llit dormint amb la jaqueta i la bossa encara posades. Jo aprofito per enviar tothom a dormir i anunciar que me'n vaig a una festa. Que, en aquest cas, seria un eufemisme per a una orgia i un bon tros de llonganissa.

Creuar la vorera

La Six viu en un antic institut reformat que s'imposa al damunt d'un monticle de gespa al mig del barri de Little Five Points. Me'l va ensenyar el dia que ens vam conèixer. El mateix dia vam acabar parlant a la vora —i a dins— de la piscina tota la nit, fins que va sortir el sol.

Arribo al pàrquing i surto del cotxe davant la mirada sorpresa d'una veïna que carreteja la cistella de la roba bruta. Com si fos tan evident que aquell cotxe no és meu. Perquè, una de dues: o soc au-pair, o soc prostituta de luxe.

Creuo la vorera. La humitat és tan forta que la llum dels fanals sembla que s'emboliqui amb una tela fina de color rosa pastel.

El rastre d'un rovell antic es fa lloc entre les pinzellades fresques de la porta de la ferradura principal. Aixeco el cap per admirar els finestrals de la façana, i a dins hi endevino cuines i llits i escales, i dues mans que s'escolen entre un vitrall mig obert, sostenint cigarrets que se sacsegen a cada riallada. L'herba humida em mulla els dits dels peus i acaricio els barrots de ferro de la barana fins a l'entrada del jardí.

És normal que pensi més en la llonganissa que en l'orgia? De veritat em trobaré una orgia, ara mateix? Només per l'existència d'aquesta hipòtesi ja sento que ha valgut la pena el viatge.

Els passadissos de l'edifici són alts i elegants; però també es manté l'aire antic, que viu en les taquilles metàl·liques que els alumnes d'institut van fer servir per guardar-hi tintes i fulls arrugats als anys vint. L'herència classista, racista i segregada d'aquells anys sobreviu amb certa prepotència en un parell de vitrines amb memorabilia escolar: un retall de diari emmarcat, una màscara de lacrosse, fotos de nens blancs vestits amb uniformes de tenis (blancs). I també sobreviu a fora d'aquestes parets. Al barri. I als salaris, i a les mirades, i a les pel·lícules, i als Starbucks.

Des del jardí hi ha una porta d'accés directa a la sala per rentar la roba on fa anys es guardaven els estris per fer esport. Al fons de la sala de rentadores encara hi ha cintes de gimnàstica rítmica penjades a les parets i un poltre de pell marró gastada que els habitants joves, adinerats i modernets dels apartaments fan servir per plegar-hi la roba. Els passadissos fan una olor esponjosa de net que contrasta amb el punt metàl·lic del vernís.

Cada pis és un viatge al passat. Una classe antiga, vells magatzems, despatxos de professors. Als menjadors dels apartaments encara hi pengen pissarres verdes, i al terra les línies gastades d'una pista de bàsquet recorren els lavabos i les habitacions, traspassant d'un pis a l'altre. Es veu que també hi ha una sala de teatre amb cadires de fusta, però quan la Six me la volia ensenyar, vam sentir sorolls «com de passes estranyes», i després d'intercanviar una mirada de pànic fugaç i sense cap mena de fonament, vam arrencar a córrer fins a la porta principal. Com idiotes. Va ser l'excés de birres, però també un primer espai comú. L'amistat incipient. Aquell esprint fins al jardí ens va airejar la ment: «Tia, però quin pinso us donen a les muntanyes? Com corres!», em va dir, al límit del vòmit.

La Six viu a la planta baixa, en un loft alt, ideal per a una o dues persones, amb uns finestrals que ocupen tota la paret principal. Les vistes a la piscina comunitària recorden un episodi de *Merlose Place*. Allà és on la trobo, a la piscina, fumant com una prostituta detinguda.

La seva figura compacta, de corbes rodones, es recolza en una paret amagada. Jo passo per darrere els arbustos esquivant la festa i observo com el fum del cigarret s'enfila fins al fanal de la façana. La cara de la Six brilla molt.

—Es pot saber per què et brilla tant la cara? —La Six llença el cigarret. Li puc veure els fanals de la façana reflectits a les galtes.

—M'hi he posat crema de peus. —Riu, nerviosa, aparentant menys seguretat de la que té—. M'ha semblat que tenia la pell molt seca. —La Six porta un vestit molt cenyit, més que de costum. Juraria que va sense calces.

—Escolta, truja, pot ser que no portis...

—No, no porto calces, perquè si en porto se'm veuen. —Es fot bufetada a la natja—. Tia, tia, tia... Estic molt nerviosa perquè avui ha vingut la Monica! Tia, la Monica!!! —Es reencaixa les tetes en el poc marge que li cedeixen els sostenidors, dona una volta al pírcing de sota el llavi—. Com estic?

—Bé.

—Bé?

—Molt bé, molt bé. Espectacular.

—Gràcies, tu... tu també. —No m'ho diu, però ha vist que el botó de la faldilla em pot sortir disparat en qualsevol moment.

—Escolta, on tens la llonganissa?

—Què? La llonganissa? En sèrio?

—En sèrio.

—Parlant de llonganisses, suposo que saps que Atlanta és la capital gai del sud del país, no?

—Doncs, ni idea... I ara a què ve això?

—Vull fer temps, que pateixi una mica, la Monica. Has anat a alguna discoteca gai alguna vegada a la vida?

—Mmm... diria que no. Que jo recordi.

—Bueno, no m'estranya, és probable que mentre jo follava amb la primera tia a l'Arena tu estiguessis a Eurodisney.

—Però què dius? Si ens portem dos anys, exagerada. A més... no m'has vist mai sortir de festa, a mi. —Faig un glop de la seva birra—. No em subestimis, darling. Perquè fliparàs.

—Perfecte, doncs. M'agradarà veure't. Per cert, el meu client, que és imbècil però és generós, m'ha donat entrades per a la discoteca Candermor-Jarenau, i les hem d'aprofitar. Potser demà. És probable que estiguem tota la nit envoltades de mascles curts i avorrits de músculs hiperdesenvolupats. Però, eh: barra lliure.

—A tu t'hi van portar els teus pares, a Eurodisney? —pregunto.

—Com? —De cop la Six es posa molt nerviosa. M'agafa la birra d'un cop sec i en fa un glop llarg. I un altre i un altre.

—Dic si... si t'hi van portar els teus pares, a Eurodisney...

—Ah... no, no, no... —Silenci, més nervis, no entenc res.

—Tot bé? Et va fotre mà l'Ànec Donald o què?

—Què dius, subnormal! —Si alguna cosa he après d'ella és que quan està molt nerviosa insulta més de l'habitual—. Va, imbècil! Anem a dins!

Entrem a la festa. És una festa en un pis. Com les de les pel·lis. Amb gots vermells, amb gent del món i amb americans que duen gorra, vestits com si vinguessin de jugar un partit d'alguna cosa. Sona Cyndi Lauper —quina classe— i de les cinquanta persones que omplen el menjador em fixo en els tres tios de la barra. Un segur que és francès: rosset, ulls petits, brutot. L'altre és gai. I al costat del gai hi ha el meu prototip perfecte: moreno, tímid, barba, sense cartutxeres, mediterrani. Els passo per davant; m'intento fer la interessant però no ho aconsegueixo.

—Jaguermeisteeeeeer! —La Six omple una fila llarguíssima de gots i assaboreix l'audiència que espera ansiosa darrere la barra de la cuina—. Rita! Vine! Jaguer-fucking-meister!

Quina mania amb el Jägermeister i l'extermini de la memòria. No em faig a la idea que aquí els gintònics siguin per a les iaies que juguen al bridge. Busco la llonganissa però no la trobo. Dos xupitos. El formigueig de l'alcohol anisat em puja per darrere les orelles i m'afanyo a anar al lavabo per fer-me la ratlla dels ulls abans que sigui massa tard.

Entro al lavabo amb l'objectiu clar d'una xapa i pintura bàsica i efectiva. I amb el lleu balanceig d'un barnús en tancar la porta, m'adono que encara no havia tingut l'oportunitat de xafardejar degudament la casa de la Six.

Una aroma subtil de baieta humida m'informa que s'ha preocupat de netejar el pis abans de la festa, però que hi ha regles bàsiques que no domina. Baieta de microfibra petita per arrossegar bé la pols, fregar amb aigua calenta, netejar la baieta. (Gràcies, mama).

Corro la cortina de la dutxa i procedeixo amb l'anàlisi: la Six té els xampús, els gels i els condicionadors —dos de cada— ordenats per mides i colors dins de la banyera. L'ordre general del lavabo és impressionant. El raspall de dents, el sabó de mans, la simetria de la tovallola.

Obro els primers calaixets en busca del maquillatge però hi trobo espais monotemàtics disposats amb precisió clínica: tovalloletes, compreses, olis sexuals, raspalls... el que vindria a ser un trastorn obsessiu compulsiu incipient, o potser en tota regla.

La porta s'obre de cop. La intrusa és una noia russa que entra al lavabo amb un xupito de color blau elèctric a cada mà i es dirigeix directa cap a mi, com si sabés que jo estava fent exactament el que estava fent; brindem, bevem i es posa a pixar només després d'assegurar-se que li he vist els llavis vaginals depilats. M'acosto al mirall, que desprèn la mateixa flaire subtil d'humitat que la pica, i em faig la ratlla dels ulls.

Sortim. Un gintònic. Dos gintònics.

Torno a la barra amb la intenció de millorar el pas i transformar-lo en alguna dansa més comestible, fins i tot atractiva. Em col·loco al costat del mascle mediterrani posant en pràctica la ignorància proactiva, però mentre suco el colze a la bassa d'un líquid ataronjat sense adonar-me'n, el meu prototip d'home ideal suca la llengua a la boca del francès brutot. Mà al paquet.

Per què no encerto mai qui és gai? Avui no lligaré pas.

La Six diu que tota la nit que m'ha estat buscant —no ho entenc, el pis té quaranta metres quadrats—, em presenta la Monica amb una il·lusió exagerada que contrasta amb el poc interès amb què em presenta l'altra amiga. Li torno a demanar on té guardada la llonganissa però em mira amb total indignació.

—De veritat? —insisteix.

—No crec que n'hi hagi per a tant, no? Digue'm on és i ja està!

Parlo amb l'amiga de la Monica i li pregunto si es diu Rachel, per fer la broma de *Friends* —mare meva, quin nivell—, i no sé si entén la broma, però riu. Després de quatre frases sembla que tot el que dic li fa gràcia; potser l'he impressionat amb l'accent d'Alp.

El menjador està ple a petar. La música a rebentar. La gent és molt simpàtica. Una lloca crida enfilada en una finestra i la multitud li respon amb un altre crit. Saltem tots alhora. M'abraço amb gent desconeguda. Gent desconeguda se m'abraça. Veig les cares de la multitud somriure a càmera lenta, les begudes sortint dels gots vermells en formes líquides boniques. Aquí la gent canta en anglès, se saben les lletres i les entenen, i no han d'inventar-se paraules que s'assemblin a la cançó. Tothom em sembla increïblement guai. Jo em sento increïblement guai per estar aquí, ara.

Penso en els meus amics, però ara mateix no els trobo a faltar tant com de costum. Estic contenta d'estar aquí. Tres gintònics. Sonen The Strokes i em torno boja.

La Rachel em serveix un xupito de licor desconegut —aquest és verd i gelatinós, quin fàstic—, es fa un porro i m'explica que fa tres anys que estudia Enginyeria Química a Georgia Tech, però que mai havia vingut fins a Five Little Points. Parla molt i diu que li flipa aquest barri i que quina festa i que quina sort que visqui a Europa, que sigui de Barcelona! I que si li puc ensenyar la resta de l'institut.

Voregem la piscina, creuem el jardí i caminem fins a la porta principal de l'edifici. Però... m'aturo. Per un moment em sembla veure l'última persona que m'imaginaria veure aquí ara mateix, i si no fos perquè desconec els efectes del licor que acabo de beure, juraria que sí, que la llum vaporosa dels fanals il·lumina la Samantha agafada de la mà d'un tio que podria ser el seu fill. Li reconec el toc diví, sí, és ella. Però no puc processar aquesta informació ara mateix. Demà.

Estrenyo el mànec de l'entrada principal com he fet fa només una estona, i ressegueixo l'òxid de l'orifici de la porta. Li dono una benvinguda solemne a la Rachel —braços alçats, genoll a terra— i avancem a batzegades adolescents mentre li explico la història del lloc, els llums, les taquilles. La fluïdesa del meu anglès és impressionant.

Li mostro les vitrines amb les fotografies en blanc i negre dels alumnes vestits amb uniformes de tenis, riem de les màscares de lacrosse. Intento seguir les traces de l'antiga pista de bàsquet dibuixades al parquet, però és impossible. Entrenem un discurs per recitar als veïns i piquem a un parell de portes que no obre ningú, així que decidim avançar i, sense saber com, arribem a la sala de rentar la roba. Aquesta noia és molt divertida.

Olor de suavitzant. Hi ha samarretes plegades damunt els poltres de pell, una jaqueta texana amb imperdibles penjada d'un hula-hoop i una assecadora en marxa. Agafo una de les cintes de les gimnastes penjades a la paret i faig l'idiota, Cirque du Soleil. La Rachel aplaudeix i en un dels trucs d'elasticitat lumbar veig un vell trampolí trencat aparcat en un racó.

I darrere del trampolí, una porta. Encaixo el peu entre les molles que fa cent anys van disparar nens blancs amb malles de tirants, i giro el pany.

L'antiga sala de teatre als nostres peus, buida i a contrallum.

Retiro els cabells que se m'havien quedat enganxats a la comissura dels llavis amb l'emoció del truc elàstic. El ritme frenètic de l'efecte de l'alcohol multicolor ara es transforma en una ovació que avança a passes lentes fins al mig de l'escenari. L'esperit de la sala, en eterna espera, s'ha apoderat de nosaltres.

La Rachel s'asseu al mig de l'escena, s'encén dos cigarrets a la vegada i me'n dona un. Les cames ens pengen al llindar de la plataforma de fusta i repassem la sala en silenci, pipada a pipada. La nit s'escola per les finestres en forma de cilindres de llum i pols, que contornegen una de les fileres d'aquesta audiència invisible. La Rachel duu els llavis pintats de lila i porta un monyo al cap, molt més elegant que el meu.

S'encén un altre cigarret.

Decideixo recular, buscar un lloc on poder recolzar l'esquena, i avanço amb el pes del meu cos alcoholitzat als canells, com un ànec, fins que em deixo caure damunt la tela sobrant de les cortines de vellut, llargues i pesades. Li miro els cabells; són castanys i fins, la llum d'emergència li ressegueix l'espina de pèl moixí que li puja de l'esquena fins al clatell en un contrast verd ampolla.

La Rachel ha fumat la meitat del cigarret, però en un gest tan delicat com pretensiós, conscient que l'estic mirant, decideix apagar-lo a la fusta on s'asseu. Com un punt i a part irreverent. S'acosta, m'explica una anècdota de la seva infància, d'un gos o del seu veí, no ho sé; gesticula amb els braços i apunta a l'última fila, sembla que no li fa res que no entengui gaire el que diu.

Arriba fins a la cortina i se m'asseu al costat; diria que està nerviosa, però tot i així m'agafa el dit i el fa córrer, dèbil i tremolós, per damunt del tatuatge que duu al turmell dret. Hi posa «Coffee and cigarrettes». Li demano si és per la pel·lícula i em respon que vol anar a viure a Europa, a París. Jo li dic que Barcelona és millor.

Parla dels surrealistes, fins i tot esmenta Buñuel, però es despista i perd el fil. Jo li dic que hi he anat tres vegades, a París, que hi vaig estar unes setmanes al pis d'una cosina llunyana, al barri de Le Marais; que durant l'Inter-rail amb l'Alba vaig veure sortir el sol a les escales del Sacré Coeur després d'una nit de festa, i que el meu lloc preferit de la ciutat és la butaca del primer pis de la llibreria Shakespeare & Co.

Les meves paraules li semblen extraordinàries. De sobte em mira com si jo fos la Madona o el dalai-lama.

La música de la festa bombeja els vidres prims d'aquesta sala antiga i jo observo el centenar de cadires de fusta que tenim al davant. A fora algú riu i crida i es tira a la piscina. La Rachel no para de mirar-me però jo faig veure que no me n'adono. Es treu la samarreta de dins de la faldilla texana i es fa un nus per damunt del melic. Sembla un gest inofensiu. La samarreta és de Pink Floyd.

Compto les cadires de la sisena fila, però de cua d'ull veig com s'encén un altre cigarret, se'l desenganxa dels llavis en un moviment dolcíssim i porta el broquet tenyit de lila fins a la meva boca. Em giro fent-me la sorpresa, faig una pipada tan llarga que em mareja i tanco els ulls.

Les mans fredes de la Rachel m'agafen la cara.

Em fa un petó. Un petó curt i tendre.

Jo m'aparto i trec el fum que queda en una rialla nerviosa, però ella no s'aparta.

Palpo el botó descordat de les faldilles i em penedeixo de totes les tortitas que he arribat a endrapar. Penso que m'he dutxat i que vaig depilada (depilada amb Gillette, per tant, ha començat el compte enrere). No recordo quines calces porto, però espero que siguin decents. Mare meva. Si només m'ha fet un petó!

La llunyania mai havia sigut tan tangible, l'aventura, el pànic.

Penso en l'últim petó que vaig fer. El Gonçal, la caseta de l'arbre, els seus ulls, Antònia Font. Això és un altre món, soc una altra Rita. La Rachel és una tia!

La miro, el pèl moixí del clatell, la faldilla és molt curta. Penso que la llengua tindrà gust de Jägermeister i de Marlboro mentolat. Que no me'n penediré, que de cop no existeix res més que el que estic a punt de fer damunt d'aquest escenari.

Segon acte

Els llavis d'una noia són més tendres. El nas és més fàcil d'encaixar, la pell és més fina… La Rachel fa olor de síndria. Les llengües es mouen en una dansa sorprenentment fàcil; no em puc creure el que estic fent.

Li passo els dits entre els cabells i el monyo se li desfà com un manyoc de seda, té la cabellera més llarga del que m'esperava. Em ressegueix els llavis amb un alè nerviós i em torna a sorprendre la seva boca petita, la barbeta suau, i durant un instant tinc la sensació d'estar-me enrotllant amb mi mateixa. Com si tingués un mirall. Ens acariciem els braços amb la punta dels dits, la pell de gallina, els cossos es segueixen en un ball hipnòtic, el moviment dels malucs, les mans, les panxes; les seves cames s'encaixen amb les meves i ens estirem damunt de la cortina, sento el tacte porós i aspre del vellut a l'esquena.

Li miro els ulls i m'adono que són d'un color blau irreal, no l'havia vist mai, tan fosc com el cel d'aquesta nit.

Els dits d'aquesta noia desconeguda es fan camí per sota la meva samarreta, el contacte em provoca un calfred que es dispara fins al front, i en una reacció de lucidesa, com si de cop fossin les tres de la tarda d'un dimarts, m'aparto.

Ella somriu, com si anticipés la reacció, i em fa un altre petó.

Seguim. Seguim encara més que abans. Vaig molt calenta. Soc una delinqüent.

Em treu la samarreta i les mans ressegueixen les tires dels sostenidors amb una seguretat que cap home podrà aconseguir mai. M'acaricia les tetes, les estreny amb dolçor i jo em marejo. M'abaixa la cremallera de les faldilles; sento el crec metàl·lic de cada dent. El cor se'm dispara, és imminent.

La mà de la Rachel es fa camí per sota les meves calcetes en una carícia lenta, llarga i mullada que em fa estremir. S'hi queda i jo tremolo. Tremolo, tremolo tota.

La sensació és taríssima però familiar alhora. Sé exactament on trobar tots els racons del plaer, l'angle, la pressió.

Dubto un moment, però ho faig: pujo les mans fins als seus pits, els acaricio i palpo la fragilitat del mugró, la urgència. La química és forta, no tinc vergonya, no sento el temps, vull fer-ho tot. Li passo la mà per la panxa fins a sota la faldilla, per la comissura de les calcetes. Acaricio amb els ulls tancats els llavis, el clítoris, la calor humida... Jo soc a l'altra banda.

La seva veu repeteix el meu nom amb un accent llunyà, diu la paraula «baby». Soc en una pel·li. La Rachel està al llindar del crit, s'entrebanca, respira arrítmica i els pòmuls se li arronsen com si estigués a punt de plorar. Però la Rachel aguanta l'orgasme. De cop se separa, m'arrenca les faldilles, m'obre les cames i desapareix camí endins.

La precisió és imbatible; el tacte, el ritme, la llepada és insuportable. Tinc por de desmaiar-me. El cap em dona voltes. Els seus dits llargs i prims dins meu. La seva llengua. No puc més. Se m'escapa un crit que ressona per les parets de fusta de l'escenari i s'encalla entre les ones de vellut.

Durant el que em semblen hores, levitem davant l'auditori invisible en un espectacle de gemecs i virginitat lèsbica fins que l'escena final arriba després d'un camí de meravellosa agonia. L'orgasme explota en un espasme que em vessa per tot el cos, m'arqueja l'esquena i m'enrampa la cara en tics que m'arronsen el nas i les galtes.

Veig un cavall de gel alçat a l'aire que esclata en un núvol de pols fúcsia.

El cos de la Rachel —es diu Rachel de veritat?—, nu i blanc, cau desordenat damunt del meu, al mig de l'escenari. Ens mirem i riem. Sento que la vida em bull. Em tatuaria «carpe diem» al turmell.

Passa molta estona. Miro l'audiència invisible i imagino l'última funció que es va estrenar en aquest escenari; potser uns *Pastorets* protestants o una entrega de premis de lacrosse.

Qui havia de dir que en un institut del sud profund i conservador del país un dia el xou seria aquest.

Suposo que ara soc lesbiana, no?

Una nanny impostora i ara —sorpresa— també lesbiana.

Miro els focus del sostre mentre la Rachel i el seu perfum de síndria recolzen el cap a la meva espatlla. Perfecte, no només soc lesbiana, també soc l'home de la parella.

Penso que acabo de viure un dels moments més bèsties de la meva vida, d'aquests que m'apareixeran com a flaix abans de morir. I l'he viscut amb només vint-i-tres anys. No sé què em durà la vida, si se suposa que a partir d'ara tot ha de ser de pujada o de baixada. Per la vida adulta que duu la majoria de gent sembla que és fàcil que sigui avorrida i redundant, sembla que la gent deixi de sentir a partir dels trenta i entri en una espècie de bucle on viuen el mateix any una vegada i una altra. Però la meva vida no serà així, ho sé, nits com aquesta fan apujar el llistó del que exigeixes a la vida. Vull que els anys s'omplin d'escenaris com aquest.

La Rachel s'encén un altre cigarret mentolat. I penso que el més irònic de tot és que jo havia vingut a la festa per menjar una mica de llonganissa.

El primer llibre

Em sona el mòbil. La Six m'ha trucat quaranta vegades, m'ha deixat no sé quants missatge al contestador i també n'ha escrit un:

> Benvinguda al club! Sisplau, confirma que no ha sigut cosa d'una nit i que has sentit la crida real al xoxisme. Seràs una grandíssima incorporació a la comunitat lèsbica.

Em rento les dents mentre m'observo els ulls, un pèl més sortits de l'habitual. La ressaca. I la Rachel, la Rachel, la Rachel. Mare meva.

Necessito cafè.

Pujo les escales rememorant la magnífica barbàrie sexual d'ahir a la nit i no puc evitar sentir una gran sensació d'orgull. Per haver-ho provat. Per haver-me deixat anar d'aquella manera. Per haver viscut tant.

Projecto la imatge de nosaltres dues des del punt de vista de l'espectador assegut a les cadires de fusta. Em fa vergonya i em sento rebel a parts iguals.

Ara li escriuré un missatge. És estrany, perquè no sento que sigui la mateixa dinàmica que tindria amb un tio. Qui escriu primer? Potser és masclista el que dic i no me n'adono?

Segurament. Al cap i a la fi, m'he criat amb el Disney dels noranta. Sí, li escriuré un missatge.

Arribo a dalt amb un somriure gloriós i veig com el cul de la Conchi treu el cap per la porta de l'habitació de la rentadora movent-se al ritme de la Shakira.

—¡Uh! Mija, però quina cara de merda, que no has dormit? Oh, i que chancha que estàs! —Em mira esgarrifada, com si m'hagués convertit en un porc.

—Moltes gràcies, Conchita, ets molt amable... Es nota?

—Sí, a més, t'hauries de mirar aquests grans de la barbeta —afegeix.

Però no els ensenyen a tenir cap mena de filtre social a Colòmbia, o què?

És cert, tinc una petita línia de quatre granots de pus a la barbeta, que com el lleuger sobrepès no havia experimentat mai. Però tenint en compte que vaig a tot arreu en cotxe, que esmorzo tortitas amb xarop d'erable cada dia i que només camino pels passadissos del supermercat —tot i que l'altre dia vaig provar un dels cotxets motoritzats i vaig acabar fent tota la compra sobre rodes—, potser quatre o cinc quilos encara són pocs. Ja ho veia jo, fa una setmana que només vaig amb vestits.

Obro la nevera. Veig les tortitas. Agafo la pinya.

—Això em passa perquè en aquesta ciutat és impossible caminar.

—Això et passa perquè estàs avorrida. A part d'ahir a la nit... —Touché. La Conchi em llança el dard de la veritat des de l'habitació de la rentadora—. Jo a la teva edat no tenia temps d'avorrir-me. De fet, des dels tretze anys que no he tingut temps d'avorrir-me. Primer per sobreviure i després amb el meu fill...

—Com? —Noto com s'incorpora i es queda en silenci. Se li ha escapat—. Com?

—Sí, chancha —la veu li cau—, tinc un fill...

—I, però...

—I és complicat. No tots hem tingut la sort de créixer a Europa i poder decidir el futur que volem. D'estar amb la nostra família. —S'eixuga una llàgrima—. Però tenim el que tenim, no? —Surt disparada, imposant-se l'energia i el somriure—. Vinga! No em distreguis, que tinc molta feina!

Sento la porta del garatge i els nens que pugen les escales esbufegant. L'Eva llança un «hola» a l'aire i s'asseu al costat de l'Aksel, que llegeix el volum «C-D» de l'enciclopèdia estirat al sofà amb els peus negres. Ella agafa la biografia del Kennedy que té marcada per la meitat i es llança a la chaise-longue. El Bini els segueix amb una versió il·lustrada de la teoria dels forats negres de l'Stephen Hawking (és la temàtica del sopar de dissabte que ve i el presenta ell). El Fulbright i la Hanne em saluden, contents: «Com va anar la nit, bé?». «Bé, bé...».

Se'n van a la seva habitació i tornen amb un llibre.

En pocs minuts es fa silenci. La família Bookland sencera llegeix des de cada racó del menjador mentre el dissabte es consumeix a fora, sota un sol espaterrant.

Penso en la millor opció per escapar. Vull anar a l'habitació i pensar en la Rachel. Primer em quedo immòbil; no faig res, no emeto sorolls, gairebé no respiro. Decideixo moure'm en format ninja per tancar-me tan aviat com pugui a l'habitació. Que no em diguin res. Avanço amb passes esponjoses, completament insonores.

—Rita? —Merda.

La veu de la Hanne em reclama sense aixecar els ulls del llibre.

—Mmm? —Trepitjo el tercer esglaó sense girar-me. Busco una excusa però només puc pensar en el capítol de «The Simpsons» on el Homer està tan gras que es fa els vestits amb les cortines del menjador.

—Va, vine, que t'anirà bé, agafa qualsevol cosa escrita en anglès.

Quan torno a la sala d'estar veig que el Bini ha deixat la butaca lliure per a mi i ara analitza un col·lapse gravitatori amb el cap a la falda del seu pare. Sembla que m'ha deixat el lloc per iniciativa pròpia. Emoció. M'instal·lo.

El gir de les primeres pàgines del meu exemplar em deixen un rastre de «Mon Paris» d'Yves Sant Laurent a les mans. A les fotografies miro els braços de les models, els seus colls, els turmells. Soc lesbiana?

No puc deixar de pensar en la Rachel. Aquesta matinada se m'han obert els ulls de cop, he mirat per la finestra i ja no he pogut dormir més. La Rachel en bucle. Les cortines de vellut, l'escenari, els llavis liles.

Aviam, relaxem-nos. Entenc l'emoció del moment, que em deixés portar per la situació. Entenc el plaer sexual, el sexe increïble. M'acaricio els llavis amb els dits, em remoc a la butaca. (Es considera follar el que vam fer?).

En realitat no n'hi ha per a tant... De fet, físicament, anatòmicament, és el mateix el petó d'un home o d'una dona. Si estiguéssim en una habitació a les fosques i l'olor fos neutral i no hi hagués barbes i no es pogués tocar el cos de l'altre, el petó seria el mateix, és impossible de diferenciar. La llengua, la saliva, l'alè, tot és asexual. I les feromones també... no? S'activen sempre o només amb el sexe que t'agrada? Això ho vaig estudiar. Veus? La universitat no serveix per a res. En qualsevol cas, que bé que m'ho vaig passar.

—Què vol dir «Vogue», mama? —Els ulls del Bini m'observen per damunt de la seva petita papada.

Sembla que la pregunta no ha destorbat la concentració general.

—«Vogue»? —contesta la Hanne, sense deixar de llegir—. En quin context ho tens, honey?

—«Vogue» és la moda amb èmfasi a la temporalitat —afegeix l'Eva, de memòria.

—És el que està llegint la Rita —apunta el Bini.

Ara sí. L'escamot de Harvards tornen a la realitat tangible i observen el meu exemplar de la *Vogue* d'agost. El Fulbright reprimeix el somriure.

—Oh! —exclama la Hanne, gestionant la sorpresa de l'intrús—. Que hi has vist algun article interessant, Rita?

—Mmm... Sí... —Doncs sí, guapa, no només hi ha anuncis a la *Vogue*. Passo les primeres pàgines d'anuncis—. Un moment... un mo-meeent... —Deu, quinze, vint-i-cinc, trenta-dues pàgines d'anuncis—. Estava per aquí... —Passo de llarg l'entrevista especial de quatre pàgines sobre la Choupette, el gat siamès de Karl Lagerfeld, on en detallen les caques i els pipis diaris. Passo l'especial parelles: la Penélope i el Bardem són parella! L'atenció va in crescendo. He de respondre de seguida o inventar-me alguna cosa que indiqui algun tipus de saviesa popular—. Aquí, ja ho tinc! —La família sencera em mira, fins i tot la Conchi ha tret el cap per darrere la peixera per veure de què es tracta—. Sí... mmm... va sobre la germana de la reina d'Anglaterra.

—Quin període? —pregunta l'Aksel.

—No ho sé, en general.

La Conchi se'n va. Silenci.

L'Eva i l'Aksel decideixen reprendre la lectura.

—Interessant. —La Hanne torna a la novel·la.

—Quins tipus de llibres t'agraden, a tu? —pregunta el Fulbright.

Som-hi.

—Mmm...

—Quin és l'últim llibre que has llegit? —pregunta el Ful.

La pregunta era inevitable. En algun moment havia d'arribar.

Sento que tinc a les mans el poder de crear un atac de cor familiar. Si els dic la veritat, si els dic que amb vint-i-tres anys podria dir que mai a la vida he acabat un llibre, els mato a tots aquí mateix i em quedo sense família.

—Un de la carrera.

—Sí, és clar, això ja m'ho suposo. Però, i de novel·la? Ficció? Quin gènere?

—Un d'un autor català, no el coneixes, és indie.

—Potser sí, prova-ho.

—Es diu *El pas del temps*, de Francesc Mauri.

—I de què va?

—Doncs de la vida quotidiana, del creixement personal, dels paisatges de Catalunya... del temps.

Crec que sap que m'ho estic inventant, però fa veure que em creu.

El Fulbright s'aixeca i es queda quiet davant la biblioteca de fusta vella que es desplega darrere del piano de cua. Quatre pisos de centenars, potser un miler de llibres encaixats en una paret de fusta de roure robust. Passeja la mirada durant una bona estona i quan no em veu aprofito per donar un cop d'ull a l'apartat de pameles. Penso com em quedaria el turbant amb ploma vertical.

Em torno a girar i el trobo acariciant els lloms dels exemplars més antics amb delicadesa i emoció. Gai. Puja fins al tercer esglaó de l'escala i inspecciona una col·lecció llarguíssima amb els mateixos lloms. Estira el braç esquerre del seu cos allargat i l'esforç li fa aixecar el peu dret; és el moviment més terrenal que li he vist fins ara. Escull.

—Ja sé que te'l devies llegir amb catorze o quinze anys, però per aprendre anglès t'anirà bé retrobar-te amb escenes que ja coneixes. —Baixa les escales i fa cruixir la fusta a cada graó—. A més, els llibres, com nosaltres, també creixen amb el temps. Hemingway deia que l'escriptor havia de mostrar l'univers als lectors, no explicar-los-el, així ens podíem conèixer més a nosaltres mateixos que al propi personatge. Estic segur que l'univers que et va mostrar el senyor Caulfield fa tants anys —Caulfield? Preparo el somriure— no tindrà res a veure amb el que descobreixis ara. Seran lliçons noves. A més, com diu el professor Antolini: «Un dia d'aquests esbrinaràs què vols fer a la vida. I aleshores hauràs de començar a fer-ho immediatament». —Em dona el llibre—. I segur que començar-ho a fer amb un anglès millor... farà el camí més interessant.

The Catcher in the Rye.

—Gràcies. —Com a mínim és primet.

El Fulbright torna al seu llibre i jo em quedo sola amb una història inesperada entre els dits.

Un gest tan senzill com aquest. Un moment que sembla intranscendent. És la primera vegada a la vida que algú em recomana un llibre.

A casa sempre hi ha hagut massa feina per llegir. Tenim llibres, i tant, però no n'he vist cap d'obert. Suposo que també podríem llegir, però el poc temps lliure que tenen els papes l'aprofiten per fer la becaina i per mirar pel·lis. Però amb les cares de felicitat que fan els Bookland, sospito que hauria sabut gaudir d'una tarda de dissabte com aquesta.

M'asseguro de marcar bé l'entrevista de la gata Choupette i l'apartat de pameles, i deixo la *Vogue* a terra.

Llegeixo la primera pàgina. Potser no ho estic entenent del tot, però m'entreté. Passo una pàgina. Una altra i una altra. Després del que em semblen moltes paraules, aixeco el cap i torno a observar la meva nova família. Un silenci alegre filat per cinc cossos immòbils i un univers per descobrir entre les seves mans... i per primera vegada des que vaig arribar a aquesta casa em sento acompanyada.

SEGONA PART

L'ombra

Malgrat els girs inesperats que m'han fet creuar el món per cuidar tres nens impertinents, em considero una persona bastant estable. Feliç, positiva. Però en comptades, molt comptades, ocasions a la vida he sentit una sensació que odio, estranya, que em destrossa. Com de pena, de fàstic, de misèria.

Apareix quan navego entre l'avorriment i la desídia, però és una sensació més de vòmit que de plorar. Com quan el professor d'autoescola em va posar la mà a la cuixa i no vaig saber reaccionar. No li vaig dir res i vaig seguir anant a les seves classes a suportar la pudor dels seus puros i a sentir-lo parlar de les putes amb qui havia anat aquella setmana. La mateixa sensació de quan ja no volia estar amb el Pol, el nòvio d'aquell estiu, i hi estava. És el pitjor gust de boca del món.

Durant totes les estones que he passat sola a Atlanta, a casa, suant les aixelles amb el pijama posat, sovint he tingut por de tornar al pou, però a Atlanta l'avorriment i el pes de la solitud, en general, han virat cap a versions més didàctiques.

He passat hores senceres davant del mirall del lavabo, on m'he descobert parts del cos en què no m'havia parat a pensar mai: venes massa blaves o amb massa relleu, un angle desigual a les celles o unes arrugues incipients a l'escot per culpa de dormir de costat. Crec que la silicona que m'he comprat per posar-me entremig m'arriba dimarts que ve (i una faixa reductora de regal).

L'altre dia em vaig ratllar una bona estona pensant si era normal respirar només pel nas, o només per la boca, i hi vaig prestar tanta atenció que de cop ja no sabia respirar normal i vaig començar a tossir. Vaig estar molt a prop d'anar a urgències. La solitud i la hipocondria sempre van plegades. També m'he adonat que l'eix central de les dents el tinc molt més desviat del que em pensava. He arribat a trucar a un servei d'emergències per a llatins per contrastar els símptomes de «la lengua fisurada», però per les fotos que els vaig enviar per correu em van dir que tenia una llengua «completamente estándar». M'he empatxat de crackers salats i de cereals de colors i de bagels amb Nutella. He perdut la noció de quan era normal estar tipa o de quan era normal tenir son.

En la meva tasca de busca de la vocació, m'he afegit a la varietat de classes extraescolars dels nens amb l'esperança de trobar-hi algun bri d'il·lusió o, si més no, d'esperança. He fet classes de piano, de cant, d'àlgebra i de ballet. M'he llegit assajos de física nuclear, quàntica i astrofísica. D'òpera i del paleolític. He escoltat atentament tots els amics de Harvard que venen a sopar a casa i parlen de filosofia, d'intel·ligència artificial, de Voltaire i de les polítiques antiracistes de Lincoln i de Kennedy. M'he interessat per mil temes diferents, però fins ara no hi he trobat ni rastre de projecció vital, més enllà d'un interès mundà. També he corroborat un cop més la meva estranya fixació a observar coses més enllà del que diuen: la sortida del lòbul de la professora Morales o l'angle vertical en què el Dr. Forte agafava el ganivet per tallar la carn. Ambdues, inquietants.

I tot això tenint en compte que soc adulta. Jo que em pensava que amb l'edat adulta t'arribava una espècie de pastilla que ingeries i ho passaves a controlar tot. El saber estar, l'òpera, les bases de la política i quan comença el paleolític. Però sembla que la pastilla és més aviat una bona hòstia amb la mà oberta.

Potser és que encara no tinc ganes de creuar les glorioses portes daurades de l'edat adulta. Que estic massa bé en aquest dolç estadi intermedi, al preludi del gran xou. En la comoditat de la condició de «noia». Prou gran per cuidar nens, però massa jove encara per dominar les coses importants de la vida. Cada vegada que algú em diu «tu encara ets molt jove per a això o allò», el dia es fa una mica més lluminós. L'esperança. L'excusa. Doncs bé, segueixo al seient del darrere del cotxe, els pares al volant, però sense que ningú s'adoni que no porto el cinturó lligat.

He rigut quan les amigues m'han trucat borratxes, però no els he tornat la trucada quan s'ha tallat. A vegades volia ser allà. A vegades no. He entretingut els matins deambulant pels passadissos dels supermercats, els del pa de motlle i els de les postals —els meus preferits—, i m'he tancat a l'Starbucks del barri a escriure-les. En dec haver enviat dues-centes. Escric molt.

Una de les millors alegries quotidianes és escriure els e-mails amb les últimes aventures «atlantines». Poden ser anècdotes grans —Machupichote—, poden ser petites —esquirols—. M'ho passo bé. Desconnecto. Ric. És terapèutic. El teclat, sense accents ni apòstrofs, em convida a escriure a raig. Em fa feliç enviar el text abans d'anar-me'n a dormir i llevar-me amb respostes d'amics. Aquests correus són el meu diari i la meva càpsula d'aïllament preferida.

L'altre dia, però, em vaig llevar sense cap e-mail de resposta. Vaig pujar a la cuina i vaig començar a llegir un article que analitzava la personalitat segons l'angle d'inclinació dels dits del peu. Allà va sonar l'alarma. Aquí vaig pensar que havia tocat fons. S'acostava la terrible ombra del pou. L'arcada de la misèria.

El meu cos ja no suportava més evitar-me. Evitar fer alguna cosa de profit, a part de ser una xofera per a tres nens amb mil vegades més propòsits vitals que jo.

Per un moment vaig voler no pensar. Allargar la no-acció. Vaig voler ser una d'aquelles dones de les postals dels anys cinquanta sense opcions. Volia tenir una cintura estretíssima i haver de plaure un marit que em mantingués, que ell fos la meva tasca diària i vital. Ho volia amb totes les forces. Un objectiu clar. Tot seria més fàcil si la meva vida fos ell, si fos posar-me els rul·los i netejar la cuina i la casa. Tot seria perfecte si algú em digués exactament què cony se suposa que he de fer. Però no. M'ha tocat viure avui i aquí, el 2007, on la dona és (més) lliure i el món té una oferta de possibilitats infinites i agorafòbiques. I ho he d'escollir jo soleta. Així que no em queda cap altre remei que actuar: m'he d'apuntar a classes d'anglès.

Tornar a la universitat

Vuit! Vuit carrils a banda i banda té la carretera que va de casa fins al centre. Segons em va comentar la diva de la Daniela, es veu que Atlanta té un dels pitjors trànsits del país, però són les nou del matí i avanço lleugera en direcció al campus de la universitat Georgia Institute of Technology, Georgia Tech per als amics.

Sí, ho he fet, m'he puntat a classes d'anglès.

Vaig treure el cap en un parell d'esglésies on oferien classes gratuïtes, però l'olor de pa d'àngel de «l'aula» s'allunyava molt de la idea d'universitat americana que m'havia imaginat. Així que he recollit els estalvis i he demanat als papes que m'avancin el regal d'aniversari, el del sant i el de Nadal, i que, per salut mental i social, em paguin un curs amb cara i ulls.

Per començar, avui faig les proves de nivell. Quina mandra només de pensar-hi. La carta formal, fill in the gaps, la llista de verbs irregulars... El mateix malson que em persegueix des dels deu anys.

Entro a l'Starbucks per agafar un cafè amb llet ràpid —no vindrà de deu minuts— i m'adono que el bar és a dins d'una botiga gegantina on venen tota mena d'articles customitzats amb una abella amb ulleres de sol, que és el logo de la universitat. Vaig a la barra i procedeixo amb el ritual habitual de transmetre el meu desig de cafè amb llet: «Coffee with milk». Cofi güiz milc! Joder, cofi-güiz-milc, que no és tan difícil.

Després de repetir-ho només dues vegades, la primera pregunta d'una cambrera hiperactiva —m'ha demanat, molt ràpid, si volia «tovallola o intermitent»— m'ha agafat desprevinguda i li he dit que sí, però a la resta ja li he dit a tot que no. Contundent i clara. I quan m'ha demanat el nom avui he dit: Ruíra.

Mentre espero el veredicte de la meva beguda veig que amb els quilos de més el vestit em va més curt que abans i ensenyo la part alta de la cuixa, que porto sense depilar.

—Druida? Bruira?

Avanço fins al final de la barra amb l'esperança de trobar-me un senzill cafè amb llet, però em trobo mig litre de llet amb flaires de vainilla i un polsim de canyella que anuncia el meu nom: «Burrita».

Surto del bar i tiro el got a la primera paperera que trobo. No en faig ni un glop. Bah.

L'institut de llengües és a l'edifici O'Keefe: segons l'explicació del Fulbright —va insistir a fer-la en anglès—, O'Keefe és una florista americana molt reconeguda. I la veritat és que em sobta que posin el nom d'una florista a un edifici.

—Vens per les proves de nivell? —La secretària és una dona rodona i agradable amb els cabells grisos que per com gesticula sembla que faci mil anys que treballa aquí.

—Ínglish? —Vaig al gra.

—Sí, carinyo, això és l'institut d'idiomes, ensenyem anglès... Omple les teves dades i ves a la porta del final, està a punt d'arribar el Donald Trump.

—Com? Ve el Donald Trump?

—Que ve el Donald Trump? —Obre molt els ulls—. On ho has llegit? Al programa d'inauguració d'hivern? —Empeny la cadira cap enrere amb urgència—. Jennifer!!!

—No, no, que...

—Jennifer! Jennyyyyyy! Tu saps alguna cosa del Donald Trump per a la inauguració dels mocs d'hivern? —Torna cap a mi—. És que la tenim en pràctiques i no sap pelar papaies. A l'estiu igual! Ho veus, no puc delegar! Jenny!

—No, no, que jo.... —Com es diu «és culpa meva»?

Arriba la Jennifer transpirant.

—Estic revisant els mocs d'hivern —transpira més— i no em consta el Trump, però no tinc les papaies actualitzades.

—Doncs corre a actualitzar-les, no ens podem permetre un altre trampolí!

—Que jo... jo... jo ho he dit malament... —Aixeco la veu. Totes dues aixequen el cap—. Mea culpa! Mea culpa! —Ara resulta que també parlo llatí.

—Segura? Segura que no ho has llegit als mocs? Papaies? —insisteix la secretària.

—Segura, segura.

Mare meva, espero que aquesta escola d'idiomes sigui bona.

Per fi arribo a classe. La professora parla en veu baixa amb un altre professor. Davant meu hi ha una veneçolana de poc pèl però ben posat, amb un brillant enorme al dit, que em fot una repassada important. Miro el xinès del meu costat per dir-li «hola». Però l'enxampo mirant-me les cuixes i aparta la mirada de cop. No m'estranya, és probable que no hagi vist mai tanta densitat de pèl en sa vida, no perquè en tingui molt —només m'he passat d'una setmana, i, ehem, està nivell barba de dos dies—, sinó perquè la quantitat visible en un dels meus genolls deu equivaldre a tot el pèl corporal de tres generacions de la seva família. Finalment aixeca la mirada de la meva cuixa. Jo li somric amb un segon «hola» i ell es posa molt i molt vermell. Vermell semàfor, malaltís, de falta d'aquell enzim de quan els xinesos beuen alcohol.

—Hello, em dic Tek Soo, soc de Seül. —La cara li continua bullint, però m'ofereix la mà amb cert entusiasme i un deix de disculpa.

—Hello, el meu nom és Rita, soc de Barcelona.

—Roma? —Roma? De veritat?

—Bar-ce-lo-na.

Faig tres exàmens en dues hores i em semblen més fàcils que els últims que em va posar la Suuusan. I no he hagut d'escriure l'estructura de la carta formal. Havíem d'escriure una redacció de tema lliure, i com que tenia fresca l'última que vaig escriure sobre com va néixer el restaurant de casa, l'he explicat tal qual. Aviam què passa. Escriure en anglès és mil vegades més fàcil que parlar-lo. I que parar-lo a Atlanta, és clar.

Mentrestant, el programa diu que un dels estudiants d'últim any de carrera ens porta a passejar pel campus, així que sortim tots a fora i ens asseiem a les escales a veure com es presenta. Devem ser un centenar de persones i sembla que tothom l'entengui... Però aquí la gent no ve a aprendre anglès?

L'estudiant és un afroamericà que rapeja més que parlar i que parla des de la gespa davant l'audiència sense cap rastre de vergonya, una clara mostra de l'habilitat de parlar en públic americana que es cultiva des del parvulari i que arriba a l'excel·lència quan es barreja amb la gràcia innata i arrasadora dels afroamericans. No em cansaria mai d'escoltar-los: els gestos harmònics, la cantarella elàstica.

El guia es diu William Hernades i el seu discurs ve carregat d'informació útil i anecdòtica de la vida universitària.

La primera parada la fem davant de l'Alpha Epsilon Phi, una germandat de noies. «Sorority». Dues animadores aparquen davant de la casa, van vestides de blanc i daurat, i hi entren. El William parla durant una bona estona, però jo sembla que només entengui les frases amb insults.

—No penseu que les fraternitats són un club de pijos, imbècils. Penseu que la primera dona americana astronauta va viure en una fraternitat, i tots els astronautes de l'Apollo 11... Fraternitats!

Seguim avançant per l'avinguda. Voregem fraternitats que em recorden una avinguda del Tibidabo en format paper maixé, fins que ens aturem al principi d'una escalinata de rajoles marrons i heures desbocades que un jardiner ha començat a domar.

L'escalinata s'enfila cap a un edifici antic amb una torre antiga on a dalt de tot, amb lletres blanques i majúscules, hi ha anunciat «TECH». El guia s'atura, mira la torre com si fos la primera vegada que la veu i fa un gest solemne:

—I aquest edifici, ladies and gentlemen, és el que més ens estimem, un dels grans honors de la universitat. Millor que el *The Harvard Crimson*, millor que el *Yale Daily News*, només equiparable amb *The New York Times*! El diari que projecta les ments més inquietes, ballarines amb pernil, la veu del sud, els líders del futur..., el diari que va «més enllà de l'entre línies» —fa repic de tambors—: *The Georgian*!

Aleshores la veneçolana de poc pèl però ben posat i brillant al dit fa un apunt per al seu grup de veneçolanes:

—Segons m'he informat —es retoca dos dels quatre cabells—, Jimmy Carter, l'antic president del Estats Units, hi va escriure unes quantes vegades.

—*The Georgian* té un germà petit —continua el guia—, bé, més aviat seria el cosí fumeta que les suspèn totes, mil vegades més irreverent però també divertit... Es diu *The North Avenue Review*. És més prim i està impulsat pels estudiants amb aspiracions literàries... i s'hi entra per aquí.

Cosí fumeta m'interessa. N'agafaré un exemplar.

Al costat de la porta giratòria d'entrada a *The Georgian* hi ha un home molt vell, encorbat i entranyable que duu una gorra de la universitat. La seva funció principal és simplement rebre i acomiadar els visitants. Des que hem arribat deu haver dit «hola» i «adeu» a una trentena de persones, i cada vegada —cada vegada— saluda entusiàstic i honest com si fos el seu primer dia. No és el primer cop que veig un jubilat fent això, aquí. Em venen ganes d'abraçar-lo.

La porta segueix girant. Ara surt el grup clàssic de noies esportives amb samarretes gegants i pantalons diminuts amb la carpeta sota el braç. I darrere seu entra en escena un home elegant vestit amb trajo beix i barret d'ala ampla, que pel contrast estètic amb les universitàries sembla un model d'una revista de moda dels anys vint. L'home aixeca el rostre.

Des d'aquí no es pot apreciar, però jo sé que té els ulls verds i que la morenor de la pell la deu a les hores de tenis damunt la terra batuda. Puc olorar el perfum de Tom Ford des d'aquí... El John camina fins al porter entranyable, de qui s'acomiada amb una abraçada americana, més de veritat que la mitjana.

Però què hi fa aquí, el John? El saludo?

Home, ho hauria de fer, és evident que tots l'hem vist sortir. És impossible no veure'l. Em miro els pèls de les cuixes i penso que dreta, si no em moc gaire, potser no els veu...

—Rita? —Joder, com ha pogut venir tan ràpid? Estic mig d'esquena, dissimulant, em giro—. Rita!

—Oh! John! Quina sorpresa! Què hi fas, aquí? —Li faig dos petons per inèrcia que no només l'incomoden a ell, sinó a tot el grup, que s'ha quedat en silenci, expectant.

—Una bandera i un lleó —diu—, tindràs llesta la tonyina aquesta nit? —Ric.

La veneçolana mostra un interès sobtat en mi, fa un pas endavant com un paó:

—Diu que si aquesta nit aniràs a la festa solidària que ha organitzat al club social. El del barri, el club social del barri.

—Ah, sí, sí, és clar.

—Molt bé, Rita —el John s'acomiada en veu baixa—: ens veiem aquesta nit. Tonyina. Albacete.

Jo li dic «adeu» i observo com camina escales avall mentre imagino com els bessons i el cul fibrat li llisquen sota els pantalons de lli. Potser no soc del tot lesbiana. Dec ser bisexual? És igual, no?

Em giro anticipant la imatge: les veneçolanes em miren confoses, formulen tot tipus de càlculs mentals per entendre com jo, que sé menys anglès que el periquito del veí i tinc mitges cuixes amb borrissol, puc tenir un amic com el John.

La cafeteria de l'edifici O'Keefe és una sala grisa folrada amb moqueta que fa olor de curri i de panga i que té tres microones que no paren de funcionar en tot el dia. Encara em queda temps abans d'anar a buscar el Bini, així que m'assec en una de les taules, amorrada a la paret, amb l'esperança de trobar algun amic potencial. Per fer temps, trec les postals d'aniversari que he d'enviar a la Marta i a la Clara, però de seguida arriba el Tek Soo, que em saluda amb terror i s'asseu tres taules més enllà. Necessito amics a part del Tek Soo, és clar. Poc després arriben cinc xinesos, que s'asseuen amb ell; són molt histriònics, cada crit, cada gest és un tsunami.

Els xinesos s'asseuen junts en una taula llarga i jo començo a escriure aquella anècdota a la Marta, quan vam robar aquells pinxos per Santa Tecla i consideràvem presentar-nos com a enxanetes als Xiquets de Valls.

—Hello? —La figura ruboritzada del Tek Soo assenyala la taula dels xinesos i em convida a seure amb ells.

Els xinesos s'aixequen per escalfar-se el dinar i després d'activar l'«ON» al microones fan un salt i esperen a quatre metres de la màquina.

«És per la radiació», diu el Tek Soo, que ha aixecat el cap un segon per tornar a fixar-se en el seu apassionant tovalló de paper.

—D'on són? —li demano, mig rient.

—De la Xina —contesta ell, amb el que em sembla un somriure còmplice.

Els xinesos tornen a taula entre crits aguts i monosíl·labs i duen aliments de països llunyans.

El més gras comença a menjar i m'assenyala amb el dit.

—Espanya, no? —El dit a dos pams de la meva cara—. Madrid o Barça? —La bèstia espera una resposta, però jo no puc articular paraula pel que veig. El xinès menja com un autèntic porc. Mastega i parla i riu, tot alhora, en mode explosió, i obre la boca com si hagués de rematar la vida del que sigui que té entre els queixals—. Eh! Madrid o Barça? —I escup trossos de pebrot amb fideus damunt la taula que després recull amb els dits i es torna a posar a la boca. Noto la primera escalfor d'una pansa al llavi.

—Barça! Barcelona! —Torno en si amb estupor.

—Oh! Barça! Ronaldinho! Messi! Baaarça! —Els cinc xinesos esclaten d'alegria com si haguessin estat esperant aquesta resposta tota la vida—: Toooooot el cam! Ééééés un clam! —No m'ho puc creure. He despertat un monstre—. Som laaa la la la laaaaaa. —Piquen amb els punys damunt la taula com trols sense cervell. Les sopes es vessen. Tota la cafeteria ens mira—. Blaaaugraaana veeeeee! —No puc apartar la vista d'aquestes boques mentre l'himne del Barça es fa lloc entre fideus orientals—. Teeenim un plo plo plo plooooo! —Merda, se'l saben tot. No em deixen de mirar, com si fos la presidenta del Barça i busquessin aprovació fonètica. Jo assenteixo. Sembla impossible, però entre els mots indesxifrables aconsegueixen encabir-se una cullerada més a la boca. I es preparen per al final. Davant nostre, la dansa de les barbetes olioses remata—: Barça! Barça! BAAARÇA!

No recordo l'última vegada que havia rigut tant...

M'acomiado dels que sembla que s'han convertit en els meus nous amics i marxo cap al barri, que he d'anar a buscar el Bini. De camí truco a la Hanne per demanar-li si aquesta nit puc anar a la festa del John, però no contesta.

Els *Homo sapiens* i els esports

—Rita! —El Bini crida indignat des d'algun lloc del pis de dalt—. Ritaaa! Fes el favor de venir!

Acaba de dir «fes el favor de venir» i té cinc anys.

Són dos quarts de tres de la tarda, l'Aksel i l'Eva estan a punt d'arribar i jo pujo les escales sense cap mena de pressa; al replà, a l'impàs entre els dos pisos, el sol s'escola pels vitralls de colors ocre que envolten la porta d'entrada. A l'altra banda trobo el veïnat desert habitual.

—Ritaaa!

Quan arribo al lavabo me'l trobo parlant amb una rajola de la paret, amb les cames penjant del vàter. Em veu, rebufa i posa el cap entre els genolls. Vol que li netegi el cul.

Quatre anys de carrera pel vàter. El llibre de vuit-centes pàgines de fisiologia de la conducta, Erikson, Vygotsky, el condicionament clàssic, tot pel vàter.

—Rita. —El Bini analitza un esquema invisible que ha dibuixat a la rajola.

—Digues.

—T'imagines... t'imagines tenir una tele petita que quan surti un programa de cuina llanci les olors dels plats com un ambientador?

—No parlis d'olors, ara... —Li fa gràcia—. Però la veritat és que és molt bona idea.

—I que la tele també sigui una càmera i un telèfon.

—Ahà...

—I, i, i, i una calculadora també. I un piano.

—Una tele i un piano? Però...

—I que t'hi càpiga tot a la motxilla del col·le, o a la butxaca! —Sento el rum-rum de l'autobús de l'Eva, he de sortir a aixecar el braç.

—Vinga, avall! —Està a punt de sortir disparat cap al passadís—. Bini, espera't un moment. La pròxima vegada que necessitis ajuda no em diguis «fes el favor», d'acord? Em dius «sisplau».

El Bini abaixa el cap com un gosset i se'n va amb la pròxima idea de negoci a la punta de la llengua.

—I renta't les mans! Marrano!

—Aksel, m'has agafat el CD de la Hanna Montana? —L'Eva surt de l'habitació amb la pregunta més terrenal que li he sentit fins ara.

—El CD de la Hanna Mont... Jo? —L'Aksel envermelleix només pel fet que algú pugui pensar que hagi mirat la foto de la portada.

—Sí, no seria la primera vegada, no dissimulis.

—Mira, Eva —no pot estar més vermell—, vols saber com m'importa a mi el teu CD de la *Hinni Mintini*?

Ui, amb la incorporació de la «i» en el nou registre dialèctic, m'assec al sofà i gaudeixo de l'anomalia que suposa que dos germans Bookland es barallin com dos nens normals i corrents.

—L'univers té més de 13.000 milions d'anys, saps, Eva?

Ja hi som.

—Serien 13.800 milions, si ens posem exactes. Tot i que

també hi ha valors que indiquen que en podria tenir 1.000 menys, però de moment la data oficial són 13.800 anys.

Si és que no s'hi poden resistir.

—Doncs si féssim servir un calendari còsmic per il·lustrar l'evolució del cosmos i la de la humanitat, és a dir, imaginant els tres-cents seixanta dies de l'any per entendre tota l'evolució, no seria fins al 10 de gener que apareix la gravetat.

—Però a quina escala?

—En una escala on cada mes representa un bilió d'anys i cada any representa gairebé quaranta milions d'anys.

—I què té a veure l'evolució del cosmos amb el CD de la Hanna que m'has agafat?

—Que jo no t'he... espera i ho entendràs.

—Llavors l'1 de gener seria quan comença l'univers? —El Bini apareix en escena. Si és que aquesta família ho porta a la sang. Són insuportables.

—Efectivament, Bini, veig que ho has agafat abans que l'Eva, l'1 de gener és el big bang.

L'Eva no cau en la provocació del seu germà.

—De l'1 de gener al 13 de gener —continua l'Aksel—, després del big bang, estem a les fosques uns dos-cents milions d'anys.

—A les fosques? —El Bini es preocupa.

—Sí, a les fosques còsmiques, Bini, al no-res.

—Per tant, el sol naixeria el 30 d'agost. —L'Eva ha fet els seus càlculs.

—El 31 d'agost, per ser exactes —corregeix l'Aksel, impressionat.

—Accelera, va.

—Ara vull que miris això. —L'Aksel mostra el dit petit de la mà.

—Què li passa al teu dit, Aksel? —El Bini s'ha posat molt seriós.

—Vull que recordeu aquesta mida.

—Aksel, digue'm on és el CD de la Hanna Montana i ja està, no passa res.

—Està a punt d'arribar, Eva, no et preocupis.

—La vida a la Terra no començaria fins al 21 de setembre. Encara no s'ha resolt on va començar exactament la vida, se sospita que ve d'algun lloc remot de la Via Làctia...

—Aksel.

—Tranquil·la, ja he arribat al desembre. El 17 de desembre, el Tiktaalik va ser un dels primers animals que es va arriscar a sortir de l'aigua per trepitjar la terra... La mateixa setmana en què evolucionen els boscos, els dinosaures, les aus i els insectes.

»Ara, recordeu aquesta mida? —L'Aksel els torna a mostrar el dit petit—. És la mida aproximada, uns dos centímetres, que va provocar que dos asteroides col·lidissin i un d'ells anés a parar a la Terra i...

—Els dinosaures! —El Bini crida.

Molt didàctic, hauria d'haver pres apunts des del principi.

—Molt bé, Bini, bye bye, dinosaures.

—L'estegosaure, l'albertosaure... —El Bini enumera en veu alta.

—O acabes o me'n vaig i aquesta nit dic als papes que...

—Estic molt a punt!

»L'univers té 13.800 milions d'anys i encara no hi ha ni rastre dels humans... Perquè la humanitat, senyores i senyors, no apareix fins a l'última hora de l'últim dia d'aquest any còsmic! De fet...

—De fet ocupa només catorze segons —apunta l'Eva, amb els braços encreuats.

—Catorze... —L'Aksel intenta dissimular l'impacte de la precisió del càlcul de la seva germana—. Exacte... catorze segons.

—I? —pregunta l'Eva.

—Saps...? —L'Aksel comença una cantarella irònica—. Saps, Eva..., dins d'aquests catorze segons còsmics, ON APAREIX EL TEU CD DE LA HANNA MONTANA?

—Ets un idiota.

—Veus la intranscendència absoluta, la insignificança que suposa...

—Quan decideixis tornar-me'l, me'l deixes damunt de l'escriptori.

Toquen al timbre i tots tres nens em miren.

—Què passa?

—Toquen al timbre. —L'Eva em mira.

—I què?

—Que no tenim cap playdate ni hi ha cap visita apuntada a la pissarra.

—Mare de Déu.

Ens acostem a la porta i veiem com el carter David s'ha enretirat i espera amb el somriure gloriós habitual a la vorera del jardí. És el més a prop que m'he sentit d'Alp des que estic en aquest país.

—Bon dia, Rita!

—Hola, David! Veniu, nens, que us presentaré el carter... —Els nens s'han quedat parats al llindar de la porta—. Què feu? Veniu!

El trident Bookland avança darrere meu arrossegant la mirada en una filera índia silenciosa.

—Però què feu? Podeu fer el favor de saludar el David? Ja us vaig comentar que té dotze germans i que només el més gran de tots va poder anar a la universitat i...

El David comença a parlar sense parar. Argot i paraules ondulades, tot junt; no pot ser més simpàtic. Però els nens segueixen paralitzats.

—Aksel, que el David t'ha fet una pregunta...

Veig en directe com la supèrbia còsmica de fa només un moment es converteix en pols estel·lar i va a parar a les clavegueres. Però què vol dir tota aquesta vergonya? On són els 13.800 milions d'anys de la Terra? L'animal tiki-taka aquell sortint de l'aigua? Per fi, el Bini parla.

—Jo... jo... jo fa molts anys vaig tenir un cotxet de joguina com el seu.

El David agraeix el comentari i arrenca a parlar una altra vegada. És increïble, aquest home podria parlar durant dies sense parar. Finalment, després d'uns llargs minuts de conversa unidireccional i acomiadant-se igual de simpàtic i entranyable que quan ha arribat, el carter David marxa fent adeu amb la mà i rebent la mateixa ona d'ignorància que quan ha arribat. Els nens em miren com tres gossets.

—Però què us ha passat?

—És que no el coneixem de res —contesta l'Eva.

—I què? Però és una persona. No és una gallina, ni una cortina. És una persona simpatiquíssima que tenia ganes de coneixe-us i que us ha fet unes preguntes. On són els vostres mínims d'educació quotidiana? Que no saludeu la carnissera quan...

—No coneixem cap carnissera —apunta l'Eva.

—O la peixatera...

—No coneixem cap peixat...

—O el forner, o la florista... Hòstia, no existeix cap d'aquestes persones.

—Coneixem el pastor Paul! —exclama el Bini.

—Sí —corregeix l'Eva—, però el coneixem des que vam néixer. No és un desconegut. No compta.

—Però, igualment —pregunta l'Aksel, de camí de tornada—, tota la informació que em pugui proporcionar una carnissera o una peixatera ja la tinc. Els productes els comprem al súper, tot i que cada cop menys, que la carn és molt poc sostenible... Així, Hairy, per què he de conèixer una carnissera? O un carter?

—Doncs... doncs... —Merda, per què?

—Perquè el soroll del cotxet de veritat és diferent que el que feia el meu cotxet de joguina.

—Exacte! —m'exclamo—. La veritat sempre és millor que la ficció.

—Bé... —No convenço l'Aksel.

—Bé, sempre potser no, però amb quanta gent has parlat aquesta setmana que tingués dotze germans, eh?

—Fem tard a xinès —respon l'Aksel.

Sortim de casa i em poso el cinturó després que l'Aksel m'ho demani tres vegades.

Estem a punt d'entrar al club social quan veig la Samantha que corre pel veïnat amb unes amigues. Em ve el flaix de l'altra nit a la festa de la Six; ella amb un noi que podria ser el seu fill, jo creuant el jardí amb la Rachel abans de la gran funció. Alenteixo el cotxe amb la intenció de preguntar-li si realment era ella, però em fa senyals que no pari, que em trucarà més tard.

Entro al club per deixar el Bini a tenis.

—Tu creus que la reina Maria Teresa d'Àustria realment va tenir un fill negre? —pregunta l'Eva, des del seient de darrere—. O tot era un complot per humiliar Lluís XIV mentre intentava construir Versalles?

—Bé —contesta l'Aksel mentre dona cops de puny al respatller—, els registres històrics de l'època tenen molt de detall. Com era habitual, la reina espanyola tenia un nan negre com a servent, i tenint en compte les amants registrades del rei...

El Bini avança cap a la pista de tenis arrossegant la raqueta, amb la mateixa il·lusió amb què vas a la infermeria perquè et posin una injecció.

Mrs. Gee diu «adeu» als nens de la classe anterior amb una bossa de llaminadures tan grossa com per omplir les tardes d'una setmana sencera. Així que abans de sortir de la pista, els nens ja han recuperat totes les calories que han cremat durant la classe. Multiplicades per cent.

Mrs. Gee té l'esquena un xic corbada i sembla que els genolls li fan mal. Però quan agafa la raqueta s'oblida de tot. Es transforma. Duu la bandera americana a la gorra, al vestit i al medalló d'or que li penja del coll.

—Avui faré raqueta al forn amb un raig de monges de clausura, veus el forat del roser? —Mrs. Gee m'agafa del braç amb dolçor. Parla com si tingués la llengua enroscada i cada paraula fos un cercle tou. Com si fos d'un poble recòndit de Mallorca.

—Diu —el Bini tradueix, avergonyit i indignat— que si recordes que has de ser aquí una mica abans que s'acabi la classe... per... per jugar amb mi.

—Yes, yes, yes... —M'acomiado.

Torno al cotxe i poso la ràdio. Sona «Unwritten», la cançó que posen a totes hores. Abans de creuar la porta de sortida veig que el John s'ajusta el plec del mitjó abans d'entrar a la pista.

—Fins a la nit! —crida.

Jo aixeco el braç i assenteixo. Penso que em posaré el vestit blau marí, el més curt, i les noves sandàlies d'espart. I que aquesta vegada em depilaré fins als engonals.

Començo a cantar, miro pel retrovisor i els observo. L'Eva duu els cabells lligats en l'habitual cua mal feta que li cau per l'espatlla i li tapa la meitat de les lletres de la samarreta del campus de ciències. El borrissol arrissat del front se li il·lumina a contrallum amb la claror de la finestra; me la imagino d'aquí a uns anys, una surfera californiana acabada de graduar a Harvard. Preciosa. Brillant. Imparable. Està concentradíssima. Damunt dels genolls ossuts recolza la carpeta de velociraptors on calca les estratègies d'atac del Barça del 2006 i intenta pensar quin dels nens de la seva classe pot fer de Xavi. S'hi esforça, s'hi esforça moltíssim, s'hi esforça tant com les poques ganes que té de xutar una pilota. Però en el fons sap, tan clar com em va dir que seria l'entrenadora de la classe, que tard o d'hora l'haurà de xutar.

Mentrestant, a l'altre extrem del seient i davant la ignorància absoluta de la seva germana, l'Aksel rapeja. Té una mà amorrada a la boca, en forma de puny, i emet sons secs i bavosos mentre mou l'altra amb moviments poc gràcils. Suposo que no pot tenir una capacitat motora tan brillant com la ment; l'únic aire artístic que li veig és la mata esvalotada de rínxols preadolescents que té damunt del cap. Però tot això sembla que li és igual, escriu rimes d'amagat en un paper arrugat que sempre du a la butxaca. Perquè cada vegada que deixa la ment en blanc, l'Aksel comença a rapejar.

No sé si sap que l'estic mirant o no, però m'agrada pensar que es permet la llicència de rapejar dins del meu cotxe i no ho fa dins del cotxe dels seus pares. Però m'enganxa mirant-lo i malgrat el meu somriure encoratjador s'atura.

—Però... —L'Eva mossega la punta del llapis i analitza la cruïlla—. Hairy, crec que per aquí no és...

—Eh! Eh! No! —L'Aksel salta del seient com si haguéssim entrat al Bronx dels vuitanta—. Hairy! T'estàs equivocant, per aquí no és! Les classes de Chinese són per allà!

—Ho sé. Calleu.

Avancem per North Highland Avenue, direcció a Virginia Highlands. Aquí les cases són més antigues, els pous són de pedra i sembla que les heures fa més de cinquanta anys que s'enfilen per la vora dels porticons.

—Mira, molsa espanyola! —L'Eva assenyala una planta vaporosa que cau en forma de cascada de les branques dels arbres. Miro amunt, la llum hi passa a través i la il·lumina com cotó fluix.

—Sí —diu l'Aksel, a qui sembla que l'aventura d'una nova ruta el distreu—, creix en hàbitats on toca el sol de manera parcial i...

—Però on anem, Rita? —La incertesa devora l'Eva.

Apujo el volum de la ràdio i avanço en silenci fins que aparco el cotxe davant de Piedmont Park.

—Nens, prepareu-vos!

—Però, per fer què?

—Anem a jugar a futbol i a rapejar!

—COM?!

L'skyline d'Atlanta es perfila impol·lut damunt la gespa perfecta de Piedmont Park. Mitja dotzena d'edificis es presenten com una ciutat en miniatures de colors damunt d'una esplanada de cinc camps de futbol.

Els arbres del parc s'aboquen al llac com si fossin animals gegants rodons i peluts de fulles. Com si estiguessin bevent. El verd continua però flaqueja. Certa frescor de l'aire i un grapat de fulles pàl·lides a l'aigua anuncien el canvi, la tardor s'acosta.

—Però, però, però... —L'Eva té massa preguntes.

—Tranquils, abans que us agafi un atac de cor, sapigueu que avui la Lei Wei...

—Es diu Lan Wan —corregeix l'Aksel, indignat.

—La professora de xinès està malalta i avui no pot fer classe...

—I com ho saps?

—Ha trucat al telèfon de casa i m'ho ha dit.

—I segur que l'has entès bé?

—Evidentment, que l'he entès bé. —En realitat no he entès res del que m'ha dit la Chin Pum. He hagut de demanar a la Conchi que parlés amb ella—. Així que he pensat que podríem venir a jugar aquí, al parc, que fa un dia espectacular. Que no ho veieu?

—Als papes no els agradarà gens —diu l'Aksel, descordant-se el cinturó del cotxe.

—Però jugar a què? —pregunta l'Eva.

—Doncs a jugar, a córrer, no veus el llamp de camp que tens al davant? —Sense resposta—. He portat una pilota. Si voleu podem provar de xutar-la... —L'Aksel em mira com si estigués calculant una arrel quadrada molt difícil. Es diuen alguna cosa ràpida i riuen—. Va! —Cabrons—. Tothom a fora!

El tacte de la pilota sota la planta del peu em porta a casa, al pati, a l'Albert. Penso quan teníem les edats d'aquests nens, quan la pilota era l'extensió de les nostres cames i el camp de futbol s'enfilava pels prats, fins a dalt de les muntanyes d'Alp, i la foscor de la nit era l'únic àrbitre que ens feia parar. I ara miro l'Eva, a punt de fer el primer xut de la seva vida a l'edat de vuit anys! I també penso en totes les coses que ella sap i que jo no sé. Com els fills negres de Maria Teresa d'Àustria. I que no sé quina de les dues versions és millor o pitjor. En qualsevol cas...

—Xuta!

Al primer intent ni la toca.

—No passa res, va, torna-ho a intentar!

L'Eva mira la pilota amb atenció i la torna a xutar. Aquesta vegada la toca i la toca bé. Control i intenció. No perquè ho hagi fet abans, sinó perquè li surt així, natural, com al meu germà. Aquesta nena ho té tot!

—Uau! Eva! Però molt bé!

—Escolta, però jo no vull ser cheerleader, eh?

—Eh?

—Que jo no vull ser cheerleader com la Tracy, que jo vull anar a Harvard.

—Però i a què ve, això, ara?

—Doncs que en lloc d'estar aquí, podria estar repassant l'estratègia o avançant la lletra «C» de l'enciclopèdia.

—Mira, nena, que sàpigues xutar una pilota amb decència no impedirà que entris a Harvard. És més, et pot obrir més portes de les que et penses. Per començar, t'ajudarà a aprovar l'única assignatura que et falta.

—Què et penses? Que no tinc ponderada la importància dels esports per entrar en una universitat de l'Ivy League?

Ha dit «ponderada».

—I doncs?

—Doncs que m'interessa suplir-ho amb altres camps, com el voluntariat i...

—Meravellós. Xuta! Posa el pes a la cama dreta i...

—Hairy.

I ara què vol?

L'Eva posa el peu amb contundència damunt de la pilota i fa cara de lliçó.

—Fa 50.000 anys —una altra vegada no, sisplau—, les dones érem recol·lectores, ens quedàvem al campament base a cuidar els nens i els iaios, per això som les inventores del llenguatge, per les llargues hores que ens passàvem relacionant-nos i desxifrant plantes bones i dolentes.

—Eva!

—I! I... —Aixeca el dit a l'aire— i des de llavors que tenim una complexitat cerebral més alta. Per no parlar de la capacitat increïble de distingir tonalitats de color. En canvi, els homes eren cavernícoles i prou, només has de mirar els meus dos germans. Es dedicaven a caçar, havien de córrer i vigilar la tribu. Ells són més simples, però, acceptem-ho, en general la seva capacitat motora és millor. Són més bons esportistes.

—Això ho has contrastat? —No sé per què ho pregunto.

—No em cal. Ho sap tothom. Però després, a casa, entraré a Nature per contrastar-ho. En som subscriptors prèmium.

No ho hauria dit mai!

—A mi aquesta teoria em sembla poc científica i molt masclista.

—És que no vull xutar!

—Eva, però si has xutat perfecte!

—Ja ho sé, però m'és igual. Jo vull fer estratègia.

—Em sembla fantàstic, però l'assignatura també t'obliga a xutar.

—No em faré famosa darrere de cap pilota.

—Digue-ho a la Serena i la Venus Williams, això! Ara calla i xuta d'una vegada!

Hem fet una ronda de xuts molt més llarga del que m'esperava. I l'Eva no ho ha volgut admetre, però quan hem acabat se li ha escapat un somriure d'orgull.

Durant l'estona que hem estat a la gespa repassant els nostres orígens com a *Homo sapiens* i analitzant la corba perfecta de la velocitat i l'espai d'un xut de córner, l'Aksel ha estat escrivint versos sota l'ombra d'un desmai.

—M'ensenyes què has escrit? —li he demanat.

Lluny dels seus germans petits té vergonya, no cal que sigui el model intel·lectual de sempre. I ara, davant d'una dona adulta, l'Aksel abaixa el cap perquè les rimes li surten de l'ànima i el fan vulnerable. Potser fins i tot hi trobaria algun vers de la Hanna Montana. Aixeca la mirada amb un mig somriure i em mira:

—No... No ho entendràs.

El Bini està assegut a la banqueta i sembla que el moment de fotre mà a les llaminadures ha arribat abans d'hora.

—Ous ferrats amb suc, ma'am! —Mrs. Gee em dona una raqueta.

Tan bon punt m'ha vist arribar, el Bini ha baixat del seu núvol de pluja d'idees i ha tornat a agafar la raqueta amb resignació. Odia amb totes les forces jugar a tenis. Mrs. Gee em mira i em comença a explicar el joc.

—Per què no aprens a parlar anglès d'una vegada? —El Bini m'exigeix disciplina a l'altura de la meva cintura. Penso que hauria d'haver considerat la seva vergonya patològica abans de convertir-lo en el meu traductor oficial. Però no li dic res i tradueix—: El joc consisteix a fer deu tocs, tu a una banda de la xarxa i jo a l'altra.

Es veia a venir des dels llacs recòndits d'Alaska que el joc seria un autèntic desastre. El Bini només n'ha tocat una i l'ha enviat al mig de la piscina.

Mrs. Gee demana que ens aplaudeixin des de la llotja. Mitja dotzena de nens amb dentadura intermitent ens ovacionen amb un entusiasme ample, americà. La Gee fa asseure el Bini. «Tu no», m'assenyala, i enmig d'una frase ovalada entenc la paraula «play».

—La tradició és que sigui ella qui decideixi si entres al club o no —informa el Bini.

Al principi l'hi tiro curta, fluixa, perquè bé, la dona té tres-cents anys. Però el braç de la vella es mou com una entitat independent, com si el braç sol fos la Serena Williams, i sense que me n'adoni em fot dos punts seguits que arrenquen l'aplaudiment devot de l'alumnat.

D'acord, senyora vella, d'acord. Recupero moviments que feia anys que no feia servir: el canell, l'espatlla, el ritme ràpid dels peus. Aprofito la terra batuda i derrapo per arribar còmoda a la pilota. Tinc un revés molt millor que el drive, no me'n recordava. Oh, com m'agrada jugar a tenis.

Després d'una bona estona de tornades contingudes, l'inevitable esperit competitiu s'apodera de mi. M'és igual que això sigui una apologia als valors honestos de l'esport i que algú del públic encara vagi amb bolquers. He de guanyar la vella.

Encaixo un, dos punts. I el tercer és clar i fort, directe a l'eix esquerre de la pista, a l'altra banda d'on és la dolça Mrs. Gee. Guanyo.

Observo el públic, que malgrat la sobredosi de sucre i l'any i escaig de consciència vital saben que m'he passat; em diuen coses en anglès, no són bones. S'aixequen per agafar la mà a Mrs. Gee i l'ajuden a asseure's a la grada. Una nena li dona un plàtan de sucre.

Miro a banda i banda, agraeixo la solitud i el cant dels ocells, i m'acosto dissimulant la vergonya. Li demano disculpes per l'últim punt i ella diu que no passa res, que he jugat molt bé i que em presenti la setmana que ve a la pròxima classe.

—Diu que acabes d'entrar al club de tenis —el Bini no amaga un punt d'orgull— i que el teu company de dobles serà el John, el John Lapton.

La història d'un frappuccino

Entro a l'Starbucks amb convicció absoluta. Avui és el dia. Avui ho aconseguiré. Em poso a la cua i repasso la pronúncia un cop més. La precisió em sembla admirable —ou, blou, sou—. Hòstia, si és que podria haver nascut a Atlanta! O a Oklahoma!

L'Andrew —l'altre dia vaig saber que l'Ovari Esquerre en realitat es deia Andrew— em saluda amb una frase llarga i ràpida des de darrere el taulell. No entenc què diu, però ho remata amb aquell somriure que ho cura tot. Analitzo el menú i les ofertes del dia. Merda, avui n'hi ha moltes: canyella d'Etiòpia, toppings de carbassa amb forma de cor, una llet ecològica de Wisconsin i tres opcions que no entenc.

—Bon dia, Rita! Com van els hàmsters?

—Els hàms...? Bé... bé. Bon dia, Andrew!

—Què posarem?

—Un frappuccino. Mocca. Light. Descafeïnat. Sense lactosa. —A tope.

—Mida?

—Grande.

—Llet?

—Llet sense lactosa. —Ja ho he dit, hòstia, Andrew! Ho he dit amb accent d'Atlanta! Que em desconcentro!

—Vols garlandes de Wyoming?

—No eren de Wisconsin?

—Com?

—És igual... No, no vull garlan... No.

—Si vols t'hi afegeixo una pluja de caramel de... i un hàmst...

—No, gràcies. Un frappuccino normal. —Va, que ja ho tinc.

—Suposo que et quedes aquí, no?

—Què vols dir?

—Te'l vols prendre aquí o te'l preparo per emportar? —L'Andrew no acaba d'entendre tanta concentració. Sembla que estigui calculant alguna cosa de la NASA.

—Aquí, em quedo aquí, gràcies.

—D'acord, doncs ja ho tenim.

Pago.

Em col·loco al final de la barra i espero el veredicte. Recordo la primera vegada que vaig entrar i vaig demanar un cafè sol i després de respondre que sí a tot, va aparèixer la Torre Agbar al final de la barra. Però ja no soc aquella noia que acceptava una Torre Agbar per cafè sol.

La tassa arriba més ràpid del que esperava.

—Aquí ho tens, Rita: frappuccino-mocca-light-descafeïnat-sense lactosa-amb una pluja de caramel de... —Nooo!

—Però...

—La pluja de caramel te l'he afegit jo perquè em caus bé.

Eureka. Victòria rotunda.

Quina absurditat, no? Que noti un nus al coll d'emoció per una tassa de cafè mutant. Sentir glòria perquè em serveixin el que havia demanat. Que un moment quotidià com aquest s'hagi convertit en una gran victòria. Això és viure fora: sobreviure els moments quotidians.

Sembla que avui, per fi, l'anglès i jo hem fet les paus.

L'herència del John

—L'altre dia em va semblar sentir que deies «Tolouse», per telèfon, quan parlaves amb els teus pares.

La frase de la Hanne s'esmuny per la porta de l'estudi mentre jec al sofà i busco la traducció de la paraula «illiterate».

—No és que intentés sentir-te, però parles tan alt que és impossible no sentir-ho tot.

—Ah, tranquil·la —contesto sense apartar els ulls del diccionari—. Sí, vaig dir «Tolouse» perquè a una amiga meva l'acaben de fitxar al Departament de Recursos Humans d'Airbus. (I a l'Edu a la Universitat de Birmingham i a la Núria en un banc d'Andorra i a la Maria en una empresa d'estudis de mercat del passeig de Gràcia, però tot això no l'hi dic). Per què? Que coneixes algú a Toulouse?

—Ah... Molt bé, no? Airbus és una bona empresa, molt interessant... —Fa un silenci dens, d'impàs, i prosssegueix—: I a tu, t'agradaria treballar per a alguna empresa en particular?

Passo una pàgina, dues, tres. Em rasco un peu.

—Mmm... Sí, suposo... la qüestió és saber quina.

—Quina branca de la Psicologia t'agrada més?

Entenc que la Hanne assumeix que si he aguantat quatre anys de classes universitàries no ha sigut per inèrcia, sinó perquè tenia sentit, perquè seguia algun tipus de pla.

—Rita?

—La infantil.

La Hanne treu el cap per la porta de l'estudi, em mira i arruga el nas.

—La veritat és que no ho sé. —Tanco el diccionari, ella surt de l'estudi per escoltar la frase següent i es recolza al marc de la porta arquejant el cos com si tingués una copa de Chardonnay a la mà—. I no tinc cap més frase per continuar, Hanne. Estic perduda, ja ho saps. Ho intento, estic atenta, però no aconsegueixo identificar el que pugui assemblar-se a una vocació. No és fàcil.

—La distància t'anirà bé. —Va cap a la cuina, ja no la veig—. A més, quan es tracta de buscar la teva vocació, en realitat no pots prendre gaires decisions... perquè ve sola, t'apareix.

Sembla que tothom tingui una versió de com es troba una vocació. El que jo sé segur que no és ni el piano ni la física quàntica ni el ballet. Ni la Psicologia. Especialment la infantil.

—Va! Posa la *Serenata* núm. 13, que és implacable per aixecar els ànims.

L'Eva passa pel costat del sofà traginant l'esbós del seu pròxim Van Gogh, identifica el vinil de Mozart de memòria, agafa l'agulla del gramòfon amb tota la delicadesa que els dits de vuit anys pintats de blau li permeten i inunda el menjador amb el so antic i trencat del primer silenci.

—Escolta, de què va el sopar del John d'aquesta nit? —Torno a obrir el diccionari. Encara no he trobat la paraula.

—És la «Tonyina fresca voluntària», una de les seves recaptacions de fons massives solidàries. Són les festes més esperades del barri... sobretot per a les solteres.

—Oh, no m'estranya, està ben bo, el John... —La Hanne em mira. Merda, m'he passat? Recordem que aquí les dones es tapen el cul i la panxa amb una cortineta per anar a la piscina. Però riu. És cert, que va néixer a Boston.

—Saps qui és el John? —La Hanne apareix, ara sí, amb un Chardonnay a la mà i una aura d'infal·libilitat.

—Dispara.

—Et sonen els noms d'Asa Candler o Robert Woodruff?

—No.

—I el de John Pemberton? —La Hanne, misteriosa, gaudeix del preludi del titular.

—Va ser l'alcalde d'Atlanta?

—John Pemberton va inventar la Coca-Cola. —Buum.

—M'estàs dient que el John és hereu de la Coca-Cola? —La Hanne m'està dient que el meu nou company de dobles és el puto hereu de la Coca-Cola?!

—No. Espera. —Li està fent molta ràbia que li xafi el relat—. Després que John Pemberton s'inventés la Coca-Cola, va aparèixer Asa Candler, que li va comprar la fórmula i va fundar l'empresa. La va fer accessible a tot el país més enllà d'Atlanta, va començar a fer-ne publicitat i també és el que va contractar dos espavilats perquè l'embotellessin. El famós contracte d'un dòlar que va canviar la història i...

—I el John?

—Rita, un moment.

—Però és que no cal que m'expliquis tota la història de la Coca-Cola...

—Et volia explicar els Woodruff, però és igual: qui de tots aquests que t'he comentat diries que és la família del John?

—Com et pots imaginar, qualsevol em farà gràcia.

—Lapton.

—Lapton? Aquest no l'has dit.

—Perquè m'has interromput. Els Lapton van ser els espavilats que van comprar els drets per embotellar la Coca-Cola. I que van tancar un contracte amb la històrica xifra d'un dòlar.

—Uau. —Uau, uau!

—Així que d'alguna manera sí, el John té part de l'herència de la Coca-Cola. I la veritat és que el John és un exemple molt interessant de com invertir degudament una herència... Però, bé, no tot són flors i violes.

—Suposo que no ho és mai en aquestes famílies. Però ja et dic jo que això, jo, no ho sabré mai.

—El John no es parla amb la resta de la família. I ningú sap per què... —es posa el dit a la boca, li agradaria molt tirar-se el John—, no ho sé... Hi ha un miler de versions i algunes bajanades que inclouen assassinats i segrestos, però en realitat ningú no ha sabut mai la veritat.

—Assassinats? Segrestos? COM?

—Estic segura que són exageracions. Però tot això encara el fa més misteriós del que ja és.

—Hairyyyyy! —La veu del Bini surt disparada del lavabo i reclama el meu art amb el paper de vàter—. Sisplau...

—Ja vinc! —M'aixeco i em dirigeixo a la Hanne—. Ja ho intentaré esbrinar aquesta nit.

—Com?

—Abans he jugat una mica a tenis i he suat, però em dutxo ràpid, en cinc minuts de rellotge estic a punt.

—Però... —riu, sorpresa—, tu no pots venir, Rita... Qui vigilarà els nens, si no hi ets tu? Ets la nanny, recordes?

Em quedo muda. No pot ser. Però que l'Aksel té deu anys! I tinc amigues que van perdre la virginitat als tretze!

—És clar, és clar... —responc.

M'encarrego del Bini i li dic que m'ensenyi l'agenda per no tornar a la cuina.

La Hanne s'acomiada dels nens i diu no sé què d'una Fête Galante i altres gavatxades, i ells riuen i l'abracen. S'ha posat el mateix vestit negre de fons d'armari de l'altre dia. Les mateixes sabates ortopèdiques, les mateixes arracades de la seva primera comunió.

El Fulbright entra a l'estudi i apaga el llum i l'ordinador

per assegurar-se que ningú tret d'ell li vegi el Machu Pichu al Federico Chitawas. Surt amb una revolada d'eufòria i es planta al mig del menjador, on m'acabo d'asseure, i ja veu que no estic per hòsties. Es descorda el botó de l'americana, obre els braços amb un cop de cintura i crida:

—Panem et circenses! —Vinga, un altre flipat. El miro des del sofà mentre fullejo la *Vogue* i l'aixeco a l'aire.

—Aegroto dum anima est, spes est!

Passo pàgina, farta de tant de llatí i tanta tonteria, però ell em torna a reclamar l'atenció i, assenyalant la revista, tradueix:

—Mentre hi hagi vida hi haurà esperança.

Jo no ric. Ells frivolitzen la meva lectura de la *Vogue*, però en la moda també hi ha molta cultura i molta política. Però què han de saber, ells?

La porta del garatge es tanca i el cotxe arrenca per unir-se a la comitiva veïnal que es dirigeix a la festa del John. Sento que els nens es barallen i baixo tranquil·lament a la meva habitació, omplo la banyera i començo l'últim capítol de *The Catcher in the Rye.*

Roberta

Quan vaig acabar *The Catcher in the Rye* vaig estar una bona estona llegint sobre la vida del Salinger i em vaig apuntar unes quantes frases: «No sé per què hem de deixar d'estimar una persona només perquè s'ha mort. Sobretot si era cent vegades millor que els que encara són vius».

Després vaig posar el punt final d'un e-mail on explicava el que ens va comentar el William Hernandes en el tour de les fraternitats; vaig arribar al detall dels estudiants de fraternitats que havien arribat a tripular l'Apollo 11 i, òbviament, no em vaig deixar les companyes de classe veneçolanes que duien anells com cigrons. És clar que —impossible deixar-m'ho— vaig explicar també, una mica per sobre, la història del John. No vaig revelar el seu cognom ni gaires detalls de la seva persona, cosa que, com era d'esperar, va crear molta expectació. I a les primeres respostes que vaig rebre no els podia suar més el fet que no sé quin cony d'estudiant pijo havia tripulat l'Apollo 11. La qüestió només era una: qui era el John?

La Hanne i el Fulbright van tornar quan passaven pocs minuts de les dotze. Jo estava asseguda al caire del llit i vaig sentir que reien i feien «xiiit» sense parar.

Anaven tots dos mig torrats, cosa que va fer que em caiguessin millor, però no volia parlar-hi ni que em sentissin, no volia que veiessin que em queien millor perquè, a part de ser uns esnobs intel·lectuals insuportables, semblava que també s'ho sabien passar bé.

Em vaig quedar quieta fins que vaig sentir l'aigua de l'aixeta del seu lavabo. I després d'uns minuts prudencials vaig sortir al carrer.

A fora l'estiu s'acabava però la humitat d'Atlanta encara et pintava la pell.

Vaig veure l'ombra d'una parella ballant a contrallum darrere d'una cortina. Una noia de quinze anys amb acne s'acomiadava dels veïns de la casa groga, que li pagaven una propina més generosa del que esperava.

Vaig deixar el cul-de-sac i vaig avançar per River Oak Dr. Eren quarts d'una i, pel moviment de cotxes que hi havia, en lloc d'un dilluns a la nit semblava el migdia d'un dissabte d'estiu després del campionat de natació del comtat. Tenint en compte que la mitjana d'edat dels adults d'aquest barri és de quaranta-cinc anys cap amunt, amb nens de menys de deu, allò va ser una anomalia social bèstia.

La festa del John devia haver estat antològica. I jo me l'havia perdut perquè estava fent de nanny. Perquè, merda, accepta-ho, soc una puta nanny.

—Rira Ruèiquens?

—Aquí! —Poden dir «Milwaukee» i no saben dir «Racons»? Aixeco la mà davant de l'expectació de l'aula. Tots volem saber amb qui ens ha tocat anar a classe. A mi si em toca amb el Tek Soo ja em conformo. Una professora amb ulleres daurades i cabells blancs i rinxolats anuncia el veredicte:

—Ruèiquens: per a l'assignatura de Gramàtica, nivell tres.

—Tres de cinc, increïble, èxit absolut. No ho diré als Bookland per si de cas—. Per a l'assignatura de Comunicació Oral:

nivell dos. I per a Escriptura Creativa —fa una pausa, em mira per damunt de les ulleres—: nivell quatre. —Com?

Em sona el mòbil i llegeixo el missatge:

> Hem de comprar entrades per al concert de Radiohead a Las Vegas! Te la compro? Te la compro! Aviso la teva nòvia! Las Vegas, baby!

(La feina de la Six realment li proporciona tot el temps del món. A part de gasolina gratis).

> Serà la puta bombaaaaaa! I'm a creeeeeep! Las Vegas, Rita, Thom Yorke, Rita!

Després d'anunciar tots els nivells, la professora explica alguna cosa de la pol·linització de les botifarres i fa silenci. Acte seguit, més seriosa, agafa tres llibres de la taula. Ho fa amb una solemnitat que fa pensar que es tracta d'un ritual habitual però important. Repassa els títols, acaricia les cobertes i camina entre els pupitres il·luminats pels primers ocres de la tardor.

El Tek Soo em tira un paperet plegat. Sento el tacte suau de l'arruga, el perímetre mal retallat, soc a 5è d'EGB.

«Ara és el moment en què la professora escull tres alumnes a qui donar un llibre. I cada setmana farà el mateix. Com pelicans amb gorra o palmeres pèl-roges».

El primer dels tres llibres el dona a una de les veneçolanes, no a la dels cabells escassos però ben posats del primer dia, sinó a una que sembla més simpàtica. Li explica alguna cosa, però des d'aquí no ho entenc bé.

La professora dona el segon llibre a un paio colombià que no vaig veure l'altre dia i que és idèntic al Gabriel García Bernal. Està molt bo. S'ha posat tan content que la professora li donés el llibre, que s'ha aixecat i li ha donat la mà. Típic flipat colombià.

—Miss Rita.

La professora deu tenir uns seixanta anys i té bona planta, no per haver practicat esport, que també, sinó que té planta de mena; d'haver sigut sempre alta i grassoneta, i alhora estranyament fibrada. Té la pell de color marró fosc i el nas ple de piguetes negres que la fan encara més entranyable. Em mira i sento la seva calma. La seguretat de ser exactament al lloc que ha triat ser, fent exactament el que ha nascut per fer. Ensenyar, ser professora d'aquesta universitat. Ser aquí, ara. S'apuja les ulleres amb el dit índex en un gest conegut però no automàtic i em somriu, com si ens coneguéssim d'abans.

—Yes —contesto.

Allarga el tercer llibre davant l'atenció total de la resta de la classe.

—Em dic Roberta, encantada de coneixe't, Rita. —Somriu, alguna cosa o potser jo li fa gràcia—. El tercer llibre és per a tu: *The Martian Chronicles,* de Ray C. Bradbury.

Per a mi? Però per què? Què vol dir que et doni un llibre?

I més important encara: «Cròniques marcianes» és un llibre? No és un programa de Telecinco on el Boris Izaguirre ensenya la minga?

Agafo el llibre amb totes dues mans.

—Coneixes Ray Bradbury? —Faig que no. Es pot saber per què no parlo? Ella parla lenta—. T'agradarà. Para atenció com combina la poètica i la informació pràctica. Això ja t'arribarà, però t'hi has de començar a acostumar, aprèn del ritme, de la xocolata de les paraules. —Però què diu aquesta dona?—. Has de millorar la gramàtica. Tens base, però encara és molt dolenta. Però per això ets aquí, per començar a escriure de zero. El més important és que amb el teu text has demostrat que no tens por. —Riu, com recordant alguna frase—. M'has fet sentir alguna cosa, m'has embalsamat amb pastanagues i això és el més important. —Torna a agafar el llibre, busca una pàgina en concret, sense pressa, i es gira per llegir-la alt i clar. La classe sencera l'escolta, el sol matinal que entra per les finestres fa dansar volves a l'aire—: «De què feia olor el temps? De la neu que cau calladament en una habitació fosca, d'una pel·lícula muda en un cine molt vell, de cent milions de rostres que descendeixen com els globets de Cap d'Any (...). Això era el temps, el seu so, la seva olor. I aquesta nit gairebé es podia tocar».

La Roberta em torna a oferir el llibre amb les dues mans. I somriu, plena d'alegria.

—M'has de fer sentir això, Rita.

I jo sento una estranya escalfor, que, per primera vegada, una professora m'ha prestat atenció.

Després d'anar a una última classe de la qual calculo que he entès una victoriosa tercera part, surto amb el llibre de la Roberta sota el braç i un somriure de nena que en algun moment m'ha fet arronsar el llavi de dalt. De què va, *Cròniques marcianes*?

El Tek Soo s'acosta i inverteix sis-centes calories de transpiració per informar-me que he de passar a buscar la redacció al despatx de la Roberta. Resulta que tinc un personal assistant coreà.

—Hola, Roberta!

—Oh! Ruira, passa, passa! Endavant. —La Roberta busca les meves pàgines entre una muntanya de carpetes.

—Gràcies.

—Ruira... Ruira Re...

—Rita Racons —Accent d'Alp.

Com era d'esperar, el seu despatx és un racó de pel·lícula: llibres per tot arreu, toms antics de pell gastada, piles de papers damunt la taula. La claror perfila les relíquies de l'última estanteria i hi veig una gramola, un molinet de cafè i els culs de dos asteques fent de bombos. Però sobretot hi ha fotos. Desenes, potser un centenar de fotografies de la Roberta per tot el món.

—Ruèiquens! Rira Ruèiquens! —Milwaukee—. Aquí la tenim...

Tot plegat és una imatge bucòlica, com els seus rínxols blancs rebotant-li, a contrallum, sobre la pell fosca.

Els papers estan plens d'anotacions. Cap professor que he tingut a la vida, a l'escola, a l'institut ni a la universitat, m'havia dit res similar. Cap professor que he tingut s'havia mirat una feina meva amb tanta cura.

—Com estàs? —pregunta, alegre.

—Bé, contenta, gràcies per... pel llibre.

—Com ja t'he dit, Ruira, he vist alguna cosa entre les línies d'aquest text que m'ha embalsamat amb pastanagues. La teva veu té persianes, per això t'he entregat el llibre, però també et dic que l'esforç serà vital, que amb textos així no guanyaràs el concurs.

—Concurs? Quin concurs?

—Com que quin concurs? —La Roberta s'ajusta les ulleres—. El text que la revista *The Georgian* selecciona cada any per publicar a l'exemplar de final de curs! Però si ho acabo d'explicar a classe! —La pol·linització de les botifarres.

—Ah, sí, sí, el concurs... *The Georgi*... —La Roberta ha dit «guanyar». El meu anglès és pitjor que el d'una morsa, però «guanyar».

—Per guanyar-lo has d'escriure un text que arrenquis de les entranyes. Que inspiri, que sigui memorable.

—D'acord.

—Què fas, ara?

—Ara? Vaig a buscar els nens que cuido.

—Ah, fantàstic! Fantàstic! —S'incorpora—. Doncs fixa-t'hi, para molta atenció. Entrena't en les escenes quotidianes i escriu alguna cosa bona. El que estàs vivint ara, avui, no es repetirà. Aprofita-ho. Aprofita la realitat d'aquests nens, inspira't en ells. Ho vull saber tot. Ho vull sentir tot.

Avui per berenar hem fet pa amb tomàquet. I abans de posar-hi oli d'oliva del bo, els he fet tastar l'oli sol perquè n'apreciessin el gust de fruita. Però primer l'hem olorat. Hi havia poma i un pèl de plàtan. I després, juraria que no m'enganyaven quan m'han dit que n'havien notat la dolçor. En qualsevol cas, cap ha fet «ecs», així que ha sigut un bon inici de tarda. Els plats tenen poques engrunes i es reparteixen per la llarga taula del porxo de casa.

—Quan l'àcid glutàmic s'ionitza, darling, és glutamat. —L'Askel corregeix la seva germana.

—Però no estava posant l'exemple mentre estava ionitzat, darling. —L'Eva fa punta al llapis.

Una brisa suau pentina les lavandes. No hi ha ningú al cul-de-sac, tret de nosaltres quatre, els nostres deures i els esquirols.

—Algú vol una altra llesca de pa? Així, amb oli del bo... —pregunto, sense resposta.

—No, gràcies. Què és «glutamat»? —Déu beneeixi el Bini Bookland.

—L'àcid glutàmic —l'Aksel parla a l'aire—, existeix en tres formes òpticament isomètriques i es troba com la forma L dextrorotatòria que...

—Aksel —l'Eva interromp—, crec que no cal que especifiquis la hidròlisi del gluten i tot això. El glutamat, Bini, és un dels vint aminoàcids que formen part de les proteïnes.

—OK —respon el Bini.

—Com que «OK»?! —crido, espaterrada a la butaca de la punta de la taula, fotent-me una altra llesca de pa amb tomàquet. Els tres nens em miren de cop.

—Ho veus? —s'indigna l'Aksel—, com vols parlar de l'àcid glutàmic i no mencionar la hidròlisi del gluten?

La Roberta no sap el que em demana. Obro l'ordinador i començo a escriure.

Y que te quiero, niña

—Iaiaaa? —Sento un «vooooooy» que ressona per cada cantonada de la casa—. ¡Vaaa, ven, que la Rita ya está aquí! —L'Albert torna a mirar a la càmera—: Els papes vindran quan puguin, que s'està allargant el servei, la iaia ara ve, és que s'està acabant d'arreglar...

—D'arreglar?

El repic dels tacons retrona per les parets del passadís. Des d'aquí puc sentir l'olor de Nivea i de laca. La iaia arriba al despatx i l'Albert li cedeix la cadira fent una reverència exagerada.

—Cucha, oye, será idiota, el tío. Sajeráo.

Duu el vestit de tornassolats de la festa major, les arracades bones i —endevino— la manicura impecable. Ha anat a la perruqueria a fer-se la permanent i a tenyir-se, i porta la bosseta de pedreria de les comunions.

—Por el amor de Dios, iaia, pero ¡qué espectáculo! ¡Estás guapísima! —Li fa una mica de vergonya i es fa l'ofesa durant mig segon.

—¿No tienes amigos por aquí, Rita? Que los quiero conocer, hoy preséntame a quien quieras que vengo prepará. ¡Va! Pon música, ¡el Perales o el Manolo Escobar! No, no, mejor, ¡ponme a la Pantoja! —L'Albert marxa un moment a ajudar a la cuina i ella s'asseu amb l'esquena recta, com si estigués a punt de declarar sobre un cas que sap que guanyarà.

—Pues la verdad es que estoy sola en casa, iaia. Estoy esperando a que los niños acaben los deberes. —Es relaxa una mica i deixa la bossa damunt la taula.

—¿Qué comes, niña? Te veo contenta. —Durant una nanomil·lèsima de segon aparto la mirada de l'ordinador i el llavi de dalt em fa un petit espasme de somriure quan recordo la nit amb la Rachel, però és fugaç, absolutament imperceptible a l'ull humà—. ¡Uy! A ti te ha pasao argo. —Impossible, és impossible!—. Argo bueno, argo que te irá bien.

—Iaia, pero ¿qué dices? Si no he hecho nada, ¡estoy quieta! ¡Por el amor de Dios, que tienes seis dioptrías en cada ojo!

—La dioptría... —Riu amb superioritat i es posa la mà als sostens—. Rita, por favor... Bueno, cuando quieras ya me lo contarás. —I es treu un mirallet per netejar-se el pintallavis rosa que li havia quedat a les dents—. ¿Y este libro?

—Me lo ha dado la profesora de la universidad. Iaia, solo me lo ha dado a mí y a dos compañeros de clase más. —Tanca el mirallet de cop, sorpresa.

—¡Anda, mira! Eso es bueno, ¿no?

—Sí, sí... supongo.

—Bueno, si te lo ha dado a ti será por algo... Ya sabía yo... —Atura la frase per recolzar-se a la cadira i fotre un crit amb una «e» sostinguda de «¿queeeeeeeeé?» tan bèstia que fa vibrar la connexió—. Tu padre, nena, que ya le he dicho que no tenemo el pa de fetxa y lo sigue buscando.

—Ai... qué envidia, iaia, lo que daría yo por un trozo de pa de fetge. ¿Me habéis enviado los embutidos ya?

—Que sí, Rita, ¡qué pesá eres con los embutidos! Ya te lo dijo tu madre el otro día que te los había enviado. Bueno, cuenta, cuenta, ¿y los niños qué?

—Aix... todo el día están leyendo y hablando de ciencia y filosofía y historia. Son muy pesados. Hoy hablaban del ácido glutámi... es igual. El otro día les pedí a los padres si me los podía llevar al cine y me dijeron que mejor fuéramos al museo. Hemos visto tres veces la exposición de los fósiles y los velocirrap... los dinosaurios de los cojones. Son un poco aburridos, y además les da asco el fuet.

—Solo un poco aburridos, dice...

—Pero el otro día me los llevé a jugar al parque y me lo pasé bien.

—Tiempo al tiempo... Cuando te conozcan de verdad ya no se van a desenganchá de ti. Y tú, ¿no lees?

—Pues sí leo, iaia. Me he leído como quince libros desde que estoy aquí.

—¿Quince libros? ¡Mira! —Sento soroll que ve de la cuina—. Tu hermano se está riendo, dice que eso no se lo cree nadie, que es imposible.

—Es idiota.

—¡Cállate! —li crida, i riu—. Dice que se está secando las lágrimas de la risa.

—Ya ves tú, ni que hubiera diseccionado un protón.

—¿Un qué?

—Nada —He dit un protó? En qui m'he convertit?

—Bueno, y esta profesora tuya, ¿qué? ¿Qué? ¿Qué?

—Me cae bien. Me ha dado este libro porque dice que tengo que empezar a escribir de cero.

—Pues ya tienes trabajo. ¿Y qué? ¿Alguna pista de algún trabajo que te guste? ¿Vas a ser peluquera o astronauta? Yo te veo en «Júpitor».

—No, iaia, aún no. A lo mejor no lo descubro, iaia. A lo mejor estoy hecha para vivir así, sin más, sin vocación.

—Yo creo que no. —Torna a buscar alguna cosa dins dels sostens. —¡Iaia! ¿Puedes parar con el sostén?

—Ay, niña... —Riu. Sempre li fa gràcia quan parlem dels seus sostens—. Tú ríete, pero no hay sitio más seguro en la Tierra que el sostén de una mujer. Mira si es seguro, que mis pechos nunca han visto el sol. —Es treu un mocador, primer s'eixuga els ulls i continua—: Aquí te echamos mucho en farta, niña. Tus padres están que se arrastran por los suelos...

—¡Ala! ¡Ja, ja, ja! Pero qué exagerada eres...

—Bueno, el otro día vi a tu padre abriendo la puerta de tu habitación y mirando dentro un buen rato. Es que los años pasan muy rápido, mírame a mí, que ya tengo o-chen-ta-y-cua-tro años, pero este, contigo tan lejos, va a pasar muy lento.

—Ay, iaia, que me vas a hacer llorar...

—¡Anda, calla! Tú mantente cerca de esos niños cuando cojan los libros, que eso siempre es bueno —la connexió és cada cop més dolenta, li intento dir que es talla però ella segueix parlant—, que ya sabes que ¡santa Rita es la patrona de los imposibles! Después añades los garbanzos con espinacas y le echas un chorrico de aceite del bueno... —I segueix, i segueix, i jo l'escolto com si estigués asseguda a la cuina de casa—. Estoy segura de que la Trini sa echao novio, yo no sé cómo la gente no se da cuenta, si no puede estar más claro... Y al final le dice el gato a la gata, ¡es que en este piso no vive nadieee! Porque lo habían capao, ¡habían capao al gato! ¡Ja, ja, ja! Y hazle caso a esta profesora, niña, que está claro que te conviene... Y haz lo que quieras, peluquera o astronauta, pero ¡que te haga feliz! ¡Y que te quiero, te quiero mucho, mi niña!

La connexió s'acaba. Torno a trucar, però no hi ha manera.

L'Aksel es rasca els repelons en carn viva d'una crosta que li ocupa mig colze mentre estudia un Din A3 que s'ha disposat entre les cames obertes en triangle. Ara diu que vol construir un ordinador des de zero. El que faria qualsevol nen de deu anys un dimarts a la tarda, vaja.

L'altre dia vaig saber que la família materna de la Hanne

ve de Noruega; d'aquí la raó per escriure Aksel amb «k» i no amb «x», i d'aquí la immunitat insòlita que tenen aquests nens contra el mal físic i que extermina l'estereotip clàssic de l'empollon finolis i esquifit. He vist com s'han fotut cops de cap contra barres de marbre i hòsties en cantonades de tauletes que farien desmaiar qualsevol llenyataire basc, però que a ells només els ha desviat la paràbola del trajecte entre el punt A i B.

L'Aksel mai vacil·la en els moments crucials, bé sigui per pensar en una resposta o per donar-la de manera immediata. I sempre l'encerta. És esgotador. Quan té un llibre entre les mans es desendolla de la realitat i durant hores es converteix en una cara difuminada sota una marea de rínxols d'or cendra. Val a dir que porta la prepubertat amb una decència estètica més que admirable. El pèl moixí del bigoti, l'enemic més ferotge de qualsevol preadolescent —de veritat, sé de què parlo—, és d'un ros brillant, molt subtil, que en lloc d'ombrejar-li la cara li dona un toc de llum que li remarca el blau cel dels ulls. Mai sabrà la sort que té, el cabró. Fins i tot ara, que està a les portes de l'etapa on el més important serà la roba que porti, l'exigència de la moda li continua relliscant de mala manera, fidel a la filosofia familiar. Duu samarretes de propaganda dels Boy Scouts o de l'últim campament de matemàtiques; són velles i poc originals —o és que no les entenc—, just a l'altra banda de l'escala dels adjectius de la seva ment, tan rara i privilegiada.

Ell no ho sap, però serà irresistible. Té fusta de líder i és bon orador, però si no domina el tema —que no passa gairebé mai— se sent perdut, en evidència, i s'enfada. I ho fa tot perquè no li torni a passar.

Malgrat que sempre s'esforci per demostrar el contrari, l'Aksel és el més tendre dels tres. I no ho dic perquè hagi llegit els versos romàntics que amaga entre els exemplars de la revista *Nature* amagats al fals terra de l'armari, ni perquè l'hagi vist abraçar-se entre els seus pares fent sorollets de bebè... Ho dic per la mirada. La dolcesa hi és molt evident.

Ja fa estona que dissimula fent veure que fa càlculs complicats. Em vol dir alguna cosa i no sap com fer-ho.

—Aksel. Què fas?

—Res... —Tanca els ulls sense aixecar el cap, té molta vergonya.

—Saps? M'han posat al nivell dos en comunicació oral. Al nivell dos, i n'hi ha cinc! —Ric. L'impacte és més fort del que esperava. L'arrenco en sec del patiment.

—Com? Però Hairy, si és impossible!

—D'impossible res, nen. —M'assenyalo la cara amb un somriure—. En tens la prova aquí mateix.

—Jo de tu no ho diria als meus pares, o... o... —Riu, s'anima—. Sí, sí, va, sí, digue'ls-ho. —Torna a mirar a un punt fix, riure l'ha relaxat. Per fi dispara—: Hairy...

—Sí? —Encara no em puc creure que respongui al sobrenom de «Peluda».

—Necessito que m'ajudis... —S'empassa la saliva, sua—. Que m'ajudis...

—Sí, Aksel, digues.

—Que m'ajudis a assajar rap per a la festa de clausura de final de curs. —Em quedo quieta, que no s'acabi mai aquest moment—. Els meus pares mai m'ho deixarien fer, evidentment.

—Però per què?

—Fes-me cas, he estudiat les possibilitats.

—D'acord...

—I a l'escola tampoc, és clar... Hi he estat pensant molt i vull fer-ho igualment, *necessito* fer-ho... La festa de clausura de final de curs serà l'única oportunitat que tindré per demostrar a tothom que el rap és un art digne, que els versos i la ciència són compatibles, i que junts són imbatibles. Però necessito que m'ajudis... —Finalment aixeca el cap i em mira—: Necessito que m'ajudis a trobar el flow.

Ànimes salvatges...
i la nova vida de la Samantha

Pensava que quan arribés el moment de jugar amb el John de tan a prop em distrauria, però sembla que la meva competitivitat patològica és prou marcada per arribar a abstreure'm de l'admiració dels seus quàdriceps quan arrenquen a córrer, i fins i tot del fet meravellós que sigui tan competitiu com jo. O potser és que la nit amb la Rachel encara m'anestesia la libido? No, no... l'instint de mirar-li les cames al John és real. Sembla ser que segueixo a la barrera del bisexualisme amb una calma admirable.

Hem perdut, però ha sigut un bon primer partit. A part, he pogut comprovar que la seva pudor de suat està lluny de les terribles aromes de ceba o d'engonal humida, al contrari, cada vegada que ens creuàvem o ens donàvem la mà per celebrar un punt, m'arribava una onada d'aire curta i fina de Men Extreme de Tom Ford barrejada amb Gatorade.

He jugat bé. A meitat del partit han aparegut la Hanne i el Fulbright per venir-me a donar ànims. Americans. Òbviament, també venien a veure el John, però just quan han arribat he fet el millor punt del partit. L'ovació de la mitja dotzena d'integrants del públic ha sigut tan espectacular, tan americana, que per extensió domiciliar també els han aplaudit a ells. La mirada complaguda dels Bookland, sobretot davant l'aplaudiment del John, ha sigut evident. Els Bookland ja no tenien la Miss Univers d'au-pair, però resulta que la cabra dels Pirineus és bona fent esports. I això mola. Per a un americà estàndard, qualsevol actitud extraordinària en un ésser humà no només és d'admirar, sinó que és imprescindible.

S'ha fet de nit durant el partit i no me n'he adonat. Els focus blavosos il·luminen els troncs prims i alts que voregen les reixes de les pistes; el silenci és tan net que podem sentir les ungletes de dos esquirols que rasquen l'escorça de l'arbre mentre s'enfilen arbre amunt.

El John seu al meu costat i xoquem la mà a l'aire mentre escolta els missatges que li han deixat al contestador automàtic durant l'última hora. Potser és el president de la Coca-Cola que li passa les vendes del dia? «Cent mil milions de llaunes. Gràcies». Potser és el George Bush? O el nou candidat demòcrata! Com es deia... Mojama? Que sigui el Mojama! Sembla que té uns quants missatges.

Faig un glop d'aigua fresquíssima i alabo mentalment el Bini per haver-me convençut d'endur-me una de les cantimplores amb mig dipòsit d'aigua congelat del congelador, «és que mai bec aigua quan faig esport, Bini, no ho feia ni quan entrenava esquí al matí i jugava dos partits de bàsquet a la tarda, que m'agafa flat», «Hairy, sisplau», ha insistit, tancant els ulls.

Observo com els contrincants gaudeixen de la calma i la serotonina tan meravelloses que venen després de dues hores d'esport; «Ho has fet molt bé, Rita», diu el Prrr, jo voldria comentar-li unes quantes jugades i aquell eix brutal que m'ha endinyat just abans de caure a terra, i aquell revés, i li diria que millori el servei, però somric amb frustració continguda i li dic «gràcies». He de repassar el vocabulari tenístic. Beuen de la seva cantimplora —també mig congelada— i deixen que l'aigua els tenyeixi la samarreta de color pell.

El John dona per acabada l'audiència de missatges tancant

la tapa del telèfon amb un cop sec. S'acomiada de tothom —juraria que acaba de convidar-los a casa seva— i abans de pujar al cotxe em mira i em diu: «Segueix-me».

No ha calgut ni que acabés la frase que jo ja estava arrencant el motor. Ara soc jo que escolto els missatges del telèfon. N'hi ha quinze. La Six diu que ahir a la nit —o quan sigui que fos «ahir a la nit»— anava tan calenta que va acabar follant a casa d'un tio —diu que de vegades ho fa, això de follar-se tios, que «és lo més fàcil del món»— i que quan es va llevar al matí, a casa seva, se'l va trobar despullat, al menjador, resant amb els braços oberts davant d'un altar gegantí ple de flors i d'espelmes. I només eren les nou del matí. A més, diu que pensava que el paio era afroamericà i al final va resultar que era blanc. I que era el doble de gros del que li semblava recordar. O que potser es va acabar follant un tio que no era. I que demà fem brunch al Murphy's. I que no oblidi que el cap de setmana que ve anem a Las Vegas, que en soc capaç. I que em doni d'alta d'aquest cony de Facebook perquè així podrem xatejar gratis i penjar fotos. Però i qui veurà aquestes fotos? No ho entenc.

Tanco el mòbil al setè missatge —just quan la Six m'explicava els innumerables avantatges de barrejar l'MDMA amb Jäger— i poso el nou CD de Radiohead. *In Rainbows*. És increïble, el vaig comprar abans-d'ahir en una plataforma que es diu Netflix i aquest matí ja m'havien posat el CD a la bústia amb un sobret de paper vermell. Els Estats Units són una meravella. És clar que mai podré trobar un casset amb la cara del Manolo Escobar en una gasolinera qualsevol.

Sortim del club social en una corrua de totterrenys de luxe —sembla que els regalin—, però la corrua aviat es dispersa i només quedem el descapotable vintage del John i el meu cotxe de pija. M'he perdut alguna cosa? Enfilem una carretera per on diria que no he conduït mai (segurament hi he passat trenta vegades), i mentre sona «Nude» ens aturem en un semàfor, davant de la Casa Blanca d'Atlanta, una rèplica de la Casa Blanca original, un pèl més petita i on els arbustos de benvinguda del jardí estan podats amb la frase «God loves you». Truco al Fulbright per dir-li que surto a sopar fora i que no sé quan arribaré. No li dic que anem a casa el John perquè, considerant la felicitat amb la qual van arribar de l'última festa, són capaços de fer-me tornar a casa per venir-hi ells.

Decatur a les vuit del vespre és com una nit de matinada d'agost a l'upper Diagonal de Barcelona. No hi ha ni un senglar.

Avancem per Clairmont Road, creuem un parell de centres comercials idèntics i ens aturem en un semàfor en vermell. A l'esquerra apareix un edifici industrial gran amb unes lletres enormes. És impossible: YMCA.

Què? Crido. Quèèè? Crido.

YMCA és real!

Hòstia, YMCA és un gimnàs!

El semàfor es posa verd i el John gira a la dreta per desaparèixer en una sortida gairebé impossible de veure. Canto «YMCA» amb les finestres abaixades i avanço per un camí estret on amb prou feines caben dos cotxes de costat. Només hi veig arbres multicolors: grocs, taronges i marrons.

Finalment, el BMW verd ampolla —vintage, cristal, candemor— del John redueix la marxa i s'atura davant d'unes portes de ferro forjat que s'obren amb lentitud cinematogràfica.

Deixo de cantar. L'entrada dona la benvinguda a un caminet beix que serpenteja ampli i rodó muntanya amunt, i que desapareix darrere el perfil d'un turó. El John s'atura al capdamunt, com si degustés el preludi, com si deixés clar que un cop creuada la línia, tot canvia. Al punt just per dibuixar el perfil negre del cotxe davant la llum esmorteïda del vespre.

La casa apareix just a sota, no gaire enfonsada, sinó al

principi d'una extensió enorme. Davant de la casa hi ha una bassa enorme, tan gran que… que bé, que és un llac.

Turó avall, a la banda del vespre, condueixo lenta, omplint-me del que veig, del moment, de la casa i de tota aquesta aura de misteri que sempre acompanya el John. El reflex del meu cotxe borrós damunt de l'aigua, en aquest forat enmig del no-res, m'apareix com una mena de deliri.

Aparco. Abans de sortir del cotxe m'oloro. Tot bé. Tinc un ADN privilegiat. Camino fins al seu costat mentre una brisa humida ens arriba des del bosc que voreja el jardí.

El punt d'intriga em recorda les torres antigues del barri del Golf de la Cerdanya, les que es van construir les primeres famílies burgeses a finals del segle XIX. Sempre que hi passo m'enlairo tant com puc damunt la bici, a l'estiu, i les observo. M'agrada veure com la foscor de la nit, molt a poc a poc, converteix les façanes fornides d'heures en parets plenes d'històries i racons prohibits. Aquesta casa, a diferència de les del barri, està feta de pedra de veritat.

El John obre el maleter i n'agafa les raquetes. El so atenuat de les seves vambes damunt la sorra es converteix en un pas de plàstic metàl·lic quan trepitgem el porxo.

—I els altres? —pregunto.

—Quins altres?

—Els de tenis. Que no venien?

—Ha! Amb un parell de nits a l'any ja els faig botella de bacallà.

—Ja… —Somriu, es deu pensar que estic nerviosa però només ho estic una mica, el punt just i normal, a més, no fa la pinta que li interessi, jo—. Una pregunta… —Tot i els pocs nervis, si no diu res aviat pronostico que començaré a treure temes de manera compulsiva—. Els YMCA… saps? —Faig els moviments amb els braços—. Els YMCA saps si va ser abans el gimnàs o va ser la cançó?

—Com?

—És igual.

Entrem. Després d'un petit replà d'entrada, un arc gruixut de pedra nua emmarca el hall. Darrere de l'arc veig dos chesters llargs, l'un davant de l'altre, folrats d'una pell marró gastada que canvia de color.

Mentre delibero si és convenient que em tregui les vambes o no, apareix un home en escena. Camina estirat, deu tenir uns cinquanta anys i vesteix impecable. Li brilla la pell fins a les entrades dels cabells i és d'aquells que sempre sembla que acabin de sortir de la dutxa. No sé si és britànic o és gai. Duu una safata amb un gerro ple d'aigua, gel i llimona que ha cobert amb cura i simetria amb un drapet de fil blanc; al costat hi ha dos gots de vidre tallats en plomes fines com els de la meva besàvia. També duen aigua i gel i una llimona encaixada a la vora del got.

—Philipp —s'havia de dir Philipp—, et presento la Rita.

—Oh —em surt un «oh» britànic, és l'entorn—, encantada de coneixe't, Philipp. —És un majordom? Els majordoms poden anar en texans? El John és gai? No, per favor! Potser per això el Fulbright estava tan content d'anar a la seva festa, l'altre dia? Qui té un majordom en ple 2007?

—Vine, va, anem a la terrassa. —El John agafa un got i m'ofereix l'altre. En faig un glop llarg. No és aigua. És un gintònic. M'he enamorat.

Creuem el vestíbul i el menjador, o potser només és el vestíbul, hòstia, tot és molt confús. Segueixo el Philipp amb la mirada i veig com desfà el mateix recorregut que ha fet per entrar, les mateixes passes, el mateix angle d'entrada a la porta.

—El Philipp és un amic de la família. De tota la vida. És com si... com si jo fos el Batman i ell fos l'Alfred. Saps qui són, no?

—És clar, et penses que soc —un orangutan, un ornitorrinc, un porc senglar— idiota o què? —Riu—. I... i tens un

Robin? —Riu encara més, com si no calgués donar-me una resposta.

Ens plantem davant d'uns vitralls enormes que donen al jardí. Però abans de sortir a fora, una foto em crida l'atenció. No pot ser. Sí, sí, són ells. O potser és Eurodisney?

—Això és Eurodisney, no? —Tinc una mica de por de la resposta.

—No... això és aquí —Assenyala la zona dels chesters—, van venir a casa, l'estiu passat.

—M'estàs dient que... —Estic suant més que en tot el partit de tenis— m'estàs dient que coneixes el Luke i la Leia?

—Sí. —Fa un glop llarg.

—La Leia i el Luke han estat aquí. Aquí. En aquest menjador. Allà. Aquí. I ara em diràs que també són amics de la família...

—Més o menys.

—I... —Una remor de persones joves i amb aire festiu comença a ocupar els tres metres d'altura del vestíbul menjador. No veig ningú de l'equip de tenis. Soc l'única que va descalça. El John no s'immuta gaire amb l'arribada dels convidats. Mira per la finestra, somriu en veure una filera de cotxes i diu:

—Avui sembla que les agulles d'estendre menjaran gaspatxo.

—D'acord —dic.

—D'acord? —pregunta ell.

—No?

—Avui hi haurà festa! Agulles d'estendre.

El Philipp apareix darrere nostre amb dos gintònics més. Ha calculat la velocitat en què el John es pren els gintònics, especialment si una tia mediterrània amb els braços peluts l'incomoda amb preguntes de filtre massa dilatat per al sud del país. Aquesta vegada el Philipp ha canviat la ginebra; per la dolçor i la maduixa diria que és Citadelle. Vull un Philipp a la meva vida.

—Citadelle? —El Philipp estira el coll a mode de sorpresa, precedint una petita reverència cap a la meva persona que vindria a substituir un planer i mundà «sí». La reverència emana una lleugeríssima i elegantíssima brisa d'un perfum de fusta, pi i taronja.

—Vine. —Sona jazz. El John m'agafa la mà i m'estira.

Continuem pel mateix passadís on estan penjats el Luke i la Leia. Flipo amb els protagonistes de les fotos. Fa la pinta que tots siguin rics i transcendents, però la majoria no els conec. Veig el Bill Clinton —sembla que tenir una foto amb el Clinton sigui un requisit per entrar a formar part del barri—. Veig el Bruce Willis i m'ennuego. Fins que veig una foto del Michael Jordan fent-li un tap a un John adolescent. El Michael Jordan. El Michael Jordan! L'únic pòster a la vida que he penjat a la meva habitació és del Michael Jordan!

—Va, Rita, no exageris —diu ell, que els té emmarcats—. Vine! —La veu se li afebleix escales avall.

—Però, però, és que és el Michael Jor...

El John m'espera amb un somriure que em debilita els genolls. Baixo l'últim esglaó, agafo la maduixa del got amb els dits i me la menjo a mossegadetes; penso que aquesta escena pseudosexual potser compensi el fet que porti una samarreta d'una església i que el tupè engominat cap enrere en realitat s'aguanta amb suor.

—Coneixes aquest home? —El John no ha vist ni el tupè ni les mossegadetes pseudosexuals. Agafa amb cura la fotografia que té damunt de l'escriptori i me la dona amb les dues mans i la mirada plena d'esperança—. Digues, Rita, el coneixes? —A la foto, un John molt jove, amb una camisa oberta i un somriure cansat i ple de llàgrimes, abraça el Juanito de la Boqueria. Podríem dir que, després de l'Asunción, és l'última persona del món que esperava veure.

—És el Juanito, del Pinotxo de la Boqueria... —El John fa un pas endavant. M'agafa els braços.

—Està viu? —Té els ulls humits, la veu se li esquerda.

—Sí, és clar que està viu! El Juanito és immortal! —Tanca els ulls i els torna a obrir per absorbir cada mil·límetre de la meva resposta.

—El coneixes bé?

El Juanito primer l'havia conegut tornant de festa. Quan sortíem de l'Apolo o de La Paloma i teníem gana de veritat, ens acostàvem fins a la Boqueria. Barcelona encara no s'havia despertat. A aquelles hores el Mercat encara era un fantasma blau marí, i l'únic bri de vida era la llum taronja del Bar Pinotxo i la fuga de vapor de la cafetera. El Juanito és l'encarregat de servir l'esmorzar als primers treballadors del dia: als carnissers que carretegen esquelets de múscul, als peixaters que arriben amb caixes a vessar de gel, a tothom; però també als que anàvem a dormir: la gent de la ràdio, els escombriaires, els músics i les ballarines d'El Molino. Aquella línia tan fina entre la nit i el dia em tornava boja: el principi i el final, la son i la vigília. Era pura màgia, i ell n'era el guardià, el soldat oficial d'aquell llindar tan efímer.

I ens vam arribar a fer amics. Durant un mes vaig fer unes rutes gastronòmiques per a turistes argentins que venien a Barcelona per atendre un congrés de no sé què. Així que als matins feia tours i a les tardes anava a la universitat. I la ruta començava a la Boqueria, amb la història del Juanito. Em sabia tota la seva vida. Ho havia llegit i preguntat tot sobre ell. Era el meu relat preferit.

Els explicava que va ser ell qui va rebre la torxa olímpica del 1992 a la platja de la Barceloneta i la va portar, Rambla amunt, mentre traçava el que segons ell seria el dia més feliç de la seva vida. Moltes vegades, quan acabava el tour tornava cap a la Boqueria i m'asseia a la barra del Pinotxo. Per veure com el Juanito somreia als clients i a qualsevol fan encara que només s'hi acostés per saludar-lo o per fer-s'hi fotos.

Aquell bar, aquella clientela, aquella cantonada amb el fil

de vapor i les estovalles fines de paper penjant del sostre, és la seva vida. Però també la vida de molts d'altres. Aquell octubre també va ser la meva.

—Rita, per l'amor de Déu, de què el coneixes???

—D'uns tours. El conec d'uns tours.

—Oh my God! —Està afectat—. Això és increïble... —S'encén un cigarret i agafa una ampolla de Macallan.

Parla amb eufòria i obre una nevera que no sembla una nevera, d'on extreu un cub de gel de pam per pam. L'estella amb un punxó per servir-ne trossets afilats dins de cada got.

—Tens aigua, sisplau?

—Aquest home em va canviar la vida... Una mosca en llibertat, les ampolles, coloms en una olla, les ampolles de merda! —Em dona el got amb el whisky i icebergs allargats.

—Quan marxes?

—Jo? Demà vaig a Las Vegas, però és a la tarda...

—No, disculpa, que quan tornes a Barcelona! —Hòstia. Tornar. Barcelona.

—Doncs, doncs, a la primavera...

—Ah! Encara falta! Quan marxis et donaré una cosa per al Juanito.

—Però, què? Què va passar? Estàs pàl·lid i tens la pell de gallina!

—Rita —m'agafa pels dos braços—, que bé que siguis aquí.

Em torna a agafar la mà, sembla que saber que el Juanito és viu li ha dut una pau estranya. Quan tanquem la porta darrere nostre el John em fa un petó als llavis. Curt, europeu. I diu:

—I ara, Rita, anem a dalt, que les agulles d'estendre segur que estan follant.

Dos homes joves vestits amb samarreta imperi encaixen les cames damunt d'un dels chesters i es disputen una pastilla amb la punta de la llengua. Uau. Porten els cabells engominats enrere i són morenos. Més o menys com jo. Totes dues coses. Per la comoditat amb què tothom es mou i es mira no sembla que estiguin a casa d'algú altre. O és que potser tots viuen aquí?

El jazz va in crescendo en ritme i volum. Hi ha gent repartida per tot el vestíbul, el menjador i les escales. Alguns arquegen l'esquena i aguanten la copa i el cigarret, així, amb la mà morta. Artistes bohemis i polítics fora de servei a qui ningú li importa massa el que faci l'altre. Drag-queens amb perruques, plataformes i maquillatge en proporcions èpiques. Els convidats saluden el John alçant la copa i el miren amb agraïment habitual però no per això menys honest.

Des del primer dia que vaig arribar va ser obvi la clara decepció que vaig suposar per a la comunitat masculina del barri després de substituir Miss Univers. Però malgrat això, cada cop que he entrat al club social, cada vegada que he anat a buscar un nen a una casa o he passat a buscar el Bini a l'escola, sempre hi ha hagut algú que, dissimulant o no, m'ha fotut una repassada important. Després de tot, soc jove i europea i bé, soc de Barcelona, i això em fa exòtica. Però aquí, tot i que vaig descalça i vestida de tenis, duc uns pantalons curtíssims, les cames brutes de terra batuda i un tupè de suor de mig pam, i que, joder, estic bona...!, aquí ningú m'ha mirat ni un miserable segon.

Una trompeta comença a sonar a la sala del costat. I un clarinet. I un saxo i una guitarra. Quatre homes improvisen damunt d'una taula de fusta baixa amb la silueta d'Atlanta il·luminada a la llunyania. Però quanta estona hem estat a baix? I què vol dir tota aquesta gent? Però quin dia és avui?

—És la primera vegada que vens, no? —Una mà transparent i delicada, perfumada amb aromes de rosa i cotó fluix, apareix per sota d'una màniga de tweed de Chanel i em dona un gintònic amb gerds—. M'alegro de veure't, Rita.

—Samantha! Quina sorpresa! —Li faig dos petons automàtics, incòmodes—. On són la resta?

—Oh, Rita... —riu—. Els de tenis només venen per a les recaptacions de tonyina d'unicorn... —Brinda a l'aire i assenyala els de la samarreta imperi, que ja no la porten posada—. Que això és el puto sud del país! —Ha dit «puto». Ni rastre de la Samantha cohibida i indefensa de l'altre dia a la porta de casa. S'acaba el gintònic amb poca pràctica—. Per cert... et volia demanar disculpes. L'altre dia... al jacuzzi...

—Al jacuzzi? —pregunto.

—Al jacuzzi? No! No... Qui ha dit jacuzzi?

—Perdona, no t'he entès, l'altre dia a on?

—A la festa en aquell institut de Little Five Points...

—Ah, sí, sí, és clar...

—És que va ser la primera nit que sortia sola i et vaig trobar... No pensava trobar-m'hi ningú del barri... —Fa una pausa llarga—. I la veritat és que no vaig saber reaccionar. Perdona...

—No passa res... —No entenc les disculpes. Aquesta gent demana disculpes de manera patològica. «Sorry» abans i després de cada frase.

—És que... —Escura les últimes gotes del gintònic amb tota l'elegància possible que permet un gest vulgar. El glaçó contra les dents del davant. Està tensa però acaba de decidir deixar-se anar—. M'acabo... m'acabo de divorciar, saps? Fa només un mes. La nit de l'institut va ser la primera com a divorciada. —Li tremola la barbeta, fa una pausa—. I a vegades sembla que en lloc d'un divorci hagi comès un crim. Aquí hi ha molta gent que aguanta el matrimoni per aparença o perquè les dones fa vint anys que no treballem i no sabríem per on començar. Però jo he fet el pas, saps? Em vaig casar amb vint anys. He entregat tota la joventut als nens i a la carrera professional del meu marit. Ex... exmarit. No és tan estrany, no? Tant costa d'entendre? Que vulgui viure? Oi que no, Rita?

—No, no, doncs és clar que no...

—He sigut una mare exemplar i només m'he follat un home

a la meva vida. Bé, ara ja són dos. Que això ja no són els cinquanta, joder. Bombetes! Cactus! Que em vulgui follar un altre home és el més normal del món! La natura! Hauria d'haver nascut a Europa. Merda. —Escura el got buit—. De totes maneres, t'agrairia que no diguessis res... Te'n dec una... Sorry.

—Tranquil·la. No em deus res, només faltaria. Estic molt d'acord amb tot el que dius! Cactus!

—Com dius? Cactus!

—Que no et preocupis. No diré res.

La Samantha se'n va en direcció a la barra debatent-se entre la indignació i el desequilibri, i se serveix una altra copa. Observo la seva aura, com tothom desllueix al seu costat de manera imperativa.

Em palpo el tupè i busco un mirall, però la imatge del John damunt d'un sofà amb una camisa blanca de fil descordada em para en sec. Comença a tocar la trompeta.

Una noia que fuma dos cigarrets a la vegada i duu un collaret de perles penjat a l'esquena nua toca el piano. La gent es torna boja, els de la samarreta imperi abandonen el Chester per venir a veure el John, els de l'esquena corbada i la mà morta comencen a caminar. La resta de músics fa una bona estona que toquen i la cara els brilla de suor. Els trompetistes pugen al sofà en un moment bonic, i el John agafa un micròfon.

El moviment de les espatlles, l'angle del coll, la flexió dels genolls tenen el mateix estil elegant i rebel i implacable que quan juga a tenis, que quan camina, que quan existeix. A la tornada de «Tu Vuo' fa l'Americano», el públic balla com si fos ska i salta, alliberat, mentre es refrega amb malucs aleatoris. Jo em deixo portar per l'eufòria ambiental. Ballo com si conegués tothom o com si no conegués ningú, amb els gerds saltant del got i el gintònic que em llisca per les cames, traçant camins transparents entre la terra batuda.

Em miro el cos mentre elevo el got a l'aire. Penso que com em moc ara no m'havia mogut mai abans. Els braços, el cap així. M'agrada. Soc més forta, més sexi. Em deixo endur per l'energia de la sala, per les perles rebotant sobre l'esquena nua, la música enfonsant les sabates dels trompetistes al sofà, la Samantha alliberada, la silueta d'Atlanta brillant sobre un fons de nit gris. Pico l'ullet a un, no em veu, m'és igual. L'hi torno a picar, no em torna a veure, m'és igual.

M'agrada qui soc ara, aquí. El meu tupè aguantat per la suor. Penso que ho he d'aprofitar, Atlanta. Bec. He d'aprofitar les nits ultraintel·lectuals dels Bookland. La Six i la Roberta. Les arracades patriòtiques de Mrs. Gee i els cafès psicodèlics de l'Andrew. Els trajectes sola amb el meu BMW de pija i les directes de la Conchi. Haver aterrat en aquesta família no pot haver sigut casualitat. Després de tot, l'univers i jo sempre ens hem entès. Això ha de ser bo per força. Ara que he arribat fins aquí, he de treure'n alguna cosa de profit. Bec. Mastego un gerd. Tot el que sento ara mateix és nou i és fort. Aquest menjador, la princesa Leia, un majordom que es diu Philipp. El John. El John. Deixo caure el cap enrere i observo els meus braços a l'aire. Tinc les aixelles depilades? És clar que no. Fa dues setmanes. Penso si ha sigut el fet que conegui el Juanito de la Boqueria que ha captivat el John, o potser és la condició d'europea barcelonina que m'ha obert les portes de Sodoma i Gomorra. O potser res d'això. Potser he sigut jo, simplement. Sento orgull. Sento propietat de l'escena. Penso que, de fet, l'única persona que m'ha portat fins aquí he sigut jo mateixa.

El John i la resta de músics canten les últimes frases ràpides de la cançó. «Tuo fa l'america, tuo faaaaaa...», les boques obertes, les dents blanques, el pèl del pit. Amb l'últim crit el John abraça els seus companys de sofà, un li fa un petó a la boca. El públic crida molt, Atlanta brilla darrere la finestra. I jo penso que aquesta casa, aquest moment, ha de ser, per força, el centre de l'univers.

Gambes de Palamós o una pistola

Una vegada vaig sortir de festa amb un mono d'esquí posat. Però un d'esquí de competició, dels arrapats. Va ser després d'un d'aquells sopars antològics al refugi del Niu de l'Àliga, el pic més alt de Masella i la Molina. La nit que entre una cosa i una altra vaig acabar al Trànsit amb un mono d'esquí estampat de teranyines Spyder cantant Rafael. La vida.

Aquesta nit m'he estrenat vestida de tenis. La festa ha sigut extraordinària en el sentit literal de la paraula. No n'havia viscut cap així. En realitat no hi havia res preparat i ha acabat sent una nit d'aquelles de «vaig a fer una birra» i acabes corrent als Sanfermines amb xancletes, el cap tenyit de taronja, corrent per la teva vida agafant la mà d'un iranià. Ha sigut la música, la casa, la raresa de la barreja, però sobretot la gràcia que té el John per agrupar ànimes perdudes i salvatges, que vinguin aquí a ser qui són i que els sigui igual que avui sigui laborable. Que la vida és una i passa de nit.

Són les sis del matí i la cosa encara segueix. La noia de l'esquena descoberta ja no porta el collaret de perles i ara seu en una cantonada i versiona «Back to Black» de l'Amy Winehouse amb una trompeta melancòlica. El Philipp dorm en un dels sofàs entre dos homes de tors nu. El polític es prepara un altre còctel i dues drag-queens juguen als escacs amb el maquillatge intacte.

El John i jo seiem a les dues butaques del final del menjador, davant dels finestrals que donen al jardí, i el jardí que dona al bosc. He ballat tant que he suat tota la ginebra de la nit. Estem cansats però desperts. Bruts i sense miraments.

—Com estàs? —El John mira el jardí, complagut.

—Crec que he agafat el truc. —Menjo un plat d'espaguetis al pesto vermell que he trobat a la nevera. I una Coca-Cola en ampolla de vidre.

El John fa un glop de whisky amb la mateixa decència amb què es beu la primera copa de la nit.

—Mai hauria dit que sabessis cantar. —Ni que tinguessis tant de pèl al pit. Quina meravella—. Ni que dominessis tant l'italià.

—L'italià és fàcil, si saps castellà...

—Saps castellà? I m'ho dius ara?

—Rita, sisplau. Puc tenir una conversa en esperanto i et sorprèn que sàpiga castellà?

—Saps esperanto?

—Sé esperanto, és igual.

M'acabo la Coca-Cola a glops curts. Un sol esmorteït comença a tenyir d'ocre les puntes dels arbres i un estol d'ocells travessa el cel amb decisió, com si fessin tard a algun lloc.

—Suposo que no cal que et digui que tot això, aquesta nit, aquesta gent... no té res a veure amb els diners o amb qui és la meva família.

—Suposo que no ho sabrem mai.

—Esperava que haguessis notat que aquí la gent se sent lliure de veritat.

—És evident. Però per què m'ho dius? No calia; si m'ho dius té menys gràcia. Ara resultarà que ets insegur.

—Per a mi és important que entenguis que jo no només soc el meu cognom.

Aleshores el John m'agafa la forquilla i enrosca un bon grapat d'espaguetis. El deixo mastegar. El deixo empassar. Fa el gest d'encendre's un cigarret, però decideix no fer-ho. Encaixa l'esquena a la butaca. Llisca el cul fins la vora del seient, com si es volgués amagar. De cop ja no està tan complagut i s'envolta d'una manta transparent més trista i més transcendent:

—Rita, la nit que vaig conèixer el Juanito havia decidit suïcidar-me.

De cop la trompeta és encara més melancòlica i més estrident. Noto que tinc massa pesto a la boca i que tinc molta set. Ja no veig el jardí ni veig el bosc. Ara només hi ha el John i tota la meva atenció, no per xafarderia, sinó perquè de cop ens hem fet amics de veritat.

—Com?

—Estava a Barcelona de pas, per negocis, amb la meva família. Aleshores encara viatjava amb ells. Aquell matí ens van trucar per dir-nos que algú havia enviat unes fotos en què jo sortia... en una situació compromesa... Prou compromesa per arruïnar la imatge de la meva família.

—D'acord...

—Va ser un amic. Jo tenia divuit anys i l'únic que volia era descobrir el món: a Atlanta, a Nova York, a l'Índia, on fos, però sol, lluny. I com que no podia, com que no podia desvincular-me de la família i marxar on volgués i quan volgués, el sexe era l'única cosa que em saciava..., que em feia sentir. Descobrir emocions a través de la carn de dones... i d'homes. Atlanta és una ciutat gran, però no ho és tant quan et dius Lapton. No sé si pots arribar a entendre què vol dir créixer en una família conservadora del sud dels Estats Units.

—Doncs no.

—M'imagino que a cap pare li agradaria rebre una fotografia del seu fill enmig d'una... —S'enfonsa una mica més a la butaca. Han passat vint anys i el pànic segueix intacte— una orgia... Però si la foto s'acompanya d'un suborn milionari i el risc de perjudicar la reputació centenària de la família... La fama va córrer ràpid i les fotos també.

—Joder, però si eren els setanta, no?

—Setanta? Però quants anys et penses que tinc?! Eren els vuitanta, gairebé els noranta... En plena crisi de... de la sida.

—Hòstia. —Hòstia.

—La meva família no es volia permetre aquell escàndol i va pagar. La meva família... —s'eixuga una llàgrima sense amagar-se—, la meva mare, el meu pare, els meus germans, mai més va ser igual.

Em punxa la gola.

—I el Juanito? Què hi té a veure?

—Aquella nit a Barcelona la vaig passar sol, de bar en bar. Vaig beure molt però tenia la ment clara. I... i tenia la pistola del meu pare a la butxaca. —Sentir la paraula «pistola» em fa estremir—. Vaig esperar tota la nit.

»Volia anar-me'n a les roques, prop del mar, i disparar quan sortís el sol. Volia que els meus pares em trobessin mort al costat dels sensesostre, dels ionquis, dels desemparats... que era com em veien a mi. —Fa una pausa molt llarga. Li cau una altra llàgrima—. No sé si ho hauria fet... però... just quan vaig veure la figura de Colom al capdamunt del pilar de ferro, quan l'alba pintava el mar de Barcelona de color rosa i ja podia sentir la mort a la butxaca, una olor de gambes em va aturar de cop.

—Com? Has dit gambes?

—Sí, gambes. Ho sé, sona estúpid...

—És el més sensat que has dit en tota la nit.

—Doncs vaig seguir l'olor de les gambes. Era un quart de set del matí. Ho recordo perfectament perquè vaig mirar el rellotge, vaig aixecar el cap i vaig veure l'arc de ferro forjat que anunciava: «Mercat de la Boqueria». I a sota hi havia un home baixet i forçut, i tenia tota l'energia que em faltava a mi.

—El Juanito.

—El Juanito. A la barra del Bar Pinotxo hi havia dues dones que ja marxaven, i quan jo vaig arribar em vaig quedar sol amb ell. Les gambes eren per a ell, i quan em va veure, com si m'hagués llegit el pensament, va decidir compartir-les amb mi. Resulta que la meva mirada aquella nit el Juanito l'havia vist molts anys abans, quan un amic seu hi va anar a esmorzar com cada dia, però un matí va decidir empassar-se un got de cianur i va morir allà mateix, als seus braços. El Juanito m'ho explicava com si no anés amb mi. Em va explicar totes les coses, grans i petites, que el seu amic sempre havia estimat, i que havia decidit perdre's per sempre. L'amor, els amics, el mar i els fills. La bellesa senzilla de la vida. Com la bellesa d'aquell moment. Vaig veure en el Juanito la tristesa d'un amic de veritat. I vaig pensar que potser jo no tenia la família que volia, però sí que havia pogut triar els amics, amics de veritat. —Una llàgrima i un somriure—. Barcelona es llevava en una penombra humida, i el Juanito i les seves gambes em salvaven la vida. No crec que ell fos del tot conscient del que acabava de passar, que m'acabava de salvar. Abans de marxar, em va donar un tovalló de paper que em va fer firmar amb un bolígraf blau i unes quantes llàgrimes. Va escriure una frase en català que deia: «Tornis quan tornis, t'esperaré darrere d'aquesta barra».

—Doncs hi anirem junts, a la Boqueria. —Tinc un nus insuportable a la gola.

—Potser sí, però no sé si tinc prou força per anar-hi, encara. De moment, quan tu tornis, porta-li el tovalló.

Atlanta es lleva a la llunyania i dues guineus travessen el jardí amb parsimònia. El John i jo ens quedem una bona estona en silenci, i li agafo la mà.

—Eren vermelles? —pregunto, per fi.

—Vermelles? El què?

—Les gambes, eren molt vermelles? Era un moment d'una intensitat emocional bestial. Has de recordar les gambes.

—Doncs sí, eren molt vermelles.

—Ho sabia. Gambes de Palamós. Mai en tastaràs de millors.

—Hòstia puta, Rita.

Em desperto a la butaca però el John ja no hi és.

—Oh! La meva rock star preferida! —El Philipp obre cartes en un escriptori del vestíbul amb una frescor impossible. El cutis, el pentinat enrere, la camisa impol·luta. Al voltant, un escamot d'homes i dones de neteja esborren els rastres de l'epopeia nocturna.

—Bon dia, Philipp…

—Fas molt mala cara —diu ell—, però com ballaves ahir, eh? M'encanta quan veig algú ballar tan desenfrenat!

—Com? No n'hi ha per a tant…

—T'he preparat el bany. El del segon pis.

—Tranquil… ja aniré a casa, que…

—Ni parlar-ne. Ves i et preparo l'esmorzar. En aquesta casa som curadors de ressaca professionals. —Mai més criticaré els pijos que tenen majordom a casa. És una puta meravella. És clar que el que m'acaba de dir el Philipp és exactament el que em diu la iaia quan torno de festa. Es caurien la mar de bé.

La tovallola era gruixudíssima, la pressió de l'aigua exacta, el xampú era de magnòlia. Fruita vermella. Sucs verds. Una truita de clares d'ou. Tortitas.

—Avui me'n vaig a Las Vegas —dic—, vaig a veure un concert de Radiohe…

—A Las Vegas? Quin poc glamur, darling… Però, ja que hi vas, ves a menjar a l'Osteria del Circo i pregunta pel Rocco. Digue-li que vens de part meva.

Truquen al telèfon. Ja vaig per mitja truita. No puc evitar observar amb certa culpa com els treballadors escombren i netegen els finestrals. No estic acostumada a estar en aquesta banda de la barra. De cop, un cap estarrufat amb gestos d'indignació extrema surt de darrere la cortina:

—¡Chancha! —La Conchi sembla que hagi vist un fantasma—. Però, però, però què cony hi fas, aquí?

—Conchi! Què hi fas, tu, aquí?

—Doncs treballo, que no ho veus? Hi vinc sempre que puc. Ningú paga tan bé la feina com el senyor Lapton. Déu el beneeixi. —Es fa el senyal de la creu—. No diguis als Bookland que m'has vist aquí, eh? Bé, al Fulbright l'hi pots dir, ell ho sap tot de mi, però a la Hanne no!

—Però, per què...?

—Tu calla i no repliquis. T'has quedat a dormir aquí? Eh? —Mira de reüll i comprova que el Philipp segueix al telèfon, i afegeix, de tan a prop que li puc sentir l'olor d'aquelles herbes a l'alè—. Has... Has dormit amb el senyor Lapton? —Es torna a senyar.

—Conchi, per favor! —Ric—. Ens vam entretenir fins tard, una colla, i el John... i el Philipp, sí, el John i el Philipp, em van oferir de quedar-me a dormir. Ja vaig avisar el Fulbright... —Faig un glop de líquid verd—. Que l'has vist, el John?

—Rita, un respecte que aquest home t'està oferint casa seva. Senyor Lapton. Escolta, tu no has d'anar a buscar el Bini, avui? Fas tardíssim! De veritat que encara no entenc com no t'han fet fora.

Chitawas i un regal prodigiós que invoca Déu

L'excusa ha funcionat. Crec. He dit a la professora, Miss Moore, que la policia m'ha parat per fer-me el test d'alcoholèmia. Però aleshores, ella, que en realitat no m'havia demanat cap mena d'explicació i es disposava a posar gomets verds a les aquarel·les de la classe dels pingüins, s'ha quedat parada i m'ha demanat que per què m'hauria d'haver parat la policia. Li he dit que no ho sabia, però que, evidentment, havia donat negatiu, 0.0. No ha rigut com sempre riu quan ens acomiada.

—Perdona, Bini, t'he fet esperar molt?

—Una mica... —No està gaire content, mira a l'horitzó des de la cadireta del cotxe.

—Quan arribem a casa et faré unes tortitas, d'acord?

—D'acord... —Sorpresa. Merda, he malgastat un cartutx.

—Estàs bé? —Silenci. Llavis d'enfadat. Per fi arrenca.

—Avui he vist un gos igual que la Goldie. —La Goldie és la gossa dels Blough; el Bini duu una gorra groga que li va gran i li tapa la meitat del camp de visió—. Era igual que la Goldie però no era la Goldie. Però era igual. Idèntica.

—Ahà... i què vols dir?

—Doncs que l'he anat a saludar.

—I?

—Com és que mai ningú no diu que hi ha deu, cinquanta

gossos iguals? És una cosa molt estranya. Oi que seria estrany si hi hagués mil Eves o mil Aksels? O mil Mss. Moore?

—És clar que ha passat vergonya quan ha anat a saludar el gos—. Per què no surt a les notícies?

Li he cuinat les tortitas igualment. Estava tan indignat amb el tema de la Goldie i la clonació massiva de gossos que m'ha fet pena. Tinc una hora per fer-me la maleta.

L'Eva està jugant a l'habitació de baix, té una playdate amb la Mary, la filla del Paul, el mossèn. En aquest país els mossens tenen fills i els pares posen nom a l'acte que un amic vingui a jugar a casa teva: una playdate.

—Rita, pots venir un moment? —La cara vermellíssima de l'Aksel m'espera a la seva habitació. Vol parlar de rap.

—Digues.

—M'agradaria que em portessis a aquests bars. —Em dona una llista amb les adreces de cada lloc—. He de veure com actuen. —Es rasca els repelons dels dits, fa un posat seriós que no sent.

—Bars? MGQ! Aquest el conec. Però, Aksel, tot això són bars nocturns...

—Puc saltar per la finestra, no seria la primera vegada.

—Què??? —Acaba de guanyar cent, mil, un milió de punts, però he de dramatitzar—: Estàs boig? Si els teus pares ens enganxen m'envien a Barcelona de pet.

—Rita —aixeca la mirada—, he d'anar-hi. És imprescindible. Tu em vas dir que m'ajudaries a trobar el flow, no? Si no veig els rapers en directe no podré sentir-lo.

—Bé, deixa-m'ho pensar. Ara he de marxar, que l'avió surt aviat. Què és tot això?

—És un ordinador, que no ho veus? L'acabo d'acabar, només em falta posar-li el nom. M'agrada «Chitawas».

—CHITAWAS?

—És un canal de Nicaragua. Ho vaig veure en un llibre de toponímia indígena del país. És una zona remota que...

—Però com és que has triat aquest nom?!

—L'altre dia el vaig veure escrit a l'escriptori del papa.

—Un moment. —Vaig a l'escriptori del Ful, miro les notes però ja no hi ha res escrit. L'Aksel a la porta. «Què fas, Hairy?», mirada d'escrutini. Merda, que perdo l'avió.

Motxilla per a dos dies: concert i festa. Que veuré Radiohead en directeee! Radiohead! En directe! Quatre calces, tres vestits i la llibreta de les redaccions de la Roberta. Condons? Però si el meu ligue és una tia!

Escric l'últim «P.D.» a l'e-mail i l'envio. Espio l'Eva i la Mary per l'escletxa de la porta de la sala de jocs. Assegudes, l'una davant de l'altra, etiqueten en castellà els animalons que col·loquen als diferents pisos d'un arbre gegantí disposat al mig de l'habitació.

Em falta el raspall de dents i el passaport. Obro el calaix de la tauleta de nit per agafar el passaport i m'aturo. Voilà: em retrobo amb dos vells amics. El seu record és tan fort que em fa asseure a la vora del llit. Encara tinc temps.

Recordo cada detall del sopar quan me'ls van regalar. Quina gran nit. El sopar anual de totes les amigues havia de ser dues setmanes després que jo marxés, així que el vam avançar perquè hi pogués ser.

La primera part del regal me la van donar amb les piles posades, mode «ON», dins d'una bossa que tremolava. El vaig agafar sense saber ben bé què esperar i, sorpresa, era un vibrador amb la cara d'un dofí que mirava amb somriure picaresc. Impossible triar més bon regal.

La segona part del regal va ser un clauer d'un porquet de peluix. No era un clauer qualsevol, ni un porc qualsevol. El porc, a part de tenir una cabellera rossa molt aconseguida, té un membre clarament desproporcionat entre les cames (amb cabellera rossa inclosa, és clar). L'Increïble Penis, a part de tenir un gland digne d'un coet, té una funció afegida: el penis s'estira i s'arronsa. I a l'hora d'arronsar-se, prenent-se el seu temps entre batzegades, ho fa al ritme d'«I Want to Break Free», de Queen. (I jo penso en la cara dels pares de l'enginyer o l'enginyera d'aquest porc després de pagar-li la carrera). És el millor regal de la història.

—Ritaaaaaaaaa! —El Bini crida fora de si i m'arrenca del record fàl·lic. El crit és més histèric de l'habitual. Passa alguna cosa. M'he deixat el foc encès, m'he deixat el foc encès! La casa explota!—. Ritaaaaaa!!!

Pujo les escales de tres en tres, el cor a la boca. Arribo a la cuina però el foc està apagat. L'Aksel surt de l'estudi dels seus pares plorant de riure. Cabrons, me'ls carrego.

—Què cony passa, Bini? Hòstia, que m'has espantat!

Hiperventilo. El Bini s'asseu a l'ordinador del seu pare i no li agrada el que veu a la pantalla. Merda. Treu el cap pel lateral i en un to absolutament calmat diu:

—Diré als papes que has dit «cony» i «hòstia».

—Mira, Bini, t'he dit mil vegades que no em cridis d'aquesta manera, em sents? Què cony passa?

—Has tornat a dir «cony».

—Bini! Me'n vaig.

—No, no, Hairy, sisplau, vine! L'Aksel diu que totes les Goldies són la mateixa. Que són clons de veritat. Que totes em coneixen. Que tots els gossos són com aquesta ovella, mira aquesta ovella! —La Dolly a la pantalla. Sento l'Aksel descollonant-se a la seva habitació.

—Bini, els gossos no són clons. —Està a punt de plorar. Barbeta a velocitat supersònica—. Tranquil, de veritat que no són clons. Només et coneix la Goldie. L'únic que passa és que no els pots diferenciar perquè s'assemblen molt. És com els xinesos, oi que moltes vegades et semblen tots iguals?

—Hairy, això és racista.

—Per què? Ells també ens veuen a tots iguals, segur! A mi,

l'altre dia, a l'escola d'idiomes, un xinès em va confondre amb una veneçolana.

—Doncs el Shaoran i el Yun no s'assemblen gens.

—Bé, doncs...

—Espera! És veritat que al principi em confonia amb el Jiang i el Mu. Però són bessons...

—Ho veus? Si veiessis cada dia la Goldie i la gossa que t'has trobat a l'escola segur que les sabries distingir i no les veuries igual. —No sé si l'he convençut gaire. Vull obrir l'e-mail del Fulbright—. Ves a repassar els deures, Bini.

—Ja els he repassat, estan tots bé.

—Doncs dibuixa una casa o enganxa uns gomets o fes aquell puzle de mil peces.

—Ja l'he fet.

—Què?

—El vaig acabar ahir.

—I quan el vas començar?

—Ahir.

—Bé, doncs llegeix, Bini, agafa un tom d'enciclopèdia com un Bookland normal i llegeix!

—D'acord, Hairy.

Passem a coses serioses: YouPorn.

> Tens un nou missatge de Federico Chitawas a la safata d'entrada.

Contacte, han establert contacte! Què faig? Si l'obro el podré tornar a deixar com a «tancat»?

> Estimat, estimat Fulbright, per fi ens coneixerem en persona. T'espero a l'Hotel St. Regis el dia 15 de desembre a les 7 del vespre. Me'n moro de ganes.

La temperatura del cos m'ha baixat un grau per cada paraula del missatge. Em sento com si acabés de robar alguna cosa caríssima.

«Ding-doooooong».

Tanco totes les finestres, Dolly inclosa, i baixo les escales.

—Bon dia, Rita, estimada! Com estàs? —Mossèn Paul m'ofereix la mà grossa i forta. Duu un trajo de jaqueta car, de fil, blanc —que gairebé estem a l'hivern, senyor!—, i una corbata negra amb un colom blanc a la punta. Sembla el Michael Jackson.

—Oh, Paul, hola. Molt bé, molt béééééééé... Les nenes estan entretingudíssimes! L'Eva té un arbre gegant nou i l'han decorat tot posant noms als animals en castellà.

—Perdona, com dius? Què han fet?

—Han decorat un arbre. I posen noms en castellà.

—Fantàstic, fantàstic... Si les pots cridar, sisplau, hem de marxar ràpid, que oficio una missa en menys d'una hora.

Les nenes han sentit la veu greu i celestial del Paul i corren esvalotades per la sala de jocs per rematar els últims detalls del que sigui que han estat fent durant tota la tarda.

—Senyoreteees... —intensifico el meu to d'au-pair devota i responsable. La porta no s'obre. El Paul em mira expectant amb les mans encreuades sobre el paquet i s'aclareix la gola. Finalment obro la porta i es desplega l'espectacle.

El terra està ple de mantes que fan de mar, llibres que fan de vaixells i pilotes de ping-pong que fan de boies. El més interessant de l'escena, però, passa a l'illa principal.

Les dues nenes, suades, despentinades, brutes i contentes, presenten la seva obra amb els braços oberts.

L'arbre s'ha convertit en una mena de casa festival on convergeixen éssers de totes les espècies i teixits. Els animalets i les fruitetes amb etiquetatge castellà, «tomates» i «plátanos», han passat a un tercer pla per invasió de Barbies, Polly Pockets, clics i soldats de la guerra d'independència americana. Cada pis té la seva pròpia festa.

Al pis de baix, la Barbie submarinista pren el te amb el Clic, el professor de química. Un pòstit titula l'escena com «La taula periòdica ja no és de Mendeléiev».

Un pis més amunt veiem el Ken passant-se la serp per l'espatlla tot fardant de musculatura davant de tres Polly Pockets.

Al pis següent la Barbie «American Idol» (però quantes Barbies ha portat la Mary?) canta al costat d'un clic amb barret de mexicà que ocupa el rol de latino del grup. Darrere d'unes palmeres, un Ken surfer explica anècdotes a una filera d'indis americans que les nenes han arrencat de la guerra de les Black Hills; just quan l'Aksel els tenia tots disposats. L'escena és espectacular.

Penso que hauria de ser fàcil vendre l'obra com una classe educativa transversal en la barreja d'ètnies, religions i interessos culturals. Però miro el Paul i no entenc què passa; té la cara desencaixada, la vista ancorada en un punt concret.

Segueixo la línia invisible de la mirada fulminant del mossèn i torno a analitzar l'arbre per adonar-me que no he mirat l'última planta, el pis on amb purpurina daurada hi posa: DÉU.

Només hi ha un individu que gaudeix de les vistes més privilegiades d'aquesta tarda de divendres. Sol, radiant, espaterrat. Noto un lleu mareig. Em moc ràpid, sense pensar en res més que accelerar el procés de marxa, dic coses a l'aire, conceptes inconnexos, fins i tot ric, però tot és inútil. Ja és massa tard: el pastor Paul, l'home més important de l'Església presbiteriana de Dekalb County, la veu profunda que amanseix cada habitant del barri de Leafmore i arrenca reverències allà on va, l'ha vist: el porc, l'Increïble Penis.

—Un moment! —exclama la Mary.

El penis extensible del porc s'ha encallat al tercer pis entre la guitarra del clic latino i el micròfon del Ken «American Idol», però només fins que els dits de la dolça Mary, la filla del mossèn, de qui espero que no tingui una pistola amagada sota la jaqueta de Michael Jackson, l'allibera. I amb el so de la cançó «I Want to Break Free», rebotant entre clics i barbies, el prepuci gegant puja lentament fins al pis de dalt per retrobar-se amb el cos de Déu i l'escalfor dels seus dos collons rossos que seuen, cabellera al vent, al tro celestial.

Reuneixo forces per girar el cap. Veig que mossèn Paul estreny un ornament religiós que li penja del coll i emet pregàries inintel·ligibles amb la mirada perduda. Perduda no sé on. L'Eva ja no riu i la Mary mira el seu pare.

—Pare? —pregunta la Mary apartant-se els cabells amb el dofí vibrador que no havia vist fins ara. Hòstia puta. Se'm congelen tots els dits dels peus—. Pare?

Però el pare no respon. El pare està tan concentrat en la invocació de tots els sants i tots els testaments que aconseguirà que se separin les aigües.

—Mary, marxem. —El to és calmat, aterridor—. Marxem ara mateix.

—Sí, sí, i tant... us acompanyo a la porta —contesto.

—No cal.

Els ulls blaus, oceànics, se'm claven a la part de darrere del cervell. Mossèn Paul i la dolça Mary pugen les escales amb lentitud esfereïdora; ell obre la porta i deixa que la seva filla passi primer. Em clava una última mirada, fulminant (hòstia, tampoc és tan greu, no?) i abans que pugui dir res, m'avanço:

—Dimecres vinc a missa, oh, estimat Pastor.

Però el Paul no contesta i tanca la porta deixant entendre que això no s'acaba aquí.

Jo miro el rellotge per adonar-me que en una hora i mitja surt el meu vol a Las Vegas.

El Grand Canyon del Colorado

—Racons, Rita Racons, només amb una «o», Racons. —L'hostessa és rossa i guapa i grassa. Repassa la llista amb urgència i cada vegada que gira la pàgina amb un cop sec, la pell que li cau de l'avantbraç, com una aleta, gravita d'una manera que no puc parar de mirar.

—Oh, Racüns! —El greix encara es mou—. Ets tu. —Aixeca la mirada; no somriu—. Amor, fa una hora que et cridem per megafonia, una hora!

—Oh, ah.

—Ho sento, amor, però has perdut l'avió. —Només puc pensar que vull que segueixi girant pàgines per mirar-li el braç—. No pot ser, com? Si he arribat a temps!

—Doncs es veu que no, has perdut les tulipes. El següent avió disponible a Las Vegas surt d'aquí a set hores i té un cost extra de quatre-cents trenta-dos dòlars.

No tinc quatre-cents trenta-dos dòlars.

—La puta. És molt important, n'he d'agafar un altre, he de volar com més aviat possible... Tinc un casament. —Menteixo. Tinc ganes de veure la Rachel.

—Sí, ja t'entenc... Em sap greu, jo tampoc no em voldria perdre un casament a Las Vegas. —Hòstia, és clar, el clixé, núvies vestides de Marilyn, nuvis de salsitxes de Frankfurt.

—Hi ha alguna altra opció?

—Una altra opció, amor? —No responc. Callo—: Bé, podries volar fins a Phoenix, resar dins d'un cotxe i...

—Resar dins d'un cotxe?

—Resar? Dins d'un cotxe? —Se li escapa el riure però dissimula—. Perdona? Amor, no t'entenc...

—Res, res, continua, sisplau...

—Deia que podries resar dins d'un cotxe i arribar a Las Vegas en unes cinc horetes. Tranquil·la, si has pogut estar... quants anys tens? Vint-i-sis, vint-i-set anys sense anar-hi...

—Vint-i-tres. —Bec massa.

—Vint-i-tres anys sense anar-hi, no et passarà res perquè passis un dia més sense trepitjar Las Vegas.

—Sí, i el casament no és avui, és demà.

—Deixa'm veure... Tens un vol cap a Phoenix en una hora i mitja i té un cost extra de cent setanta dòlars, amor.

Per sort, la Six no respon i li puc deixar un missatge al contestador. Li demano disculpes pel canvi de plans, li dic que no cal que li agafi un atac epilèptic perquè tot no està anant com ella havia previst; «a part, estimada, és possible que hagi de dormir pel camí... Ja et pagaré la nit de la reserva». Espero tenir prou diners per a tot.

Agafo el tren sense conductor fins a la terminal C. Un cop allà aprofito l'impàs per asseure'm en un dels ordinadors i llogar el cotxe més barat de tota la flota del sud del país.

—Només amb una «o», Racons. —Ja soc a Phoenix.

—Ja l'he trobada. —La dona del lloguer de cotxes no em mira. Du les arrels dels cabells sense tenyir, llargues d'un pam—. Ostres...

—Què passa? —Hòstia, què passa, ara?

—No ens queda el model de cotxe que has demanat, però tranquil·la, et donaré un model superior. Espera't aquí.

Darrere dels finestrals de l'aeroport de Phoenix veig una muntanya de tres pics, marronosa, que se sobreposa a un blau cel que es comença a tenyir de rosa. He guanyat tres hores de franja horària molt necessàries. Sobretot perquè no tinc ni la més remota idea d'on se suposa que he d'anar ara.

—Ara te'l porta el Joe. —L'emo surfera accidental torna al seu lloc i segueix sense mirar-me—. Te'l deixo pel mateix preu. Ara necessito una signatura aquí, aquí, aquí i aquí. I aquí, aquí i aquí. —Crec que acabo de firmar una hipoteca.

—Llestos, doncs. Me'n vaig a Las Vegas, sap?

—Mmm...

—Vaig a un concert de Radiohead... —continuo en català— i és possible que folli amb una tia. Per segona vegada.

—Gira't. —La californiana aixeca el cap i per fi em mira als ulls—: Ja el tens aquí.

Un home arrugat arriba al volant d'un Mustang descapotable. És vermell i brilla —el cotxe—, i per la impecabilitat de les rodes sembla que no hagi sortit mai d'aquest pàrquing perdut enmig del desert.

—L'estrenes tu —diu ella, ara amb un somriure bonic—. Suposo que avui és el teu dia de sort.

Aquella tarda al terrat, amb la iaia, quan vaig imaginar-me Amèrica per primera vegada, vaig projectar possibles escenes, clàssiques i tremendament previsibles, del que podria fer aquí. Escopir des de dalt de l'Empire State, escopir tabac damunt de la gespa en un partit de beisbol.

Però també em va venir la imatge d'aquella coberta de la *Lonely Planet* que durant tants anys vaig veure al prestatge de llibres de viatges de la biblioteca de Puigcerdà; aquella carretera recta i sense fi envoltada de desert i solitud amb només un cotxe que avançava cap al que és desconegut. No recordo qui conduïa, però la imatge de la noia al seient del copilot amb els cabells a l'aire i aixecant els braços va ser tan nítida aquella tarda al terrat com ho va ser aquelles tardes a la biblioteca.

Qui m'hauria dit a mi, quan seia en aquella butaca de la biblioteca fent petar la xerrada amb els avis que venien a llegir el diari, que un dia no tan llunyà aquella noia despentinada, envoltada de desert, seria jo. I que seuria, sola, al seient del pilot.

La veritat és que els cabells es despentinen molt menys del que m'hauria imaginat quan condueixes un descapotable. Vaig a vuitanta-nou milles per hora, finestres abaixades, i fins i tot així puc sentir la música i mantenir la cua. A la ràdio sona «Born in the USA», fet que em sembla tremendament coherent.

He travessat un micropoble de sis cases i una gasolinera paralitzada als anys seixanta, i per les cares d'aquell matrimoni que feia cruixir la fusta del porxo des dels balancins respectius he sabut que aquesta ruta no és la que hauria d'haver agafat per anar a Las Vegas.

Condueixo immersa en una èpica tan estètica i vital com brutal, que em fa cridar sovint. Fot un fred important però m'abrigo bé. Un jersei de llana al voltant del cap. La *Thelma i Louise* dels Pirineus. Trobo cert plaer a no compartir aquest moment amb ningú, estar sola aquí enmig del no-res, lluny dels nens i lluny de decisions transcendentals sobre qui soc i què se suposa que hauria d'estar fent ara mateix. Lluny de no trobar el que he vingut a buscar. No he tret ni la càmera de fer fotos. Vaig tan ràpid que sembla que fugi o que hagi d'arribar a algun lloc, però ni una cosa ni l'altra, el que passa és que aquest cotxe és una puta passada. Penso en poques coses, no sé ben bé on vaig i fa dues hores que estic travessant un parc natural que es diu Tonto National Forrest.

Miro a banda i banda i veig un paisatge nou, marró, aspre. No he vist mai res igual. Ni el festival de música dels Monegros. Planures que no s'acaben, que desapareixen en l'horitzó del cel, taronja i rabiüt. Cactus de tres branques, els típics, tan grossos com arbres. Dunes marrons, cel rogent, el meu descapotable i jo. Penso que m'agradaria veure alguna cobra. Cobra d'animal. Un tren de mercaderies avança a la mateixa velocitat que jo; vagons i vagons de fusta que retallen el paisatge i respecten la varietat de colors. Fins i tot sento el cruixir del xucuxú.

Estic al puto oeste.

El vespre ja és aquí i jo segueixo conduint sense fer ni un gir, només els que exagero quan avanço camions gegantins amb dos remolcs plens de llums. Quina gràcia té conduir així? Al final de la recta, dues hores després, arribo a Flagstaff, el poblet on es veu que s'allotgen els motxillers que venen a visitar el Grand Canyon. Senyores i senyors, soc al puto Grand Canyon del Colorado!

La veritat és que tinc ganes de veure la Rachel, la Six i la caspa de Las Vegas en general, però qui és el degenerat que passa pel costat del Grand Canyon del Colorado amb un descapotable vermell i no s'hi atura?

El fred

—Estàs sola?

—Hòstia, acabes de fer servir la frase d'entrada més suada de la història?

—Sí. —Riu i m'allarga la mà—: Michael.

—Rita.

—Et puc convidar a la propera cervesa? I sí, és la segona frase més suada de la història.

Hòstia, quin accent més net, quin anglès més clar. O potser és que... estic aprenent anglès?!

—D'on ets?

—Soc de Portland, Oregon. Dos quarts noruec, un quart irlandès i un quart alemany.

I cent grams de mantega.

El Michael no pot ser més blanc ni més ros. Per l'esquena es nota que deu practicar escalada o piragüisme extrem, i té la part inferior del cos una mica inclinada cap endavant, com la barbeta. Tot i la pobresa estètica que suggereix la seva descripció, el Michael està bastant bo.

En un altaveu alt, a la cantonada d'aquest pati de pedres ple d'excursionistes i viatgers, sona «Me and Bobby McGee» de la Janis Joplin.

—Què hi fas a Flagstaff? —És amable i té els ulls molt clars.

—Veus aquell cotxe d'allà? Aquella meravella? —He aparcat just a l'entrada. El Michael i jo ens recolzem a la barana de fusta que delimita la terrassa d'aquest alberg d'excursionistes i viatgers solitaris amb el pàrquing—. És culpa seva, ell m'ha portat fins aquí.

—Brindem per tan sàvia decisió, doncs. —Fem un glop llarg i es fa un silenci agradable. La nit s'ha fet més càlida—. T'estàs llegint *The Catcher in the Rye*? —El llibre treu el cap per la motxilla—. No te'l vas llegir a l'institut?

—Sí, sí, és clar que l'he llegit, és clar que l'he llegit!

Des que el vaig llegir que no l'he tret de la motxilla. Sovint, per començar una redacció per a la Roberta, copio un capítol per arrencar amb ritme i esperança.

—Només se'm va quedar gravat allò de... —diu el Michael—, deia alguna cosa així com «per què hem de deixar d'estimar una persona quan es mor si és millor que totes les que viuen...».

—«No sé per què hem de deixar d'estimar una persona només perquè s'ha mort. Sobretot si era cent vegades millor que les que encara viuen».

—Uau! —Alça la birra a l'aire—. Exacte!

—Gràcies —responc.

—I ara, què llegeixes?

—Capote. Contes curts. M'encanta.

—L'home amb més ploma de la història d'Amèrica. A mi no m'agrada. No per la ploma, és clar, això és el millor. L'estil no m'acaba de... Personatges amb massa descripció. Ja t'has llegit «A sang freda»?

—Encara no, però algun dia caurà. I tu, Michael, què hi fas a Flagstaff?

—Jo visc aquí. Soc guia. Em contracten per baixar fins a baix de tot del Grand Canyon, fins al riu. Un cop allà, acampem i bevem vi i mengem pollastre i bagels amb formatge. Podríem dir que em paguen per mirar el cel d'estrelles més espectacular que veuràs a la vida. Tinc la millor feina del món.

—Quina enveja poder dir això.

—Que no t'agrada, la teva feina?

—Sí, bé, és una feina de pas, la d'ara. La veritat és que estic en crida i cerca de la feina de la meva vida, però no és tan fàcil.

—És clar que no ho és. Buscar a què et vols dedicar a la vida s'ha de prendre amb calma. És com enamorar-te de veritat, i això passa molt poques vegades.

—També et pots enamorar més d'una vegada.

—Certament. Potser hi ha més d'una vocació. Potser un dia se n'acaba una i n'apareix una altra. El que sí que crec, però, és que si et tens un mínim d'amor personal, t'has d'asseure un dia i permetre't el privilegi o la putada de plantejar-t'ho.

—Amén. —Alço la cervesa. El Michael riu—. Per cert... això que dius del cel...

—El cel d'estrelles més espectacular que veuràs a la vida —repeteix.

—Això ho dius perquè no has vist el cel que es veu des dels Pirineus.

—Potser sí, però només hi ha una manera de comprovar-ho. Hi anem? —pregunta ell.

—Ara? —El Michael té un somriure amplíssim.

—Ara mateix.

—M'estàs dient que vols que caminem ara mateix fins a baix de tot? A baix de tot del puto Grand Canyon del Colorado a les onze de la nit?

—La vida és curta! —Beu.

—Michael, et deies Michael, oi? —Riu—. Fa tres minuts que et conec i m'estàs dient que faci la que probablement seria l'excursió més memorable de la meva vida amb tu.

Hòstia, ara no sé què fer. A recepció m'han dit que a baix del Canyon no hi ha cobertura, segur que quan arribem al riu, aquest un quart noruec, quatre novens alemany, vuit setens candemor i ianqui de dalt a baix m'assassina, em talla en mil bocins i em tira al riu. Menjar per a coiots, etcètera.

—Va, sí, anem-hi!

—Com? De veritat? —Flipa.

—De veritat. Sí, va, som-hi. —El Michael balanceja l'esquena de forma rara i comença a riure.

—Hòstia, tia, estàs molt boja. Ho deia de broma. Són les onze de la nit i porto quatre cerveses.

—Ooooooh… Quina decepció.

—No saps el que estàs dient.

—Estic molt en forma, jo. —Segueix rient, fa que no amb el cap, beu.

—Mira —diu—, et proposo que marxem d'aquí a sis hores. Ens llevem abans que surti el sol, comencem pel Bright Angel i arribem al riu a l'hora de dinar.

—L'oferta és temptadora, però demà vaig a Las Vegas, que tinc una cita amb Thom Yorke.

—Hòstia! Vas al concert? Quina sort… D'acord, doncs, no seré jo qui competeixi amb Radiohead. Però si t'ho repenses, a les sis del matí seré al pàrquing de l'hotel.

Feia molt que no se m'obrien els ulls sols a les sis del matí. És clar que no cada dia et lleves sabent que veuràs Thom Yorke en directe. Quan m'he despertat encara era fosc, però el primer reflex solar començava a esborrar les estrelles del cel. He pensat en els ullets de gosset trist del Michael, tan bufons; ell al pàrquing, el Grand Canyon esperant-nos… Però la idea de sentir «Creep» en directe me'ls ha fet tornar a tancar de cop.

He compartit dutxa amb un parell de noruegues. No hi he parat cap mena d'atenció. Ni tan sols antropològica. M'he rentat el cap —ves a saber què passa quan arribi a Las Vegas i quan tornaré a tenir temps de dutxar-me— i he anat a veure com havia dormit el meu amor. He anat al pàrquing i l'he trobat tan vermella, brillant i impecable com la vaig conèixer ahir.

Ara mateix sec a la cuina de l'alberg, envoltada d'aventurers com jo, que es preparen un bon esmorzar.

Bé, «esmorzar»... Segur que és més difícil cuinar aquesta rodona de plàstic de color groc que anomenen «truita» que esquerdar un ou a la paella i deixar que es faci sol. Per l'amor de Déu, quina truita més estranya; si la iaia veiés això la faria servir de baieta. Les salsitxes no estan malament, però. N'he embolicat sis amb un tovalló i me les he posat a la butxaca. I una truita d'aquestes, també, que en el fons és proteïna. Tot plegat és un drama: un plat de porexpan, una truita rodona de color beix i una cansalada tan oliosa que em regalima per la barbeta. El canvi climàtic per esmorzar. I pensar que fa només vint-i-quatre hores el Philipp m'oferia una truita de clares d'ou digna d'elBulli. La vida.

Tiro la motxilla als seients de darrere, em palpo les salsitxes a la butxaca i miro amunt. El cel és immens. Els núvols es mouen a poc a poc, tenen formes allargades i un tros de paper repica contra la visera del Mustang: «Busca'm al Facebook: Michael McAfee. Sí, com l'antivirus».

D'acord. M'he de donar d'alta del Facebook, ja. No l'hi dic, però la Six té bastanta raó en tot, en general. M'hi enganxaré segur.

Condueixo poc més d'un quart d'hora i aparco el cotxe en un dels pàrquings del parc. Els pocs cotxes que hi ha són tots americans, matrícules vingudes de tots els estats, i m'ha fet certa il·lusió reconèixer el préssec de l'estat de Geòrgia en un jeep gegantí. Fa sol i fa fred i s'està de conya.

Quins nervis. Estic a punt de veure una de les meravelles més conegudes del planeta.

Agafo la motxilla, m'acosto a un mirador secundari, conscient de la transcendència del moment, i abans d'aixecar el cap se'm dibuixa un somriure impulsiu: el Grand Canyon del Colorado, literalment, als meus peus.

La paraula «enorme» em sembla ridícula per l'extensió. Des d'aquí sembla infinita, molt més gran i imminent del que hauria imaginat. No em puc reprimir: miro a banda i banda, m'asseguro que estic sola, que no em veu cap dels homes de seguretat amb sobrepès que he saludat anticipant aquest moment, i salto la tanca.

Ressegueixo un caminet estret de sorra, on amb prou feines em caben els dos peus junts, l'un al costat de l'altre, i avanço fins al final, a sota d'una pedra arraconada amb forma de seient, com si m'estigués esperant.

És molt bèstia.

Els sorolls s'esmorteeixen. Els crits d'uns nens, les portes dels cotxes que es tanquen. Ja no els sento. La llum que s'escola entre les muntanyes intensifica encara més les tonalitats marrons del canyó. Encaixo l'esquena en un angle comodíssim i m'és igual que el jersei blanc es tenyeixi amb la sorra vermella de la paret.

Tot i que fa una hora que he acabat d'esmorzar, em menjo una salsitxa. I no és per gana. És per controlar la síndrome de Stendhal. Quan estic davant d'un paisatge tan acollonant com aquest, sembla que em faltin eines per absorbir-lo. Que no en tingui prou a mirar-lo, a escoltar-lo i a tocar-lo, que necessiti alguna cosa més, i activar les papil·les gustatives sempre hi ajuda. Necessito ocupar tots els sentits per assimilar el moment del tot. Encara que sigui amb una salsitxa rebullida.

El sol s'alça i escurça les ombres horitzontals de les timbes dels penya-segats. Penso que m'agradaria escoltar una cançó de Bob Dylan. «Blowin' in the Wind». Sí, soc una romàntica. Però al cap i a la fi, sempre pots trobar totes les respostes dins del vent.

Sona el telèfon.

—Albert?

—Rita?

—Broooh! Però quina il·lusió! Albeeeeeert! Però com és que em truques aquí? Com ho has fet? Et costarà una fortuna! Nen, nen, no et creuràs on soc! Ara mateix, ara mateix soc... em sents bé?

—Sí.

—Estic al Grand Canyon del Colorado! Albert, al Grand Canyon! El tinc a davant, a sota, bé, a dins! Vull dir, que estic a dins del Grand Canyon! Sembla impossible, no?

—Ostres, Rita... Quina il·lusió, que guai... Com m'agradaria estar amb tu! Però on ets exactament?

—Aquí, en una roca mig amagada, no em veu ningú. És molt molt impressionant!

—Però pots caure?

—Jo, caure? Però què dius? T'has tornat boig? —ric.

—Rita...

—Què passa?

—T'hem intentat trucar a casa però no hi hem trobat ningú. No sabíem que havies anat al Grand Canyon. Uau... quina passada.

—Albert...

—Estàs sola?

—Sí, què passa? —No arrenca, no entenc res—. Ai, nen, m'estàs espantant, què passa?

—És la iaia. —Un fil elèctric em travessa el cervell.

—Què? Què passa? —No respon—. Albert!

—La iaia va agafar una pneumònia la setmana passada...

—Hòstia, val, i com està?

—Rita... —L'Albert es trenca—: La iaia ha mort.

Una boirina pesadíssima s'apodera de cada racó del meu cos. M'aixafa les espatlles i les parpelles. No hi veig bé, l'avantbraç se m'eriça. El coll m'estreny l'aire. No puc respirar bé i perdo el nord uns segons.

La veu del meu germà ressona a l'altra banda del telèfon però no entenc què diu. No em surten les paraules. Intento recordar com es respira. L'Albert apuja el to però no reacciono. Crida.

—Rita!!!

—Soc... soc aquí.

—Em sents?

—I... i el papa? I la mama?

—Estan bé, tothom està bé... però he insistit a dir-t'ho jo. Rita, Rita, t'estimo molt i ara has de ser valenta. Em sents? —No puc parlar—. Tens un bar a prop? Tens aigua? I la teva amiga?

—Ara... ara aniré a l'aeroport. Tinc una motxilla... i una truita. Ara agafaré l'avió. Em queden salsitxes. Ara vinc. Tinc el passaport. Vaig a l'aeroport.

—Escolta'm... —Parla lent, noto que s'asseu. Respira fondo—. Escolta... la iaia em va fer prometre que no t'ho diria fins avui.

—Què? Què passa avui? Calculo que trigaré unes dotze o catorze hores a arribar a Alp... Potser una mica més. Espero trobar vol directe. L'he... l'he de veure.

—Rita, escolta'm. La iaia em va fer prometre —plora, el meu germà plora—, em va fer prometre que no t'ho diria fins avui... Fins... fins que l'haguéssim enterrat.

Una mà invisible m'estreny el cor amb tanta força que m'arronsa el cos.

—Què? No... no pot ser...

—Ella sabia que es moriria, Rita. —L'Albert intenta transmetre força, però parla amb un fil de veu molt prim—. L'hi vaig veure als ulls... m'ho va dir ella. Em va fer prometre que no t'ho diria perquè sabia que en el moment en què t'ho digués voldries venir. Ella vol... ella volia que et quedessis aquí, a Atlanta, als Estats Units, deia que encara no havies de tornar. Em va dir que si et quedaves més temps trobaries el que estaves buscant.

—No..., no m'ho puc creure.

—Rita.

—M'és igual. Vindré.

—Bé, com vulguis... Rita?

El meu cos levita, la boirina ara és un núvol més dens i molt molt pesat. Premo els ulls cap endins amb els punys tancats.

—Albert —fa estona que no entenc el que diu—, he de marxar, necessito estar sola, però estaré bé, no et preocupis per mi.

Diu alguna frase que pel to assimilo que hi està més o menys d'acord.

Després d'una o tres hores, no ho sé, el meu cos es posa dret. Com si després de creuar una teranyina molesta de l'absurd i l'inconscient, de cop s'hagués fet la llum. Començo a caminar muntanya avall.

Un caminet de sorra beix retalla el fort pendent de la muntanya en un ziga-zaga extrem. El pendent és tan fort que obliga a fer traces gairebé horitzontals, angles tancadíssims. M'allunyo de la roca amagada com si així pogués escapar-me del que acaba de passar. Del que acabo de sentir. Estic al Grand Canyon i sento claustrofòbia.

Jo conduïa un descapotable vermell i la iaia era morta.

Miro el cel intentant aguditzar la mirada, com si hi veiés per primera vegada. O com si hagués de ser l'última. El meu cervell i el meu cor arrasats a zero, una placa blanca, dura i estèril. Només sento fred.

Repasso la llista del mòbil per confirmar que la trucada de l'Albert ha sigut real. Perquè és impossible. Ha de ser impossible. Però ho veig a la pantalla, no ho estic somiant.

Què feia fa dos dies? Com pot ser que no hagi sentit que

ja no hi era, que la iaia havia desaparegut? No he notat res. I per què no em va trucar? Per què no em va trucar per dir-me que es moria?

Voldria trucar-li per explicar-li que s'ha mort.

La pols

Fa tres hores que camino i encara no he vist el riu. Tinc els ulls vermells i inflats, la boca plena de llàgrimes, i per molt que ho intenti no aconsegueixo recordar la seva cara. L'únic record que em ve és el d'aquella vegada que li volia dir que em passés el cafè Marcilla i li vaig dir que em passés el cafè «morcilla», i llavors ella va començar a riure i se'n va haver d'anar a l'hort perquè no podia parar. Només veig aquesta imatge, la de la seva bata, la del seu manyoc de rul·los al cap sota la xarxa del banyador del meu germà, d'esquena, la seva olor de lleixiu i d'hort. Només puc recordar això. Una vegada i una altra. Una vegada i una altra.

Els camins estan plens de cagades de burros, rodones i negres. No tinc cobertura.

Fa hores que avanço entre esbufecs de ràbia, de tristesa i de pànic, hores que ressegueixo les ratlles de la història de la Terra dibuixades a les pedres amb línies vainilla sobre taronja. Segles que no fan ni un dit d'ample. La vida de la iaia no fa ni un dit d'ample. Només és un miserable gra de pols en aquesta gorja de sis milions d'anys.

Però quin sentit té tot això? Ja està? I tots aquells anys, quan era petita, recollint olives, fregant les cases dels rics, quan havia d'amagar-se perquè la seva mare no l'apallissés? On va a parar tot això, ara? La seva veu, la seva alegria infinita, la seva llum a l'escenari... tot s'ha convertit en pols.

Paro a agafar aire en un giravolt que dona a un penya-segat. M'hi assec amb les cames penjant. Miro a banda i banda, un horitzó d'ocres empolsinats per un bri de verd dels pins. Miro amunt i ja no veig la barana, ni el primer ziga-zaga. Soc a dins de la gola i no sé ben bé com hi he arribat. Tampoc m'he creuat amb ningú. Segueixo baixant per caminets que repten uns pendents tan forts que en algun moment he hagut de derrapar a quatre grapes. No sé si hauria de baixar per aquí. Estic cansada i tinc set.

Hauria de ser a Alp, ara. Hauria d'haver estat a Alp amb ella fa dues setmanes per abrigar-la, per dir-li que no sortís a l'hort sense la jaqueta, que fa fred. Per renyar-la. Per cuidar-la, per riure amb ella, per dir-li que l'estimo, per dir-li que l'odio per haver-me fet això.

Maleeixo cada dia que he passat aquí, cada dia que no he estat amb ella. Maleeixo els Bookland, i Atlanta i la Six i la Roberta i el John. Hi penso i no se m'acut cap moment a la vida que m'hagi omplert més que quan estava a casa, amb la meva família, quan estava amb ella, quan sabia que la iaia estava viva. Tot em sembla d'una absurditat abominable.

Més de cinc hores caminant. Estic bastant cansada. No és tant pel temps que fa que camino sinó pel pendent continu i erosionat de la muntanya. Pel dolor. Dec haver baixat gairebé mil metres de profunditat. Soc molt a dins. Cada vegada fa més fred i la set comença a ser greu. Tinc la llengua plena de pols, la cara coberta de polsim de terra vermella amb traces transparents de llàgrimes i de mocs; m'imagino la meva cara i veig el Wilson, la pilota de vòlei del Tom Hanks a la pel·lícula *Nàufrag*.

Des d'aquí dalt puc veure com continua el camí. S'allarga i creua una esplanada gran i verda, fins que desapareix al final, caient al penya-segat. El camí és com una esquerda prima, com una cicatriu blanca. I juraria, si no és que començo a tenir al·lucinacions, que estic veient el riu. Sí que ho és. Soc més a prop del riu que del cel.

«Em va dir que si et quedaves més temps trobaries el que estaves buscant». Les paraules de l'Albert em ressonen una vegada i una altra al cap.

L'aigua

He seguit el camí blanc sobre verd que travessava l'esplanada com una esquerda, i quan he arribat al final he vist que no allucinava: el riu no estava a prop, però era assequible.

Les últimes passes les he fet en un pont penjant que sobrevola el riu Colorado. M'he agafat fort a les cordes d'acer amb les mans i he caminat fins a tornar a sentir la terra sota els peus. He creuat un petit arc de pedra i he aparegut a l'altra banda de la muntanya, on he trobat una família netejant una safata al riu.

El Michael seia damunt d'una pedra i aguantava un tros de corda entre les dents i feia un nus amb la resta. A cada cop sec que feia per assegurar el nus se li marcaven els tríceps, blancs i brillants, i he pensat que com cony em podia fixar en els tríceps del Michael en un moment com aquell. Quan per fi m'ha vist, ha obert tant la boca que la corda li ha caigut a terra, i s'ha aixecat a poc a poc, com si no es pogués creure el que estava veient.

—La santa, santíssima puta —ha dit en veu alta, com si estigués veient un fantasma (un fantasma amb la cara d'una pilota de vòlei vermella).

Quan he dit per primera vegada en veu alta «la meva iaia ha mort» he començat a plorar. El Michael només m'ha abraçat. I quan he acabat de plorar, el Michael m'ha alimentat com a un cadellet. Després ha escalfat aigua, ha mullat una tovalloleta i m'ha netejat la cara i les mans i els braços amb molta cura. I ha insistit —poc— a donar-me la roba neta que tenia preparada per a l'endemà, que consistia en una samarreta de les Sleater-Kinney i uns mitjons blancs i secs.

Els clients del Michael d'avui són dues parelles molt americanes i molt maques amb moltes ganes de consolar-me. Una parella és pèl-roja, tots dos, i l'altra parella és albina, també tots dos.

Agraeixo al grup multicolor que hagin compartit amb mi el pollastre arrebossat i els natxos i la Coca-Cola de vainilla, i m'allunyo.

Agafo el sac siberià, cortesia de la parella pèl-roja, i camino pel costat del riu. L'última claror del dia acomiada les pedres i les muntanyes d'aquesta gola profunda amb ocres apagats, i aviat una ona de llum lilosa porta el fred. La llum s'esmorteeix com se m'esmorteeixen les últimes forces, i sento el pes fred d'aquest dia negre.

M'endinso per un camí molt estret vorejat per dues parets altíssimes que acaricio amb els braços oberts, i que em porta fins a una sorpresa al final: un petit semicercle de sorra de platja, on els dinosaures feien la migdiada fa molts milions d'anys. Una cala enmig de les muntanyes.

Només som aquesta nit i jo. Ja no hi ha llum, ni set, ni fred. Ara ja només em queda la por.

Puc sentir la incipient nostàlgia del futur. La por que tot el que em passarà a partir d'avui ja no l'hi podré explicar. Voldria dir-li que encara no he trobat la meva vocació, i que potser no la trobaré, però que estic contenta d'haver-li fet cas aquell dia al terrat amb la roba estesa a contrallum. D'haver descobert Atlanta, d'haver conegut els Bookland, la Six, el

John i la Roberta... D'haver-me enfrontat amb mi mateixa. Li voldria dir que l'estimava i que ho faria bé, que se sentiria orgullosa de mi.

Tanco els ulls després d'un sospir d'esgotament total. I m'adormo amb una pregunta sobtada i absurda: he tancat el cotxe amb clau?

Somio que soc a la gola d'un gorg fosc, que crido però que no em sent ningú. Fins que un glop d'emergència em desperta de cop. Els batecs del cor a la boca, el formigueig a les dents, em costa respirar. Em pressiono el pit amb les dues mans, com si així pogués domesticar el cor. Que bèstia.

Miro a banda i banda per confirmar on soc.

Quanta estona he dormit?

A poc a poc els esbufecs es calmen i se sintonitzen amb els batecs del cor... Em torno a estirar.

Tanco els ulls inhalant aire profundament i m'emporto olors de pols i d'aigua. I els torno a obrir per trobar-me davant d'una escena colossal: el cel d'estrelles més impressionant de la història em cobreix com un pòster del National Geographic.

L'univers davant meu fet amb purpurina de colors. És increïble, increïble! Així és com deu ser viatjar a la prehistòria o a l'espai, la Via Làctia com una ferida oberta al cel, regalimant milions d'estrelles.

De cop els records s'encavalquen, com si aixequessin la mà els uns per damunt dels altres i em supliquessin que no els oblidi, que els escrigui, que ho escrigui tot.

I tots i cadascun, malgrat el pas dels anys, apareixen ara tan nítids que sembla impossible que un dia puguin desaparèixer. Però no me la puc jugar.

Trec la llibreta i el bolígraf, i començo a escriure.

Sento que amb cada paraula, amb cada imatge que recordo

d'ella, m'envaeix una mica més de pau. Que l'agonia i la boirina que s'han apoderat de mi aquest matí, en aquella pedra maleïda, han començat a desfer-se.

Alguns dels records venen de molt enrere, en formes i colors i teixits que encara era massa petita per comprendre.

Escric les seves mans, els colors estranys —tornassolats d'escarabat— amb què es pintava les ungles; el forat allargat de l'orella d'on li penjaven les arracades, els seus pits blancs, «los que nunca han visto er sol».

Penso que necessitaria mil anys per descriure cada racó del seu apartament. Les bosses del supermercat amagades a tot arreu. Recordo la neu. La neu és una de les imatges més nítides que veig. A la primera nevada de l'hivern, fos on fos i fes el que fes, la iaia parava en sec i ho deixava tot per córrer a fora i veure el cel opac i silenciós que només ofereixen les bones nevades. Al final de l'hivern es cagava en tot, en la neu, però la primera de totes era màgia. A mi em semblava al·lucinant que després de tants anys i de tants hiverns, encara la pogués sorprendre tant, però el seu somriure de nena veient com les volves de geometria impossible es fonien amb els palmells de les seves mans era gairebé renovador. «Pero ¿cómo puede ser posible? ¿Agua en forma de estrella? —repetia cada any—. Esto es lo más bonito que he visto en mi vida!». La neu era la iaia.

La mà em fa mal, no dono a l'abast per escriure-ho tot. Escric com n'era de bonica, en aquella foto en blanc i negre de quan tenia setze anys. Repasso totes les seves relíquies, els tapissos que ha deixat a mig fer, els discursos que recitava a les plantes. Quan trucava a la ràdio perquè em felicitessin el sant. Impossible escriure tots els acudits, totes les frases fetes i els versos que li va ensenyar el seu pare. Espero que em fes cas i ho escrivís tot en aquella llibreta.

Em ve la misèria. Els rituals heretats de la pobresa que arrossegava en forma de biscotes i sabonets que agafava als hotels quan anava de viatge per Espanya amb l'Imserso. Penso en l'última postal que li vaig enviar, la d'un home amb un cul pelut i la Torre Eiffel al darrere. Si hagués sabut que seria l'última que li enviaria probablement n'hauria escollit una altra. O potser és divertit que fos aquesta.

El mal és insuportable, l'enyorança em tortura i m'ofega, i penso que no podré pujar mai més aquesta carena tan alta.

De vegades, quan esperava que les seves amigues vinguessin a asseure's al «banc que no passa», jo l'espiava —perquè sovint parlava sola i em feia molta gràcia—, però perquè també la descobria mirant casa nostra, com si encara ara, després de tants anys, no es pogués creure que ella hagués aconseguit construir-la. Construir aquella vida.

Ara mateix la Via Làctia és tan descarada, tan nítida, que em sembla irreal. Em faltaria mastegar una salsitxa. El Grand Canyon dibuixat amb milers d'estrelles i ones de llum, blaves i liles i grogues i negres. El cel reflectit al riu. El canyó reflectit al cel. Com és possible que es pugui veure així, des de la Terra? Quina raresa. Quina ironia que sigui precisament aquesta, la nit més negra de totes, que se'm presenti el cel d'estrelles més extraordinari.

—Hauries de dormir una mica.

El Michael ha sortit de la tenda de campanya per comprovar que no m'estigui tallant les venes. No m'havia dit res fins ara. Fa estona que l'he vist arribar, li he llançat una mirada com a senyal de benvinguda a la meva petita parcel·la, i s'ha assegut al meu costat.

—Has de saber que la pujada és molt més forta que la baixada. I estàs dèbil. Has de dormir.

No he sabut respondre amb res més que amb un somriure d'agraïment i de derrota. El Michael, aquest vell desconegut, de nacionalitat fraccionada en percentatges, agafa el sac siberià i s'estira al meu costat, m'ofereix el seu braç forçut i blanc per sota el meu coll, i jo m'hi abandono com m'abandonaria al llit on he dormit des que era una nena.

Tanco els ulls amb la llibreta entre les mans, les pàgines arrugades per la sorra i les llàgrimes, els dits plens de tinta. I quan tots dos ens adormim, amb el bressol de l'aigua del riu Colorado i la Via Làctia tauleta de nit, una estrella fugaç, tan brillant i decidida, travessa el cel.

Als meus somnis sento que l'estrella dibuixa un deixant de lleixiu i de tomàquet, que riu en veu alta i que em diu que no pateixi… que tot anirà bé.

La neu

«Si has pogut baixar fins aquí, podràs tornar a pujar fins a dalt».

Aquest és el missatge gravat darrere la porta del lavabo del refugi que hi ha al costat del riu Colorado. Una frase que totes llegim anant al vàter i que ens fa maleir totes les tardes que vam deixar d'anar al gimnàs per anar de birres —i que no canviaria per res.

Com era d'esperar, el bar és auster i no hi ha gaire més de quatre taules de fusta i tres tipus de dònuts en una vitrina de plàstic, però l'oferta de postals —per això venia— és decent. Em debato entre les clàssiques de la visió zenital o la del riu turquesa, però em quedo amb un burro atrotinat que baixa per la ruta del Bright Angel. Escric l'adreça de casa meva amb glòria i dolor.

«Aquesta és la primera postal de la resta de les nostres vides. Tot anirà bé..., m'ho ha dit ella».

La noia del bar duu una cua ondulada i negra que li baixa més avall del cul —i que s'assembla moltíssim a la cua del burro de la postal—. La noia agafa un tampó de fusta gastat i estampa la tinta a la postal amb un segell on hi posa: «Aquesta postal ha estat enviada des de baix de tot del Grand Canyon del Colorado, novembre del 2007».

—Què hi diu? —pregunta ella, amb la tranquil·litat dels que han decidit regalar-se tot el temps del món.

—Diu que avui m'ha canviat la vida. —Em tremola la barbeta—. I que crec que tot anirà bé. —Ella es posa seriosa i em mira com si sabés de què estic parlant.

—Hauries de saber que no tothom s'atreveix a baixar fins aquí... i menys tota sola.

—Com ho saps, que he baixat sola?

Es recolza amb tots dos braços damunt de la barra, alçant els peus, i es col·loca a menys d'un pam del meu nas.

—Si has pogut baixar fins aquí, podràs tornar a pujar fins a dalt.

Quan camina, els peus del Michael no van rectes; les puntes s'ajunten massa, com si fossin peus guerxos o tingués les cames garrelles. Sembla que hagi de fer un sobreesforç a cada passa.

Després dels anticipats bagels torrats amb una mica de Philadelphia i d'un cafè desconcertantment bo que el Michael ha preparat amb el fogonet, el grup de cabelleres multicolors i jo hem començat l'ascens pel Bright Angel, el camí de l'àngel lluminós, vet aquí, quin nom més oportú.

Al sol encara li faltava estona per treure el nas, però una lleu bafada de claror anunciava el final d'aquesta nit tan fosca. La llum descobria el relleu de les pedres taronges i acariciava l'aigua tènue del riu turquesa.

He insistit a carregar els estris de cuina en una motxilla auxiliar, fet que el grupet ha agraït fins a tres vegades, sobretot tenint en compte la meva «condició», però per a mi ha sigut, gairebé, una necessitat.

Hi he disposat amb cura la vaixella d'acer inoxidable, les olles petites, els cullerots de fusta, el saler i les forquilles, i m'he posat la motxilla sentint que duia una mica més de la iaia amb mi.

Fa gairebé una hora que caminem. El primer raig de sol surt disparat exigint una parada obligatòria i ens torna a recordar la brutalitat de l'entorn. Fa fred, però sembla que avui el dia, tan bonic i assolellat, s'hagi entossudit a fer-me arribar a dalt de tot.

—Tinc els genolls malament des que vaig néixer —m'informa el Michael, sense retrets, traient-se amb cura la vintena de quilos que deu carregar a l'esquena—, però no em diràs que l'esforç extra no compensa viure això cada dia que vulgui.

El sol inunda cada cingle, s'apodera dels quilòmetres que s'estenen fins a fondre's amb l'horitzó, i ens escalfa el camí. El Michael m'ofereix una cantimplora de metall abonyegada, respira fondo i tanca els ulls, com si així hi pogués veure més clar:

—Busca't una feina així, Rita, busca't una feina que et faci oblidar l'esforç, que et faci oblidar que et fan mal els genolls o l'esquena, que tant li faci si és dilluns o divendres, que t'ho compensi tot.

I jo me'l miro i penso que potser la iaia l'ha visitat en somnis per recordar-me les últimes paraules que em va dir en aquella videoconferència accidentada: «Y haz lo que quieras, pero que te haga feliz».

Hem tardat menys estona del que havia calculat fins a arribar al mateix camí blanc sobre la pedra verda que em va portar a veure el riu per primera vegada. Projecto una imatge aèria del nostre grupet fent via, trepitjant la mateixa ferida per on plorava ahir, però ara que la camino en la direcció contrària sento certa clausura, un primer istme d'alleujament. Com si cosís una ferida, o fes pujar una cremallera. És com si a cada passa que faig, el camí m'expliqués que no marxarà mai, que sempre serà aquí, com una cicatriu, però que quan arribi la primavera l'herba del voltant creixerà i el cobrirà de flors i de vida.

El Michael anuncia que la parada més llarga que farem serà aquesta, en un replà de pedres quadrades. Jo em trec la motxilla i sento el soroll metàl·lic dels pots que topen entre si. Els albins i els pèl-rojos s'asseuen intercalats i penso que amb dues cabelleres més aconseguiríem dibuixar la senyera, però per ara, tots junts, de moment només arribem a un pac de clics.

Un home envellit que no deu haver trepitjat una dutxa des del 1998 apareix en escena. Té entre cinquanta i cent anys, duu un barret de cowboy per damunt d'una cabellera cremada i vesteix uniforme d'indi nadiu autèntic. Una barreja com a mínim estranya. El més inquietant de tot, però, és que per caminar s'ajuda d'un bastó de bambú molt llarg amb una calavera humana a la punta. No puc apartar els ulls del crani.

—Avui! —L'home uniformat d'indi s'aixeca amb posat cerimoniós, com si tots haguéssim quedat allà per escoltar-lo—. Avui... —És un xaman, dirà alguna cosa important. La intriga és insuportable—: Avui farà sol!

I fa sacsejar la calavera. Veu que amb l'anunci no desperta tot l'entusiasme que voldria, així que la fa sacsejar més i més. Fins que a la calavera li cau una dent. I l'audiència emmudeix.

Però a mi, en lloc de vomitar o d'horroritzar-me, i per alguna raó absurda —tan absurd com era sovint l'humor de la iaia—, m'entra un atac de riure. I no puc parar. Penso que ara mateix la iaia faria broma d'ella mateixa convertint-se en una calavera desdentegada encaixada damunt d'un bastó de bambú que guia el camí d'un xaman dubtós.

Al xaman no li fa ni puta gràcia que rigui, i mentre agafa la dent de terra amb les dues mans, com un tresor, em clava la mirada. El Michael s'hi acosta per explicar-li la meva «condició», «que no estic bé». I mentre m'eixugo les llàgrimes penso que potser sí, que m'he tornat boja. Tan boja com la iaia.

Cinc hores més tard, després de vorejar cingles, parets i muntanyes amb llàgrimes d'orígens diversos, em retrobo altra vegada amb el primer caminet en ziga-zaga. I al capdamunt de tot diviso el racó des d'on vaig parlar amb l'Albert.

L'observo des de baix, com si el color de la terra fos diferent, com si el racó s'hagués fet més gran, com si hagués passat un milió d'anys.

Enfilo l'últim tram decidida. Falco bé els peus a cada pas. Sento la buidor a dins, la brúixola desbocada, però m'agafo fort a la motxilla.

Arribem a dalt.

El cartell anuncia la fi del compte enrere: BRIGHT ANGEL, 0 MILLES.

El final i el principi en un punt exacte.

L'estranyesa de l'asfalt sota la planta dels peus. Els visitants esporàdics, vestits amb texans i bufandes, ens observen com si fóssim herois. Els pares s'ajupen per agafar els fills de la cintura i assenyalar-nos. El Michael parla amb un guarda del parc, que somriu orgullós i ens fa mitja reverència. Algú comença un aplaudiment espontani.

Jo responc al públic amb un somriure tremolós. Divago entre l'orgull i la incertesa. No esperava que la volta a la civilització m'imposés tant. Em sento més perduda que mai, però també amb un rumb més clar, jo mateixa.

«Y haz lo que quieras, pero que te haga feliz».

De cop, com per art de màgia, una gota d'aigua en forma d'estrella em cau al palmell de la mà oberta. I comença a nevar.

TERCERA PART

Hi ha una puta al menjador

Trenta-sis trucades perdudes.

Vint-i-set missatges al contestador automàtic.

Que comenci l'espectacle.

Els missatges de la Six fan el cicle complet de les emocions: ràbia. Molta ràbia (insults variats). Dubte. Preocupació. Alegria absoluta —Tom York cantant «Creep» de fons, la Rachel preguntant-me que per què no hi soc—. Incomprensió. «Si estàs morta com a mínim espero que m'hagis deixat una carta original i les teves Converse vintage».

Però dels vint-i-set missatges, el del Fulbright és el que m'ha impactat prou per aturar la pujada del capó del descapotable a la meitat: «Rita, no sabem on t'has ficat, no entenem res, esperem que estiguis bé, però és urgent que ens truquis. La teva amiga tampoc sap on ets. Aquest matí el pastor Paul ens ha explicat la incidència de l'altre dia. Amb el porc...? Mare de Déu». Esbufega, juraria que ha rigut durant mig segon, però s'imposa un to seriós. «D'altra banda, també hem rebut un comunicat de l'escola del Bini. Miss Moore diu que l'altre dia vas arribar tard a buscar el nen perquè t'havia parat la policia per alcoholisme. A les onze del matí? Rita, això és greu. Truca'ns tan aviat com puguis. Estem amoïnats».

Els adults són un autèntic avorriment. Abaixo la capota del Mustang fins a baix.

Suposo que encara que hagin passat uns quants mesos puc continuar donant les culpes a l'idioma. L'excusa que t'aturin per un test d'alcoholèmia és un clàssic que sempre m'ha funcionat quan arribo tard a Barcelona; no sé què va entendre Miss Moore, si li vaig deixar la mar de clar que no havia begut res. I allò del Paul... Que dues nenes interpretin Déu com un porc amb un penis extensible és més complicat; tot i que si representa que tots som fills d'ell, em sembla prou coherent. Diré que és una qüestió cultural.

Atlanta s'ha cobert totalment de fred. Per fi ha marxat la maleïda xafogor i les carreteres són més grises i més amples. Encara queden fulles grogues i vermelles, però també arriben els primers arbres despullats. M'imagino els arbres de Piedmon Park, ara com esquelets en espera, el pelatge de fulles en espera, hivernant.

Quan la Hanne ha sabut que encara soc viva ha decidit posposar l'allau de preguntes sobre la meva desaparició per a una entrevista en directe. Recordem que es pensaven que anava a Las Vegas a veure Radiohead i la Six els va trucar per preguntar-los on m'havia ficat.

La Hanne ha insistit a venir-me a buscar a l'aeroport, però jo li he dit que ja em portaria la Six. Mentida podrida. No tenia ganes d'un trajecte de plorera i records i llàstima. Tenia previst agafar un taxi, però una noia s'ha ofert a portar-me amb el cotxe perquè coincidíem en el trajecte, i m'ha cobrat menys de la meitat del que m'hauria cobrat el taxi. El cotxe era una passada. Li he dit que seria un bon negoci oferir aquest servei com a professió —aprofitar el seu cotxe i el trajecte— i m'ha dit que s'ho pensaria; també li he dit que podria oferir una ampolla d'aigua per a cada passatger. El que no li he dit és que aquesta idea és d'un nen de cinc anys que llança un projecte brillant cada quatre hores i que pronuncia malament la «s» perquè li han caigut les dents del davant.

El mateix nen que ara m'espera darrere les finestretes de la porta d'entrada de casa, dibuixant planetes transparents damunt dels vidres, i que surt corrents a rebre'm amb els braços aixecats abans que jo hagi posat el peu al cul-de-sac.

—Hairyyy!

—Bini! —La millor abraçada del món. Com la necessitava.

—Hairy, hi ha una puta al menjador. T'està esperant.

—Eh? Una... què?

—Hi ha una puta, una puta més alta que el papa!

—Ah, una puta.

Un dia d'aquests li hauré d'explicar al Bini que una puta no és una dona molt alta. El dia que l'Eva em va demanar des del seient de darrere del cotxe si una puta era una dona molt alta em va fer tanta gràcia que li vaig dir que sí. Vaig assumir que no farien servir el concepte amb freqüència. Des de llavors no ho havien tornat a dir. Fins avui.

Llanço la motxilla al rebedor de casa i pujo les quatre escales que em porten al menjador anunciant la meva arribada amb el cruixir exagerat de cada esglaó. Qui deu ser, la puta?

Quan arribo a dalt de tot no em puc creure el que veig.

La cap de la secta d'au-pairs de Nova York, la dona robusta de cap rapat i engonals hiperdesenvolupats, seu al sofà de casa amb les cames obertes com un llenyataire de Wyoming. El Fulbright li ofereix una tassa de te. Potser és pel contrast, però el Fulbright mai m'havia semblat tan gai. Compto els dies que falten per la seva «reunió» amb el Chitawas. Disset.

—Sempre vaig tenir la impressió que ens tornaríem a veure. —S'aixeca i m'ofereix la mà. Es pot saber què hi fot aquesta tia, aquí?

—Ah sí? —Sigues ràpida, intel·ligent, això és casa teva—. Doncs jo no. Benvinguda a Atlanta —no recordo com es diu—, m'am.

—Tens un moment, Rita? —pregunta la Hanne.

—Sí, és clar —contesto. La dona robusta deixa la tassa de te damunt la taula, com si fos un tros de tronc que acaba d'arrencar amb les mans nues, i comença el discurs amb un deix automàtic.

—La veritat és que havia vingut a Atlanta amb la intenció de quedar amb les líders dels comtats de Druid Hills i Alpharetta, i tornar cap a Nova York aquesta nit. Però quan vinc a Atlanta sempre passo a saludar la meva amiga Karen Tucker, suposo que saps qui és, oi?

—Mmm... ara mateix no. —Somric, generosa.

—La Karen Tucker és la directora de l'Institut de Llengües de Georgia Tech, una excel·lentíssima professional que ha portat la institució a convertir-se en un exemple nacional, tant per la integració dels estudiants estrangers com per la divulgació de la història i la literatura americanes més enllà de les nostres arracades. I bé, parlant de futures col·laboracions, de com Au-pair in The States podia proporcionar la matriculació a l'Institut de Noies Intel·ligents, putes —ha dit «putes»? Però què passa?— i pulcres, noies pulcres —ha dit «pulcres»—, va sortir el teu nom. Quina sorpresa! —El to és aterridorament dolç—. Com podeu suposar, jo no oblido mai ni la cara ni el nom de cap noia que hagi trepitjat les meves classes. —Fa una pausa, aixeca el dit índex i enumera els conceptes a l'aire—: Cortines de formació per l'excel·lència de l'atenció dels nens americans. Així que quan la Karen va mencionar l'au-pair Rita Racons vaig pensar... vinga, ves a veure com ho està fent la *nostra* Rita. —Agafa la tassa de te amb el palmell de la mà, com si fos un bourbon, i fa un glop llarg i calmat, i el silenci es manté, implacable—. Així que vaig venir fins a River Oak Drive. La teva família em va obrir les portes d'aquesta excelsa, excelsa llar que t'ha tocat, estimada. I ves qui m'havia de dir que aquell seria el meu dia de sort! —Mira el cel, els ulls plorosos. Cap a on va?—. Tan bon punt la Hanne es menjava el primer bombó d'autobús que havia portat per a l'ocasió, Déu Nostre Senyor ens va regalar una visita inesperada. Oh, quina alegria, quina joia! El pastor Paul, un dels pastors més estimats i reconeguts del comtat de Dekalb, i m'atreviria a dir, fins i tot, de l'estat de Geòrgia sencer —la veu se li agreuja, fa més fred— va tocar el timbre. —La Hanne i el Fulbright em miren amb certa resignació, com si no poguessin fer-hi res, com si no poguessin aturar la bèstia—. Però no va venir amb l'aura de benevolència i periquitos que desprèn sempre quan ens regala la paraula de Déu als seus sermons, no. Aquell dia semblava que Déu Nostre Senyor l'hagués abandonat... —Em clava la mirada—. I saps per què, oi, Rita? Oi que ho saps?

—Va... va ser un accident, demano disculpes —responc, dramàtica. Joder, es mor la iaia i ara he de demanar perdó per un pito de peluix.

—I ho entenem —afegeix la Hanne abaixant el to, em toca el genoll—, ho entenem...

—Però va ser un accident intolerable! —La robusta crida—. Com anuncia el tercer paràgraf de la pàgina tres-cents vuitanta-nou de la guia protocol·lària de les au-pairs, «mai faràs apologia, ni mencionaràs, ni exhibiràs als nens cap...» —respira, tanca els ulls, es fa el senyal de la creu—, «ni exhibiràs cap objecte sexual». I d'aquella manera, oh, Verge Maria.

—N'estem al corrent —afegeix el Fulbright intentant-la calmar.

—El protocol és molt clar, senyor i senyora Bookland. El codi deontològic indica que l'au-pair ha de ser expulsada del país. —Com?

—N'estem al corrent —repeteix el Fulbright mentre s'aixeca del sofà i inicia el procés de marxa—. Deixi'ns-ho reflexionar avui mateix i demà li donarem una resposta. —Com que reflexionar?

La puta s'aixeca. S'enfunda el polar XXL del 1993 amb el logo brodat «Au-pair in The States», dona la mà al Fulbright i a la Hanne i després me l'estreny a mi amb desídia i un punt d'odi. Suposo que el fet que una au-pair que hagi assistit a les seves excelses classes hagi sigut capaç d'introduir un penis extensible en una llar familiar és una taca tan negra que mai marxarà del seu currículum diví.

Avui el tema del sopar es titulava «Quan Anníbal va creuar els Alps». L'Aksel ha parlat dels comptes econòmics per contractar foners baleàrics i de l'armament militar per atacar Roma. I això que només és dilluns. Ha arribat a mencionar «l'arrodoniment dels còdols de riu per aconseguir una paràbola perfecta en el llançament del projectil». L'Eva ha aportat tota mena de detalls sobre el sistema de subministrament i el transport dels aliments damunt dels elefants. I, per acabar, el Bini ha fet una anàlisi comparativa de la vegetació actual dels Alps i com creia que havia canviat des de l'any 218 aC fins ara. «Crec que el canvi climàtic ha fet que s'hagi fos més gel i llavors deu estar més verd».

Jo no he dit ni una paraula. M'ha anat bé que es pensessin que estava afectada pel tema de la Robusta, però la veritat és que no podia aportar absolutament res a la conversa. No sabia ni que Anníbal havia creuat els Alps. Tampoc sabia que ho havia fet amb elefants. I, bé..., tampoc sabia qui era l'Anníbal. Després he pensat que era greu no saber-ho.

I de l'Anníbal i les paràboles dels còdols de riu, no sé com, hem acabat parlant del nihilisme.

Quan he sentit la paraula «nihilisme» he estat a punt de marxar al lavabo per buscar-ho a Google, però per sort l'Eva i el Bini no sabien què volia dir *exactament*, així que he escoltat l'explicació de la Hanne per repassar el poc que recordava del que vaig aprendre a la universitat. I per comprovar, de passada, que el que recordava no tenia res a veure amb el nihilisme.

He estat bastant abatuda durant tot el sopar. Encara ho estic. Com és evident, no és per la Robusta, no em pot importar menys el que pensi aquella fanàtica. I vaja, suposo que al Ful i a la Hanne tampoc. Espero que no tinguin la bandera demòcrata penjada al garatge i després s'horroritzin i m'enviïn de tornada a casa només perquè la seva filla jugava amb un porc de penis extensible. És clar que... depèn d'ells, la decisió? O realment el codi deontològic de les au-pairs existeix i em deportaran? Fanàtics.

És que no puc marxar, ara, jo! No vull marxar! Després de la pujada del Grand Canyon, mentre conduïa el descapotable de camí de tornada, la imatge d'aquesta casa m'apareixia una vegada i una altra. La certesa que aquest cul-de-sac on he anat a parar en realitat és una loteria. Que aquests cum laude encara no m'hagin fet fora és un miracle. Que el fet que jo encara estigui aquí vol dir alguna cosa. Ara ja saben qui soc. Saben que ho busco tot al Google i que em menjo els alfajores argentins, que és l'únic aliment que em van demanar que no em mengés perquè costaven molt de trobar. Quan m'ho van dir vaig buscar al Google què era un alfajor i després me'l vaig menjar. També saben que mai vaig saber la diferència entre les teories de Hobbes i de Rousseau. Ni qui eren Hobbes i Rousseau. No conec la majoria dels temes dels quals parlen al sopar temàtic de cada setmana i no puc seguir els tecnicismes mèdics més bàsics. («Àcid acetilsalicílic» no és un tecnicisme mèdic). Però saben que els escolto. M'interessen. Contra tot pronòstic, m'interessen. Potser per això segueixo amb ells. Perquè, simplement, els escolto. Igual que ells m'escolten a mi. Cadascú des d'una banda del termòmetre vital i intel·lectual. No puc marxar d'aquesta casa.

Així que la Robusta i el seu polar XXL del 1993 van fer

cop de porta i van fer saltar el meu futur a l'aire. Si em quedava a la meva casa del cul-de-sac o em deportaven per penis de peluix era una incògnita. L'únic que quedava clar és que la Hanne, el Fulbright i jo havíem de parlar. Així que quan avui hem posat els nens a dormir no m'he acomiadat amb una frase a l'aire com de costum per baixar a l'habitació i enviar l'e-mail de torn a l'altra banda de l'Atlàntic.

Avui he tornat a la cuina. Perquè hem de parlar.

—Per tant —el Fulbright filosofa mentre recull les culleres de la NASA de la taula dels nens—, segons la teoria de Nietzsche és impossible distingir l'existència de la no-existència. A més, no n'oblidem el sentit negatiu, perquè el nihilisme designa el llarg procés de decadència de la cultura occidental que es va iniciar amb el socratisme i es va allargar amb el platonisme i amb la religió judeocristiana...

—I tant! —segueix la Hanne, omplint-se una altra copa de syrah.

—No m'escolta —diu ell—, aquesta dona no m'escolta... Rita, tornem al principi: el nihilisme diu que el concepte de l'existència en si no té sentit, que només hi ha el no-res... Què n'opines, tu?

—Opino que cap ésser humà hauria de sentir la paraula «nihilisme» abans dels dotze anys. —Tots dos s'aturen un segon. No sé si m'hauria de permetre aquest tipus de llicències amb la meva condició de preexpulsada del país. Però riuen.

—Va, vinga, no ho vas estudiar a la universitat, això? Nietzsche hauria de ser obligatori a qualsevol carrera —continua ell.

—Sí... Aviam... —M'assec a la taula dels nens.

—Vinga, psicòloga... —somriu la Hanne amb les dents liles de vi.

—El símbol del nihilisme actiu és el lleó. —Ho he mirat a Google al lavabo—. Simbolitza la destrucció dels valors establerts. És l'ésser humà que lluita contra la moral idealista amb la seva voluntat divina. —Sempre he sigut una màquina memoritzant textos—. I en aquesta lluita contra els valors establerts crea la seva llibertat. —Somric.

—Has buscat «nihilisme» quan has anat al lavabo, oi? —Fill de puta.

—Però serà possible! Això és el que penseu de mi?

—Oh, la llibertat... —El Fulbright es torna a motivar. La Hanne s'omple una altra copa de vi—. La llibertat...

—«La llibertat és poder escollir» —tallo.

—Oh! —Es torna a aturar en sec, ara en el procés d'obertura de la segona ampolla de vi—: *Fahrenheit 451*?

—Què et penses que faig, mentre espero que el Bini surti de tenis?

—Però si sempre arribes tard!

—Precisament.

—Ahà... Interessant, molt interessant.

—Em va agradar molt *Cròniques marcianes* i vaig voler seguir amb Bradbury. *Fahrenheit 451* és bastant més fosc, però m'encanta com escriu aquest home... —Em mira, com si esperés que digui alguna cosa més, i jo segueixo—: «Omple't els ulls de meravelles i viu com si t'haguessis de morir d'aquí a uns segons...». —Està encantat, si jo fos un home s'hauria enamorat de mi ara mateix—: Per cert, pregunto, aquí la traducció correcta de la paraula «wonder» és «meravelles» o «preguntes»?

—I no és el mateix, estimada Rita...? No és el mateix...? Bradbury parla de la crema de llibres per l'agorafòbia que suposa disposar de massa idees, per la vulnerabilitat d'adonar-te que no sabem res. No és fàcil tenir-ho tot per escollir, però has de ser prou valenta per enfrontar-t'hi. Creus que t'hi has començat a enfrontar ja, Rita, amb totes les teves preguntes? —No tinc ganes de dir-li que passo moltes estones lliures llegint i escrivint. I de fet no sé si això vol dir res, en realitat. Però tinc ganes d'anar a dormir. Estic molt cansada.

—Crec que sí, Fulbright, crec que sí... —El miro amb tot el misteri que puc—: Aviam, voleu parlar del porc, no?

La Hanne decideix amenitzar la conversa omplint el menjador amb Bach i les seves *Variacions Goldberg*. Quan prem el «play», la petita pressió de la tecla fa que s'aboqui una mica de vi a la solapa del coll alt color turquesa. És nou? La Hanne porta un jersei nou!

—Exacte, hauríem de parlar de «la qüestió del porc». —Fa les cometes a l'aire amb els dits.

Jo m'assec a la butaca, ells dos al sofà. La Hanne comença:

—Explica'ns que va passar amb el porc, a la sala de jocs, exactament?

—Ja sabem el que va passar, exactament, honey, no cal que en tornem a parlar... per l'amor de Déu.

—Exacte, per l'amor de Déu... —Riu, com si tingués vuit anys i acabés de sentir la paraula «penis» per primera vegada.

—La veritat és que no crec que n'hi hagi per a tant. És un regal que em van fer les meves amigues i que tenia a la meva habitació guardat i...

—Que sí, que sí... —Ara ja no riuen, el Fulbright segueix, no l'havia vist mai tan seriós—: la qüestió és que vas arribar beguda quan vas anar a buscar el Bini l'altre dia a l'escola. I això és molt molt greu.

—Com? —COM?

—Que vas arribar beguda a buscar el...

—No... no hi vaig arribar beguda...

—Bé, que ens arribi un comunicat de l'escola amb aquesta informació deu tenir algun tipus de fonament, entenc. Rita, potser l'escola et denuncia. I si et denuncia, segons el contracte, te n'has de tornar a Barcelona.

—Però bé... honey... ara no podem deixar que marxi... —diu la Hanne—, ara que l'Eva per fi sembla que aprovarà educació física.

—I com sabeu que l'Eva havia suspès?

—Sisplau, Rita, que són els nostres fills... —contesta ell.

—I el rap de l'Aksel, també ho sabeu?

—El què de l'Aksel? —Tots dos em miren estranyats. Soc idiota!

—El... «el rap»... El seu nou ordinador, fet a peces...

—Doncs és clar —diu la Hanne—. El que deia. Ara no pot venir una altra au-pair. L'Aksel, per la seva banda, sembla que estigui sempre interessat que estiguis per casa, Rita. —Se'm fa un nus a la gola—. I el Bini... el Bini també.

Em sorprenc pensant que el pitjor que em podria passar ara mateix és que em separessin dels nens.

—Però vas arribar tard perquè t'havia parat la policia, això és el que vas dir. Havies begut...? —Silenci. No els puc dir que vaig arribar tard perquè m'havia quedat a dormir a casa del John. Si ho faig es posaran gelosos perquè ells no estaven convidats a la casa que els fa sentir guais i joves i alternatius, i m'agafaran mania i em faran recollir totes les branques del jardí i els residus orgànics—. Sé que no n'hem de fer res, de la teva vida privada, però en aquell moment estaves treballant i necessitem saber on eres. Necessitem saber si anaves borratxa, Rita.

—Estava a casa el John, després d'una festa...

—Com? —La reacció és més bèstia del que m'esperava.

—Hi vaig anar després de l'entrenament... Va... va ser improvisat. Jo... és que ni volia...

—Una festa a casa el John? —Es miren. La indignació creix. La Hanne deixa la copa. La vida adulta és una fal·làcia. Sempre serem nens de vuit anys en cossos de persones grans que volem que ens convidin a les festes dels amics.

—I com va ser? Qui hi havia? —La Hanne escruta.

—Va ser avorridota. —La imatge del John amb la camisa descordada. El Philipp dormint entre dos homes amb samarreta imperi. Les llengües. La pastilla.

—Avorrida? No pot ser —diu el Fulbright.

—No hi havia ningú del barri. —La Samantha, quan per fi es va deixar anar, abraçada a aquella dona—. No coneixia ningú, però se'm va fer tard... —les vuit del matí—, i no volia agafar el cotxe perquè m'havia pres un parell de birres.

—Un parell de birres! —s'indigna la Hanne—. Que siguem cum laude a Harvard no vol dir que siguem imbècils.

—Bé, el cas és que em vaig llevar tard i vaig arribar justa a buscar el Bini. I vaig posar l'excusa de l'alcoholisme perquè a Barcelona sempre em funciona.

—És clar... —Estan molt dolguts. Ells volien anar a la festa del John i no els hi van convidar.

—Bé. —El Ful no em mira als ulls, la Hanne mira a l'infinit, calculant la situació, imaginant-se la festa, el John—. Assumpte resolt, doncs. Et preguem que no tornis a arribar tard, perquè és un mal costum que no volem inculcar als nostres fills. I Rita, quan tinguis un moment t'agrairíem que recullis les quatre branques del jardí que...

Estan molt, molt enfadats. Els seus índexs de guaisme a zero. Necessito un bon contraatac.

—Fulbright, Hanne..., la meva iaia ha mort.

La feina més difícil del món

Sembla que l'olor corporal dels alumnes xinesos només ha empitjorat sota els anoracs de tactel. Puc sentir una barreja d'humitat, de caldo de pollastre, un deix de marihuana. No vull ni pensar en l'hora de dinar.

Tenia moltes ganes de tornar a classe, avui. De normalitat.

He arribat d'hora, gairebé, gairebé abans que ningú. Quan he arribat a les escales de l'Institut he vist el Tek Soo estirat, el seu cos estès damunt de sis esglaons com si fos la portada d'un CD d'un cantant de pop coreà.

M'he assegut amb ell i li he explicat per sobre el meu cap de setmana. Menys la iaia. No sé si ho ha entès bé, perquè no ha mostrat gaire entusiasme quan li he dit que havia baixat setze quilòmetres fins a baix de tot del Grand Canyon. Suposo que oblido massa sovint que el seu avi era ninja —el seu avi era ninja!— i que a partir d'aquí res et pot impressionar gaire.

Ell m'ha regalat una galeteta que diu que és típica de Seül, i quan m'ha fregat el dit amb l'intercanvi s'ha posat vermell, però no m'ha semblat que li hagués d'explotar la cara. Fins i tot m'ha mirat als ulls i ha recitat un poema preciós que havia escrit aquell mateix matí.

Però avui sobretot tenia ganes de venir perquè la Roberta ens dona l'última redacció corregida. Aquesta me la vaig currar. Qui m'ho havia de dir, una redacció ben redactada i creativa, escrita en llengua anglesa. Tantes frases seguides. Quin miracle.

—Bon dia, estimats! —La Roberta entra a classe amb l'energia habitual i va per feina: alça els documents corregits a l'aire amb tots dos braços—. Aquests sou vosaltres. Us tinc entre les meves mans. Sou meus, però només per uns instants. Jo només soc una mongeta tendra, la guardiana d'una de les moltes fronteres que trobareu en el camí de l'art i de la literatura, del camí que us obrirà les portes cap a vosaltres mateixos. El Nirvana!

Profeta. Serien bons amics amb el Fulbright. Estic nerviosa, em suen les mans. Crec que vaig fer una bona feina. Vaig titular l'escrit «Tinta americana» amb referència al John (a la redacció Jack) i a la Coca-Cola, però també per comparar les dues cultures, la vida quotidiana d'Atlanta i de Barcelona. Els cambrers, l'hospitalitat del sud, l'ocra i l'escalivada. És un tema tradicional, sobretot quan vas a viure a un altre país, però amb punt de vista de la Cerdanya, que sempre suma punts.

—Rita.

—Sí? —Ric amb el llavi tremolós, em poso vermella.

—Què deia Hemingway de la bona escriptura?

—Que ningú en sap el secret. —M'ho he après, soc una empollona, ningú que em conegui em reconeixeria—. Però ell deia que sí que el sabia, que el secret d'un bon text és que és poesia escrita en prosa... i que és la feina més difícil del món.

—També, quanta raó el senyor Hemingway. De fet, deia moltes coses, sobretot després d'uns quants daiquiris. —La classe riu, jo no puc estar més atenta—. També deia que el regal més essencial per a un bon escriptor és un bon detector de merda.

És probable que estigui bavejant. Miro la Roberta amb admiració i amor. Miro com els rínxols blancs se li entrelliguen amb les ulleres daurades, i miro com la pell marró dels seus dits preciosos m'entreguen la nota de la millor redacció que he fet fins ara.

—Rita, això és una merda.

—Com?

Tinc tres anys i m'he fet pipí davant de tota la classe.

—Aquests papers, una merda.

—Ah... D'acord. —Algú riu.

—No t'ho prenguis malament.

Tinc vint-i-tres anys i m'he fet pipí davant de tota la classe.

—Ah, no, no...

—Jo crec que tu tens un bon detector de merda, Rita, però en aquestes línies l'has deixat com una morsa en zel. El que m'has entregat és només una enumeració de coses. Una anàlisi antropològica de la cultura i la vida americana. Una anàlisi sense ànima.

—Però ho he fet a consciència. Hi ha un crescendo d'importàncies i mides físiques...

—No m'ha enganxat. He d'admetre que m'has fet plantar geranis sobre el fet que els americans tota l'estona diem «perdó», i que hi ha noies que parlen amb una veu nasal arrossegada mereixedora de bufetada. Però m'hi falta profunditat, anàlisi, poesia i prosa. I aquest Jack què hi pinta, aquí?

—Volia crear misteri...

—Però aquí el Jack fa macarrons amb collarets! És massa evident! Hi ha peces interessants, però mal ordenades i massa superficials. Torna-ho a intentar.

Pum.

Avui, els xinesos, a part de fer créixer una plantació de marihuana sota el seu anorac de tactel, han portat sopa de peix per dinar, caps de gamba inclosos, així que m'acomiado de tothom i me'n vaig a dinar a casa.

Passo per davant del despatx de la directora, que sempre té la porta oberta, i hi llegeixo: Karen Tucker. No puc reprimir un somriure pensant en la Robusta.

De camí a la porta de sortida em retrobo amb la Roberta i un somriure fastigosament jovial. M'agafa per les espatlles:

—Rita, torna-ho a intentar.

Vaig al pàrquing, entro al cotxe i comprovo el mòbil. Un missatge m'espera:

> T'acabo d'aconseguir una cita amb la millor rapera del sud del país. Aquesta tarda porta els nens a casa. John.

La mort a l'avió del Sinatra

—Hairy, per què sempre ens prepares menjar d'esmorzar? Són les quatre de la tarda... —El Bini obre molt la boca mentre mastega una torrada amb melmelada i crema de cacauet assegut a la barra de la cuina.

—No creus que és el millor menjar del dia?

—Si pogués esmorzar gelat de xocolata, sí. Hairy... —No pot obrir més la boca—. On anem avui?

—Avui? Per què m'ho demanes?

—Perquè fas molta olor de colònia.

—Anem a casa d'un amic meu que ens presentarà una noia que ajudarà l'Aksel amb el projecte de final de trimestre.

—Una rapera?

—Sí, una rapera. Però recordes que no ho podem dir als papes fins al final de curs, eh? Que és una sorpresa...

—Mmm... —No n'està gaire convençut.

—Vols gelat de xocolata?

Introdueixo el codi de la casa del John com una marquesa. Quina seguretat, quina sensació de pertinença, quina necessitat contínua de guanyar-me aquests nens. Miro pel retrovisor i noto com el sistema de punts «au-pair que mola» es va carregant a mesura que enfilem pel turonet i que guanya un bo daurat quan el creuem.

«Tècnicament té més quilòmetres quadrats que la Casa Blanca!», diu l'Aksel. «Estem a Camp David?», pregunta el Bini. «Però qui és el John?», demana l'Eva.

Suposo que per molt intel·lectuals que siguin, per molt Anníbal i per molt nihilisme, una casa de rics sempre serà una casa de rics.

De dia, la casa del John agafa un aire més romàntic. El dramatisme de la baixada inicial, la veritat de la pedra... L'esplanada avui em recorda la descripció dels paisatges de la Jane Austen. Però aquí, en lloc d'un senyor Darcy contingut i reprimit, tenim un altre burgès més evident, inclinat a tendències més aviat drogofestives.

Un burgès surt a rebre'ns amb l'uniforme d'estar per casa: texans d'un milió d'euros, samarreta blanca i un abric de color beix que arrossega calculadament per terra i que qualsevol persona amb seny només trauria de l'armari per al casament d'hivern d'un familiar de primer grau.

—Tu deus ser el Bini. —El John dona la mà a l'Aksel—. Tu deus ser l'Aksel —diu a l'Eva—, i tu, sense cap mena de dubte —diu al Bini—, deus ser l'Eva.

La podríem considerar una broma clàssica, fins i tot fàcil, però la gràcia amb què ho ha dit, el somriure de confusió fingit, ens ha fet riure a tots de veritat.

—I vostè, senyora —m'agafa la mà amb cura, em fa un petonet de vellut—, vostè deu ser la famosa professora de tenis, Mrs. Gee.

I aquí sí que ens hem petat tots de riure. I jo li hauria arrencat els texans d'una mossegada.

El Philipp ens espera a la cuina amb un berenar d'aquells d'enterrament americà. Un parell de safates de plata no gaire grosses però molt ben posades, una amb pollastre al curri i l'altra amb vichyssoise, i al costat, disposats en una diagonal perfecta, un assortiment de sandvitxos embolicats amb els paperets de les pastisseries cares.

Ens ha deixat escollir entre xocolata desfeta, cafè o te verd. L'Eva, pensant-se que no la veia, ha assenyalat amb el dit la gerra on hi havia el cafè. Que sap que no pot. El Philipp li ha servit el líquid prohibit sense plantejar cap tipus de pregunta sobre la cafeïna en un cos de vuit anys. L'Eva ha acceptat la tassa del Philipp com si fos un procediment habitual i, sense saber-ho, delectant-se de la novetat i el misteri de tot plegat, s'ha afegit a la llarga llista d'enganxats a aquest palau de l'hedonisme.

—Moltes gràcies per tot, John. —M'eixugo els llavis plens de xocolata i llegeixo la contraportada del vinil de l'Aretha Franklin que acaba de posar—. T'has agafat festa i tot per a l'ocasió, no?

—No suportes la curiositat, no? No saber de què treballo? D'on vinc —Riu.

—Ah, però que treballes?

—La Soul deu estar a punt d'arribar.

—Kiom de iaroj vi havas? —L'Eva parla amb el Philipp.

—Nens... —interrompo—, quantes vegades us he de dir que no parleu en llatí!

—Hairy! —m'atura l'Aksel, i tots riuen—, això no és llatí, és esperanto!

—El que sigui, però no parleu llengües mortes que no parla ningú!

—Mi bedaŭras —continua el Philipp.

—Finu vian manĝon ĉar ni baldaŭ forlasos! —contesta el John, en to d'urgència.

—El que faltava.

—Mia amo, vi aspektas bela hodiaŭ, hara —em diu.

—Què m'acabes de dir? —Qui m'havia de dir a mi que un dia em sentiria desplaçada per no parlar esperanto.

—Allò... allò d'allà és un avió? —L'Eva assenyala els

finestrals del menjador fent repicar els talons de les vambes contra les potes del tamboret alt. La cafeïna comença a afectar-la.

—Allò no és només un avió, estimada Eva —contesta el John—, allò es diu Lola i ens està esperant.

Al final del jardí, en un petit heliport rodó de ciment i sense que em sorprengui ni una mica, hi ha una avioneta. L'Eva i el Bini salten del tamboret i corren cap als finestrals, i criden i amorren les mans i el nas als vidres. Però l'Aksel es queda a la cuina, sense paraules, petrificat, ancorat en una aparició de cabells llargs i roses que acaba d'aparèixer sota l'arc de l'entrada de la casa.

La Soul deu tenir la meva edat i és afroamericana. Duu els cabells llisos i tenyits d'un rosa clar, gairebé gris, i li arriben a l'altura del melic. S'ha quedat quieta, amb la mirada amagada sota d'una caputxa negra, i només deixa entreveure un somriure vergonyós, i malgrat el posat de total indefensió, la calma i la seguretat que transmet amb la distància em resulten hipnòtiques.

—Soul! —El John crida i avança a passes molt llargues i amb els braços estirats, com si ja sabés de què va, com si l'hagués d'anar a rescatar—. Benvinguda!

(Aquesta és la rapera famosa que ens ha de salvar el cul a tots perquè l'Aksel no faci un ridícul espantós davant de tota l'escola?).

L'Aksel per fi ha saltat del tamboret i està més pàl·lid que de costum. En una altra ocasió, davant d'una noia com aquella —una senyora, que en diria ell—, les cames li farien figa i aprofitaria el poc equilibri que li queda per fugir corrents. Però no pot. Sembla que no l'impacta gaire tenir davant seu la cara que ha admirat durant incomptables hores a la pantalla de l'ordinador, imitant-li els gestos i la veu, anotant els seus millors versos. L'Aksel no veu una noia bonica ni exòtica, sinó que mira la Soul ple d'esperança, a punt d'aferrar-s'hi amb tot el cos, a punt d'escoltar la resposta a totes les seves preguntes perquè sap que, avui, per fi, el flow està més a prop que mai. S'hi acosta, tartamudeja uns segons fins a vocalitzar el seu propi nom i li allarga la mà.

No sabria explicar com hem passat de prendre xocolata desfeta a sobrevolar Atlanta dins d'un avió diminut amb un multimilionari i una estrella del rap. Però ha anat així.

«Creus que hauria de trucar a la Hanne i al Fulbright i avisar-los que tinc els seus fills dins d'un avió minúscul que s'ha enlairat des d'un jardí?», he preguntat al John mentre es posava els auriculars de pilot. Però llavors m'ha mirat estranyat, com si acabés de formular la pregunta més avorrida del món, i m'ha importat molt més semblar guai davant seu que la crisi inevitable que esclatarà aquesta nit si a algun d'aquests tres mocosos se li escapa que en lloc d'anar a classes de xinès hem anat a volar.

—Us parla el capità —diu el John a dos metres de nosaltres, rient pel retrovisor— Com esteu, nens? —Els nens responen amb un somriure d'emoció màxima i aixequen el polze tal com el John els ha ensenyat—. Atenció: aquest avió on sou ara no és un avió qualsevol. La Lola, aquesta joia dels setanta, va pertànyer durant anys a una de les veus més privilegiades que ha conegut mai aquest món. De fet va ser... «La Veu»!

Miro la Soul per compartir sorpresa i per fi respon la meva aixecada de celles amb un somriure.

—Sí! Frank Sinatra feia servir aquest avió per a ús particular i per portar amunt i avall les seves incomptables amants.

Els nens escolten la llista de les amants del Sinatra amb el mateix interès que escoltarien una dissertació sobre el cretaci superior, «es va enamorar com un boig de la Carmen Sevilla, una espanyola amb tanta gràcia com la Rita aquí present, i ell li enviava un ram de roses vermelles cada dia; però la seva amant més sonada va ser la Mia Farrow, que tenia vint-i-nou anys menys que ell».

El soroll del motor de la Lola ens aïlla a tots una bona estona mentre ens continuem enlairant. Els carrers residencials d'Atlanta tornen a aparèixer com quan els vaig veure per primera vegada des de l'aire, com cicatrius cosides amb punts, com milers de centpeus, ara enmig d'arbres que canvien de groc a gris i que s'estenen fins a un nou horitzó.

L'Eva i el Bini venen a asseure's al meu costat i m'agafen fort, un a cada braç; i jo no dic res però penso que hauríem d'anar més sovint en avió.

L'Aksel, per la seva banda, aguanta el tipus com pot des de l'últim seient, intentant no transmetre la por a les alçades, intentant no semblar un nen al costat de la Soul, alçant la barbeta. Mentrestant, ella mira per la finestra com si sabés on anem.

Ens acostumem aviat a la remor del motor, a veure els núvols passar per sota nostre. Geòrgia vestida d'hivern.

—Però es pot saber on anem??? —crido.

—Què??? —respon el John, rient—. Porteu tots els cinturons posats? —El John mira pel retrovisor i s'assegura que el Bini i l'Eva corren cap als seus seients—. Voleu saber on anem?

—Síííí! —criden els dos petits.

—Sabeu aquella dita sàvia que diu que el que compta no és la destinació, sinó el viatge?

—Síííí! —No en tenen ni dea.

—I no només això: el camí s'ha de fer bé, se li ha de treure suc, heu d'aprendre de les persones que us trobeu i heu d'aguantar el tipus a cada gir inesperat. El camí sempre és la resposta!

—Que ara ets un puto mossèn o què? —La Soul té veu i no està per hòsties—. Es pot saber on anem? —A l'Aksel li cau la bava.

—Jo només dic... —riu— que quan venen canvis bèsties és important conèixer les persones que tens a prop.

De cop, el John fa caure l'avió.

L'estómac em puja fins a la boca, la impressió és tan gran que no puc insultar-lo, només puc cridar, tancar els ulls i esgarrapar el seient. Contra tot pronòstic, l'Eva i el Bini riuen a discreció amb llàgrimes als ulls, no poden parar; abandonen els cossos a la gravetat, leviten fins on els cedeix el cinturó i supliquen al John que no pari. Intento mirar l'Aksel, que seu darrere meu, però la inèrcia no em deixa. Només veig com els cabells roses de la Soul es disparen en vertical, enganxant-se a les escletxes dels compartiments del sostre, i el somriure se li converteix en una ganyota de pànic. No sé si crida més ella o jo, que tinc la impressió que la xocolata que m'he begut em sortirà pel nas en qualsevol moment.

El John hi torna... i jo penso que avui és el dia, avui és el dia que ens estavellem. Crida com un boig, com si volgués alliberar tots els dimonis. Però quins dimonis li queden, a aquest home? Si fa tres orgies a la setmana!!!

Merda, hòstia! Penso que a part de l'orgia que va fer l'any vuitanta i que el va separar de la seva família, en realitat no sé res del John, no sé ni de què cony treballa! Ni si treballa!

Per fi puc girar-me i mirar l'Aksel. I em giro just en el moment en què ja no pot dissimular més: la seva pal·lidesa vikinga explota en un vermell rabiós, la boca es descarrega amb crits plens de baves, i en un cop de ràbia o de pura desesperació, agafa la mà a la Soul. Ella se'l mira, dubta un instant i l'hi acaba estrenyent fort, compartint l'horror. Creant el vincle. El vincle que volia el John.

El fill de puta del John encara riu, fins que per fi, després d'una eternitat, torno a sentir la gravetat als peus. Estic afònica i em pressiono els batecs del cor amb força.

—I ara que ja ens hem conegut una mica més tots —anuncia el John, amb total tranquil·litat—, aterrarem en aquest bonic camp de Birmingham, Alabama.

Els sandvitxos embolicats amb paper de la pastisseria pija han aguantat bastant millor que les nostres cares. Ens asseiem en rotllana damunt la gespa cremada pel fred, el John desplega unes estovalles de fil beix davant nostre i a continuació ens cobreix les espatlles amb mantes. Així, tan normal, com si no acabéssim de jugar amb la mort.

Ningú vol dir-ho en veu alta, però ara, després de la tempesta, tots admetríem que la bogeria ha valgut la pena, que la sensació de postorgasme d'adrenalina és bestial.

Endrapem els triangles de pa de brioix amb poques paraules, gaudint de la brisa i de l'esgotament. L'Eva em mira i recorda la meva cara de terror, i arrenca aquella riallada de nena que t'ho fa oblidar tot i que és extremament contagiosa. La riallada de l'Eva és el so més meravellós de la Terra, i quan riu a plens pulmons el món és un lloc millor. Jo m'hi resisteixo. La segueix el Bini, i el John i la resta de la comitiva suïcida. Mentre el sol esmorteït il·lumina aquest petit monticle perdut enmig de l'estat del Forrest Gump.

—Soul, ets una estrella del rap? —pregunta el Bini amb els llavis plens d'engrunes. L'Aksel s'ennuega, aterrit per l'atreviment del seu germà.

—BINI! —A l'Aksel se li posa la cara com un tomàquet.

—Sí que ho és —respon el John—, i és molt bona.

—Sí, però no us deveu pensar que ara em posaré a rapejar, després de la puta pirueta aèria.

—Va, no exagerem, no em negaràs que t'acabo de regalar inspiració per a uns quants versos... —continua ell.

—Ets un fill de puta. —Aquesta noia diu moltes paraulotes.

El John ha portat una guitarra, dos violins i una pilota, però sembla que no hi ha quòrum. Jo m'emporto l'Eva a fer uns xuts i deixo que s'entenguin.

—Eva, després demana al John de què treballa.

—D'acord.

—És el teu nòvio?

—El John? Eva, si és un senyor!

—Bueno, el Frank Sinatra també era un senyor i es va casar amb la Mia Farrow. I tenen el mateix avió.

Vista des de lluny, la imatge de l'avioneta Lola aparcada en una esplanada i les nostres figures movent-se a contrallum a dalt del turó sembla un anunci de Louis Vuitton.

I per rematar el quadre, potser farta de la meva insistència perquè intenti xutar amb l'empenya en lloc de fer-ho amb la punta del peu, l'Eva agafa el violí.

—Aviam, què preferiu? «Eine Kleine Nachtmusik», «Polevetsian Dance» o «Humoresque»? —Increïble, la gent s'ho està pensant—. O voleu Mozart? «Adagio en mi menor»?

—«La Pantera Rosa»! «La Pantera Rosaaa»! —diu el Bini.

—No, no! —salta la Soul, com si el Bini no tingués cinc anys i fos la cosa més entranyable del món demanant «La Pantera Rosa»—. Mozart, hòstia! Sempre Mozart!

—D'acord, doncs. —L'Eva parla ràpid, es mou ràpid, la cafeïna prohibida li corre per les venes a velocitat supersònica—. Començarem amb l'amic Wolfgang… i després «La Pantera Rosa» per a tu, Bini! —Li pica l'ullet.

L'Eva s'acomoda el violí damunt l'espatlla, petita i ossuda, s'encaixa la fusta corba sota del coll i tanca els ulls. En qüestió de segons el rictus se li transforma, la concentració és màxima i l'últim sol del dia li tenyeix els cabells de llum.

L'Eva desperta Mozart d'un cop sec. Les primeres notes sonen amb força, amb gust i joventut, i la sorpresa és tan gran que el cos em salta amb un espasme. La música sona ràpida i alegre, i després tomba, ara més baixa i més lenta, per tornar a pujar en una explosió de colors i d'aventura. L'Eva va a càmera ràpida, el cap li va que vola, i malgrat la meva total ignorància puc entendre que això és una genialitat. Sento un orgull immens. Orgull de coneixe-la, honor de ser qui la cuidi i que alguna vegada li hagi pogut donar consell d'alguna cosa. L'Eva és un prodigi! Que no deixi de tocar!

A la merda el futbol! Es pot saber per què ha d'aprendre a jugar a futbol?

El sol s'ha fos mentre l'Eva tocava Mozart i dues vegades «La Pantera Rosa»; ara el cel i les nostres cares es pinten d'un lila càlid i sembla que la rotllana no tingui intenció de desfer-se; estem tots estirats i en silenci, mirant els núvols.

—Escrius, Aksel? —pregunta la Soul.

Per fi ha arribat el moment que fa tant de temps que espera. L'Aksel es queda garratibat uns instants, però la necessitat de trobar el flow és tan potent que el fa incorporar-se de cop. S'aparta els cabells secs i esvalotats del front i respon amb cada porus del seu cos:

—Sempre que puc, Soul. Tinc molts papers plens de versos, i rimes, i també tinc cançons senceres.

—Bé. Què és l'últim que has escrit?

—Unes rimes de quan Tesla va proposar a l'Edison canviar el sistema de corrent continu a corrent altern. —La Soul clava els colzes a terra i s'incorpora per mirar l'Aksel.

—Puto Tesla, eh? Continua.

—També he escrit sobre la massacre de Boston, sobre els invents de Thomas Jefferson, com la cadira giratòria i la màquina per fer macarrons.

—Més. Segueix.

—Per assajar el ritme canto poesia. M'agrada molt Walt Whitman i tot el corrent d'escriptors que va influenciar... com Lorca, Neruda i tota la Generació del 27.

—Collons, però quants anys tens? Vuitanta? No hauries de tenir un pòster de la Rihanna, tu? —L'Aksel no entén gaire què vol dir amb això, i no contesta—. I dels teus sentiments, n'has escrit? —L'Aksel rebaixa el to enèrgic i li cauen les espatlles, sabia que cauria aquesta pregunta i que no tindria una bona resposta.

—Crec que no...

—Com que creus que no? El rap és pura emoció! Quan escrius del que sents ho saps! No hi ha marge d'error, és com l'amor: o t'electrocuta l'ànima o és fum, res. —L'Aksel no sap què dir. La Soul s'asseu i el mira directe als ulls amb la confiança de dues persones a qui els ha semblat compartir la mort fa poc més d'una hora—: Tu vols fer rap, Aksel?

—Sí.

—El sents a dins, al cor?

—Sí. El sento dur i clar. Dins del cor.

—Ets conscient del que vol dir, això? De la responsabilitat, de la maledicció i la sort que suposa sentir l'art a les venes?

—Sí. —Flota.

—Doncs si ho sents de veritat, el rap i tu heu de ser el mateix. Has de tenir una rima preparada per a cada bit que t'aparegui a la vida. —L'Aksel agafa la llibreta i pren apunts.

—Però què fas? T'estic parlant de la vida! No prenguis apunts: escolta'm! —L'Aksel tanca la llibreta de cop i obre els ulls, i sense adonar-se'n també obre la boca—. Llegeix-te el diccionari, llegeix-te una puta enciclopèdia si convé...

—Ja ho faig. Vaig per la «F».

—Què?

—Sí.

—Increïble. Puta mare. Necessites tenir les paraules sempre preparades a la punta de la llengua. Totes les que puguis. Les has de dominar. Has de ser profà i poètic a la vegada, has de cantar amb l'energia d'un boxejador i l'elegància d'un ballarí. Parla del que tu saps, del que et fa moure, parla del que coneguis millor que ningú, sigui el puto Edison o el puto Walt Whitman. Ets un puto nen blanc, nerd i d'Atlanta, Aksel, parla d'això, parla de qui ets i trobaràs una veu nova i brillant que ho il·luminarà tot. Trobaràs la teva veu.

—I podré trobar el flow?

—Sí, segueix el que et mou i el flow apareixerà sol. —L'Aksel plora de felicitat per dins—. Per cert, has vist alguna batalla de rap?

—Sí, totes les teves, totes les de l'Eminem, tot...

—No, no, no, no... Vull dir en directe.

—No.

—Vine demà, el John ja sap on és.

—Però, Soul —interromp el John—, no creus que és massa...

—Ho ha de veure —la Soul s'adreça al John—, si no ho veu en directe no ho podrà sentir. I si vol fer alguna cosa de veritat ho ha de sentir. —El John assenteix no gaire convençut.

Aleshores la Soul tanca els ulls durant uns segons llargs, estira el coll a banda i banda i el cos se li comença a moure en ones petites i ràpides. I comença a cantar.

Oh, jo! Oh, vida!
Oh, Whitman, oh puto, puto Walt Whitman,
que ens instes a viure,
a agafar la vida amb les dents.
Oh, puto Walt Whitman
i la teva puta pregunta que sempre torna:
Què hi ha de bo en aquest món, enmig
de tanta merda?
Oh, jo, oh, vida?
Oh, Whitman, tu i jo i la Lola responem
a la pregunta:
Que ets aquí, que existeix la vida i la identitat,
que el drama continua, i que tu, tu,
tu, Aksel, que tu hi pots contribuir amb un vers.

El flow

—La camamilla fa vomitar? —La cara hipocondríaca de l'Aksel s'encaixa entre el respatller i la finestra del cotxe.

—T'he dit que et prenguessis til·la, no camamilla.

—Però només hi havia camamilla, i l'altre dia al programa del Jerry Springer va sortir un home que va vomitar perquè deia que s'havia pres cinc camamilles.

—El Jerry Spring…??? I quantes te n'has pres?

—Sis.

—Sis camamilles?

—És que estic molt nerviós, Rita, molt!

No ho admetré en veu alta, però estic igual de nerviosa que l'Aksel. Mostra calma. Respira.

—Llavors vomitarà o no? —pregunta el Bini, que s'ha arribat a posar de genolls davant del cotxe per suplicar-me que volia venir.

—No! No vomitarà perquè ja hem arribat i ara posarà els peus a terra i tot anirà bé.

—Hòstia, hòstia! Però això està molt més a prop de casa del que em pensava! Que m'havia emportat hummus per al viatge i tot! —crida l'Eva, emocionada, i que, és clar, també m'he endut perquè ja no venia d'una criatura.

—Eva, sisplau, prou de paraulotes.

—Rita, pràcticament estàs... estem cometent un delicte, així que crec que ja és igual si dic alguna paraulota.

—Potser tens raó... I ara calleu —no diguis que estàs nerviosa—, que quan sortim hem de transmetre confiança —no diguis que estàs nerviosa—. Hem de demostrar que tenim la situació sota control.

—Però, i si... —comença el Bini.

—Sobretot, sobretot, Rita... —continua l'Aksel.

—He dit ni una paraula! Ni una paraula, que ESTIC MOLT NERVIOSA! HÒSTIA!

—Rita Rèiquens. —El segurata no mira ni la llista per comprovar que el meu nom és a l'apartat de vips—. La Soul ja m'ha avisat que vindríeu —no riu—: i suposo que saps que aquest no és un lloc per als nens.

Miro l'Aksel ja sense amagar els nervis i li parlo per telepatia: «Aksel, estàs segur que encara vols entrar? Saps que quan creuem aquesta porta ja no hi haurà marxa enrere, que aquest home no és gens simpàtic i que si algun dia ens enxampen els teus pares m'enviaran a Guantánamo».

«Rita —contesta ell pel mateix canal telepàtic—, tinc fred i tinc un nus a l'estómac; ara mateix només puc somiar el got de llet que em prepara la mama cada nit quan sento que per fi baixes les escales cap a la teva habitació i me'l puc prendre tranquil·lament, sense preocupar-me si penses que soc un nen petit. També penso en la complexitat de la trigonometria i que els líquens de l'Amazònia inferior poden fer la fotosíntesi en un entorn com Mart, però, malgrat tot, per damunt de tot: vull entrar».

Travessem un túnel ple de grafitis antics a la llum d'uns fluorescents que emeten un brunzit metàl·lic i que a cada pampalluga revelen els cadàvers de desenes d'insectes. L'olor de marihuana es barreja amb vapors d'humitat, de suat i de làtex. Aquí hi ha condons. Els nens caminen enganxats a mi, però l'Eva va a davant, obrint camí amb l'hummus en una mà i les pastanagues a l'altra. Els brunzits es barregen amb un murmuri de veus animades que van in crescendo fins que l'Eva s'atura al marc de la porta i el brogit es fa silenci.

Som dins d'un garatge gegantí. Davant nostre un centenar de caps torçats amb dents i cadenes d'or ens escruten.

Som els únics blancs de la sala. Miro els nens i penso que mai els havia vist tan blancs; és com si fessin llum, som fluorescents.

L'Aksel m'estreny el braç amb tota la força que pot i jo repto la rampa muscular i alço la mà per saludar la penya i anunciar que no som ni russos ni comunistes, que hem vingut perquè som amics de la Soul..., però per sort ningú arriba a sentir què dic; la meva veu «No som ni russos ni comu...» surt just en el moment en què s'apaguen els llums i dos focus gegants enfoquen l'escenari.

La Soul apareix per una banda del ring amb una bata de seda com la del Rocky però de color rosa —sento un orgull enorme—, i per l'altra banda, un noi gras amb tres dits de pèl a les espatlles es presenta traient-se la samarreta i tirant-la al públic. El presentador tira una moneda a l'aire que cau per la banda que ha escollit ella. Comença el xou.

La Soul arrenca el repertori amb una veu greu i trencada amagada sota la caputxa. Les primeres frases són lentes i poètiques, amb un punt de melangia, però de cop fa un silenci dramàtic, s'arrenca la bata i dispara.

Comença a vomitar insults, fucks i tots els sinònims possibles per reivindicar la raça negra, la injustícia, la pau.

El Bini em mira al·lucinat davant d'aquesta apocalipsi verbal i intenta assimilar tanta aberració, tanta creativitat. L'Eva suca una pastanaga a l'hummus però des que ha començat l'espectacle que no ha aconseguit posar-se-la a la boca. L'Aksel fa estona que ha deixat de tallar-me la circulació del braç i no el veig enlloc. Miro a banda i banda i no el trobo, fins que el focus il·lumina el públic uns instants i la seva cabellera daurada apareix alçada damunt d'un esglaó, lluny del món i de tot, sense vergonya ni consciència. Abduït pel que veu a l'escenari, imita els moviments de la Soul amb una serenitat que desafina amb l'entorn, l'observa com si veiés un àngel —un àngel que no para de dir fuck—, però en realitat no l'observa a ella ni la seva cabellera rosa pastel: observa el seu art, l'abdueix la seva tècnica i la seva veu... Tot el que l'Aksel vol aconseguir, tot el que voldria tenir és damunt de l'escenari: el flow.

Penso que si ens enxampen, aquesta bogeria a la qual no sé en quin moment em va passar pel cap accedir, haurà valgut la pena per aquest moment. Per veure l'Aksel així. Però sobretot penso que algun dia m'agradaria sentir, encara que sigui durant uns instants, encara que sigui només una vegada a la vida, tot el que l'Aksel sent ara mateix, quan mira l'escenari.

El Fulbright i el Chitawas pugen a l'ascensor

—I te'n recordes, quan al final la Soul va saltar de l'escenari i tothom la va agafar? —El Bini està superemocionat—. I va obrir els braços així, així!

Avui tots tres esmorzen amb una caputxa al cap. Fa sol i l'esquirol del dia puja pel tronc de l'arbre del jardí.

—I quan... —l'Eva abaixa el to— i quan no parava de dir la paraula que comença amb «f»? —Avui més que mai, tots tres són un equip, i se senten guais i atrevits i junts. L'Aksel escolta els seus germans amb una pau que no li havia vist fins ara. Em mira i somriu.

—I quan em vaig tirar el pet al cotxe i la Hairy va riure? —diu el Bini.

—Es pot saber de què rieu tant? —El Fulbright arriba a casa amb la samarreta de Harvard suada de jugar a tenis i puja les escales al ritme d'un hipopòtam estilitzat.

—Bon dia, Fulbright! —Estableixo un to entusiàstic i desenfadat per marcar la línia de diàleg als nens—. Com ha anat el partit?

—Molt bé, molt bé, he jugat bastant bé, avui. —Ho dubto.

—I la Hanne?

—La Hanne s'ha quedat jugant una mica més. Jo he marxat abans, que avui tinc una reunió important...

I tant que la tens. Avui és el dia: avui és el dia que el Fulbright queda amb el Federico Chitawas.

L'Aksel inicia l'execució del diàleg que hem entrenat al mil·límetre. Que continua l'Eva. «I ahir se'm va escapar un pet al cotxe i la Rita va riure!», i el Bini remata la seqüència de diàleg saltant-se les regles però amb una espontaneïtat que li dona el toc natural que no han tingut els seus germans.

—Bé, Rita... —El Fulbright es posa seriós, s'aclareix la gola—, entendràs que coneixent com conec aquests tres nens no em cregui res del que m'acaben d'explicar. —Silenci per tots cantons—. Tret del pet del Bini, és clar.

—Com? —Guantánamo—. Què vols dir?

—Vull dir que és impossible que Ganimedes i Cal·listo es veiessin tal com diu l'Aksel, considerant les coordenades d'ahir de Júpiter... Que aquesta classe d'astronomia on vau anar ahir a la nit... El que vull dir és que us he enganxat —Merda—: o bé heu començat a preparar el regal de Nadal d'amagat, o bé no em voleu explicar l'espectacle de final de curs que... val a dir, espero que ja estigueu assajant.

—Ha! —aconsegueixo articular, per fi—. Haurem de discutir en privat quina de les dues coses t'expliquem abans...

—Doncs no tardeu gaire, que queden menys de dues setmanes per pujar a l'escenari.

El Fulbright se'n va cap al lavabo, satisfet. Un altre dia ens podria haver enxampat de veritat, però no serà avui.

Protegit per la intimitat única que li dona el seu lavabo, potser posarà una cançó de Bryan Adams i abans d'entrar a la dutxa, despullat, es mirarà al mirall. Pensarà en el que està a punt de fer. El dubte. Els nens, la Hanne, la feina, els veïns i els pares. Però també admetrà que és massa tard. L'impuls, el salt al buit, la veritat. La decisió ja està presa. Que això no té res a veure amb ningú. Que això només té a veure amb ell. Que per fi, potser per primera vegada, avui serà qui ha volgut ser sempre.

En realitat ser au-pair és fàcil: convides els amics dels teus nens a jugar a casa —la mítica playdate—, esperes que et demanin explícitament que no els molestis, tu et fas una mica l'ofesa i els fas prometre que no faran bestieses com emular Déu amb un porc de penis extensible. Llavors te'n vas a l'habitació i t'estires al llit a trucar a la Six per comentar l'última aixeta de Swarovski i l'últim polvo i a enviar l'últim e-mail.

Dies més tard, els amics que has convidat a casa per distreure els teus nens conviden els teus nens a casa seva; llavors esperes que et demanin explícitament que els vagis a buscar tan tard com puguis, com un favor, i tu aprofites i te'n vas a l'Starbucks a veure l'Andrew, i a escriure la següent anècdota americana, una mica farcida d'exageracions, i l'envies a la teva llista de cent cinquanta amics. I ets una mica més feliç.

I així és com ha anat. Però avui, en lloc d'escriure durant cinc hores amb el meu frappuccino, condueixo cap al centre per presenciar la trobada del segle: Bookland - Chitawas.

He aparcat el cotxe al pàrquing de Georgia Tech i he hagut de caminar tres vegades més del que havia calculat fins que he entrat a l'hotel del pecat, l'Hotel Marriott Marquis.

M'he vestit amb l'estil més oposat possible al meu perquè el Fulbright no em reconegui si em veu de lluny, però és clar que m'he excedit perquè, quan he arribat a l'entrada de l'hotel i m'he assegut en una butaca amagada de l'Starbucks, un home s'ha acostat a demanar-me si era la Cintia. Jo m'he quedat tan parada que no he dit res, però l'home ha afegit que duia els tres-cents dòlars en metàl·lic. No m'ho podia creure. Quin clixé. M'he fet l'ofesa moderada i li he dit que havia vingut a l'hotel perquè m'acabava de doctorar en Antropologia i venia a buscar el títol de doctora. I una medalla.

Hauria d'haver sospitat que els talons transparents eren massa. De fet, jo vestida amb la roba que la Daniela va deixar per donar als pobres és massa. Perquè a ella li quedava increïble, però jo, admetem-ho, semblo una prostituta.

Acte seguit demano al cambrer l'*Atlanta Journal Constitution*, l'agafo i guardo amb molta ràbia el llibre que m'estic llegint perquè la coberta és massa cridanera.

Love Story el vaig començar ahir i crec que avui ja el remato; no sé pas si acabarà bé... Hi estic molt enganxada i no paro d'imaginar-me escenes eròtiques amb l'Oliver Barrett IV. Vull estudiar a Harvard.

La veritat és que he de vigilar, perquè si el Fulbright m'enxampa no tinc coartada. No li puc dir que m'entreguen una medalla pel doctorat d'Antropologia. I com justifico que vaig vestida així? El més fàcil seria dir que em paga tan poc que m'he de prostituir. Més val que no m'enganxi.

Quinze minuts per a la trobada.

Abaixo el diari fins a l'altura dels ulls i contemplo el vestíbul de l'hotel. És impressionant. És com estar dins de l'estómac d'una balena gegantina estirada en vertical que obre la boca al final, al sostre. Els balcons, llargs i de color marfil, s'encaixen a l'interior de l'edifici amb forma d'esquelet. Al mig, enfilant-se per l'espina dorsal, tres ascensors transparents reparteixen persones diminutes per totes les costelles, fins que arriben a dalt de tot, al pis trenta o quaranta, a la llum.

De cop em venen unes ganes boges de pujar en un dels ascensors. Tinc temps? Tinc temps.

Deixo el jersei i el cafè damunt de la taula com a marca de lloc ocupat, m'enduc el diari per semblar menys prostituta (perquè, és clar, tothom sap que les prostitutes mai llegeixen el diari), m'arreglo la faldilla plastificada i activo els meus talons transparents. L'ascensor és només per a clients.

Comparteixo trajecte amb una família lituana que em miren de reüll i els regalo un somriure càlid, Teresa de Calcuta amb talons; em giro i enganxo les dues mans al vidre, preparada per sentir l'arrencada, per veure com la meva butaca s'encongeix en qüestió de segons. L'ascensor surt disparat, va ràpid, però no prou per no veure'l: el Fulbright acaba d'arribar. Els americans i la punyetera puntualitat.

Presencio l'encontre del segle en pla zenital: el Fulbright li ofereix una mà cordial a mode de salutació, però l'estrella llatina del porno se salta les formalitats i l'abraça. I no és una abraçada americana, és una abraçada de veritat. Això és greu. Sembla que sigui la primera vegada que es troben, però per com interactuen, per com es miren, és evident que hi ha una relació més profunda. Tan profunda com totes les vegades que el senyor Bookland ha premut el «play». O potser... estem parlant d'amor?

Surto disparada. En pocs segons he vist passar una quinzena de balcons de color marfil, i el Fulbright i el Chitawas s'han convertit en dos puntets que caminen decidits fins al taulell de la recepció.

Lloguen una habitació! Deu ser el primer polvo? —Pis vint-i-cinc—. Deu ser la primera vegada que el Fulbright estreny un penis entre les seves mans? Potser és un polvo pagat? O potser és el Chitawas el que paga, fart d'estrelles porno i amb una fixació per catedràtics inexperts en la matèria?

Això no pot sortir a la llum... Si l'enxampen, estant a l'estat hiperconservador de Geòrgia, bye bye, Fulbright. Pis cinquanta, som a dalt de tot! Des d'aquí l'hotel s'ha convertit en una cova dels àliens, una espècie de ciutat marciana amb un arbre de Nadal al fons de tot. Si la Hanne se n'assabenta dubto que sigui gaire comprensiva, jo crec que ho engegarà tot a la merda i em farà canviar de família o potser he de tornar a casa... I no ho vull, encara no vull tornar, encara no he complert la meva missió. I els nens?

El Fulbright i el Chitawas pugen a l'ascensor.

La parella lituana ha decidit tornar a baixar després de les múltiples súpliques que els nens han fet en lituà.

Comença el descens. Parada inútil al pis vint-i-cinc per culpa d'un dels nens lituans. Continuem baixant i penso que fa estona que no els veig. Merda. Ens aturem al pis disset per culpa de l'altre nen! Odio els nens.

Ara és la mare qui obstrueix el sensor de la porta —no es tanca— i jo miro amb terror com un ascensor ascendent minora la marxa fins a aturar-se a la mateixa altura.

No he tingut temps de reaccionar. Els tinc al davant, dues parets de vidre més enllà, a poc més d'un metre. No em moc. FBI. Noto com el cor se m'accelera i m'escalfa la cara. Si m'ajupo per recollir el diari i cobrir-me la cara cridaré l'atenció —també és possible que em peti la faldilla— i em descobrirà. Cony de lituans. Que tanqui les portes, que tanqui les portes! Per fi es tanquen i comencem a baixar. Eureka.

Però la curiositat em pot i faig una darrera mirada. La confiança gravitatòria em traeix i miro com el cos allargat del Fulbright es gira com si obeís un instint subconscient... Les nostres mirades es creuen. Jo em quedo petrificada i ell m'observa amb el terror més absolut per desaparèixer cap a les cavitats més profundes d'aquesta estranya ciutat esquelètica.

Què he fet? L'he cagat?

Se me n'acaba d'anar l'olla o he fet el que havia de fer? Però què dic? Jo no havia de fer res, el que em passa és que soc una xafardera i la clandestinitat em puja l'adrenalina.

Condueixo cap a casa amb una capa de suor freda i amb la mirada fixada al telèfon esperant la trucada de la catàstrofe. Però no arriba. Avanço per la carretera principal de Leafmore, passo el club social i la trucada no arriba. Potser estic flipant i no m'ha vist? Estic flipant. M'ha vist.

Aviam: serenor. FBI. Només cal que dissenyi una coartada convincent i explicar-l'hi avui mateix. La faré simple, un clàssic: tinc un xicot, havíem quedat a l'hotel perquè no tenim casa privada per trobar-nos i el seu tiet ens fa descompte. I, ves per on, m'he trobat el Fulbright —m'és igual el que havia vingut a fer—, ens hem creuat i prou.

No... Empatia, Rita, empatia: una nòvia, tens una nòvia!

M'he quedat asseguda a la cuina amb una copa d'un cabernet dolentíssim acabant una redacció voluntària per a la Roberta —soc insuportable—, inspirada en una notícia que m'ha enganxat quan dissimulava al vestíbul de l'hotel. És sobre el candidat demòcrata, el Barack Obama —no era Mojama—, que diu que a la meva edat ell se'n va anar pel món a descobrir qui era exactament. I si, cito textualment, «se sentia més blanc o més negre». La vintena és una dècada difícil per a qualsevol.

Segons informa la pissarreta de la cuina, la Hanne ha anat a buscar els nens de la playdate i se'ls ha endut a les oficines de CDC (Centre de Control de Malalties) a una xerrada sobre la distribució de les vacunes a Kènia (on vols anar, si no, un dissabte a la tarda?).

La porta del garatge s'obre. Se'm torna a arrissar el pèl corporal. El Fulbright puja encara més lent i maldestre que aquest matí —deu estar cansat de follar?—, com si pogués pressentir que soc exactament on soc, aquí, esperant-lo.

Fa l'entrada somrient, meitat teatral, meitat honest.

—Veig que t'has canviat... —arrenca, derrotat.

I llavors començo el discurs:

La cita. L'hotel. El descompte del tiet. Tinc nòvia.

La cara del Fulbright fa un camí invers al que se li ha dibuixat a l'ascensor. S'ho empassa tot. Del terror a l'esperança. És evident que sent alleujament, suficient per no confessar el que fos que estigués a punt de confessar, suficient per canviar de pla:

—He anat… —menteix, estira el coll—. He anat a l'hotel perquè havia quedat amb una doctorada en Antropologia de fa poc. Li havia de donar un premi… una medalla.

Ah, tu també.

Sopa de galets amb curri

Avui, després d'una classe reveladora sobre la presentació de personatges i la capacitat de convicció d'una història ben explicada, hem celebrat un dinar de Nadal internacional.

El Tek Soo m'ha estat explicant que, aquests dies, a Seül, els carrers es decoren amb una barreja de Nadal i de Sant Valentí, i que a casa seva, en lloc de cuinar un brou durant hores, reserven una taula en un bufet lliure i mengen fins a rebentar (que pel seu pes anticipo que serien els entrants dels entrants dels entrants de casa meva).

El Tek Soo, des que ja no es posa vermell quan em mira, quan se li presenta l'oportunitat agafa la directa i m'explica la vida —no oblidem que el seu avi era ninja—, i sempre que ho explica afegeix un to poètic que m'enganxa de principi a fi. Tan poètic com els seus textos. El Tek Soo escriu d'una manera increïble. Ell em diu que jo també, però jo sé que m'ho diu per gestionar la recepció d'elogis, que una cosa és mantenir una relació amb una noia i l'altra és acceptar una tirada de canya en tota regla sobre l'escriptura. Per cert, com es diu tirar la canya en anglès? Throw the cable?

Però avui m'ha costat molt concentrar-me en el que em deia, perquè quan els xinesos han tastat el meu plat —escudella i pilota—, han perdut l'oremus i han començat a endrapar com bèsties. Aleshores he agraït no haver-me tirat cinc hores a la cuina fent el brou i, sàviament, m'he decantat per comprar cinc tetrabrics de «caldo mediterrani amb toc de curri», que és el més semblant que he trobat al nostre brou.

La Roberta, que per sort ha tastat la sopa abans que els Godzillas, m'ha vingut a donar les gràcies en persona. Portava una armilla de purpurina vermella i blanca que m'ha semblat tremendament entranyable, i mentre mossegava el cap d'una galeta nadalenca m'ha dit:

—Sobre la teva última redacció... M'ha agradat la situació hipotètica en què coneixies l'Obama jugant a bàsquet.

—Uau, això sí que és un bon regal de Nadal. Un «m'ha agradat» de la Roberta.

—No t'emocionis massa.

—La veritat és que m'ho he passat molt bé escrivint-ho.

—Es nota. Per cert, et recomano que t'informis sobre la història de la seva dona, la Michelle Robinson. Potser no la coneixeries en una pista de bàsquet, però, fos on fos, no et decebria. Encara que fos hipotèticament. Espero una bona escena Robinson-Rèiquens. Tingues en compte que té un gran sentit de l'humor.

—I que probablement li arribo al genoll.

—Veus? Ja tens un bon començament.

—Jo tenint una conversa amb el genoll d'una futurible primera dama. M'agrada.

Després del tema del genoll amb la senyora Obama, m'ha dit que no recordava haver tastat una sopa tan bona en tota la vida. Li he dit que exagerava. Ella m'ha dit que «potser sí», però que la sopa igualment era molt bona.

M'he acomiadat de la classe amb un «Bon Nadal a tothom» llançat a l'aire, que ells han reproduït com han pogut, i he suggerit que a la nit quedéssim per fer una copa a Little Five Points, així, de passada, potser també s'hi apunta la Six, que fa dies que no la veig. De totes maneres, sé que quan li digui que venen les veneçolanes segur que vindrà.

Quan vaig començar les classes i li vaig explicar que havia conegut unes veneçolanes, em va suplicar que li descrivís com eren, al mil·límetre —es veu que té un fetitxe amb veneçolanes i equatorianes—, i es va posar tan pesada que al final, entre birra i birra, li vaig recitar una descripció gairebé obsessiva de cadascuna, i, anticipant el probable moment de l'encontre, vaig adornar els personatges sense mesura, així que la Six se les imagina com si les haguessin engendrat la Jennifer Lopez i la Beyoncé.

Missatge. La Six diu que vindrà. Amb la Rachel. La Rachel!

Sento l'estómac, però no són papallones. Només m'he posat calenta. Des del dia D que no la veig. Em va escriure quan va saber que s'havia mort la iaia, però no va gosar insistir gaire. Em va dir que ho sentia molt i que estava aquí pel que necessités... i que tenia ganes de veure'm...

Potser és que soc bona lesbiana?

No, no, no... No puc pensar en festa i sexe, avui, que no la puc cagar. Demà l'Aksel actua i em necessita, he de compensar el dèficit comprensiu dels pares.

De camí cap a casa, encara amb l'olor de la gastronomia nadalenca internacional als cabells, em creuo amb la Samantha. Em diu que demà espera veure'm a prop de l'escenari, jo li dic que sí, i tallo la conversa de cop perquè em truca un número desconegut per segona vegada.

—Hello?

—Bona tarda tingui, senyoreta Rita. Soc la Margaret Teacher de l'escola impossible de pronunciar de l'Aksel. Sap si trigarà gaire a arribar? L'estem esperant.

—Ah! Bon dia, bona tarda! No, no! És clar que no! Arribo d'aquí deu minuts, disculpi les molèsties. Li agraeixo la comprensió.

Merda! La setmana passada em va trucar la directora de l'escola de l'Aksel per preguntar-me si podia comptar «amb la meva valuosíssima aportació i assistir a la trobada que ofereixen cada any per aprendre tradicions nadalenques estrangeres».

Es veu que no hi ha anat mai ningú de Barcelona. Que aquí soc exòtica. Bé... no m'estranya... És que qui amb dos dits de front escull venir a fer d'au-pair a Atlanta?!

Nova York, Boston, Chicago, San Francisco, Portland, Nova Orleans —capital gastronòmica—, o fins i tot Texas! Però... Atlanta! Hel·lena! Astrid, Hel·lena no!

«És clar que vindré! —vaig contestar a l'instant imaginant-me la cara de pànic de l'Aksel quan em vegi entrar a la seva classe—. Serà un honor». Avanço corrent pel passadís. La decoració de Nadal és més aviat austera i l'única purpurina present als treballs de ciències és la que encercla el resultat d'una fórmula matemàtica de tres pisos. A vegades m'oblido que aquests nens van a una escola on el que a mi em sembla de Nobel de Física per a ells és només l'escalfament matinal.

Pico a la porta de la classe i espero poc. Entro, decidida, i veig que, a diferència del que em pensava, seré l'única oradora de la tarda. Pel somriure enrampat de la professora fa estona que m'esperen.

—Oh, ets la Rita, oi? —La Margaret Teacher em dona la benvinguda amb aquesta pregunta sonora, avisant l'Aksel que la seva au-pair exòtica ha vingut a classe per explicar les tradicions nadalenques del seu país—. Quina sorpresa, eh, Aksel?

—Rita, jo mateixa —contesto—, vinguda des de Barcelona per a tots vosaltres. —L'Aksel em mira en estat de xoc, abaixa el cap i es mossega el llavi de baix per gestionar els nervis—. Moltes gràcies per convidar-me, és tot un honor ser aquí.

—Nens, com donem aquí la benvinguda als nostres convidats? —La jerarquia i l'obediència es respiren per tots cantons.

—Bona tarda, senyoreta Ritaaaaaaaaa! —La classe em saluda en veu alta i a l'uníson, gestionant amb increïble decència la desgana escolar de l'última hora de la tarda.

—Digues, Rita, de quina tradició ens parlaràs, avui? —La professora té un punt repel·lent, és tan didàctica que em posa nerviosa—. Potser ens pots cantar alguna cançó folklòrica o ballar alguna dansa tradicional? Flamenco? O la sardina, es diu, oi?

—La sardana, «sardana», es diu —parla la profe.

—Potser ens pots explicar com són els teus records de la infància durant les festes de Nadal? Potser podries recitar algun vers? —Potser podria callar, senyora?

—Un tronc que... que fa popó... —Tenen deu anys—: Un tronc que caga regals.

Terror absolut. L'Aksel em mira amb súplica, els ulls li surten de les òrbites implorant que no segueixi, que agafi la porta per on he entrat i desfaci el camí. Però jo faig veure que no me n'adono i amb cadascuna de les meves descripcions referents al tió, l'Aksel sent que la seva vida se'n va, directament i inexorablement, a la merda.

La decoració nadalenca de les cases i els jardins americans és absolutament increïble, molt més impressionant del que he vist a les pel·lícules. *Solo en casa*, al costat de tot això que veig, és un refugi de muntanya.

—Et pots imaginar la morterada de diners que la gent paga per mantenir això? —Miro l'Aksel pel retrovisor però ell no aparta la mirada de la finestra—. Aksel?

—De veritat que no teniu més tradicions a Catalunya? No em vas comentar que teníeu aquells tres reis que li portaven no sé quines herbes a Jesús? Els Tres Reis és el més avorrit que he sentit mai, però com a mínim tenen una història creïble, amb ofrenes tangibles...

—El tió també és tangib...

—De veritat que has hagut de venir a la meva classe a parlar d'un tronc que caga?

—Com bé dius, els Reis són bastant avorrits i més o menys la gent els coneix. El tió només es fa a Catalunya.

—I no t'has demanat per què? Els catalans esteu com una puta cabra. Qui es creu que un tronc pot cagar? I a sobre li poseu un barret al cap!

—Aviam, a mi m'han demanat que parlés de tradicions úniques... —Miro pel retrovisor, ric—, i no negaràs que als teus amics els ha fascinat la història...

—Doncs no, Hairy... —Sap que sí—. No veies que es reien de tu? I calia que diguessis «cagar» tantes vegades? «Cagar», «cagar», «cagar»!

—Però si és la teva paraula preferi...

—Quan la diem a casa, a soles! —Li costa molt reprimir el riure.

—Bé, la cançó no me l'he inventada pas jo... i diu cag...

—Però te la podries haver estalviat, la cançó!

—Si tots els teus amics l'han cantada i ploraven de riure...

—És que és una paranoia! No té cap mena de sentit! I escalfar un bastó, per què? I alimentar-lo amb mandarines? Que és un tros de fusta! UN TRONC! —L'absoluta incongruència científica del tió el torna boig—. Si és que és de burros! És evident que quan els nens van a cantar o a resar a l'habitació del costat, els pares aprofiten el moment per posar els regals!

—Això no ho saps.

—Home —dubta l'Aksel—, per favor!

La cabellera hiperpoblada de l'Aksel s'il·lumina amb els neons vermells i liles de les cases, que augmenten de volum amb el vapor de l'aire d'aquesta nit d'hivern. El nen recolza el front al vidre i la calor corporal de la indignació hi dibuixa un cercle imperfecte; té la mirada perduda, i malgrat haver sentit que tota la seva reputació de «guai» ha sigut posada en risc per un tronc que caga, ja no pensa en el tronc, ni el bastó, ni el barret... Demà és massa important.

—Vas molt preparat, Aksel, anirà bé.

—Sí... —No es mou, no riu—. Suposo...

—Què vols dir amb «suposo»?

—Hairy... —Ara sí que desenganxa el cap del vidre, s'indigna i em mira fixament pel retrovisor, està aterrit—: Doncs amb «suposo» vull dir que la música, el rap, no és una ciència exacta. No la puc planejar ni la puc calcular com si fos la velocitat d'una partícula en moviment harmònic simple! No sé què passarà demà, no sé com anirà... No sé si tot això ha sigut un error.

—Arriscar-te mai és un error. Jo seré allà amb tu, Aksel.

Fa un silenci llarg, i finalment segueix.

—Segur? —L'orgull li impedeix mostrar desesperació, però la necessitat, el risc és massa gran per no demanar-m'ho.

—Segur, Aksel. Demà hi seré fins a l'últim moment, des de just abans que pugis a l'escenari, i no me n'aniré fins que acabis. Demà serà un dia que recordarem sempre, ja ho veuràs.

Soc en un vaixell de sardines i el capità em mira indignat

—Tu creus que aquí em faran una truita de clares d'ou? —La Six encara porta els cabells mullats i se'ls olora; ve d'acroioga.

—Six, mira la raja del cul del cambrer.

—Què?

—Aquí la carn picada als natxos és un luxe, no tindran una truita de clares d'ou...

—Et passa alguna cosa —diu ella, mentre s'encén un cigarret.

—Estic nerviosa, tia.

—Per la Rachel?

—Merda, per la Rachel també. Però sobretot per l'Aksel, que és demà!

—Ja et pot anar bé, que si s'assabenten que les classes de xinès en realitat són els antres nocturns on els has dut potser et porten a judici.

—Ai, calla, calla...

La Six s'estreny amb força les cartutxeres amb les mans, com si les acabés de descobrir, i torna al seu món.

—Escolta, quan arriben les veneçolanes? Fa dues setmanes que no follo, feia mesos que no tenia una sequera tan bèstia.

El cambrer arriba amb un somriure que descobreix una

dentadura d'anunci, i en lloc de fer la presentació habitual «Hola, em dic Blu de la Ble i avui seré el vostre cambrer», s'atura a l'extrem de la taula i ens escolta, entretingut, com si entengués tot el que diem.

—Treu-te del cap les veneçolanes, que no te les follaràs pas. Pensa que són persones estirades i religioses que porten diamants per venir a classe d'anglès...

—Religioses, diu... Aquestes són les millors. No hi ha res que posi més calenta que la repressió i el pecat. I els brillants... Tia, ets una classista. Fora prejudicis!

—Prejudicis, jo? Ets tu la que et penses que els de la Cerdanya som uns provincians que no hem pujat mai a unes escales mecàniques i que no tenim Canal+ —ric.

—Ha! Mira-la! La que diu que els de l'Hospitalet tenim dents d'or i portem el tanga per sobre els pantalons.

—Admetré que tinc una amiga que quan va anar a Barcelona amb cinc anys va demanar a la seva mare si els semàfors eren arbres! —Ric molt.

—Quina genialitat... Admetré que una vegada vaig tenir un nomeolvides. I que no me'l van regalar, que me'l vaig comprar jo.

—Podríem coincidir, doncs, que els pijos de Barcelona es pensen que som inútils. Ells, que de les vaques en diuen «cavallets» i comencen a córrer quan veuen una oca. O un tanga, en el vostre cas.

—Imbècil. Però sí, hi coincidiríem. I tornant al tema, fa dies que et dic que la pija de la Samantha aquesta, la Barbie, la podríem incloure a l'orgia. Potser és lesbiana i tot.

—I jo no dic que les pijes no puguin ser lesbianes, només dic que et treguis del cap les veneçolanes... I la Samantha? Però si no l'has vist mai.

—No em cal, estimada, no em cal. Igual que no em cal conèixer el John per saber que t'empotraria contra la primera màquina expenedora de Coca-Cola que trobés.

—Alaaaaaa... —Penso en el John, penso que demà a la nit el veuré a la quedada amb tots els de tenis—. Sí? Tu creus?

—Rita, a vegades sembles tonta. Igual que és evident que totes les mares del barri t'odien perquè estàs bona i perquè tens vint anys menys que elles. És pura lògica matemàtica i antropològica.

—T'hi hauries de dedicar. Escolta, quan arribi la Rachel, què li dic?

—Deu estar a punt d'arribar, es mor de ganes de veure't.

—L'estómac una altra vegada, estic nerviosa.

—Per cert, hem de parlar del Nadal, què faràs per Nadal? —pregunto.

—Em beuré tot el Jägermeister d'Atlanta. Odio el puto Nadal. —La Six es posa nerviosa.

—No, parlo de debò, què es fa a Atlanta?

—Res, de debò.

La Six i jo callem. Ella aparta la mirada amb un deix de tristesa profunda, molt poc habitual. Però l'abandona aviat, imposada, i ens dibuixem el mateix somriure postís per mirar el cambrer, que està immòbil al nostre costat des que ha arribat.

—Oh! Ja està? —El cambrer riu—. Per mi seguiu parlant, eh? M'encanta el portuguès!

—Quina és la cervesa més forta que teniu? —li pregunto. No puc rebre la Rachel en plena serenor.

—Si el que necessites és despertar-te, Jack Daniel's.

—Doncs un Jack Daniel's per a mi —contesto.

—Un altre per a mi, i uns natxos amb doble de formatge.

—I l'acroioga?

—A la merda el ioga i la proteïna, estic morta de gana —contesta la Six.

—Però, Six... Aviam, espera, no abandonis —miro el cambrer—: teniu truita de clares d'ou?

—Has dit «truita de clares d'ou»??? —El cambrer riu.

—Però on et penses que ets, Rita? —riu la Six—. En un restaurant de luxe de Portugal?

Les veneçolanes arriben en el mateix moment en què el vidre gruixut i gastat del got del whisky dibuixa una rodona humida damunt la nostra taula de fusta. La Six s'aixeca a càmera lenta i articula les espatlles cap enrere, mostra pitram com un paó i, amb les seves habilitats innates de comercial de la vida, encisa les tres nouvingudes en pocs segons i tarda poc a fer-les riure alt i fort. Li dic que sembla una pederasta.

I abans de poder-nos asseure, arriba ella. Sona música romàntica francesa. La Rachel i els seus llavis pintats de lila s'acosten a la nostra taula i jo, a diferència de les altres, em quedo dreta i començo el somriure de benvinguda molt abans del que ho hauria d'haver fet. Perquè la Rachel s'atura a mig camí per saludar uns amics, i jo no sé si asseure'm —tampoc està tan lluny— o quedar-me dreta amb el meu somriure —tampoc està tan a prop—, així que em foto el whisky sencer, en un cop sec, i la brutalitat de l'alcohol pur i dolent em fa tancar els ulls amb força —jo mai bec whisky—, i el got buit atura el discurs d'engalipada veneçolana de la Six en un microinstant que només interceptem ella i jo, com si em digués «però què fas bevent-te això de cop? Relaxa't, hòstia».

Les veneçolanes riuen acostant-se les manicures perfectes als llavis i jo ric amb elles sobre res en particular —no sé de què parlen—, mentre miro la Rachel de reüll. Recordo aquella nit com he fet tantes vegades sota els llençols, i encara ara la boca se m'omple de saliva. Però ara que la torno a mirar penso que no la conec de res, que l'única relació avançada que hi tinc és amb el seu cos, tan semblant al meu, amb les espatlles ossudes i les mans àgils, de lesbiana professional.

—Hey, Rita!

Estic emocionada, nerviosa, però el fet que sigui una tia fa que senti una proximitat automàtica, com si compartíssim un codi que ho fes tot més fàcil, més íntim. La Rachel em fa sentir exòtica. També em fa sentir una mica lesbiana, però de moment és un tema que no em fa patir gaire; tot i la mullada de calces que faig quan penso en el que vam fer, segueixo a la banda de l'exploració antropològica. No he creuat a la vorera tortillera. Crec. Bé, tant se val.

—Hola, Rachel! —L'olor de síndria—. Com estàs?

El segon whisky ens l'hem endut en un got de plàstic vermell a casa la Six, just quan han arribat el Tek Soo amb els xinesos —un grup que ella ha trobat «del tot innecessari»—. I mentre la Six cridava «el Nadal és una merda: mort al capitalisme imposat i a la idolatria de mascles reals i inventats!», hem introduït el codi i hem entrat a l'antic institut.

Però avui, en lloc d'anar directament a casa seva, la Six ha volgut presumir d'edifici i l'ensenya a les veneçolanes.

Fa un fred humit que em deixa el coll garratibat, així que em foto un glop de whisky llarg per destensar el múscul, i a la baixada del glop veig que, davant de la porta gran del bloc principal, la traça de l'òxid de la ferradura és encara més evident del que recordava. L'alcohol em baixa punyent, sento com em ressegueix el coll fins a l'estómac, i la reacció de la pell al whisky dolent m'escalfa. M'aparto un moment pel mareig sobtat.

—Va! Que tanco la porta! —crida la Six, assenyalant amb el cap els culs de les veneçolanes.

—Estàs flipant, Six... —li parlo a l'orella—, no veus que no te les faràs pas? Que serà molt incòmode?

—Mort al puto Nadal de merrrda! Mort als sopars familiars! —La Six crida al mig del passadís, més fora de si del que és habitual—. Mort al Pare Noel i la mare que els va parir a tots!

—Vols fer el favor de callar?! Que aquí hi viuen nens!

—Millor! Com més aviat coneguin l'engany, millor! Beu!

—Que el Santa Claus i els Tres Reis —quin mareig, tinc singlot— i els patges i els ajudants, i el tió siguin tios no fa que el Nadal sigui una merda! Prou! Calla!

—Ho veus? Joder, és que fins i tot el puto tió ha de ser un home! Visca la Frida Kahlo, hòstia!

—Qui és el tió? —pregunta el Tek Soo.

—És un tronc de Catalunya que caggga... —intento dir.

—Un tronc que caga? —pregunta ell.

—Ara no puc, Tek Soo. Arrra no puc.

Fem el mateix recorregut que li vaig fer a la Rachel. Les vitrines, els premis de lacrosse, les línies de bàsquet del passat que ara creuen pisos i passadissos. L'olor de síndria de la Rachel. Els cigarrets mentolats que va xuclar amb els seus llavis liles. La cortina de vellut.

—Però és que el puto Nadal... —Ja en tinc prou. M'emporto la Six a un racó, els altres segueixen.

—Six, para. Es pot saber què et passa?

—Que...

La pausa l'ha agafada per sorpresa i li ha baixat l'eufòria de l'odi. L'alcohol fa que ens saltem tots els filtres de la divagació habitual fins a arribar al tema. Els ulls se li omplen de llàgrimes i d'una nova ràbia. Va molt borratxa:

—Que... —dubta un instant, però la derrota arriba inexorable—. Que no ho veus, Rita? Que no ho has vist tot aquest temps?

—Q... Què? Què passa?

—Que no veus que estic sola? Que no tinc família? —Un calfred em recorre el cos—: Que no t'has adonat que a mi no em truca mai ningú? Que no puc plorar la mort de la meva àvia perquè mai he sabut què volia dir tenir-ne una? Que no sé què vol dir tenir un pare, ni una mare, ni un germà? Que no sé què vol dir tenir una casa on se celebri un puto dinar de Nadal?!

Un mareig sobtat em fa dubtar per un instant si acabo de sentir el que crec que he sentit. Però les llàgrimes i la mirada d'aquesta nova Six corroboren la catàstrofe. Aparto les mans de les seves espatlles amb lentitud dramàtica. La boca entreoberta. I ara m'adono que d'alguna manera ho vaig saber des del moment en què la vaig conèixer.

—Em... em sap greu.

—Tranquil·la —somriu i s'eixuga les llàgrimes—, fa vint-i-cinc anys que estic sola i, com veus, no m'ha anat tan malament. Però deixa'm odiar aquests dies d'apologia familiar i patriarcal en pau. Que ara per ara és l'únic que tinc. I ara marxem, que les veneçolanes m'esperen.

La Six s'uneix al grup amb una naturalitat esfereïdora. Suposo que ha après a fugir ràpid de l'autopenediment.

Jo no vull beure més, demà he d'estar bé per l'Aksel, però la Six m'ho demana sisplau amb el braç estès. I, és clar, com cony li dic que no, jo, ara? Encara estic en xoc.

El tercer whisky begut d'un glop el fem a l'habitació de les rentadores, on la Rachel ha perdut qualsevol tipus de subtilesa a l'hora de llançar mirades furtives i mossegades de llavi inferior cap a la meva persona. La seva intenció de repetir la nit que vam passar juntes es fa cada cop més evident. Si ens tornem a embolicar seré lesbiana?

S'acaben els filtres.

La Rachel m'olora el coll, m'acaricia la mà per dins —ralet, ralet— i m'arrossega fins al poltre de pell, on ens recolzem com podem. Les veneçolanes segueixen rient com lloques, i el Tek Soo i els xinesos aconsegueixen encendre una ràdio antiga que dormia en una cantonada, sota les cintes de gimnàstica rítmica. Sona una nadala en versió punk.

La Rachel m'agafa la cara amb les dues mans per fer-me un petó. I s'atura tot.

El Tek Soo entra en fase de vermellor en ebullició, els xinesos criden en xinès —és evident que només han vist això al YouPorn— i les veneçolanes ens miren com si Satanàs aparegués entre muntanyes de lava.

Per la seva banda, la Six aprofita el moment i, en un gir sorprenentment elegant, fa un petó a la veneçolana de cabellera escassa. La noia en gaudeix, en gaudeix molt durant l'instant que es deixa endur —la novetat, l'aventura, el tacte fi—, però l'herència de cinc-cents anys de catolicisme aplicat, i el que és pitjor, la convivència amb les sèries televisives sud-americanes —«Sofía Francisca, aparta de Federico Matías José, ¡maldita lisiada!»— la fan apartar de cop i iniciar una marxa col·lectiva forçada. Un drama.

Després de la marxa, en un acte del tot inesperat, juraria que —No pot ser! No pot ser!—, juraria que he vist la Six enrotllant-se amb el Tek Soo.

Però els llavis de la Rachel es tornen a enganxar als meus en una aura vaporosa de whisky i menta, m'agafa la mà i desapareixem de la sala entre cistelles de roba bruta i hula-hoops.

«Mooooooccc! Mooooooccc!».

Soc en un vaixell de sardines i el capità em mira indignat mentre estiba una corda amb molta força. Fa un soroll terrible. Si no para, els ulls em sortiran de dins i em quedaran penjant, em rebotaran a les galtes i veuré el món en intermitències.

«Mooooooccc!».

Els ulls! El cap! Que pari, sisplau! Que pari!

De cop la llum canvia i el capità desapareix. No sé on soc, però no és un vaixell sardiner, i el que sona no és un clàxon: és el meu telèfon.

—Hola? —A la «l» d'«hola» la llengua em rasca el paladar.

—Rita? —Una veu coneguda en to confident sona a l'altra banda del telèfon.

—Sí, hola... —Quin mal de cap—. Qui és? —Veig uns finestrals i arbres pelats a l'altra banda. Estic en un pis alt, la Rachel dorm al meu costat. Tinc molta set.

—Rita, soc la Samantha...

—Sa-sa-man-tha? Com és que... Ha passat alguna cosa?

—És que la funció està a punt de començar i he parlat amb l'Aksel i m'ha preguntat que on eres i...

Em quedo sense aire. Miro el rellotge i veig que falten cinc minuts perquè comenci. El cor se m'accelera, els batecs em trituren el cap. Fred, calor, fred. Ploro. Salto del llit i baixo volant els tres pisos d'escales de l'institut.

Tret d'una dona prima i simpàtica a l'entrada, als passadissos de l'escola de l'Aksel no hi ha ningú, tothom és al teatre. Creuo l'arc de seguretat, i si no fos perquè la dona prima i simpàtica sap que soc l'au-pair dels Bookland —ara ha vist la mala pinta que faig—, és probable que no m'hagués deixat entrar.

—A l'últim pis.

—Perdoni?

—Has d'anar a l'últim pis o no et deixaran entrar.

Corro desesperada i arribo a l'accés de l'últim pis del teatre.

Tot i la lentitud del gest, el grinyol de la porta fa girar una cinquantena de caps indignats. La impressió és gran, el teatre és enorme i és ple de gom a gom. Hi ha pares i avis vestits de diumenge; esperen drets a les escales i estiren el coll per veure millor l'escenari.

Com a mínim m'han posat tres multes de velocitat de camí cap aquí.

Entre els caps que s'han girat amb el soroll de la porta veig el del Fulbright, que em mira amb entusiasme i assenyala l'escenari vocalitzant en silenci: «Aksel! Askel!».

Tinc el cos en tensió. Molt més que quan actuava jo mateixa. Estic tan petrificada que noto que no hi ha lloc entre la barbeta i les espatlles, els nervis se m'han menjat el coll.

Ho farà bé.

Ho ha de fer bé.

L'Aksel tot ho fa bé.

Sempre.

Aviam... Tampoc és tan difícil...

Només ha de trencar les normes d'una escola centenària i reconeguda a escala nacional davant de cinc-centes persones. Només ha de trair la confiança que la classe li ha dipositat com a representant únic per explicar el projecte de ciències, on analitzen la teoria de Bohr en cinc idiomes —anglès, castellà, xinès, francès i alemany—, que s'aniran traduint simultàniament a la pantalla gegant. Ja està.

Només haurà de sentir el pes de la culpa per no fer res d'això. Aprofitar aquesta oportunitat única per demostrar que la ciència també pot rapejar, teoria de Bohr inclosa. I ho ha de fer tan tan bé, que quan els seus pares s'adonin del frau el perdonin perquè l'orgull serà més gran que el desengany. I que acceptin que aquests mesos de mentides han valgut la pena perquè l'Aksel, per fi, ha seguit el seu instint, ha trobat el flow.

Ha d'anar bé per collons. S'apaguen els llums. Després d'un aplaudiment que m'arriba als pulmons, l'Aksel surt a l'escenari.

Tots els focus damunt dels seus cabells daurats.

Els aplaudiments s'esmorteeixen amb una última picada de mans massa enèrgica, la meva. Aviat passen els pocs segons de marge perquè comenci l'actuació, però l'Aksel no arrenca. Durant un lleu moment mira el públic i sembla que busqui alguna cosa que no troba. Abaixa el cap, estreny el micròfon i mira a terra. Una imatge gegant de Copèrnic l'any 1493 apareix a la pantalla, darrere seu, però ell no en fa cas. L'Aksel torna a mirar el públic, ara més descarat, es posa la mà al front per reduir l'efecte dels focus, però sembla que no troba el que busca. Seré idiota! Si m'està buscant a mi!

M'aixeco en la penombra de l'últim pis, moc els braços tan visible com puc, però els seus pares fan el mateix i em tapen. El Fulbright i la Hanne es miren i xiuxiuegen sense entendre què passa. L'Aksel torna a abaixar el cap derrotat i segueix en silenci.

Davant la petrificació evident del nen, l'audiència s'aixeca i aplaudeix amb crits d'encoratjament americà —«Que Déu et beneeixi!», «Tu pots fer-ho!», «Vinga!», etc.—, jo crido tant com puc, però sembla que l'Aksel no sent res del que passa al seu voltant, fins al punt que la senyoreta Margaret Teacher està a punt d'intervenir i rescatar-lo.

Catàstrofe. Trauma infantil de per vida. Agorafòbia. Odi a les dones. Pànic escènic.

O potser no. Penso que potser ara és el moment àlgid de les pel·lícules en què l'Aksel començarà a rapejar com una bèstia i farà callar tothom.

Silenci. Un istme d'esperança. Però no passa.

L'Aksel es gira, observa Copèrnic i el model planetari que va inspirar la teoria de Bohr, i comença a parlar en xinès.

Escoltar «All I Want for Christmas Is You» sempre és un dels meus moments preferits del Nadal, però ara mateix, sota l'ombra del pi més allunyat del pàrquing de l'escola, em sembla la cançó més trista del món. Un malson. La veu de la Carey surt disparada per tots els altaveus de l'escola per recordar-me una vegada i una altra que l'he cagat. Que «l'únic que l'Aksel volia per Nadal era a mi» i jo no hi he sigut.

Les puntes dels arbres es gronxen amb una brisa freda i l'ambient a fora de l'escola no pot ser més festiu. Els pares esperen que arribin els seus petits infants genis mentre decideixen qui serà el proper que acollirà el sopar de voluntariat per recaptar fons per a la recerca contra la sida o la hipoteràpia; tots somriuen, i malgrat que mai sabré del cert si són somriures de veritat, avui me'ls crec.

Veig la Hanne i el Fulbright que parlen amb mossèn Paul, veig la Samantha i el Prr i el Brr i Mrs. Gee, i la resta de pares de nens que em saluden a la llunyania. Jo l'únic que vull és marxar. Però no puc. He de dir a l'Aksel que sí que he vingut, que soc aquí, he de dir-li que ho sento.

—Ressaca?

Fusta i terra. Les aromes de Tom Ford arriben inconfusibles. El John té la doble habilitat de trobar-me quan em penso que estic amagada i de sorprendre'm quan ho fa. Duu un abric de pelfa elegantíssim, fins als peus, i una bufanda blanca. Li faig un petó a la galta.

—Merry Christmas, John.

—Em sap greu que l'Aksel... No entenc què li pot haver passat...

—Millor que en parlem en un altre moment. —El John fa silenci. Saluda algú a la llunyania amb un lleuger tombar del cap. I ho fa amb seguretat, malgrat saber que la nostra és la imatge de l'inici del rumor. Un rumor que ja m'agradaria.

—Quina nit, no? —Porta un pin daurat del Pare Noel a la solapa—. Vas despertar tot el meu equip... T'envien records.

—Com? —Ara ho recordo, li vaig trucar perquè volia que vingués a la festa.

—Tretze trucades en total que van sonar des de San Francisco fins a Atlanta. —Riu, burleta—. Tinc un mòbil nou i no sabia com silenciar-lo perquè no té teclat, i quan et responia només sentia un tio que cantava en xinès.

—Què hi feies a San Francisco?

—Coses, Rita. He arribat just per a l'actuació.

—Per a l'actuació? Però, per què?

—Que no m'has vist? Però si he fet el discurs d'obertura!

—Tu? No entenc res.

—L'escola la va fundar la meva família, és un dels projectes del qual em sento més orgullós.

—Com? I m'ho dius ara? I... —estic molt cansada—, i què vols dir que tens un mòbil sense teclat?

—Sí, és increïble! És el futur! —Es posa la mà a la butxaca i treu una mena de pantalla negra—. Es diu iPhone!

—El mòbil té nom?

—Sí... Mira, només té un botó aquí i...

Per fi arriba l'Aksel. Encara que només tingui deu anys ja excel·leix en l'art del somriure de cortesia americà. Sempre ho ha fet molt bé, però quan ha travessat la porta de l'escola i m'ha vist, just quan la Maria Carey allargava la «u» de «youuuuuu», el somriure se li ha esborrat de cop. I el pitjor de tot és que no m'ha mirat amb ràbia, sinó amb una pena terrible.

Vaig a buscar l'Eva i el Bini, que juguen al parc infantil —necessito suport moral—, i ens acostem cap a ell.

—Per què creus que no ha cantat, l'Aksel? —pregunta l'Eva en un to confident i una rasta als cabells plena de terra.

—No ho sé, Eva... —responc, desfeta.

—Potser tenia mal de panxa —diu el Bini—, o potser necessitava que el focus t'il·luminés a tu, Hairy.

Parmènides, Empèdocles i l'explosió

«Estic bé», m'ha dit. «De veritat», m'ha dit.

Hauria preferit un odi més clàssic, una resposta menys elegant i madura; la rebequeria de tota la vida. El pitjor de tot és que sembla que m'ho diu de veritat, que no és una estratègia per explotar al final entre crits i llàgrimes i retreure'm que l'abandonés. Que la decepció ha sigut tan enorme que l'Aksel ha girat full. El meu full.

«Però jo hi era», li he suplicat.

«De veritat que estic bé», ha respost, sense mirar-me als ulls. I ha tancat la porta de l'habitació amb cura i un somriure.

Joder, el Bini em va perdonar quan em vaig deixar el seu nino preferit a fora el jardí durant quatre dies i la pluja li va esborrar la cara —l'hi vaig tornar a pintar amb retolador permanent, però va tenir malsons una setmana seguida—. Fins i tot l'Eva em va perdonar quan la vaig deixar tancada al cotxe dues hores; és clar que ho vaig pagar perdonant-li la sèrie de tocs de pilota diària i deixant-li menjar pancakes durant un mes, però va funcionar perquè no ho va dir als pares —deixar tancat un nen al cotxe era un dels punts vermells de la bíblia de les au-pairs que implica l'extradició immediata.

La bíblia de les au-pairs no deia res del fet de no ser-hi en un dels moments més importants de la infància d'un nen, i això és pitjor que que la pluja esborri la cara del seu nino preferit. L'Aksel no sembla que tingui gaire intenció de perdonar-me.

És 24 de desembre i camino per casa estrangera arrossegant els peus. No sé què se suposa que he de fer. Estic tan trista que em fixo en alguns detalls de la casa que feia temps que no veia, fins i tot les olors que havia interioritzat tornen a sortir —el suavitzant que surt de la sala de la rentadora, el vernís càlid i amb aroma de vainilla de la fusta—. La distància amb l'Aksel és tan tangible que és com si tot tornés a començar des del principi, quan érem tots desconeguts.

Porto unes botines de purpurina de colors i un vestit de vellut negre amb els punys blancs. M'ho vaig comprar per a l'ocasió en una botiga xulíssima que es diu Urban Outfitters, que vam descobrir amb la Six un dia, després del brunch al Murphy's. Vaig calcular que el conjunt desprendria l'equilibri perfecte entre l'intel·lecte, la fantasia i el toc europeu, que em satisfeia a mi, i que satisfaria la família Bookland en general i el professor de Harvard de visita en particular. Però ara les botines em pesen. No estic per a purpurines.

Deambulo entre el menjador, el despatx i la cuina fent temps per si l'Aksel surt de l'habitació, i com que sembla que trigarà, m'acosto a pixar al lavabo del Fulbright i la Hanne. A vegades ho faig —«No hi tenim res per amagar, al lavabo», va dir ella un dia, picant-me l'ullet—, i així, de passada, repasso si ja ha arribat el nou número de *The New Yorker*.

M'assec a la tassa del vàter ambientada amb aromes de menta i lliri blanc, i trampejo els dits entre els exemplars del revister —passo textos presocràtics de Parmènides i Empèdocles, *Fragments sobre l'univers* d'Heràclit, un assaig sobre el disseny programable d'heterodímers de proteïnes ortogonals—, i la pixera se'm talla de cop quan hi identifico l'intrús. Doncs potser sí que hi tenies alguna cosa per amagar, estimada Hanne.

La sorpresa és enorme, extraordinària, meravellosa. Les

pàgines «trivials i intranscendents» de la *Vogue* es fan camí amb un titular clar: «Els looks ideals per donar la benvinguda al 2008». La satisfacció és indescriptible. Oh, Hanne, quina meravella, quants estàndards vitals t'has hagut de carregar per haver invertit quatre dòlars en unes pàgines com aquestes.

Tot i això, agafo *The New Yorker* —la *Vogue* ja fa dies que la vaig llegir; hi havia una entrevista esfereïdora sobre la vida de l'Ophra i un text meravellós de Truman Capote—. Ara llegeixo una història increïble sobre una noia que va escriure la primera novel·la fent servir un mòbil com el meu, que no té ni el joc de la serp. Llegeixo durant tanta estona que se m'adormen les cames.

Em rento les mans amb un sabó nou i veig que la Hanne ha substituït la crema hidratant de marca blanca habitual per l'Eau de Rochas, que decideixo no olorar perquè moriria de nostàlgia en recordar els braços de la mama. Aquest matí m'he posat un braçalet que em va donar abans de marxar, però me l'he hagut de treure perquè s'havia quedat encallat amb els pèls i m'ha deixat el canell calb. Quin mal. La nostàlgia fereix, literalment.

Surto del lavabo caminant sobre els talons, encara amb les cames adormides, i torno al menjador per aturar-me davant de l'arbre de Nadal. L'Aksel encara està tancat a la seva habitació. El fil musical ha fet una treva nadalenca, per fi, però ara sona «Caroline», de James Taylor, que dramatitza una mica més l'escena.

La decoració descompensada i antiestètica de l'arbre de Nadal faria cometre suïcidi a la Monica Geller i al majordom de Ferrero Rocher, però això sí: il·luminades pel reflex d'un fil de llums amb els colors de la bandera americana, les branques s'organitzen per temàtiques i cada bola està plena de contingut.

Hi ha una branca on les boles estan fetes a mà, treballs de final de curs de quan els nens encara no sabien llegir i se sortien de la ratlla. Més amunt, seguint l'evolució cronològica, hi ha fórmules matemàtiques encapsulades en boles de neu, els animals en extinció preferits del Bini i una col·lecció de pintures impressionistes en miniatura dibuixades per l'Eva. A la branca del costat, en la secció d'orgull nacional, hi pengen el Mont Rushmore, la NASA i el Moma de Nova York, i una mica més amunt, després de la branca d'història —Lincoln i Luther King amb Charles Darwin de transició—, hi pengen els escuts de Harvard i del MIT, i el que vaig comprar jo, de Georgia Tech. Tots tres al mateix nivell, com si les carreres cum laude en dues de les universitats més prestigioses del planeta es poguessin comparar amb un curs d'un any d'anglès. Si ni tan sols vaig a la universitat, que estic a l'escola d'idiomes... Hòstia, faig pena.

La branca que suporta més pes, però, és la de sota de tot: la branca literària. A part d'una col·lecció de clàssics —a la coberta de *Frankenstein*, Mery Shelley duu el seu cognom de soltera: Mary Wollstonecraft—, la tradició familiar mana que cada any tots escullin el llibre que més els hagi agradat i en recreïn la coberta en miniatura per penjar-la a l'arbre. Bibliografia per a les futures generacions. Però cap dels Bookland en pot escollir només un, de llibre, així que cada any en fan dos o tres i la branca ja toca el terra. La veritat és que jo tampoc n'he pogut triar només un, i ara a la branca també hi penjaran les miniportades de *Cròniques marcianes*, *L'ombra del vent*, *Love Story* i *La pell freda*.

No sé si ha sigut només qüestió de viure amb els Bookland que em posés a llegir i a escriure. Si hauria fet el mateix en una família de mormons extrems en contra de l'avortament i el menjar vegà. Si hagués cuidat els nens d'un famós, com aquella au-pair d'Igualada. O si hagués conviscut en una comunitat amish i un jove de rínxols i barba llarga m'hagués encisat amb les meravelles d'una vida sense electricitat.

L'Aksel encara està tancat.

Crec que al final no trauré el tió, aquesta nit. Quina merda. Era una sorpresa, però no tinc forces per crear il·lusió i aguantar que tothom se'n foti, del meu tronc.

No em queda ni una engruna de màgia per fer-lo sortir aquesta nit. Ni per fer-li cagar totes les xocolatines d'economia sostenible que havia comprat per a l'ocasió.

Doblego els últims tovallons damunt dels plats per al sopar d'aquesta nit i demano a la Hanne i el Fulbright si els puc ajudar en alguna cosa més. Però segueixen abstrets en el mateix debat de les últimes setmanes:

—Obama no té cap mena d'experiència, és un candidat perfecte, però com a president... —diu ell—. A més, era l'hora d'una dona. Era ara o mai!

—Aviam —respon la Hanne—, no seré jo, que fa quinze anys que mano a homes sota el meu càrrec, qui digui que no vol una dona de presidenta. Però aquest no és el tema, i en qualsevol cas: ha guanyat un home negre! Així que, per començar, també han guanyat el progrés i la igualtat. El que passa és que encara que ell sigui un inexpert socialista de Chicago, la Hillary és establishment pur i dur! Més del mateix! —Beu vi blanc—. I per l'amor de Déu, que el seu marit li va fotre les banyes davant de tot el planeta i ella el va perdonar! —Només és un instant, però el Fulbright em creua la mirada; el fantasma del Chitawas entre nosaltres, la vergonya, la passió—. Això és inadmissible! Això és d'imbècils!

—Tens la sopa controlada? —pregunta ell per canviar de tema.

—I no oblidem —continua ella— que els demòcrates hem competit contra un veterà del Vietnam, presoner de guerra durant sis anys, torturat i repatriat. I ho hem fet amb un hippy negre de Chicago i una cornuda de l'establishment. —Beu—. Així que brindem! Que és Nadal i aquest 2008 el país torna a ser demòcrata i de Harvard!

—Us puc ajudar en alguna cosa més? —interrompo.

—Oh! Rita, tranquil·la —continua la Hanne—, encara en tenim per a una hora i mitja, ben bé, així que fes el que vulguis. Pots anar a visitar el teu amic John, si vols... —riu, gelosa.

El Fulbright, en canvi, remena la sopa d'espinacs i no diu res. Des que el vaig enxampar amb el Chitawas que la nostra relació s'ha refredat. Fa temps que no em demana què llegeixo i jo em moro de ganes d'explicar-li que em va explotar el cap quan vaig acabar *Love Story*. També voldria dir-li que ja vaig per la meitat d'*A sang freda* del Capote, i que, efectivament, la casa de Palamós on va escriure part del llibre i on es va estar l'escriptor tres estius la van enderrocar. Voldria dir-li que s'alliberi de totes totes, que és normal, que l'entenc, que Atlanta torna gai a qualsevol. I no passa res.

Baixo les escales entre aromes de fonoll i canyella —cap de les dues m'interessa gaire—, i vaig en busca de l'amor de l'Eva i el Bini.

La porta està entreoberta i els espio; a terra hi ha el plànol dibuixat del proper circuit elèctric que construirà l'Eva. Al costat, el Bini ha acabat un Lego de *Jurassic Park* per a nens de dotze anys amb les correccions anacròniques pertinents.

Estan a punt d'arribar a la Lluna.

—Per què he de ser jo sempre el Collins? —es queixa el Bini, a punt de plorar, sense deixar el sistema de comandaments de l'Apollo 11—. Ningú recorda qui és el Collins!

—Perquè l'Aksel és l'Armstrong i jo soc l'Aldrin —respon l'Eva, simulant la falta de gravetat amb les espatlles aixecades—. Ja ho hem parlat moltes vegades, Bini, durant la infància, la jerarquia per edats és un clàssic, és el que funciona.

—Però... però l'Aksel no hi és, ara! Està tancat a l'habitació! —Li tremola la barbeta, a punt de plorar—. I jo encara no he trepitjat mai la Lluna!

—D'acord —respon l'Eva, la barbeta del seu germà s'atura—, doncs jo seré l'Armstrong i tu l'Aldrin.

—Sííí! —El Bini fa veure que pitja botons—. Pip-pip-piiip! Shhhhhh... Pup-pup-pup! Per fi podré trepitjar la superfície lunar! Entraré a l'Eagle, entraré a l'Eagle! Posaré la bandera a la Lluna... «Un petit pas per a l'home, un gran pas per a la humanitat!».

—Eh! Que això ho dic jo, eh?

—Què feu, nens? —interrompo amb un somriure d'esperança.

—Hairy! Nooo! —criden tots dos a l'unísón—. Surt! No miris! Ves-te'n!!!

—Però si no miro res...

—No! Ves-te'n! —Encara que em facin fora a crits perquè hi ha un regal per a mi a terra a mig embolicar, l'hostilitat m'arruga la gola.

Necessito marxar de casa. Vaig cap a l'habitació i agafo l'ordinador.

Plou. El barri hiperil·luminat de Leafmore s'amaga sota una boirina de vapor i empetiteix pel retrovisor del meu cotxe fins a convertir-se en una taca intermitent de llums verds i vermells. Condueixo ràpid. La Delilah a la ràdio anima un adolescent amb el cor trencat. Canvio d'emissora, sona «Highway to Hell». Apujo el volum.

La primera intenció és arribar fins a Virginia Highlands i passar les penes amb un mocca doble com déu mana a la cafeteria San Francisco, però no tinc gaire temps. Truco a la Six i no contesta. S'ho deu estar passant bé al sopar dels Christmas haters. Per sort està al país correcte, aquí hi ha grups per a tot. Un sopar per odiar el Nadal. Aquest Nadal. Hi hauria d'haver anat.

Falta només una hora per al sopar. M'aturo a l'Starbucks de confiança i aparco mentre l'aigua peta amb força contra els vidres. Analitzo amb esperança el reflex dels meus ulls vermells i brillants al mirall de la visera, però la plorera és massa evident, si hi ha l'Andrew a la barra no trigarà ni un segon a preguntar-me què em passa. I no tinc ganes de parlar. Així que em quedo asseguda sentint com centenars de litres d'aigua col·lideixen contra el meu cotxe de pija. Torno a sintonitzar la Delilah, quan diguin el número de telèfon, trucaré. Mentrestant, trec l'ordinador i començo a escriure.

Escric sobre tots els vint-i-quatres de desembre a la nit que he sortit a Puigcerdà.

Escric que no trepitjaré la neu amb sabates de taló i mitges gruixudes, ni arribaré a les set del matí a casa, amb l'escalfor de les últimes albes de l'any i la remor de les esquelles de les vaques de l'Antònia. No dormiré tres hores ni pararé la taula amb ressaca però amb il·lusió per al dinar més deliciós de l'any.

Escric sobre tot el que està passant ara, en aquest precís moment, a vuit mil quilometres d'aquí, mentre jo ploro en un pàrquing d'un puto Starbucks en una ciutat sense voreres ni sopa de galets.

L'Andrew m'ha vist i em saluda des de la barra. Aixeca un got amb dos dits de nata. Diu que entri, però per sort hi ha una cua llarguíssima —la gent no té vida? És Nadal!— que no el deixa sortir a buscar-me.

Em sento fatal. El que més vull ara mateix és tornar a trucar a la mama cada dia i estirar-me sobre la seva falda al sofà, olorar-li la roba i sentir-me a casa; que al papa se li il·lumini la cara quan em vegi, que m'expliqui tres acudits nous i que em digui que li sembla increïble la nitidesa amb què fan les pel·lícules avui en dia. Vull riure amb el meu germà, fer les bromes que ningú més pot entendre. Ho trobo a faltar tot. Fer birres improvisades, el mar i les muntanyes. El cafè de l'Aroma. Vull agafar el telèfon i poder trucar a qui em doni la gana quan em doni la gana.

No hauria de ser aquí, jo, ara. Hauria de ser a Alp, a casa, on puc ser un puto desastre, però un desastre lliure que no destrossa la infància de ningú.

La cua pels cafès es va reduint però l'Andrew encara no es pot escapar. A la ràdio sona «All I Want for Christmas Is You». L'apago. Deixo l'ordinador i tanco els ulls.

En realitat no sé discernir quina part del que sento és enyorança i quina és aquesta culpa pesadíssima per haver abandonat l'Aksel a dalt de l'escenari.

Em persegueix el record de la seva carona buscant-me entre el públic. La seva valentia, tot l'esforç que va invertir en aquell moment es recolzava en mi, en el fet que jo fos allà. Potser és això, que jo no sé què és esforçar-se per alguna cosa de veritat. Que sempre he decidit no pensar, agafar dreceres, no arriscar-me. Que soc incapaç d'entendre què és sentir-se vulnerable com ho va ser l'Aksel aquella nit. Sentir-se dèbil i indefens, i malgrat tot, pujar a l'escenari davant de cinc-centes persones a defensar qui ets. L'única peça que li faltava era jo. No era massa el que em demanava, que fos allà. I no hi vaig ser.

L'Aksel per fi ha sortit de l'habitació, i sembla que encara està més emprenyat que abans.

La Hanne duu un vestit nou. Ha aparcat el negre del 1998 ple de boles i se n'ha enfundat un de més curt, de vellut verd ampolla amb puntets beix, i malgrat les sabates ortopèdiques de sempre, avui fins i tot podria passar per l'edat que té.

—Pots tastar la sopa, sisplau? —pregunta.

—Estàs molt guapa —li dic. Ella respon «gràcies» molt ràpidament. Aparta la mirada i es posa vermella.

—Juraria que li falta sal —continua—, però en aquesta casa ja només es refien del teu paladar. —Em somriu, dolça. Jo busco la mirada de l'Aksel, que sempre fa broma de la meva precisió gustativa, però ell m'esquiva.

Tan bon punt ens asseiem a taula, l'esperit viking nadalenc s'apodera dels Bookland. Jo voldria somriure, deixar-me anar, pujar a la cadira i recitar un vers, treure el tió, cantar «Fum, fum, fum!» i menjar com si demà hagués de naufragar. Però no puc.

La Conchi em mira des de l'altra banda de la taula amb un deix de melangia i de compassió. Avui que la llunyania és protagonista potser és el dia que ella i jo ens sentim més a prop que mai. Per a mi només és el primer Nadal lluny de casa, però ella ja n'ha passat quinze. Abans l'he observat per l'escletxa del lavabo i he vist com plorava i feia un petó a la foto del seu fill.

Aquest any els versos no arriben entre neules. Cadascú ha escrit el vers a algú de la família i l'ha penjat d'una branca de l'arbre, i encara que cadascú intueixi qui l'hi ha pogut fer, no és fins al final del sopar que es descobreixen els autors.

Jo he sortit la primera, que ho tenia fàcil perquè em va tocar fer-li al periquito del veí —l'Eva va insistir molt a incloure'l a la família—, i m'ha quedat bé. De fet, per la cara de sorpresa que ha fet la Hanne amb el vers conclusiu, crec que he guanyat uns quants punts.

—Hairy! —crida el Bini quan llegeix el meu nom al sobre—, aquesta poesia és per a tu!

El poema comença dient-me «Atena», deessa de la guerra, la saviesa i l'artesania. Però l'autor —diu que és un home— deixa clar que no l'ha escollida per la saviesa de la deessa —gràcies, Booklands, em va quedar clar des del primer dia—, sinó perquè és una deessa guerrera.

Un dels objectius principals d'Atena, diu el segon vers, és protegir la ciutat d'Atenes, però en el meu cas la ciutat no és «la poderosa polis de l'Antiga Grècia», sinó la casa blava al final de River Oak Dr. —Les rimes són impressionants—. Diu que la meva Atenes m'importa més del que em penso. «I a tots els que som a dins, te n'adonis o no, ens importes més del que et penses». Perquè entre les quatre parets d'aquesta bonica polis, rima en tres versos, hi habiten les muses que cada dia t'inspiren, et tornen boja però a les quals sempre ajudes. «Aquí les muses no són les quatre germanes divines: l'oratòria, el teatre, la dansa o la música, sinó que en són tres; més divertides, inspiradores i entremaliades». «Encara no saps qui són?», pregunta. «Jo crec que sí: el Bini, l'Eva... i un humil aspirant del domini d'aquestes rimes: jo mateix».

La família Bookland comença l'aplaudiment més fort de la nit.

—Cada any et superes, Aksel! Aquest és el millor vers de Nadal que has escrit mai! —crida la Hanne.

—No sabia que dominessis tant les rimes! —crida el Fulbright, aixecant-se—. És impressionant!

Estava tan flipada amb el text que no m'havia adonat de la cara de tensió de l'Aksel. Està vermell, té les mans sota les cuixes i repica la taula amb les cames. Jo m'aixeco amb els ulls humits i camino cap a ell per fer-li una abraçada. Però, davant la sorpresa de tots, ell s'aixeca i corre cap a la seva habitació, i abans de tancar-s'hi per a tota la nit crida:

—Ho retiro! Ho retiro tot! Tant de bo no haguessis vingut mai! —Quin horror, vull fondre'm—. Ho dic de veritat! Tant de bo la Daniela no se n'hagués tornat mai a Colòmbia i tu t'haguessis quedat a les teves punyeteres muntanyes! Que no coneix ningú, per cert!

La família Bookland sencera em mira sense entendre res. En xoc. El Nadal a la merda. Esperen que els doni una explicació, perquè per les cares que fan sembla que no havien vist l'Aksel posar-se mai d'aquesta manera. Es fa el silenci.

—Us ha passat alguna cosa? —pregunta la Hanne.

—Bé, jo crec que és evident... —diu la Conchi, acostant-se la tassa a la boca, alçant el dit petit.

—No, que jo sàpiga... —menteixo.

—L'Aksel, l'Aksel volia... —El Bini parla des del deure

d'un nen de cinc anys—. L'Aksel volia que la Rita vingués a veure'l aquest matí... al festival de Nadal.

—Però si ha vingut —respon el Fulbright, sense entendre-ho.

—Sí, però ha arribat tard, deu ser per això... —continua l'Eva, posant-se de la meva part.

—Ja... —diu la Hanne, sospitant—. Però ha d'haver-hi una causa extra per força.

—Més val que ho deixem estar —afegeixo, me'n vull anar a l'habitació, vull tornar a casa—, ja hi parlaré demà i li demanaré les disculpes necessàries.

—Bé, només demana-li disculpes si hi ha una explicació que les justifiqui, eh? —em rectifica el Fulbright—, que aquests nens quan volen poden ser molt malcriats. —Mare meva, no tinc vergonya. He abandonat l'Aksel en el moment més decisiu de la seva curta vida i jo el tracto com si fos boig. Soc el dimoni.

Les postres tradicionals noruegues són el somni de qualsevol nen. Flams, brioixos amb xocolata, creps de crema de llet, dònuts ensucrats. Un dia qualsevol m'ho hauria menjat tot, un de cada o, fins i tot, tot sencer. Faig l'últim somriure nadalenc fingit, al llindar de la rampa a la galta, i dono les gràcies a la família Bookland per haver-me acollit el dia de Nadal. Baixo les escales i per fi em tanco a l'habitació, comptant les hores perquè s'acabi el Nadal i per tornar a casa.

La casa de la Barbie no és de color rosa

—Re... recordeu de no dir a la Rita on anem! —crida el Bini, cordant-se el cinturó de la cadireta del cotxe.

—Crec que estàs creant més expectativa del que es mereix —respon l'Eva mentre estreny un elefant de peluix.

No entenc per què no he pogut agafar el meu cotxe i hem d'anar tots amb el mateix on sigui que anem ara. A més, he anat tan ràpid a canviar-me que m'he oblidat de posar-me els sostenidors, i comptava que em posaria els que tinc d'urgència a la guantera del meu cotxe. Obro la finestra perquè estic una mica marejada. No sé per què (i, òbviament, no cal que em faci cap Predictor).

Des del meu punt de vista europeu, hi ha moltes coses dels americans —o dels americans d'Atlanta— que em semblen un desastre. Els biquinis amb cortineta em semblen un desastre, les normes paranoides dels Boy Scouts, el vi bo en gots de plàstic vermells, la vida sense voreres, que algú em pregunti quan em penso casar, conduir i no caminar, el pa dolç o un *I'm sorry* per tot arreu.

També considero que són bastant desastres en l'art de la seducció —el cas del John és a part—, i el fet que vagin sempre vestits com si anessin al gimnàs tampoc hi ajuda, però bé, soc conscient de l'opinió esbiaixada que em proporciona haver crescut a la frontera amb França, on el sexe lúdic és marca nacional, i a Catalunya, on el vi —excepte si t'ha tocat la loteria de Nadal— es beu en gots de vidre. I sí, Bourg-Madame no és París, però també és França.

Però si hi ha una cosa que no em deixa de commoure d'aquesta gent —a part de la creativitat de les seves postals i l'energia per la vida en general— són els voluntariats. Aquí tot quisqui fa voluntariat.

Hi ha empreses que et permeten deixar de treballar durant sis mesos amb el sou pagat perquè et dediquis a una causa noble. He vist Mrs. Gee vestida amb banderes americanes de Ralph Lauren de dalt a baix anant a donar classes de tenis gratuïtes a escoles de barris de la ciutat on les pilotes desapareixien pels forats de les reixes del pati. Hi ha hagut nits en què el Fulbright i la Hanne arribaven fets caldo de la feina i han marxat a un sopar benèfic organitzat per ells mateixos, on han arribat a recaptar 500.000 dòlars per a un dels viatges de l'equip de la Hanne, i després els he vist sortir cap a Kènia carregats amb vacunes. En aquest cas he d'admetre que vaig pensar que blanquejaven diners (també he crescut a la frontera amb Andorra).

Però al cap dels mesos em vaig adonar que no, que ho feien de veritat, i que tampoc hi havia beneficis fiscals per fer-ho. Que podia ser que, simplement, ho fessin per ajudar l'altra gent.

Avui, dos dies després del sopar de Nadal més trist de la meva vida, la família Bookland i au-pair ens dirigim a un d'aquests voluntariats. Avui anem a donar les joguines que els nens més privilegiats han escollit perquè altres nens en puguin fer més bon ús.

—He calculat el cost de vida restant del Lego de la prehistòria i és realment alt. —L'Aksel parla alt i clar, i puc notar la falta d'interès proactiva cap a la meva persona—. Considerant el desgast de les peces de només l'1,456 % els darrers quatre anys, és a dir, un 0,4853 % per any, i afegint també la probabilitat d'un 2 % de pèrdua de peces (un càlcul que varia segons l'infant), l'esperança de vida d'aquest joc és molt llarga. Com a mínim pot aguantar tres generacions més; això sí, he obviat la influència del canvi climàtic en la humitat i la temperatura depenent de les polítiques progressistes dels demòcrates, però confio en Obama i en la ràpida evolució de la taula rodona pel canvi climàtic del G8 a Davos, així que el factor ambiental juga en benefici de la vida del nostre estimat joc.

—Mmm... —l'Eva contesta en un to igual de seriós—, no crec que calgui que vagis tan al detall, Aksel. No sé si els nens estan interessants en l'esperança de vida de dinosaures de plàstic. Jo crec que els ho has de vendre millor. Apol·la a les emocions...

—És «apel·la» —corregeix l'Aksel.

—Apeeel·la a les emocions; és el que fa la mama quan vol que la gent li doni diners per anar a Kènia: explica com t'ho has passat amb el joc, què n'has après, quines incongruències històriques li has trobat, com creus que podrien millorar.

—Excels! —exclama el Fulbright—. Ben exposat, Aksel, ben complementat, Eva. Com a data no rellevant però sí constructiva, crec que el càlcul de desgast no és del tot acurat.

—Sí que ho és, papa, ho he comprovat. El que passa és que estàs passant per alt que l'any 2004 va ser any de traspàs.

—Mo-molt bé, Aksel. Estic orgullós de tu —intervé el Bini sense deixar de mirar per la finestra, mentre la resta ens amaguem el riure, sorpresos de l'autoritat de la felicitació.

Deixem Lavista Road, girem per North Druid Hills Road i en pocs minuts entrem en un barri tancat en forma d'«U». Les cases es distancien les unes de les altres amb pocs metres, fet que, considerant l'envergadura dels habitatges —no exagero gens quan dic que aïllats damunt d'un turó passarien per castells—, l'escena en general sembla una broma. Un decorat.

Per la porta d'un dels castells, amb l'esquena recta com el

Forrest Gump i amb tanta gomina que podria fer un tall profund a algú si se li despista un cabell, apareix l'Eric, el col·leccionista de presidents. El nen que va néixer sabent què volia fer a la vida.

—No us ho prengueu malament, senyor i senyora Bookland, però jo ja fa anys que vaig acordar amb la meva família que al Pare Noel només li demanaríem els accessoris indispensables per a la meva col·lecció presidencial, així que, per fortuna o no, no puc portar cap regal en desús perquè no en tinc cap. —Aquest nen té vuitanta anys, porta samarreta imperi i ha guanyat tres Nobels.

—I quin president t'ha portat el Pare Noel, aquest any? —pregunto. La Hanne em mira pel retrovisor.

—Cap president, aquest any, Rita. Però tenint en compte que l'honorable George W. Bush té els dies comptats, el Pare Noel m'ha portat la rèplica exacta del telèfon que va fer servir fa només dues setmanes per trucar a les forces armades a l'Afganistan...

—Impressionant! —continua el Fulbright, sincer—. Aquesta col·lecció és única. Et felicito per la perseverança, l'originalitat i la precisió de la teva feina. Està molt bé que tinguis un objectiu tan definit.

—Gràcies, senyor Bookland, el meu objectiu és completar la col·lecció més detallada del país. Tinc molt clara la meva vocació. —Últimament, cada vegada que algú diu la paraula «vocació» m'entra una petita taquicàrdia. Torno a abaixar la finestra.

—Falta gaire? —tallo la conversa.

Entrem al barri de destinació i l'afluència de cotxes augmenta. La cua es defineix i s'enfila per un dels dos revolts simètrics que mor al portal d'una casa. Allà, dos adolescents del barri, tan perfectes que semblen dissenyats amb Photoshop, fan de voluntaris per aparcar els cotxes.

La casa és tremenda. Tremenda de bé. Simètrica i pintada

d'un blau grisós tan ben trobat que m'emociona. Aixeco el cap i calculo que deu fer dues vegades la nostra.

Baixo del cotxe i aguanto la mirada a un dels buenorros. MILF. Cougard. Però ell l'aguanta més estona, increïblement segur de la seva persona més enllà del seu cos perfecte. Estic fluixa i perdo.

La Samantha em saluda amb entusiasme des del capdamunt de l'escalinata. Mou tant el braç que les arracades de maragdes que li pengen de les orelles es balancegen com si ballessin una dansa russa. Des del primer esglaó les cames de la Samantha s'agilitzen i s'estilitzen encara més, la sola del taló d'agulla de Louboutin es veu més vermella. Al seu costat sempre em sento com un hòbbit molt pelut.

—Oh my Goood! Amore! Quina il·lusió veure't! No sabia si vindries, et vaig deixar un missatge al contestador, però com que no vas dir res vaig pensar que devies estar en una orgia o alguna cosa així. —No riu, ho diu de veritat.

—Perdona, ja saps que soc un desastre amb el telèfon. —La Samantha porta un jersei blanc de caixmir amb ploma llarga, com un cigne reial—. Nena, quina flipada de mansió, no? Estic al·lucinant, em moro per veure com és per dins. Espero que no tingui les aixetes d'or...

—No, tranquil·la.

—Ja hi has entrat?

—Bé, les vaig escollir jo.

—Com?

—Benvinguda a casa meva, Rita.

—QUÈ? —Només té quinze anys més que jo i ja viu en un palau.

—El meu exmarit és un cirurgià famós i és un cirurgià famós perquè jo he estat a casa criant-li els fills i portant-los a classes de piano i de ballet i de bàsquet mentre ell es construïa una carrera i jo no. —Em mira, espera que li digui alguna cosa.

—Ets una gran mare. —La conversa s'interromp per l'abraçada postissa d'una clienta estrella del seu exmarit.

—No ho facis mai, això, Rita.

—Operar-me els llavis?

—Calla, ho dic seriosament.

—Els pòmuls? El codi de barres? Les tetes?

—Construeix-te una carrera, Rita. —Ja hi tornem a ser amb la carrera i el futur i la merda; em torna la taquicàrdia, aquesta vegada més intensa que la del cotxe; m'acosto la mà al cor, què collons em passa? Avui no he pres cafè!—. Fes la teva vida, Rita. Aquests anys que vius són molt importants per al teu futur. —Ah, sí? Què dius, ara?—. Segur que faràs grans coses, Rita, grans coses.

—Sí, sí, segur.

Amb vint-i-tres anys, per fi entro a la mansió de la Barbie.

Donant la benvinguda amb un somriure desdentegat i amb tant d'amor que et fa fondre, el Michael decideix trencar el protocol de benvinguda i en lloc de donar-me la mà enfonsa la cara a la meva panxa i em fa una abraçada. L'Aksel mira de reüll i marxa.

—Que bé que hagis vingut! Tinc una sorpresa per a tu!

—Uau! Ah, sí?

—Quan vagis a la cuina, fixa't que al costat del salami i del prosciutto hi ha un plat amb el pa amb tomàquet que em vas ensenyar a fer. La mama va comprar l'oli d'oliva que vas dir. El de l'oliva arburquina.

—No m'ho puc creure.

—Ves-hi i tasta'l. Jo no puc, m'he de quedar aquí, que soc l'encarregat de dir «hola». Soc molt important.

—I tant, i tant, el més important de tots. Moltes gràcies, Michael.

La casa està plena a petar. La majoria de la multitud es concentra al vestíbul i dibuixa una filera de pares i fills que deixen els regals als peus d'un arbre que riu-te'n del del

Rockefeller. Els convidats somriuen, duen una copa de vidre a la mà —és la primera festa on vaig que la gent no beu en gots de plàstic—, passo pel costat de grupets que deixen fragments de converses: a uns els va agradar el *Trencanous* a Broadway, d'altres es queixen de la qualitat de la neu a Aspen.

De camí cap a la cuina saludo el Prrr i el Brrr, i el professor de futbol i l'entrenador de beisbol i la Sheryl, la jugadora de tenis baixeta i histriònica amb qui vaig jugar l'altre dia, que després de l'entrenament em va felicitar perquè la vaig guanyar amb un revés implacable. I «fins ara no m'havia guanyat ningú del barri»... Bé, Sheryl, em sap greu, soc bona.

Segueixo avançant, gaudint de les habituals mirades de reüll de la gent del barri, dissimulo amb alta professionalitat i un somriure contingut, i per dins m'alegro que, després d'uns quants mesos, encara em vegin com un ésser exòtic amb un cert aire de misteri.

A l'altra banda del menjador, recolzat a la llar de foc on juraria que hi penja un Miró original, el pastor Paul em saluda aixecant una copa a l'aire, per compromís, i decideix no acostar-se'm. Es veu que ni ell ni Déu encara no m'han perdonat pel tema del pito celestial.

L'Eva juga amb la Mary. El Bini espera pacient que el Michael acabi de donar la benvinguda a tots els convidats, i l'Aksel ha decidit fer cas de la seva germana i escriu un annex motivacional a la nota de presentació del joc de Lego.

Jo agafo un tros de pa amb tomàquet i una caipirinha de maduixa que m'ha preparat un cambrer professional, i me'n vaig de tour per la casa.

M'imagino la Samantha en aquesta gàbia d'or; el ressò dels seus talons d'agulla a cada passa solitària, mentre espera que els fills tornin de l'escola i el marit acabi de follar-se la secretària. Mentre sent que la vida se li escapa davant seu com se li escapa entre els dits la sorra a la seva platja privada de Rosemary Beach. La imagino tocant una cançó trista al piano de cua, reclamant a la vida que hauria d'haver crescut en un barri artístic d'Europa, on poder caminar sense talons i sentir com l'aire del vell continent li fa volar els pèls llargs de les aixelles. Demanant a la vida que no hagués nascut a Atlanta, que no hagués crescut amb uniforme i no sabés el protocol de l'hora del te; que la seva mare i la seva àvia no haguessin dissenyat cada mil·límetre del seu casament, el dia que la Samantha va fer vint-i-un anys.

—Hola, Rita, com estàs? —Mrs. Gee va vestida de professora de tenis fins i tot aquí.

—Hola, Mrs. Gee! Bé, molt bé, i tu, com estàs?

—Bé, bé... Fa dies que volia parlar amb tu.

—Ah, sí? Tot bé amb el Bini?

—Sí, sí. El Bini és tan ben educat... El tenis no és el seu fort, però... En fi, volia parlar amb tu perquè el meu fill és psicòleg, i com que em vas dir que havies estudiat Psicologia —tusso perquè em falta una mica l'aire—, he pensat que potser et podria interessar parlar amb ell. —Somric, no dic res—. Bé, entenc que el tema de fer d'au-pair és només temporal, que en algun moment voldràs començar a treballar del que has estudiat.

—Sí, sí, és clar... —Mare meva, s'ha posat tothom d'acord, avui?—. Moltes gràcies per l'oferta, consulto l'agenda i li dic un dia.

Baixo les escales. La remor de la multitud s'apaivaga darrere meu fins que sento l'agradable encaix de les sabates enfonsant-se, esponjoses, damunt la moqueta blanca del pis de baix.

Passo la piscina climatitzada i la sala de jocs. Passo tres habitacions de convidats conjuntades amb el lavabo annex. Passo el celler de mitja volta amb control de temperatura i passo el gimnàs. Fins que entro en una petita habitació on trobo un bar amb barra de cuir i sis tamborets alts folrats de vellut blau marí. Sembla l'avantcambra d'un altre lloc.

A l'altra banda de la sala, un sofà folrat del mateix teixit i color contrasta amb el paper de fulles tropicals de la paret, on pengen multitud d'aquarel·les. També hi ha un gramòfon daurat, i al costat del gramòfon una porta amb un cartell apagat que anuncia: «ON AIR».

Una ràdio? Un estudi de gravació?

I de cop, com si hagués pressentit la meva presència, el cartell s'encén.

L'instant de dubte és tan minúscul que no compta. Avanço per un passadís amb les parets folrades amb el mateix paper tropical i obro la porta que hi ha al final.

Bingo.

Una vintena de butaques de vellut verd ampolla es reparteixen en quatre files encarades a una pantalla de cinema. La llum és tènue, em recorda la sala de cinema de la pel·lícula *L'aviador*; el luxe i l'aventura. El Leonardo di Caprio.

—Tu no hauries d'estar vigilant nens? —No m'havia fixat en la figura d'un home a la segona fila. L'aïllament professional de la sala fa que el so raspat del misto soni molt a prop. La llum del foc diminut li il·lumina la cara.

—I tu sempre has d'aparèixer com si estiguéssim a l'última escena de *Casablanca*? —El John duu un jersei de coll alt negre que li perfila els pectorals. Recolza les cames en un petit puf de pell que es disposa davant de cada butaca.

—Que graciosa que ets.

—Els nens ja són prou grandets i per a això tenen els seus pares... —Treu el fum a batzegades—. Com sabies que entraria quan veiés la llum encesa?

—Perquè ets l'única persona de totes les que hi ha allà dalt que s'atreviria a tafanejar la casa fins aquí baix.

—Ah, sí? Doncs quin avorriment de gent. Quina pel·li has posat?

—No és avorriment. És pudor. He posat *The Shining*.

—Avorriment. *The Shining*, ideal per a aquest Nadal.

—Són gent conservadora, Rita. —Li passa alguna cosa—. Tenen pors, com tu i com jo, però jo no diria que són avorrits, i el que estan fent és molt digne; no menystinguis tot el que està passant al pis de dalt. Aquests diners ajudaran molta gent… Molts nens. —No dic res. Ara em sento culpable. Fa una altra pipada llarga—. Però a tu tot això t'importa una merda… Tu estàs aquí de pas, d'aquí poc marxaràs i tot això quedarà enrere. Tot això que passa avui, aquí, tot això és un joc per a tu. —No sé si està intens o si està emprenyat.

—Durant tota la meva existència sempre he pensat que la vida era un joc, no m'he pres res massa seriosament, així que, de moment, no hi veig cap novetat. —Faig un glop de la caipirinha i baixo els tres desnivells fins a la filera del John. Jack Nicholson, a la pantalla, parla amb la secretària perquè té una entrevista de feina—. En qualsevol cas, què hi fa, als límits de l'inframon, l'home més popular de la ciutat?

—No estic d'humor. És que no m'agraden les festes de Nadal. —M'ofereix el porro—. Sort que tu no ho ets, d'avorrida. —Sento pessigolles a la panxa.

—Ah, no? Vas fumat.

—No, no ets avorrida, Rita. Potser només pel fet que hagis anat a petar en aquest racó de món sense saber-ho. A part, ets la persona amb menys perfil d'au-pair que he vist a la vida, i això que n'he conegut moltes, d'au-pairs, creu-me. És evident que no tens cap mena de traça amb els nens. —S'acomoda a la butaca i baixa el cul fins a la punta del seient, com si fos un adolescent.

—Moltes gràcies… Encara que sigui veritat em fa una miqueeeta de ràbia.

—No t'ofenguis. Que no t'agradin els nens no vol dir que no hagis aconseguit que t'estimin. Que no ho veus?

—…

—Però… tant se val! —segueix—. Tu marxaràs… Marxaràs d'aquí amb el que sigui que has vingut a buscar i faràs camí cap a la bonica Barcelona, i aniràs a la Boqueria i esmorzaràs amb el Juanito, i viuràs amb els teus amics i la teva família i faràs el que vulguis fer a la vida. I jo seguiré aquí, recaptant diners per als necessitats, en un bucle que es repeteix. Un bucle sense família.

—Va, no exageris, que tots dos sabem que no sents el que dius, i quan me'n vagi, el dia que vulguis agafes la Lola, travesses l'Atlàntic i et plantes a Alp, que tenim aeròdrom i t'encantarà el meu poble.

—I les vaques de l'Antònia, el camí de Sanavastre, esquiar sota la Lluna plena des del Niu de l'Àliga, i bla-bla-bla... És com si hagués viscut a la Cerdanya tota la vida. Com si m'hagués desvirgat al Trànsit.

—Impressionant.

—Ha...

—Però tu t'has vist? No pots ser més perfecte, joder. Para de queixar-te.

—En fi, tinc un mal dia, ja t'he dit que no m'agrada el Nadal.

—A mi... a mi aquest tampoc. Però... ho superarem.

—Suposo que sí. Fa gairebé vint anys que l'odio, soc un professional.

—A més, tu no t'has de preocupar de la cuesta de enero —ric.

—Ha, ha... —Abans de la propera pipada m'aguanta una mica més la mirada, i somriu—. Segur que faràs grans coses, Rita, brillaràs amb força.

—Hòstia, ja hi tornem a ser. —Em mira sense entendre-ho.

—Com?

—Estic farta que tothom em digui el mateix. Ja no puc suportar que ningú més m'ho digui amb tanta impunitat. Per què tots dieu això? Com ho podeu dir amb aquesta seguretat, quan no en teniu ni idea?

—El què?

—«Grans coses!» Què se suposa que vol dir, «grans coses»? —Alço la veu—. Què són «grans coses»? —El cor se m'accelera, em costa respirar—. Prou! Jo només vull treballar d'alguna cosa que m'agradi! I ja està! Tenir una rutina, o no, però treballar. Que els meus pares se sentin orgullosos del que he aconseguit. Vull llevar-me al matí amb una direcció clara, sabent que el dia tindrà sentit i hauré sigut productiva, que hauré proporcionat alguna cosa tangible i interessant a aquest món, la que sigui, però que li trobi sentit, que em doni diners per viure. Jo no vull fer «grans coses», hòstia, jo només vull fer «alguna cosa»!

—Sweetie... Ja t'entenc... I no és el que volem tots, això, Rita? Trobar què hi hem vingut a fer, aquí? —No sé si entén la gravetat del meu moment—. Ho aconseguiràs, n'estic segur.

—Però és que ja no sé què més fer! Ja no sé on o com he de buscar més! Co-com-com... se suposa que... —El cor se'm dispara. M'està passant alguna cosa greu.

—Estàs bé?

M'aixeco d'un salt. Començo a caminar ràpid per intentar entendre i justificar el ritme accelerat del cor. Però no funciona. Sacsejo els braços i les mans. Salto. Torno a córrer amunt i avall.

El John em segueix amb els braços oberts, com si anticipés que he de caure en algun moment. Em trec el jersei, em descordo dos botons de la camisa i amb l'esforç els ulls se m'omplen de llumetes de colors.

El Jack Nicholson teclejant a la màquina d'escriure es comença a difuminar. Em rasco els ulls amb tota la força que puc, però el cor es continua accelerant i les llumetes no se'n van. Penso a anar a un lavabo (Per què? No ho sé!). Què m'està passant? Necessito un estímul fort, em bufetejo la cara.

—Rita! Para! —Agafo el got i em tiro les restes de la caipirinha a la cara. Però no funciona. No em sento les mans, ni els peus, ni el braç esquerre. Merda, merda, és un atac de cor! Estic tenint un atac de cor!

—Respira.

Però qui té un atac de cor als vint-i-tres anys? És ara quan se suposa que em passa la vida per davant? No la veig! I el Rintin? Aquell gos va ser important! I no el veig!

—Respira. —El John està espantat, però a la vegada parla amb calma, sembla que sàpiga què em passa. M'agafa dels braços—: Rita. Mira'm. Respira!

—No... no, no puc...

—Tens un atac d'ansietat. No passa res. —Què és un atac d'ansietat?—. Mira'm i concentra't: posa't les mans a la boca i al nas, així, com una tenda de campanya, i respira dins de la tenda. —El John fa uns ulls de fumat molt graciosos i jo voldria riure, però ara no puc perquè m'estic morint—. Tanca els ulls i respira. Rita, creu-me, tot anirà bé...

Inspiro, expiro. Els ulls plens de llàgrimes. Inspiro, expiro. No puc parar de plorar. Inspiro, expiro. Sento la moqueta cara, gruixuda i suau, primer al palmell de les mans, després als braços, finalment a la cara. Terra.

Ha funcionat. Després d'una estona llarga i absolutament terrorífica, la tenda de campanya ha reduït la hiperventilació, i quan el cor ha tornat al ritme normal m'he quedat damunt la moqueta, com si m'hagués desmaiat però encara estigués conscient.

Estic igual de cansada com si acabés de córrer quaranta quilòmetres. Com si hagués tingut quaranta orgasmes en un sol dia. Sense força. Sento un formigueig ondulant a les dents que gairebé no em deixa parlar, també el sento a les mans i als peus. El John diu que és normal.

—L'instint animal ha respost al que el teu cos ha interpretat com un perill i el cor ha bombat tota la sang per confrontar-lo: a la boca per mossegar, a les mans per lluitar i als peus per córrer. —Molt interessant. Sisplau, que no em torni a passar mai més.

L'últim pronòstic anunciant les «grans coses» que s'esperen de mi m'ha sortit car. Ha sigut l'última gota que ha fet vessar el vas. Ara entenc per què abans-d'ahir em vaig llevar a mitja nit amb un crit que em va deixar asseguda al llit, i ara també entenc les taquicàrdies aleatòries que m'han vingut quan estava plàcidament mirant els discursos de l'Obama. Hauria preferit les altres somatitzacions de l'ansietat que ha esmentat el John —bastant menys suïcides—, com un lumbago, per exemple. I què puc fer perquè no em torni a passar?

—Para de pressionar-te —diu el John—. No te n'adones, però ho fas contínuament.

Passa molta estona i tots dos ens quedem immòbils.

Ho intentaré. Intentaré deixar de comparar-me amb les carreres professionals dels meus amics a l'altra banda de l'Atlàntic, intentaré deixar de pensar que vaig tard a tot, que els Cohen van començar a fer cine amb vuit anys, que la Whitney Houston cantava als catorze. Que mira la Lisa de «The Simpsons». Intentaré deixar de pensar que els nens tenen un propòsit a la vida molt més clar que el que tinc jo. Fins i tot el Bini. Que potser és veritat, però flagel·lar-me no crec que em porti a cap lloc productiu.

El brunzit del relleu de joguines infantils del pis de sobre s'ha evaporat del tot mentre els crèdits de *The Shining* s'arrosseguen per la meva cara i la del John.

Si entra algú i ens veu pensarà que acabem de fotre el polvo del segle; dec haver sentit la vibració del mòbil a dins de la bossa vint vegades, però no em puc moure. Vull estar aquí un milió d'anys. Em quedaria aquí per sempre, en aquesta sala de cine, amb el John, mirant totes les pel·lícules de la història. Començaria per *Blue Velvet* o *My Blueberry Nights*.

Inspiro, expiro. L'olor sempre prometedora de fusta i terra traspassa el jersei de coll alt negre del John. Tinc els ulls tancats, la meva cara ha abandonat el caliu de la catifa i ara em recolzo al seu pit, damunt l'agradable frec del pèl sota el jersei. El soroll moll dels seus llavis desenganxant-se el cigarret damunt dels meus cabells. Voldria fer-nos una foto en blanc i negre.

Em palpo els llavis i calculo que el formigueig de les dents ja gairebé no hi és; torno a sentir les extremitats, moc els dits de les mans com si despertés d'un son llarguíssim. M'acaricio les puntes, els moviments són tan lents i delicats que no els reconec. Recupero la realitat, la respiració calmada, la sala de cine torna a tenyir-se de color.

A la pantalla, Dustin Hoffman aguanta el cos amb indiferència damunt d'una cinta d'aeroport, a la pel·lícula *The Graduate*. «The Sound of Silence» omple la sala i avança fins a nosaltres amb el rebot vellutat de les butaques. Un miler de partícules de pols brillen dins d'un tub de llum perfectament definit.

El perfil del meu cos exhaust s'encaixa amb el cos del John, que m'abraça davant de la pantalla. Torno a tancar els ulls per visualitzar un cop més l'aire que m'entra pel nas i em surt per la boca. Tal com ell m'ha dit que fes. Com si ho aprengués a fer per primera vegada. Només penso en això. A ser aquí, a respirar. Passa estona. Dustin Hoffman coneix la senyora Robinson.

Ara, però, després de la tempesta, la sala ja no és freda com el laberint de neu a *The Shining*. Ara la sala és càlida, a la pantalla hi surten sofàs de pana, jaquetes de pelfa i tallats de cabells a punt per a les aventures, com el del Hoffman.

Amb la claredat que et dona haver sentit la mort per primera vegada, ara ja no respiro per subsistir, sinó per sentir. Agraeixo seguir amb el cap recolzat al seu pit, els seus braços estrenyent-me suaus.

Respiro la seva olor, les polseres de fil del canell, el palmell raspós de les mans —el tenis, els safaris a Àfrica—. Recupero les forces a poc a poc, l'energia m'arriba dolça; guspires de llum que em tornen a dins i m'escalfen. Em tractaré millor, sí. Paciència, que tampoc soc tan gran.

Dustin Hoffman entra a l'habitació de la senyora Robinson. L'energia creix sostinguda, com una heura que em puja des del turmell i s'enfila fins a esvalotar-me tots els cabells.

M'incorporo. El miro als ulls amb agraïment, amb la vida renovada als llavis. Ell em mira i somriu feliç de ser aquí, ara, amb mi. La cara em fa olor de caipirinha.

Em ve la imatge de la primera vegada que el vaig veure, al club social, quan la suor de les tetes em dibuixava dues mitges llunes a la samarreta de color carn; quan ell apuntava arbres de nom desconegut amb la punta de la raqueta i jo no sabia anglès, i ell s'assemblava al Kevin Costner a *Bailando con lobos*.

El recordo tocant la trompeta. Dues llengües jugant amb una pastilla d'èxtasi i aquella esquena nua que tocava el piano de cua. Recordo com em va mirar i em va somriure, i vaig pensar que mai m'atreviria a fer un petó a un home com aquell.

Dustin Hofman encaixa una creu gegant a les portes de l'església... el John i jo fem l'amor. Un miler de partícules de pols se sostenen a l'aire, invisibles. Els nostres cossos a les fosques sota un núvol de vapor i llums antigues. Aquest ha de ser, per força, el centre de l'univers.

Arriba l'inesperat: «Oh, Happy Day!»

—Hairy... Als peixos els entra aigua als ulls?

Aquest que parla és el mateix nen que ahir aplaudia amb orgull el càlcul matemàtic que el seu germà gran exposava sobre la vida d'una joguina. El mateix a qui ara li regalima el llavi inferior amb una gran quantitat de saliva, com a senyal que fa estona que estava donant voltes a la pregunta.

—O els tenen tancats —segueix— i van nedant amb els ulls tancats i quan salten a fora els obren i els tornen a tancar quan tornen a entrar a l'aigua?

Joder, que només són les nou del matí. Que tenia festa i m'he ofert voluntària a portar-los de visita cultural per compensar la meva desaparició sobtada ahir a la nit «per atac d'ansietat». Som al cotxe, de camí. I jo penso: però els peixos tenen parpelles?

—Aviam, Bini... —Allargo prou la frase perquè intervingui un dels germans.

—Els peixos no tenen parpelles, Bini. —L'Aksel gestiona la indignació de la pregunta—. Que no recordes el que ens van explicar a la conferència de fisiologia i hidrodinàmica dels peixos al Museu d'Història Natural de Nova York?

—Tenia tres anys, Aksel, és clar que no se'n recorda! —L'Eva fulleja el dossier que s'ha imprès amb totes les jugades del Barça B del Guardiola; està preciosa, els cabells rossos esvalotats en una cua desfeta li cauen, desordenats, damunt del front lleugerament bombat.

—I si no tenen parpelles, com dormen? —El Bini es comença a estressar. A vegades li passa quan el dubte és massa gran i la resposta tarda.

—Doncs suposo que dormen amb els ulls oberts, Bini —intervinc, sense pensar gaire, amb la intenció de calmar-lo—, com el Satanàs de «Bola de drac» o el Gandalf!

—Has dit «Satanàs»? Per què parles de Satanàs, ara, Hairy? Vols dir que ho he de demanar a Déu? —El Bini no entén com hem arribat fins aquí—. Com pots dormir si no tanques els ulls? No pots parar de mirar-ho tot!

—No li facis cas, Bini, que la Rita no sap el que diu. —L'Aksel a l'atac, però no dic res, no m'hi vull enfrontar—. A qui se li acut explicar la disciplina de la ictiologia a través de la religió o amb personatges de ficció que no coneix ningú? —Segueix punyent, aguantant el tipus al límit. Després de la nit agra dolcíssima d'ahir, no em pot relliscar més. I aparco al descampat de davant de la casa de Martin Luther King.

—Bini, tranquil. —L'Eva s'apodera del silenci amb una intervenció aparentment despreocupada, fruit d'una clara intel·ligència emocional—. Els peixos fa molts més anys que estan en aquest planeta que els humans, segur que saben el que es fan.

Més enllà de veure el seu discurs als llibres de l'escola i a les pel·lícules, fins fa unes setmanes no sabia gaire res d'ell. Així que vaig anar a la secció d'història nacional de casa i vaig agafar el seu llibre oficial: *La meva història, per Martin Luther King.* I quan l'Andrew me'l va veure a l'Starbucks, em va dir:

—Si comences aquest llibre te n'hauràs de llegir un altre.

—Doncs llavors no el començaré —vaig bromejar. Però l'Andrew no va riure.

Vaig llegir el llibre i em vaig amarar de la vida de Martin Luther King. I quan vaig dir a l'Andrew que l'havia acabat, em va mirar fixament, va deixar a terra la muntanya de *The New York Times* que carregava amb els dos braços, i va treure el llibre que havia guardat darrere la barra esperant aquell moment.

Malcolm X, autobiografia, i me'l va donar amb les dues mans, sostenint a consciència el pes de les paraules que m'entregava, tan seriós com el dia que no havia rigut.

«El futur pertany als que es preparen avui», em va dir, i jo li vaig demanar si era una indirecta per a mi, que havia fet una carrera per a res, i que m'agradaria estar-me preparant per a un futur professional, però encara no sabia quin.

Però no va contestar, i un cop vaig tenir el llibre a les mans em va oferir un xupito de Thai latte de no sé què, i va tornar al somriure fulminant habitual.

Vaig acabar el llibre la setmana passada, il·luminada i aterrida a la vegada. Pel que havia passat a Atlanta, pel que havia passat al sud i a la resta del país, pel que encara estava passant.

De cop em vaig adonar que era brutal viure tan a prop d'on havia succeït aquella història bonica i horrorosa, i em van venir unes ganes boges de venir. Em semblava increïble que visquéssim a només quinze minuts de casa seva. De les vaques de l'Antònia a Martin Luther King.

Miro la casa i dic en veu alta, flipada: «I Have a Dream». Després miro al volant i penso que tot i que ens trobem en un veïnat bastant cèntric, l'absència de gent i de cues un dissabte amb aquest sol em fa dubtar. On és tothom? Agafo el llibre i comparo la foto una altra vegada per assegurar-me que no estem en el lloc equivocat, que no m'estranyaria.

—Per què hem vingut aquí? —es queixa l'Aksel. Una-altra-vegada—. Jo ja hi vaig venir amb l'escola!

Perfecte, som en el lloc correcte. L'Aksel continua remugant mentre es pentina els rínxols cap enrere amb els dits. Ara que el veig de lluny, a plena llum del dia, juraria que ha crescut i s'ha aprimat. Fa dies que tinc ganes de fer-li una abraçada, però és probable que tingui una xeringa letal de tiopental sòdic —les coses que aprenc amb aquesta família!— per deslliurar-se de mi d'una vegada.

—Però no hi havies vingut amb mi —li contesto.

Obro la porteta de fusta d'entrada al recinte, anestesiada pel moment. Sento el pes de la història sota les meves noves botines de taló de pell rosa, de la finestra des d'on potser va escriure el discurs per a la posteritat, imagino l'última vegada que va tocar aquesta porta, abans del matí fatal a Memphis, la transcendència de la...

—I el Bini?

—Què?

—El Bini, que no el veig. —La veu concentrada de l'Eva em desperta com una hòstia amb la mà oberta.

—Què? Què dius? Però si estava aquí fa un moment!

—No estava *aquí fa un moment*, Rita. —L'Aksel ple de ràbia—. Has sortit del cotxe sense fixar-te ni com sortíem, ni si ens posàvem la jaqueta, ni res. Com sempre.

—Bini?! Bini?! —L'Eva crida, preocupada. Miro a banda i banda i no el veig. Només veig un grup de ionquis al final del carrer.

—Tranquils, ha d'estar per aquí, no passa res...

—BINIIIIII!!! —L'Aksel comença a córrer, nerviós. Mira a dins del cotxe, entra a dins de la casa pujant els graons de l'entrada de dos en dos.

—Bini? —Intento mantenir la calma. Analitzo l'entorn i penso com un nen de cinc anys. Bé, no: penso com el Bini. Em començo a cagar. Veig un poliesportiu, una església...

—Evaaaaaa! —L'Aksel crida la seva germana, que ha sortit corrent cap als ionquis.

—Eva! Però què fas???!!!

Jo surto corrent darrere d'ella. L'Aksel darrere meu. L'Eva posa en pràctica tots els trucs que li he ensenyat per córrer com mai ha fet abans; l'impuls dels braços, la llargada de les camades, les ganes, i quan per fi arribo a agafar-la, ja està parlant amb els ionquis.

—A l'església! Diuen que l'han vist entrar a l'església!

M'asseguro que l'Aksel i l'Eva em segueixin i ara corro jo. Esprinto damunt de les meves botines roses com quan robava una pilota a la defensa en un partit de bàsquet. Els ionquis criden: «Run, Forrest, run!». Mai m'atrapaven.

Pujo les escales que em porten fins a la porta blanca de l'església i l'obro sense cap mena de cura, eixamplant els braços tant com puc.

El dramatisme de la meva entrada s'apodera en sec de les paraules del mossèn i de l'atenció del centenar de creients que seuen als bancs —el lloc està ple a petar—. Els homes vestits amb armilla i corbata, les dones vestides amb teles i barrets de mil colors, i plomes i reixes davant dels ulls. Quina meravella.

Però tot això m'és igual perquè veig el Bini a l'última fila, viu i il·lès, que escolta la missa amb les mans reposant-li sota del cul diminut, i em mira sorprès, com si no m'esperés. Com si ell fos un pare de família i jo fos una cosina llunyana que està de pas i fos l'última persona a qui esperés veure.

—Oh! Hairy! —diu el tio amb tota tranquil·litat—, xxt... —Em fa el senyal de silenci i em diu que em calmi—. Que ja heu acabat la visita? —Jo el miro sense dir res, li agafo la mà i m'intento fer un lloc amb ell i els seus germans al banc més arraconat que trobo.

Però sembla que al mossèn no li agrada la meva idea.

—Escolti'm, joveneta! —L'església en silenci. Què els passa als mossens d'Atlanta amb mi? L'home aixeca el braç des de dalt de l'altar i em demana una explicació—. Com és que ha entrat així a la casa del Senyor? —L'accent és tancadíssim, del sud, negre, i parla des de la curiositat, ho vol saber de veritat—. Ens ha espantat!

—Perdoni, perdoni'ns a tots, havia perdut un nen...

—D'acord, benvinguts a casa vostra...

El mossèn prossegueix el sermó. Ara ja no podem marxar; l'havia tallat just quan estava presentant un cor que ha vingut des de Birmingham.

—Hairy... —El Bini s'assenyala la mà—, la màààà...

No l'estrenyia per ràbia. L'estrenyia per por. Per por d'haver-lo perdut. Perquè l'Aksel té raó: soc un desastre. Si no fos perquè segurament són superdotats i autosuficients per l'edat que tenen, és probable que els hagués perdut en alguna gasolinera d'Alabama el primer viatge cap a àlgebra que vam fer junts. Perquè, acceptem-ho, en realitat són ells que m'han cuidat a mi.

El mossèn parla de l'honestedat i posa d'exemple una anècdota de la seva veïna Kimberly.

El cor de Birmingham es prepara, van tots vestits amb túniques de color lila fins als peus.

Trompetes, un saxo i un tambor. Un piano comença. Un noi jove i calb i amb perilla —sembla el geni de l'*Aladí*— comença a cantar des de la cantonada.

Oh, happy day...

Els integrants del cor, disposats en tres fileres, graviten a l'unísón de dreta a esquerra, en moviments del tot coordinats, i dibuixen una escena suau i hipnòtica. És la primera vegada a la vida que veig cantar gòspel.

Oh, happy day...

El noi jove té una veu gravíssima, quina caixa toràcica, quin poderío... La seva veu guia la resta, manté un to greu i calmat, fins que després d'un altre «Oh, happy day» alça la veu i comença la nova estrofa amb un «eeeeeeaaa...» que escala tons i volum.

El cor sencer puja de to. Explosió! Aplaudeixen al nou ritme. Més explosió! Un devessall de veus sobrades i alegres generen una bomba d'energia que puja fins al sostre i s'apodera de la sala, de les meves espatlles i del meu clatell, dels cossos dels meus nens, de tot.

Voldria cridar «Hakuna matata!», però m'invento la lletra i canto, i sento que a cada picada de mans guanyo un any de vida.

De reüll miro l'Aksel, anestesiat pel balanceig de les túniques, per l'art de la cançó, per la posada en escena. Perquè ell sap què significa ser a dalt de l'escenari, fer-se vulnerable i explicar una història amb la veu i amb les mans.

El director d'orquestra, que deu tenir uns vuitanta anys, fa saltironets i no pot eixamplar més el somriure, atrapat per la força. Veig braços alçats, mans al cor, ulls tancats i gent que abandona el banc i es dispersa per seguir el ritme amb les cames. L'energia és increïble, les veus em fan ressonar els pulmons, els nens no paren de riure. Que no s'acabi mai! Que s'aturi el temps!

Cantem amb les mans i amb els peus i amb tot el que som ara mateix. Cantem a la vida i ens cantem a nosaltres quatre. Per ser aquí, ara, tots junts.

La música s'atura de cop i, malgrat el silenci sobtat, la sala segueix submergida en un núvol de màgia. Els integrants del cor alcen el puny a l'aire i ens regalen una trentena de somriures que il·luminen aquest matí assolellat que s'escola per les finestres d'Ebenezer Church.

Miro l'Aksel amb la sensació d'haver-me alliberat d'un pes molt gran. L'agafo per les espatlles i el miro als ulls.

—Aksel... —se m'arronsa la gola, ell em mira amb ganes d'escoltar-me—, va ser culpa meva. Va ser culpa meva que no arribés a temps quan tu esperaves veure'm a l'escenari. —Ell abaixa el cap, dolgut—. No és veritat que parés a reanimar un cérvol...

—Ah, no? —pregunta l'Eva, decebuda.

—No... Em sap greu. Però mentre conduïa com una boja, esperant arribar a temps per veure't, vaig pensar que encara que no fos allà tot aniria bé. Que la valentia que t'havia fet arribar fins a aquell escenari era tot el que necessitaves, que no et calia ningú per rapejar tot sol la teoria de Bohr. Que no em necessitaves a mi. Perquè ja ho havies aconseguit, Aksel —aixeca el cap, per fi—, tu ja has trobat la teva passió a la vida, i has fet el més difícil de tot: enfrontar-t'hi. Ets un exemple per a tots. Per a mi i per als teus germans, i ells no ho saben, encara, però també ho ets per als teus pares. Ho sento molt, Aksel, perdona'm.

—Sí, perdona-la, Aksel —diu el Bini, abraçant l'Eva.

L'Aksel enfoca la mirada entremig dels seus cabells rossos, sense apartar-se'ls de la cara. La multitud multicolor comença a dispersar-se i a saludar-nos amb un somriure entranyable. L'Aksel per fi fa el pas. Ignora el protocol que diu que cap nen en plena prepubertat pot mostrar senyals d'apreciació a la seva au-pair i m'abraça. M'abraça fort. Em retrobo per fi amb l'olor de pols i de vainilla dels seus cabells, el seu cos més prim i més alt. Tanco els ulls i penso que mai hauria imaginat que el podria arribar a estimar tant.

La sortida de l'església s'omple de la joia habitual que s'apodera de la gent després d'un bon concert, exagerat pel fet que és diumenge, que l'audiència és negra i que ningú al món canta com ells. La comunitat es reparteix en un regiment de barrets multicolors que em tornen boja.

El mossèn s'acomiada de nosaltres després de confessar al Bini que no sap del cert si Satanàs dorm amb els ulls oberts o tancats, i ens convida a tornar aviat.

Ens trobem el cotxe envoltat d'autocars que, ara sí, descarreguen una bona riuada de turistes que van a visitar la casa de Martin Luther King. Els nens i jo ens agafem les mans i travessem el carrer amb un esprint bonicament descoordinat, i just quan arribem al voral, quan m'adono que les meves botines roses carreguen una fina pel·lícula de pols, passa l'inesperat:

—Rita? —Una veu alta, clara i catalana em crida. La veu surt d'una noia de la meva edat, prima i de pell bruna. No sé qui és.

—Sí? —contesto, flipada, com si m'acabés de trobar amb una desconeguda que ha travessat un portal impossible d'espai-temps—. Perdona, que ens coneixem? Soc molt dolenta amb les cares...

—Hòstia que fort! Soc l'Hel·lena, l'amiga de l'Alba Casamayor, te'n recordes? —El portal espai-temps em provoca una sensació estranyíssima. La Vila Universitària aquí. L'Alba Casamayor i el Martin Luther King.

—Oh! L'Albaaa! Ara sí, sí que me'n recordo! No m'ho puc creure, però quina casualitat! Què hi fas aquí?

—No te'n recordes de mi, oi?

—Sí... No, ho sento, no...

—Tia, ens vam conèixer a l'última festa de l'Autònoma!

—Ah...

—Però t'acabaves de menjar una ensaïmada de marihuana d'un amic teu de Mallorca, i quan ens van presentar ja t'havia començat a fer efecte. Et vaig acompanyar a comprar uns Donetes Nevados i tot... —Un any més tard, resolt l'enigma de qui va portar els Donetes Nevados al pis.

—Uala! Increïble! Flipo! I què hi fas aquí?

—Estic d'escala entre Guatemala i Barcelona, i he aprofitat que l'aeroport oferia una excursió fins aquí i... —Em mira amb un deix estrany.

—Molt bé, molt bé... —L'Hel·lena està molt contenta—. Què... què passa?

—Aixx... És que em fa molta il·lusió veure't...

—Vaja... Sí, sí, a mi també... No haver de parlar anglès tota l'estona sempre s'agraeix...

—Bé... —riu—, per a això ja tens la Six, no?

—Com? La Six? Com és que saps qui és la Six?

—No t'ho ha dit, l'Alba? —No entenc res—. Cada vegada que envies un e-mail dels teus ens reunim totes les amigues de la uni a la classe d'informàtica i ens el llegim! Els hem llegit tots! Ens agraden molt! Un dia ens van fer fora de classe i tot...

—Els e-mails? Quins e-mails?

—Doncs els que envies explicant les teves aventures aquí, a Atlanta! Els reenvio al meu tiet, també. Els e-mails en què parles de quan vas conèixer el Tek Soo, que es posa molt vermell, o quan vas arribar al club i vas conèixer el John i portaves una samarreta de color carn amb els pits suats. —No tinc filtre—. Però el meu preferit és quan el mossèn va pillar les nenes jugant amb aquell porc... Allò t'ho vas inventar, oi?

—Doncs... no, no... —Estic una mica atordida—, tot això que explico... m'ha passat de veritat... Potser ho exagero una miiica, perquè tinc influència andalusa, però tot són històries reals...

—Hòstia, que fort!

—Hòstia, que fort, tu! —crido—. Que estic flipant!

—Bé, doncs... Doncs no deixis d'escriure, Rita, que ens amenitzes les classes de nanotecnologia! La veritat és que els textos costen d'entendre perquè no hi ha accents, ni apòstrofs, i fots uns paràgrafs infinits, i a vegades descrius molt, però és part de la gràcia...

—Doncs, doncs moltes gràcies... —Algú la crida.

—He de marxar, Rita, que em perdré la visita!

Em quedo palplantada observant com els turistes es barregen amb les dones vestides de colors. Uns faran un viatge per la història. Els altres entraran a preparar grits i ocra i arrebossaran el pollastre a la cuina.

Els nens es barallen a la llunyania sobre no sé quin dels nombres primers, i així, de cop, sentint nivells de surrealisme i de felicitat a parts iguals, apareix, en aquest racó de món sense asfaltar, el més inesperat.

El cartell de llums de neó de la Pam. El rap de l'Aksel. El Grand Canyon del Michael.

La certesa als ulls de la iaia aquella tarda de sol al terrat de casa, quan ho va veure tot tan clar. Per fi, reconec el que fa tant de temps que buscava. Per fi, la vocació.

El millor sexe de la Six

Piiiiiip...

—Hairy —l'Eva em reclama tres esglaons per sota del meu—, el que et volia dir l'altre dia és que un fals 9 té més capacitat de moviment per arrossegar el defensor. Però en qualsevol cas... tu creus que el Xavi faria una passada llarga més precisa que l'Iniesta? Tinc dubtes.

—Un segon, Eva.

Piiiiiip...

—Sí, poso el Xavi, que encara que l'Iniesta sigui més complet en el joc en general, el Xavi té una estadística de precisió millor. Bé, és que el Xavi és un geni, no creus?

—Home, i tant... I l'Iniesta també.

Piiiiiip...

—Important recordar: «Jugar la pilota des de darrere. La velocitat de la pilota és més important que la velocitat de les cames».

—Hombreeeeeeeee, la desapareguda apareix de l'ultramón! —dic jo, contenta de sentir-la—. Estàs bé?

—Què? Hombre tu!

—Però què dius? Si t'he trucat un munt de vegades! —em queixo.

—Rita, que no has rebut les meves trucades? Per cert, tens la bústia plena, no se't poden deixar més missatges.

—Ni una trucada, Six! M'estava començant a preocupar! No n'he rebut cap, m'han trucat mil vegades els de les faixes reductores dels collons i prou, mira, just abans de trucar-me tu, hi han tornat!

—Era jo, burra! Que no t'he trucat des del de la feina, t'he trucat des del personal.

—Des del personal? Estàs bé? I això?

—No tens el meu número personal? —pregunta la Six.

—No, perquè sempre m'has trucat des del de la feina.

—Hòstia.

—I per què m'has trucat des del personal?

—Però si et truquen quaranta-nou vegades al final l'agafes, Rita! Encara que et venguin unes putes faixes! A més, si ets un pal, tu, per què vols una faixa? Bé, és igual, què fas? Què és aquest soroll infernal? On ets?

—Són nens, Six, nens. Què vols que siguin? Els nens juguen i l'Eva repassa l'estratègia pel partit de futbol de demà. És molt important. Fa mesos que es prepara... Ha d'aprovar com sigui.

—Ja ho sé. Ens coneixem de fa mesos, recordes?

—Això dic jo! I tu? Com estàs? S'acaba l'hivern! Fa olor de la Fashion Week de París, dels colors pastel de Wes Anderson, de les primeres cerveses de primavera a la plaça del Sol.

—Va, calla, flipada, que ets de poble i vius a Atlanta.

—Per l'amor de Déu, ets el Voldemort. Sort que vaig bé d'autoestima.

—Per cert, com que no et trobava per enlloc t'he trucat a casa i tot, i he parlat amb el Fulbright... Tenies raó, és gai.

—Doncs és clar! Aquest matí per fi m'he pogut colar al seu calendari i he vist que quedaran una altra vegada, no deia quan, però posava «important PP», no ho sé, tia, estic molt intrigada. Somio que els veig follant al faristol dels premis Nobel.

—Ha de sortir de l'armari de manera imminent —diu la Six—. Això no es pot aguantar.

—El Chitawas no només la té molt grossa —segueixo jo—, sinó que representa tot el que s'oposa al Fulbright, tot el que li agradaria ser, és el canalla que ell no ha sigut mai.

—Mantén-me informada, sisplau, necessito saber-ho.

—Per cert, l'altre dia pensava que no em vas arribar a explicar allò del Tek Soo! Tu que vas dir que et repugnaven els homes...

—Mai he dit que em repugnessin els homes. Vaig dir que em repugnava la facilitat amb què els puc aconseguir. Aquella nit anava calenta i el Tek Soo estava allà, com un cadellet, esperant-me.

—Pobre Tek Soo... I què? Zero pèl al cos, petita com un conill i avorrit com una morsa?

—Mira, en la majoria de situacions em repugnaria recordar-ho, però, Rita, vaig fli-par amb el Tek Soo...

—Va, calla.

—T'ho juro. Jo de tu el provaria, el xinès ofereix un cunnilingus memorable.

—No m'ho puc creure!!! No li va rebentar la cara de la vergonya?

—No, no li vaig donar temps. Tia, quin soroll fan aquests energúmens, on ets? En un parc de velociraptors?

—Jo diria que s'assembla més a la matança del porc. Però no, no són ni deu; estic a l'entrenament de futbol de l'Eva, que a final de curs té l'examen. Tot el curs que hem estat entrenant, però la tia és tossuda com una mula i no vol que li ensenyi a fer una xilena.

—Què és una xilena?

—És igual. Es pot saber per què no em truques des del

mòbil de la feina i per què estàs fumant un mentolat a les quatre de la tarda, si és un d'aquells rituals teus sagrats de les set?

—Com cony saps que m'estic fumant un mentolat?

—Per la micropausa que fas abans d'encendre'l per pitjar el botonet de la menta. Tia, no n'hi ha per a tant.

—Friqui.

—Se'n diu ser observadora.

—He deixat la feina. —La Six es posa solemne.

—Què? Va, calla.

—Des de fa una setmana.

—Què? Per què? I ja no tens la targeta de crèdit per posar gasolina?

—No, tia, això em va fer dubtar molt —diu la Six.

—Ni tenim entrada gratis a… a aquella discoteca?

—Tia, aquella discoteca és el pitjor. Tot el que odio de la cultura americana és en aquella sala de sofàs blancs. Aquells músculs, quin fàstic.

—Ja, però teníem cubates gratis.

—Sí, els cubates, els cubates…

—Va, prou. És conya que has deixat la feina, no? —Em poso seriosa.

—No… no és conya.

—Què?

—Que he deixat la feina, Rita.

—Tia… què et passa?

—…

—Six?

—B-bé… —Té vergonya. Els silencis són molt llargs.

—Et passa alguna cosa greu. Pràcticament no has dit ni una paraulota des que he despenjat el telèfon. No t'has cagat en el patriarcat empresarial, ni familiar, ni en la bretxa salarial. No m'has comentat que el Zuckerberg acaba de fitxar una dona com a cap d'operacions i que el primer dia de feina es va adonar que no hi havia lavabo per a dones perquè mai hi havia hagut una dona directiva. El to de la veu és més baix i més dolç. Six, és greu.

—Rita...

—T'has enamorat!

—Fffff...

—Hòstia, t'has enamorat.

—Sí. Molt heavy.

—Uau. No pot ser. Increïble! Impossible! Com? Qui és?

—És una deessa, Rita. Una deessa grega de cabells rinxolats i ulls verds. Ens vam veure i va ser una cosa molt bèstia. Va ser en un pàrquing a plena llum del dia. Ens vam quedar totes dues parades. Així, de cop. Em va caure el cafè a terra i tot... Té els cabells arrissats i els ulls verds.

—Ja m'ho has dit, això dels cabells i els ulls. Ho has tret d'una pel·li romàntica cutre. Quin clixé.

—No... No... Tia, saps que tinc ràbia a tot en general i especialment als clixés. Odio els clixés més del que odio Los Morancos i els musicals, més que el Tricicle!

—Eh! El Tricicle, respect.

—Però estic atrapada, Rita. Atrapada en una espiral de plaer i irracionalitat que no em deixa veure-hi bé.

—Una espiral de plaer, diu... I veure bé el què?

—Doncs que crec que m'han augmentat les diòptries i tot, tia, t'ho dic, és molt bèstia. Em vaig quedar tan parada quan la vaig veure... Vull dir, literalment, no em podia moure; va ser ella la que se'm va haver d'acostar.

—Impossible.

—El que no entenc és com tota la humanitat no està enamorada d'ella. No va ni riure quan em va caure el cafè.

—Això del cafè és veritat?

—Sí.

—Verge santa.

—I va venir. Em va dir que es deia Valentina i em va donar la seva targeta. Així, pim-pam. I estava allà de pas, Rita, de pas! No hi havia estat mai, ella, en aquell pàrquing, ni tan sols havia vingut mai a Atlanta!

—Estic flipant. Quin pàrquing és?

—El... el... el del Murphy's.

—Nooo! Vas anar al Murphy's sense mi? I el nostre pacte? Tu saps les vegades que hi he volgut anar i no ho he fet perquè no hi eres?

—Saps que necessito una French toast com a mínim un cop a la setmana, i ja en passaven dues. Va ser ràpid, de veritat... Després de donar-me la targeta em va dir que tenia una engruna al front, i vaig riure i aleshores me la va treure, i li vaig dir que... Li vaig dir que devia fer vint minuts que l'hi tenia, i que per això havia rigut el cambrer...

—...

—Li vaig trucar quinze minuts més tard. No vaig poder aguantar més.

—Hòstia, això és gravíssim.

—I vam anar a sopar aquella nit... al... Murphy's.

—Al Mur...??? —No em puc indignar més.

—Era on ens havíem conegut! I va ser increïble, in-cre-ï-ble... Mai havia sentit res així, t'ho dic de veritat. I ella, que mai havia sentit res per una dona, ni tan sols s'ho havia plantejat, no li va donar importància, va ser com «OK, això és molt pur, doncs endavant»... És tan emocionalment madura, tan intel·ligent, tan preciosa, i...

—I...?

—És que floto, Rita. Floto.

—Joder... ja ho veig... Bé, me n'alegro molt, de veritat... Però, i què té a veure ella amb la feina?

—Bé... —La Six emet sons guturals plens de culpa—. És que...

—Escolta, on ets, que plou?

—Tia, hòstia! Sembles el Sherlock Holmes drogat d'èxtasi.

—Plou, no n'hi ha per a tant, Six.

—Promet-me que no t'enfadaràs.
—Ui...
—Promet-m'ho.
—Dispara.
—Me n'he anat a viure a Seattle.
—PERDONA???
—Soc a Seattle des de fa una setmana...

El pit se m'omple d'una sensació de traïció insuportable. Quan estàs tan lluny de casa, una amiga com la Six no és només una amiga. És una millor amiga multiplicada per cent. Els ulls humits. Ja no queda ningú al camp de futbol. Només l'Eva i la seva carpeta d'estratègia plena de possibilitats.

—No m'ho puc creure.

—Rita, és que de veritat que el que sento per la Valentina és d'una altra lliga.

—Sí, però no per això et mudes a l'altra banda del país! Que te n'has anat a Alaska, idiota!

—Però és que la connexió que vam sentir, la certesa va ser tan fulminant, que no vaig poder-hi fer res. Des d'aquell dia que no hem parat de fer l'amor... Ella no va anar al congrés pel qual havia vingut a Atlanta, jo vaig faltar a la feina tres dies i ni tan sols vaig poder inventar-me una excusa quan el meu cap em va preguntar per què havia faltat... Tia, és que ploro quan tinc un orgasme! Que ploro!

—...
—T'has enfadat?
—Per això el mentolat.
—Com?

—T'estaves fumant el mentolat ara perquè a Seattle són les set de la tarda.

—Elemental. —Silenci llarg.

—Com has pogut marxar sense dir-me adeu?

—És que... ha sigut molt ràpid, Rita, em sap greu, t'he trucat mil vegades...

—Suposo que hauràs de tornar per fer la mudança, no?

—No... És que... és que ja m'ho vaig endur tot...

—Increïble. Increïble! Putes faixes reductores.

—Ja ho sé. És una bogeria, potser és l'acte d'impulsivitat més gran que he fet mai. Però jo no tinc família, Rita. No tinc casa, i encara que ser òrfena sigui una grandíssima merda i vingui amb més traumes que malalties sexuals té el Charlie Sheen, l'única cosa positiva que té és que no he de donar explicacions a ningú. La meva casa soc jo.

—Vaja.

—Bé, ja m'entens, jo... i tu.

—...

—Perdona'm, de veritat. No poder-te dir adeu va ser un calvari, vaig fer un volt pel barri de Leafmore i tot, però no sabia quina casa era la teva, i fins i tot vaig acostar-me a Georgia Tech, vaig anar a l'institut d'idiomes i res de res.

—Ja... Estàvem de vacances de Nadal... Demà hi torno.

—Quan trobi feina serà el primer viatge que faci. I anirem al Murphy's juntes, i sortirem de festa al Hall in the Wall, farem cafès al San Francisco i anirem de compres a l'Urban Outfitters; repetirem tots els nostres rituals preferits. Ja t'enyoro.

—És clar, que ara no tens feina. —Em fa ràbia la manera com ha aniquilat la seva personalitat, la seguretat que la defineix.

—No em preocupa la feina, ja saps que tinc un currículum impecable. I tant et puc vendre unes aixetes d'or com un sake de Tailàndia. A més, estic al niu del desenvolupament tecnològic mundial! Que faig el cafè on Bill Gates feia el cafè als anys setanta! Aquí tothom és jove, té carrera, se l'entén quan parla i la gran majoria ja té un iPhone! N'has vist algun, ja? Has vist que no té teclat?

—A Tailàndia no fan sake.

—Però te'l vendria igualment.

—...

—...

—He de penjar...

—Doncs a mi no m'ha semblat que hagi vingut cap nen a reclamar-te.

—...

—Rita...

—Què?

—Sense tu no hauria aguantat viure a Atlanta.

—... —És que l'estimo molt i l'enyoro molt, hòstia!

—No hauria aguantat vendre aixetes d'or a russos que escupen a terra. No hauria aguantat una rutina de més de dos anys. Mai havia aguantat tant en una ciutat i ha sigut per tu. Des del dia que et vaig conèixer vaig entendre que el que sentia quan estàvem juntes era el més proper a sentir-se a casa... A tenir una família.

—...

—I diuen que les famílies són la nostra brúixola, la nostra guia. Són la inspiració per aconseguir els objectius més impossibles, el nostre pilar quan ensopeguem.

—Això ho has tret d'alguna tapa de iogurt.

—No, de les cites del governador d'Oklahoma a la contraportada d'una revista ortodoxa.

—My God.

—Però ho dic de veritat!!!

—...

—Ara ja és tard. Ja som família, Rita. Potser et costarà de creure, però jo soc avui a Seattle també per tu, perquè si no sabés que puc comptar amb tu sempre, no m'hi hauria atrevit. Perquè m'has ensenyat a ser feliç, a posar-me exageradament contenta només perquè a la discoteca ens posin una cançó que ens agrada, a menjar-me uns ous Benedict com si fossin caviar de beluga i a sentir què és una amiga de veritat. Recordes aquell dia, fent el brunch al San Francisco, que estàvem plorant de riure i una dona se'ns va acostar per dir-nos que ella pagaria per poder riure així amb una amiga?

—Sí...

—Tu m'ho has ensenyat. Has fet que senti menys ràbia per tot a la vida, Rita. I això... això és un miracle.

—Doncs sí, un miracle.

—T'estimo, Rita.

—Ets molt valenta, Six...

—Això ha sonat a: «T'estimo», «Gràcies»...

—Que no, idiota, que jo també t'estimo, però és que això sense tu serà una merda... Joder, Six, que bèstia... Ara mateix et mataria, però me n'alegro per tu... Molt, moltíssim, de veritat. Aquesta Valentina deu ser l'hòstia.

—Potser ara que et deixaré més tranquil·la trobaràs què vols fer dins del teu caos de nens superdotats i cubates de Jägermeister...

—Pff...

—Potser t'apareix així, com si res, en un pàrquing.

—De fet, va ser després d'un concert de gòspel, davant de la casa del Martin Luther King.

—Què? Però què dius? No et deus voler fer monja, tu, ara! No et rapis, eh? Que tens una cabellera brutal!

El primer i l'últim partit que jugarà l'Eva

Quan el meu germà i jo teníem partit de bàsquet, cada cap de setmana, la iaia sempre venia. Agafava el Panda vermell, la carmanyola amb croquetes i s'instal·lava a les grades del poliesportiu de Puigcerdà a veure un espectacle que no acabava d'entendre, però que li feia saltar la croqueta cada vegada que l'Albert o jo marcàvem —que era sovint; seria falsa modèstia dir que marcàvem poc.

Any rere any, l'afició va créixer tant a la pista com al públic, i allà vam arribar a viure autèntiques èpiques esportives i personals. (Anys més tard, fins i tot, vaig descobrir antics i atractius fans a la porta del Trànsit, compartint pitis a les set del matí).

La grada del poli s'omplia a trossos amb familiars i aficionats amb poca feina que venien a passar la tarda i a complir amb la dosi mensual de safareig. L'espectacle estava assegurat. Un dels millors moments, però, era quan arribaven «els júniors». De mitjana dos anys més grans que nosaltres, desvirgadors potencials, ens observaven amb el mateix entusiasme desganat que els oferíem nosaltres.

Emocions com les que vam sentir damunt d'aquell parquet tothom les hauria de viure alguna vegada a la vida. Vivències didàctiques amb pudor de suor i retolador permanent, que van marcar per sempre un grup d'adolescents que experimentàvem primeres vegades sota la mirada esperançadora dels progenitors.

Més o menys com el que veig avui, aquí. El partit de final de curs de la classe de l'Eva està a punt de començar: els Esquirols contra els Tucans. L'esperança parental que jo recordo a la meva grada era bastant menys intimidant que la que es propaga avui aquí. Aquí es respira la mateixa tensió que en una final de la Champions League Barça-Madrid.

Si algú la veu des de fora, l'escena es presenta com un altre dia esplèndid a la capital de l'estat de Geòrgia. Mentre pujava els esgraons de la graderia m'han arribat traces de romaní i de roses. L'aire ja fa olor de primavera i el sol ens regala bones i necessàries dosis de vitamina D.

La matusseria i la vitalitat pròpies d'una dotzena d'infants de vuit anys es barregen al voltant de l'entrenadora de la classe de l'Eva —restes de Gatorade ressegueixen els llavis dels nens, les mitgetes desiguals—, però la infància es difumina a mesura que el compte enrere anuncia l'inici imminent del partit. Aguditzo la vista i observo l'estratègia. El retolador de l'entrenadora repassa la tàctica dibuixada a la pissarra, però passa alguna cosa, perquè aquesta no és l'estratègia que hem proposat amb l'Eva. De moment tot va malament.

L'entrenadora es fa el senyal de la creu.

Els nens fan el mateix. Verge santa, quins nervis.

Comença el partit.

Els crits dels pares arrenquen des del primer xut. Miro a banda i banda del camp i no me'n sé avenir. És com si s'haguessin transformat. M'ha semblat veure que un pare escopia a terra. El pastor Paul clava la mirada a la seva filla Mary i puc sentir la invocació a Déu Nostru Senyor des d'aquí. Maracaná.

Ni rastre de l'elegància que s'espera d'una massa intellectual com aquesta; la sobrietat habitual s'ha quedat a casa entre llibres i diplomes de Harvard amb vistes a jardins de disseny.

En una altra ocasió —més aviat en qualsevol altra ocasió—, aquest panorama m'hauria fet increïblement feliç, per fi una mica de sang, una mica de nervi! Però avui no. Quan estàs al camp l'últim que vols és que els teus pares et facin passar vergonya. Sobretot si tens vuit anys.

Per sort, la Hanne i el Fulbright no són dels pitjors; potser perquè estan al·lucinant de veure que la seva filla experimenta transpiració facial per primera vegada a la vida en un partit de futbol. De la mateixa manera que, si aquest partit no va bé, al·lucinaran quan l'Eva porti el primer suspès de la història en territori Bookland, i la seva carrera fins a Harvard tindrà un punt negre, qui sap si indefugible. Aquest país no pot anar pas bé.

Al primer gol en contra, l'Eva em mira, es despentina i fa senyals amb els braços amunt i avall, dreta i esquerra. No entenc res. Li responc que té raó. Aviam, no passa res si no guanya, però de moment només s'ha queixat de l'estratègia de l'entrenadora.

(I amb tota la raó. Aquesta dona no s'adona del caos de l'equip. Les seves ordres no tenen cap sentit).

Al segon gol es despentina una mica més i deixa anar el braç mort amb mala llet. A l'altra banda de la grada, una mare escridassa l'àrbitre perquè diu que no ha xiulat una falta claríssima. Un altre pare li diu que exagera. Al tercer gol, l'Eva em mira i riu amb ironia i desesperació. Jo li dic que pari de donar instruccions a tothom i que intervingui: que robi la pilota i corri al contraatac, que s'anticipi, que xuti a porteria, que faci tot el que hem practicat!

Però no fa res.

L'Eva es queda palplantada a l'extrem esquerre, mira a banda i banda i comença la travessia del camp amb la parsimònia d'una adulta que acaba d'entrar de funcionària amb contracte indefinit. I com si portés la veritat del món a la butxaca, em llança una última mirada i abandona el partit.

Una de les primeres vegades que em vaig quedar a soles amb l'Eva recordo que duia una samarreta del club de natació heretada del seu germà; també recordo que em va somriure i em va estrènyer la cintura amb tota la força que li van permetre els seus bracets, amb pèl moixí de color pàl·lid.

Aleshores vaig pensar que era una abraçada sincera, de benvinguda, però dies més tard m'adonaria que ho feia gairebé com un prec, amb l'esperança que jo arribés a ser l'aliada que la Daniela havia sigut per a ella. No és que l'Eva necessiti cap tipus d'ajuda, o que no s'avingui amb els seus germans, però la Daniela s'havia convertit en una germana gran, en l'altra noia de la casa, i l'Eva gaudia de l'extra de tendresa, de les paraules ensucrades i amoroses de la colombiana, de la germanor femenina que no li donaven els seus germans.

Vaig trigar a adonar-me que quan em parlava malament, quan es frustrava perquè jo no sabia que els mamuts s'havien extingit al paleolític i no a l'edat del gel (referència: pel·lícula *Ice Age*), o quina era la diferència entre la memòria RAM i ROM, en realitat s'enfadava perquè jo no era la Daniela. Però a poc a poc, més aviat del que m'adonaria, vam saber construir la nostra parcel·la, diferent de la que compartia amb la Daniela, però igualment bonica.

L'Eva, com tots els Bookland, té una intel·ligència per a la qual no sabria trobar un comparatiu en el meu repertori d'adjectius que li faci justícia, però, a part d'això, i potser com a distintiu més interessant, no cal posar gaire atenció per adonar-te que la seva astúcia encara és més prominent, i que la seva generositat i bona voluntat en tot el que fa transcendiran la seva actual condició d'infant. L'Eva és una màquina meravellosa.

L'Eva no surt a la segona part perquè no sé què collons li ha picat. Penso en el que li diré quan la vegi feta caldo. Intentaré gestionar l'orgull immens que sento pel camí que ha fet des de principi de curs i li diré que no passa res. Que si no entra a Harvard tampoc no s'acabarà el món. Li recordaré d'on venim i fins on hem arribat.

La classe de l'Eva perd 3 a 0 però, davant la sorpresa de l'equip rival i la desesperació dels pares, surten del vestidor cridant i rient. «No tenen esperit competitiu! Aquests nens no saben què és lluitar, a la vida! Els ho hem posat tot massa fàcil!». Escup. Escup.

I llavors la veig. L'Eva salta al camp, cua despentinada, pissarra a la mà, al costat de l'entrenadora. La dona es gira per mirar-nos a mi i als Bookland i ens pica l'ullet, com si estigués fent un favor a la nena. Però ella sap tan bé com jo que aquesta nena de vuit anys és la seva única esperança.

La classe dels Esquirols es distribueix damunt la gespa agafant com a referència l'alineació del Barça de la final de la Champions del 2006. Només tarden un minut a fer el primer gol, la grada el celebra amb un aplaudiment alegre però contingut —el gol de l'honor—, conscients que una remuntada és impossible. Van 3 a 1.

L'Eva, per part seva, no fa mostres d'exaltació; apunta amb el dit, segura i contundent, i dona instruccions als companys que ells segueixen al peu de la lletra. I només durant un instant gloriós, l'Eva es gira per picar-me l'ullet, i jo sento una emoció estratosfèrica.

Els contrincants no saben com ha passat i el segon gol també arriba molt ràpid. Els pares no s'ho poden creure. La Hanne entona el to gutural més agut que li he sentit fins ara, al Fulbright se li descorda el primer botó de la camisa i deixa entreveure l'escot pelut que deu fer anar boig el Chitawas (pocs dies per a la trobada). L'Aksel i el Bini són damunt de les cadires i xisclen com ovelles desbocades. La remuntada ja no és una utopia.

Falten només deu minuts perquè s'acabi el partit. L'entrenadora demana calma, mira de reüll la tàctica que l'Eva dibuixa a la pissarra i emet ordres als seus Esquirols. Els Esquirols es calmen i miren l'Eva. Braços a l'aire estirats en màxima tensió. Al camp, silenci.

L'Eva crida una paraula que no aconsegueixo endevinar i, acte seguit, la Katie, a qui se li ha girat el cervell, dispara un xut en vaselina que ni ella ni ningú no sabrà mai com ha aconseguit coordinar. La pilota ressegueix la paràbola perfecta. La tensió és insuportable. I la pilota acaba a la xarxa de la porteria en una imatge que es gravarà per sempre més al cervell de la petita Katie i de tots els que avui som aquí. Gol.

A partir d'ara ja ningú es fa responsable dels seus actes, ni dels pensaments obscurs que l'adrenalina farà sortir per les boques de cadascun de nosaltres. Ja no importa si la desaparició dels mamuts va ser al paleolític o a l'edat del gel, la RAM o la ROM. A partir d'ara ja només val una cosa: guanyar.

Una nena li fot hòstia a un nen. Un altre cau a terra tot sol i plora. L'àrbitre, que està igual d'exaltat que la resta de públic estival, hi posa ordre. No hi ha ni una sola persona asseguda, a l'Eva li cau la pissarra a terra. Queden cinc minuts.

L'equip contrari intenta fer el mateix xut a porteria que la Katie... però va a fora. Molt just. Atac de cor. Tornen a fer el mateix només uns segons més tard. Més just. Doble atac de cor. Si la iaia fos aquí hauria fet volar les croquetes fins a Wyoming.

L'equip contrari hi torna. El gol del rival està aquí mateix. És qüestió de minuts i només en queden dos. Només queden dos minuts! Fins que arriba l'inevitable. Un nen amb més quàdriceps que jo fot un xut brutal a la nostra porteria, tan ben apuntat que deixa sense respiració totes les famílies Esquirols. Sento que la realitat al meu voltant es comença a moure a càmera lenta. Les escopinades a contrallum, a mossèn Paul li falten dits per coordinar els precs amb el rosari. Els crits en silenci. Que no entri, que no entri.

Contra tot pronòstic, les pregàries del pastor Paul tenen efecte i la pilota pica contra el travesser i rebota amb tanta força que va a parar als peus de la Mary, que esperava just al punt on l'Eva li havia dit que es quedés. La Mary xuta. I la Mary marca el gol de la victòria. Final del partit.

El que ve a continuació és el meravellós teixit de la història, la primera pàgina de la llegenda. L'anècdota que transcendirà generacions.

El món segueix desplaçant-se a càmera lenta, i veig com el Fulbright salta amb els braços alçats i la camisa que ara només s'aguanta per un botó. La Hanne s'abraça a un espontani i salta tant, però tant, que fa volar una sandàlia fins a l'última grada. El mossèn obre molt la boca i mira al cel, s'agenolla i llança el rosari a l'aire. El Bini riu i plora a la vegada, i l'Aksel crida tant que se li inflen les venes del coll. La Mary i la Katie i la resta d'Esquirols corren cap a l'Eva i descobreixen una abraçada que no havien conegut fins ara. Una alegria que no havien conegut fins ara.

L'Eva es deixa abraçar. Ja no té cua, ni pissarra, ni res, i la llancen a l'aire com d'aquí a uns anys llançaran a qui ha sigut el seu referent. De tornada a terra s'aparta del grup, salta la tanca i comença a pujar les grades a passes de gegant. I jo baixo les grades a passes de gegant, i ens trobem. M'abraça amb totes les forces que li queden i jo soc la persona més feliç del món.

I penso que tots hauríem de viure un moment així alguna vegada a la vida. Perquè tots i cadascun de nosaltres ens ho mereixem, i perquè després de sentir tanta bellesa i tanta força ens convertim en persones millors del que érem abans.

Sempre i indiscutiblement, mandonguilles

La llum generosa de la primavera acaricia subtil les relíquies de la Roberta. La gramola, el molí de cafè, els culs de dos asteques fent de bombos. Identifico fotos noves. Ella davant d'una piràmide d'Egipte i una altra caminant per camps d'arròs asiàtics. Potser el Vietnam. La Roberta no té gaire pinta de turista i sempre sembla que l'acompanyi un explorador de renom. Però com pot viatjar tant, aquesta dona?

S'asseu a la butaca amb una parsimònia insòlita. No diu res. Té totes les meves redaccions damunt de la taula, però no les toca. Com si vingués al cas, obre la porta d'una nevereta de fusta amagada sota l'escriptori i en treu una Coca-Cola d'ampolla. És la primera de totes les vegades que he entrat en aquest estudi que no té pressa. Avui sembla que tingui tot el temps del món.

Sense accelerar el ritme serveix la Coca-Cola en una espècie de ritual a còpia de batzegades. El so esponjós del primer líquid aterrant al cul del got l'anima. La següent batzegada comença quan les bombolles de l'anterior s'han evaporat. Els rajos són cada vegada més curts. Penso que potser m'estic perdent alguna cosa. Observo l'estança de reüll. Raig a raig, la Roberta serveix fins a l'última gota de l'ampolla de vidre. Fins que agafa el got, l'analitza i, per fi, després d'un milió d'anys...

—Com estàs, Rita?

Per fi, beu.

—Estic flipant amb la Coca-Cola.

—Normalment la gent riu o pregunta al tercer raig.

—Normalment?

—Amb tu n'he fet un parell més, però res. Has observat tota la ximpleria amb uns ulls que semblava que m'estigués menjant els calçotets de Lord Byron.

—Roberta! —M'escandalitzo com una tieta. Accent d'Alp.

—Rita, mandonguilles, sisplau, que soc professora d'escriptura, no soc la Laura Bush.

—També.

—Com estàs?

—Bé, ja m'ho has demanat. —Estic nerviosa—. Estic molt bé. Que passa res?

—Com tens l'escrit per al concurs de *The Georgian*?

—No l'he començat.

Deixa el got a la taula. Les bombolletes, els rajolins, a la merda.

—Encara falta, però més val que espavilis.

—Estic acabant de decidir el tema.

—El tema no és el més important.

—Ah, no?

—És clar que no. La qüestió és escriure alguna cosa que et faci aixecar d'aquesta cadira i no tinguis ganes de fer res més que escriure sobre allò.

—Ja... escriure... L'altre dia... —em poso més nerviosa—, l'altre dia vaig saber que volia escriure... com a feina... com a professió. —Em retorço els dits de la mà, crec que el que dic és una xorrada—. Però ho vaig saber perquè una noia em va dir que li agradava llegir els meus textos i penso que és cutre que m'hagi adonat que vull prendre'm l'escriptura seriosament només perquè una desconeguda m'ha dit que li agrada el que escric.

—Oh.

—No me'n podria haver adonat jo sola? Cal que depengui de l'opinió dels altres?

—Però quina importància té com te n'hagis adonat? Digue'm una sola professió que no necessiti un públic. Que no necessiti que li donin un copet a l'esquena. Des d'una feina mecànica, com la d'un carter, fins a un pioner com Miquel Àngel. Tots necessitem saber que allò que fem té sentit, que s'apreciarà.

—Potser sí... No sé ni per què ho dic... Em deu haver vingut la vena de l'escola de monges. El narcisisme com a pecat, que estigui mal vist parlar d'un mateix. Un tema, val a dir, amb el qual mai he tingut cap problema. Si es fa una cosa ben feta, per què no se'n pot presumir? Si t'ho mereixes... En el tema de l'amor, però, jo és que em poso molt nerviosa i...

—Rita. Centra't. És igual com te n'hagis adonat. Si és per una desconeguda, doncs que així sigui. Mandonguilles.

—A més, resulta que la desconeguda es diu Hel·lena, com la ciutat, és una bonica coincidència, no creus?

—Rita. —No entén la broma.

—D'acord, d'acord... mandonguilles.

—Mandonguilles?

—Tu has dit mandong... És igual.

—Si vols escriure de veritat, has de saber que la feina d'escriptora és una feina solitària. I jo a tu no et veig gaire solitària.

—N'he après, Roberta, aquest any n'he après. De tant en tant la solitud és necessària i reparadora. De totes maneres, «escriptora» em sembla una paraula massa important.

—No diguis ximpleries. Tot i que, en realitat, ser escriptora o no ser-ho no és decisió teva. L'escriptura t'escull a tu, no tu a ella.

—Ah.

—I si t'ha escollit només ho sabràs amb el temps. Però si és així, si la vida t'ha donat aquesta sort, has de saber que viuràs una aventura apassionant. Descobriràs que escriure és creuar un desert constant i creuar-lo sola. Un desert que no té fi, només un horitzó difós que sempre tindrà dunes millors que les que trepitges.

—Dunes... d'acord.

—Aïlla't, Rita. Mandonguilles, Rita. Identifica què et fa vibrar, què et fa divertir, què et fa canviar i escriu-ho.

—Buscaré la inspiració.

—Insp...? Inspiració?! —Dona un petit cop de puny a la taula—. No! Una merda! La inspiració és una xorrada! Igual que la idea clàssica que l'escriptor ha de ser com Fitzgerald o Byron; una vida de drogues, alcohol i desesperança. Que si la fòbia del paper en blanc, que si bla-bla-bla... Una merda! —Els rínxols blancs xocant-li esponjosos sobre la pell fosca em semblen un poema—. Això només funciona a les pel·lícules. Trobaràs moltes frases ensucrades de grans escriptors que parlen sobre la millor manera d'escriure, però només n'hi ha una: seure i...

—Sagnar.

—Mira-la, citant Hemingway! Citar-los et farà quedar bé. Llegir-los et farà escriure millor.

—D'acord.

La Roberta es relaxa. Aparta la mirada i el ritme de la veu se li alenteix.

—Escriure... escriure és una professió, Rita. —Parla com si acabés d'entrar en una altra dimensió, com si el que ha de dir a partir d'ara ja no fos només per a mi—. Escriure és un ofici que mereix tot el respecte. El respecte i l'honor de la gent que es pren la feina seriosament. Escriure és art i és bellesa. Si creus que vols fer-ho, que t'ha escollit, tens el deure d'intentar-ho.

—D'a... D'acord.

Es deixa caure al respatller de la butaca. Agafa la Coca-Cola per fer-ne un glop, però torna el got a la taula. Tanca els ulls en un sospir profund. Passa una estona que li pesa prou per allargar l'impàs més del que caldria. A la llunyania sentim com la porta de l'escola d'idiomes es tanca amb un cop sec. Ja no queda ningú a l'edifici. Quan per fi torna a obrir els ulls, s'aixeca i camina cap als seus records.

—Abans t'he dit que el tema del que escriguis no és el més important.

Parla d'esquena a mi i s'atura davant de la prestatgeria més apartada de totes.

—Em referia al fet que... que els temes que mouen l'art sempre són els mateixos... L'amor, la por, l'esperança. La feina de l'artista és donar-los forma a partir de la seva existència. Qui ets en el moment en què pintes, en què compons, en què cantes i en què escrius. Si escrius sobre l'amor, és possible que parlis de la teva família, dels teus amics i de la teva terra. Si escrius sobre la por, mencionaràs la punyia inoblidable del primer cor trencat. En general escriuràs amb paraules àgils i alegres pels colors dels records que ara tens, per la joia agredolça de viure en la vintena. Aquesta és la teva força, Rita, la teva veritat.

De cop les espatlles de la Roberta s'encongeixen. Tota ella es contreu davant d'un llibre.

—En canvi, si jo parlo d'amor...

Amb un gest calculat obre el llibre per una pàgina exacta i en treu una fotografia. És petita i no en distingeixo la imatge. La sosté amb molta cura i la mira un instant molt ràpid. Avança cap a la finestra en busca de l'escalfor del sol; la llum li perfila les piguetes, els llavis molsuts es premen amb força, la mirada s'amaga darrere dels seus rínxols.

—Si jo parlo d'amor podria escriure sobre què és parir un fill. Què és sentir com surt de tu per respirar el món amb un crit. El moment en què els seus ulls grossos et miren i et canvien per sempre. L'olor dolça de la sang calenta, la seva pell damunt la teva. Sentir com la seva riallada t'allarga els anys.

L'alegria de veure'l créixer, de viure la vida un altre cop, tot per primera vegada. El mar, la síndria, els gossos i el cine.

El seu cos està absolutament immòbil.

—Si escric sobre la por, podria escriure sobre què és perdre'l. Sentir el terror més absolut. Que t'arrenquin de la vida. Que desapareguin tots els colors i passis a viure en la foscor. Experimentar la teva pròpia mort, existir en un buit inacabable, que cada bri d'aire que respires se't faci insuportable.

Darrere la finestra una brisa d'aire fa dansar uns brots que han crescut en un test oblidat. Observo amb urgència les primeres tiges de l'any amb el cor encongit, buscant respostes. Com pot ser? Una dona amb la seva vitalitat. Ella també mira els brots, les tiges, però no els veu. Fins que per fi aixeca la barbeta cap al sol, recordant la dignitat, que anys abans va haver de rescatar. Un vell somriure li aparta els rínxols blancs i descobreix la Roberta que reconec.

—Si escric sobre l'esperança podria parlar-te de la llum. Una petita espurna esclatant en un univers negre. Una escletxa molt prima i molt dèbil, però una escletxa de llum, després de tot. La claror de la bellesa... —Somric més—. Hi ha tanta bellesa en aquest món, Rita... Podria escriure com és reviure en la bondat dels altres. De buscar-la i trobar-la a tots els racons del planeta. Trobar-la a cabassos! I trobar la bondat, també en totes les formes de l'art. Perquè en l'art, estimada, sempre hi trobaràs l'essència humana.

Sense mirar-la més, agafa la foto i la retorna dins del llibre. Desfà camí i torna a l'estudi, a aquest vespre que s'allarga. Recull les meves redaccions de damunt l'escriptori i ve cap a mi. Em troba encaixada a la cadira, compungida, absorta i agraïda. S'ajup al meu costat, i amb la certesa dels qui han tornat de la mort, em diu:

—Qui ets ara mateix, Rita, aquí i ara, és un tresor irrepetible. Atrapa'l i escriu-lo. Fes-li justícia.

Acte seguit, aixeca tots els meus escrits, me'ls ensenya i els estripa. La Roberta, aquesta musa que el carpe diem ha escollit d'entre els vius per fer-li d'ambaixadora, torna a la butaca i fa un glop de Coca-Cola llarg i refrescant, com si no acabés de passar el que acaba de passar. I abans que jo desaparegui per la porta d'aquesta sala de l'esperit del temps remata:

—I recorda, Rita, sempre i indiscutiblement, mandonguilles.

La Gillette, la cita secreta i el contestador automàtic

La primavera desfila ràpida per darrere la finestra del menjador amb un rastre florit i una olor prematura de ciment calent i after sun. La calor d'Atlanta és molt jevit.

Les hores i els dies passen damunt del teclat del meu ordinador, sigui en un banc de la piscina amb els nens ofegant-se de fons, o a dins del cotxe mentre espero que surtin de classes de violí.

I quan no escric, llegeixo. Llegeixo llibres —tot el que trobo, de Hermann Hesse a J. K. Rowling i a Joan Didion, i textos aleatoris que em dona la Roberta— i revistes, és clar, *The New Yorker* en vena, *The Georgian* i *The North Avenue Review*, que sempre hi ha algun text que em fa riure.

Les tardes amb els nens s'allarguen al ritme habitual de la primavera, l'ombra dels arbres aviat ha sigut prou allargada per deixar-nos remullar una estona més al rierol del costat de casa, i després el sol ens ha acaronat les cares blanques i fines després d'un hivern intens.

I amb l'exterior, és clar, l'amiga Gillette s'ha tornat a instal·lar a la prestatgeria del meu lavabo per endurir-me els pèls fins a proper avís. Dos dies, potser tres. No tinc temps d'anar-me a depilar amb cera.

La proximitat de final de curs és evident. El meu curs i el dels nens. Els deures es fan més ràpid, les agendes van més plenes i els xiscles pugen de volum.

L'Aksel escriu i reescriu versos a les pàgines de la llibreta de xinès; l'Eva perfila les estratègies futbolístiques: «Jugar la pilota des de darrere. La velocitat de la pilota és més important que la velocitat de les cames», i cedeix amb menys resignació a la pràctica física de penals i vaselines. I el Bini... Bé, el Bini sembla que hagi desembussat del tot la canonada de les seves idees de negoci: motos solars que et fan el dinar, tasses que canvien de color segons la saliva, que la teva cara sigui una caca que parli a la pantalla del mòbil d'última generació del John. Totes em semblen brillants.

En la franja adulta de la família Bookland la cosa és més inestable, el Fulbright es comporta més incòmode que mai —la retrobada Bookland-Chitawas és imminent— i la Hanne sembla que hagi après a gestionar la incertesa amb un nou color de cabells i unes botines calcades a les meves. La paradoxa és que quan el Fulbright està a la cúspide homosexual, la seva dona està més guapa que mai.

—¡Chancha! —La Conchi i el seu últim fogot em reclamen davant la porta principal.

—¡Vooooooy!

—Peluda! Jeiri! Vine!

—Que ja vinc!

—Té, que t'han arribat dos paquets certificats. El primer és d'Au-pair in The States. —La Conchi aixeca les celles dibuixades, expectant.

—Sí, ja ho sé: he de decidir si em quedo un any més o me'n torno a casa.

—I què faràs? —Si no fos perquè és impossible, crec que li agradaria que em quedés.

La segona carta m'arrenca un somriure. La Conchi mira el remitent sense cap tipus d'escrúpol.

—El John —explico— està al comitè presidencial de *The Georgian*, una revista de la universitat que m'agradaria aprendre com funciona perquè hi ha un concur...

—Claaaaaaaaaaaaro... I jo soc la reina d'Anglaterra. Per cert, les butxaques dels pantalons de l'Aksel estan plenes de papers escrits amb unes paraulotes que... vigila que no ho vegin el senyor i la senyora. Ja els hi van enganxar una vegada i es van enfadar moltíssim.

—Ah, sí?

—Sí, quan hi havia la Daniela... —no pot reprimir un somriure en recordar la seva deessa colombiana—, li van cridar l'atenció a l'escola i tot.

—A l'Aksel? L'atenció? No m'ho puc creure.

—Jo sé que escriu aquestes coses en privat, i a mi m'és igual, però que no l'enxampin els seus pares.

—OK... —Doncs que comenci l'espectacle.

La Conchi torna a la cuina i per fi em quedo sola per obrir els paquets amb calma. Saliva. Somriure. Tot el que tingui a veure amb el John continua humitejant-me l'epidermis. Què deu ser? Una nit de gala? Un vestit de Dior de la meva talla? Accions de la Coca-Cola? Que siguin accions de la Coca-Cola, va, que no li costa res. Amb una ja faig.

Vaja, són tots els deures de l'Eva que m'he anat deixant; la muntanya de papers que el Philipp m'ha suplicat mil vegades que m'endugués i que ha decidit enviar-me abans de començar a odiar-me de veritat. I... bingo: un sobre amb el meu nom escrit a mà.

Rita,

Avui, remenant entre records, he trobat aquesta ploma amb què t'escric. Era del meu besavi i és amb la que va firmar papers que m'han portat fins aquí, fins a aquest paper, fins a nosaltres. Quina ironia, la vida, no creus?

He pensat que de totes les persones a qui l'hi podria enviar, a tu et faria especial il·lusió rebre una nota amb la meva mala lletra però amb certa èpica a la tinta.

Et desitjo molta sort per a demà.

Seré allà, esperant que guanyis.

I si no és així, simplement celebrarem que existim.

JOHN

I quan penses que no et pot sorprendre més, el John i la seva...

MERDA!

El tercer sobre. El tercer sobre anuncia la catàstrofe. Veig el títol d'«Important» en vermell i negreta damunt la taula de les cartes del rebedor.

La presentació de l'Aksel és demà! I el curs s'acaba tres setmanes abans del que em pensava! (Però qui cony acaba el curs en ple mes de maig?).

Merrrrrrda!

Corro a buscar l'Aksel.

Surto a fora i me'ls trobo tots tres a la taula del porxo, asseguts com si fossin jubilats de tornada de tot, fent glopets dels gots de llet respectius amb cereals de colors mentre juguen al bridge. Fa una tarda de pel·lícula. La lavanda. Els ocells. El gronxador.

—Aksel.

—Hairy —diu el Bini—, he dibuixat aquesta tassa que canvia de color segons la saliva. Però creus que és millor que canviï de color amb la saliva o amb la suor de la mà?

—Us he de dir una cosa.

—Hairy —continua l'Aksel—, com veus que faci servir la potència del guèiser de l'Steamboat, que és el més gran del món, com a metàfora per al dia que les dones per fi aconseguiu la igualtat salarial?

—Hairy —saluda l'Eva davant d'un nou circuit elèctric, i m'ofereix una maduixa—, que en vols?

Durant un microsegon revisc l'èpica del partit. L'últim xut. L'alegria desenfrenada. L'abraçada. L'allargament tangible de la vida.

—Nens.

—Creus que el guèiser és una analogia massa forçada en una mateixa estrofa? S'entén, no? O posaries l'Excelsior, del 1888, per tenir en compte el factor històric? Tot això, és clar, ho barrejaré amb el meu punt de vista personal i vital, tal com em va dir la Soul.

—Aksel, sisplau, no m'ho tinguis en compte. No és tan greu com sembla, però quan t'ho expliqui et suplico que no ho digueu als pares i que no t'enfadis amb mi.

—Crec que posaré l'Excelsior, que pujava vint metres més que l'Steamboat, i faré l'analogia amb la superació d'obstacles. Tornaré a trucar a la Soul perquè em digui què li sembla.

—És més rellevant la saliva que la suor, no? —segueix el Bini—. Tot depèn del que busquis, suposo...

—Nens!

—Un enverinament o un lladre?

—NENS! Que l'Aksel té la presentació demà!

L'Aksel s'aparta els cabells.

—Els professors no han dit res perquè teòricament es considerava una mena de prova sorpresa per a la qual us havíem de preparar des de casa. Merda.

—No pares de dir «merda» —diu l'Eva, asseguda a la punta de la taula, collant el clau d'un nou circuit elèctric—. T'hem sentit dir «merda» des de dins i ja ho has dit tres vegades. I ara ho has tornat a dir. Quatre.

—Doncs millor que no llegeixis els meus textos, Eva... «Merda» és el primer nivell. —L'Aksel aixeca les celles, orgullós.

—Pareu de dir «merda»! Tots dos. La qüestió és que la prova no és d'aquí a dues setmanes, és demà al vespre! —Els tres Bookland em miren, expressió imprecisa.

—Hairy… —respon l'Aksel.

—Sisplau, no ho digueu als pares, que encara estan molestos perquè el Bini es va perdre la final del cor de l'església. Ho podem solucionar.

—Hairy —insisteix l'Aksel en el to d'un director d'institut que va restret—. Tranquil·la, ja ho sabia.

—Però com? No ho entens, és una estratègia secreta dels professors!

—Ho hem estat fent des de principi de curs, Hairy —explica l'Eva—. Des que va marxar la Daniela que llegim els sobres que no s'han de llegir i mirem les notes que només poden mirar els pares, les del final de l'agenda… I més aquestes últimes setmanes, que estàs tot el dia escrivint i estàs a la lluna.

El Bini agafa la tassa i xucla la nansa, confós.

—I també escoltem els missatges del contestador del teu mòbil, per si de cas —informa l'Eva.

—EVA! —L'Aksel torna a ser un preadolescent.

—Tranquil·la, són divertits. Els que t'envies amb la Six no els entenem del tot, perquè parleu un català molt ràpid. Però quan parleu a poc a poc s'entén perfectament. De fet, només ens ha calgut buscar quatre paraules clau per entendre-ho del tot. Com… «cony» i «puta», que, com ja anticipàvem, no vol dir «una dona molt alta». La Six ho diu tota l'estona.

—EVA!!! —A l'Aksel li explota la cara, però l'Eva segueix.

—Si no haguéssim fet tot això no hauríem entregat ni un document a temps —diu l'Eva—. Però no passa res, Hairy, de veritat, ens has ajudat en moltes altres coses i sense adonar-te'n ens has fet més independents.

Llavors saben que m'he enrotllat amb el John? I amb la Rachel? No sé què dir. Tot això no sé si és bo o és dolent.

—D'acord. Però ara ensenya'm el que tens, Aksel. Ho hem de repassar fins a l'últim detall… que demà ens ho juguem tot.

Les classes de xinès

Estic fent pancakes. Feia mil anys que no en feia i he pensat que, al cap i a la fi, cuinar pancakes per a tota la família sempre és una bona idea.

Asseguda a la barra de la cuina, remeno la massa i observo com la humitat s'ha tornat a apoderar d'Atlanta en un temps rècord. De mica en mica redescobreixo la ciutat verda i robusta que em vaig trobar ara fa gairebé un any. El jardinet que dona a la cuina, cuidat i recollit, i la taula de vidre amb un dit de pol·len on vaig escriure «hello».

Faig caure la massa espessa damunt la paella i de cop caic en el fet empíric i aberrant que la paraula *pancake* vol dir, literalment, «pastisset a la paella». Pastisset a la paella! La senzillesa de la llengua anglesa mai no em deixa de sorprendre. Els primers pastissets a la paella els faig amb ganes, amb intenció estètica. Rodons i ovals, esponjosos, fins i tot dibuixo un cor. La remesa següent de pancakes és una mica menys romàntica. Acabem de tornar de l'actuació de l'Aksel. La massa cau més ràpida, la forma rodona entra en decadència, l'esponjositat fuig. Hi veig un grumoll i no el trec. No sabria definir les formes. Un, fins i tot, agafa forma de penis i el poso igualment a la safata.

Sempre he tingut una gran fe en els poders curatius, socialitzadors i pacificadors de la gastronomia. En el meu cas no hi ha res que no curi una bona llonganissa o, en terrenys americans, un bon pancake. Però avui, tenint en compte el que està a punt de passar, potser ni tots els pastissets a la paella amb forma de cor de l'estat de Geòrgia podran endolcir la conversa.

L'Aksel i els seus pares seuen al sofà, cadascun en una banda de la tauleta. El Fulbright fa estona que manté un to neutre. No sabria dir si l'interès és genuí o si està a punt d'empènyer la taula contra la paret. Jo, de moment, poso la safata de pancakes damunt la tauleta. I em serveixo el primer.

—Aleshores, m'estàs dient que aquest any no has anat a classes de xinès? —arrenca el Ful.

—No, no hi he anat, però he fet tots els deures, me'ls ha anat passant el Peter.

La Hanne agafa un pancake i quan el té al plat em llança una mirada fugaç com dient: què collons és aquesta merda?

L'Aksel s'empassa la saliva. Els silencis dels seus pares són terriblement llargs. Encara porta la gorra del revés, en la mateixa posició exacta de quan estava a l'escenari, els cabells sense domar buscant una sortida.

—I he repassat els exercicis jo sol a casa. Papa, he tret la segona millor nota de tota la classe!

—Al loro, chambao, aserejé!!! —L'Aksel parla en xinès.

—Al loro, chambao, aserejé?! —contesta la Hanne.

—Al loro, chambao, aserejé? —I el Fulbright.

—Això és l'important, no? —respon l'Aksel.

—La nota és important, però no és el més important —diu el Fulbright. La tensió és terrible—. Ja saps que el que has fet és molt greu. —Em clava la mirada—. El que heu fet és molt greu, Rita.

El Fulbright rebufa pel cap baix, trist, i agafa un pancake amb forma de croqueta de bacallà mal descongelada.

—Trair-nos d'aquesta manera no té nom. —La Hanne no

aixeca la mirada—. Mentir durant tant de temps i fer-ho amb aquesta gosadia és crear un precedent terrible en una família.

—Per què no ens ho vas dir des d'un principi? Per què enganyar-nos d'aquesta manera? —continua el pare.

—Home! Tu què creus? —L'Aksel es passa d'indignat. Els pares aixequen la mirada, com si s'haguessin perdut alguna cosa—. Com a mínim accepteu que si us ho hagués dit, si haguéssiu pogut decidir, mai no hauria pujat a l'escenari a...

—A dir «merda» i «capullo» i... i «PUTA»?! —La Hanne explota.

—A rapejar! —contesta ell.

—T'has jugat tot l'expedient! Tots aquests anys d'esforç! El teu futur! Tot! —Ara explota el Fulbright.

La Hanne estava a punt d'agafar un altre pancake, però és el que té forma de penis. Em torna a llançar una mirada de «què merdes és això?». S'aixeca i va a buscar vi.

—Però, per què? —L'Aksel replica al seu pare—. No m'he jugat el futur! El que demanaven era que s'expliquessin uns temes damunt de l'escenari! No hi havia cap especificació del format.

—L'especificació del format la dictamina una escola centenària de reputació nacional! —crida la Hanne.

—Una reputació basada en un protocol arcaic i absurd! Segur que hi ha anat algun membre del Ku Klux Klan i tot...

—AKSEL! —crida el Fulbright.

—És veritat!

—No ho entenc, però si sempre t'ha encantat la teva escola!

—Els que no ho entenen són ells! El rap és art! El rap és la disciplina artística més visceral i honesta que hi ha! El rap és veritat! I els meus versos parlaven d'injustícia, de feminisme, de racisme, de canvi climàtic, de... de mi!

—Però deies «puta»! —La Hanne arrenca el tap de suro. (No eren demòcrates, aquesta gent?).

—I què? Cada vegada que deia «puta» l'atenció pujava

un 37 % i els missatges es feien més forts. Estic segur que ara tothom recordarà els milions de tones de plàstic que es llencen cada dia a l'oceà...

—És que encara estic en xoc... —La copa de vi fins a dalt—. Encara estic en xoc!

—Jo no sé quin tipus d'escoles teniu a Barcelona o a Puigcerdà —segueix el Ful—, quina educació us donen, però això que ha passat avui, aquí, no és normal. —L'Aksel reprimeix el plor.

La imatge de l'Aksel damunt de l'escenari torna. El moment increïble en què s'ha posat la gorra, l'ha girada i ja no hi ha hagut marxa enrere. El John mirant-me amb un somriure ple d'orgull, tota la pell del meu cos de gallina. El públic al·lucinant. La vida al màxim.

El silenci al menjador de la família és terrible. La certesa que aquesta conversa marcarà els Bookland per sempre.

—Estàs contenta, Rita, d'acabar el teu any així? —El Fulbright parla lent, trist, i li tremola la mà.

—Parla, Rita. —La Hanne des de la cuina.

—Abans de res, voldria demanar-vos disculpes per haver mantingut aquest projecte... el rap, d'amagat. Dit això, si amb «així» et refereixes a aquest moment, és evident que no, i em sap molt de greu que aquesta conversa sigui frustrant per a tothom. Però si et refereixes a la imatge de l'Aksel damunt de l'escenari... —silenci dramàtic no buscat—, no puc pensar en un final millor.

—Vaja. —El Fulbright se sent traït.

—I la veritat és que no —continuo—, ni a Barcelona ni a Puigcerdà no he vist mai una actuació com la d'avui. —La derrota col·lectiva flota a l'aire, l'Aksel em mira i jo no el puc estimar més—. Però us puc dir que el vostre fill mai no és tan feliç com quan escriu cançons.

—Ara ens has de dir tu com és feliç el nostre fill? —La Hanne s'acaba la copa.

—Perdó, no ho volia exposar així. Però comparat amb els

índexs de felicitat de la gent que he anat coneixent al llarg de la vida, podria dir que la felicitat de l'Aksel és francament enorme. I trobar el secret de la felicitat als deu anys no està malament, no? Ja m'hauria agradat a mi. És més feliç amb els seus versos, fins i tot, que quan anem a l'exposició planetària del Fernbank Museum.

—De veritat? —pregunta el Fulbright, sorprès. L'Aksel primer dubta però de seguida assenteix en silenci.

—Damunt de l'escenari, davant de tota aquella gent, avui l'Aksel ha brillat. I malgrat les cares de terror, malgrat que a més de tres professors... Bé, malgrat que a tots els professors se'ls hagin desencaixat les mandíbules, ell ha seguit; ha passat de tot i ha cregut en el que feia. S'ho ha jugat tot...

—Tot l'expedient... —diu la Hanne.

—El que vull dir... —noto que les parpelles em bullen— és que es necessita molta valentia per pujar allà dalt i fer-te així de vulnerable. Llançar-te al buit. L'Aksel ha patit molt per arribar fins aquí. De fet, tots hem patit amb ell, però sobretot n'hem après.

Els pares dissimulen la ràbia, però sobretot senten tristesa i responsabilitat, l'istme de terror per haver-se perdut el camí d'arribada fins a aquest moment, el camí apassionant que el seu fill ha hagut de fer fins a aquesta taula de la cuina, fins a aquesta safata de qüestionables pastissets a la paella.

—Segurament —continuo—, avui no traurà una «A». Ni una «B». I jo no en tinc ni idea, però és probable que el dia que vagi a Harvard o a Vanderbilt o a la universitat que sigui, i s'assegui a la taula del president...

—Normalment no és el president, és el...

—Qui sigui, Aksel.

—El dia que t'asseguis en aquella taula i vegin que al teu expedient hi ha una taca negra, els hauries de poder explicar que la taca negra et va ensenyar més de la vida que totes les «A» de la resta de la llista.

—Vaja, ara tenim una coach... —La Hanne ja no riu—. No et facis tantes il·lusions...

—I tornant a la pregunta que em fèieu, allà tampoc presentem els projectes rapejant; ni a l'escola, ni a l'institut, ni a la universitat. Però tant de bo hagués tingut un company a la classe de sisè que s'hagués atrevit a revolucionar l'espectacle de final de curs, amb la gorra al revés, i hagués rapejat la teoria de Bohr, la bretxa salarial i el canvi climàtic. Perquè aquell dia se m'hauria encès una llum.

Els pares passegen els ulls per la taula. Queden tres pancakes. No sé si m'odien més o comparteixen el que dic; per bé o per mal, he aconseguit el silenci més llarg de tots.

—Hi ha un home a la porta! —El Bini aniquila el moment fotent un crit des del replà de les escales, des d'on han sentit tota la conversa amb la seva germana.

—És el pastor Paul? —pregunta la Hanne—. Ha de venir a portar-me uns documents.

—No... No és el pastor Paul, mama, aquest home està més moreno que el pastor Paul —contesta absort el Bini.

—A mi em sona —segueix l'Eva des del seu costat—, però ara no sé on l'he vist... Crec que l'he vist al programa del Jerry Springer...

—Aquest home està molt fort! —El Bini vocalitza poc perquè s'ha amorrat a una de les finestretes i l'observa sense miraments—. I té un tatuatge d'un gosset molt bonic, i els ulls són cors!

De cop el Fulbright es queda sense aire. Em clava la mirada com si fos l'última amiga que li queda a la Terra abans que un meteorit impossible d'aturar ens fulmini a tots. Efectivament. Ens queden només uns segons per salvar aquesta família.

Federico Chitawas és a la porta de casa.

A la tauleta només hi queden els pancakes amb forma de cor i de penis.

Total eclipse of the heart

El Chitawas fa menys d'una hora que s'ha dutxat. Porta els cabells repentinats cap enrere i una samarreta amb la bandera americana pintada amb purpurina. Es mira els peus, nerviós, i sense adonar-se'n sacseja el ram de tulipes grogues que ha portat per a l'ocasió. L'aire li surt a batzegades, entre els nervis i la il·lusió, però la respiració se li atura de cop quan veu que qui obre la porta no és el Fulbright, sinó la seva dona. La família Bookland més l'au-pair esperem darrere la Hanne.

—Hola, el puc ajudar? —La Hanne ofereix el seu millor somriure postís.

—Sí... Hola, bona tarda, he.. he... he vingut a veure el senyor Bookland. —La Hanne es gira per arrufar el nas, li demana al Chitawas que s'esperi a fora i tanca la porta.

—Qui és aquest home, Ful?

—Deixa'm parlar amb ell. —El Ful aixeca el cap.

—No deu ser pas un altre...?

—Un altre què? —pregunto, insolent.

—Rita! —El Ful m'ensenya els ullals de baix—. Emporta't els nens a la cuina!

—Un altre què? —repeteix l'Eva.

—El meu pare fa només quatre putos mesos que és al govern, Ful! —La ràbia de la Hanne li fa oblidar que estem tots escoltant en rotllana.

—Ma... mama, has dit «putos» —apunta el Bini.

—Com et penses que s'ho prendrà el partit si saben que algú de la seva família porta immigrants il·legals a casa? Que el poden fotre fora, Ful, hòstia! —Però aviam: s'enfada perquè el Chitawas és il·legal o perquè és el seu amant? I ja sabia que eren amants? Ja sap que el Ful és gai? No entenc res.

El Fulbright ignora la Hanne, sense miraments i bastanta ràbia, indignat per la condescendència amb què el tracta. Surt a fora per trobar-se amb el seu amant i tanca la porta. Mira a banda i banda per assegurar-se que no els ha vist cap veí i s'enduu el Chitawas al garatge.

Em recolzo un moment a la paret i penso que no em puc creure el que està passant. Però per què cony ha vingut a casa???

La Hanne remuga com un rinoceront —normal— i baixa les escales per anar a trobar el seu marit per l'interior de la casa. Obre la porta del garatge amb tanta força que es carrega el pany. Els nens fan l'intent de seguir-la i jo els vull seguir a ells, però abans que la Hanne entri al garatge per llançar-se a la jugular del seu marit, em clava una última mirada.

—Enduu-te'ls a la cuina.

La barreja de ràbia i de tristesa fa que tots quatre ens quedem petrificats als esglaons respectius.

És evident que a partir d'avui aquesta casa mai més serà la mateixa.

La guerra comença amb una calma gèlida. Des d'on som veiem com tots tres parlen mig amagats entre els cotxes, però les veus ens arriben clares:

—Si no m'expliques què passa trucaré a la policia.

—Per l'amor de Déu, Hanne, però què dius! Deixa'm explicar-me. Et vaig dir que confiessis en mi. —Al Ful li tremola la veu, improvisa.

—Confiança? I m'ho pagues així, portant-ne un a casa! A casa nostra! Et juro que trucaré a la policia.

—No diguis ximpleries. Tots dos sabem que no series tan estúpida de posar en perill el cul del teu pare.

En aquest moment insisteixo als nens que deixem d'escoltar la conversa i marxem a la cuina. Però ells no volen.

I com s'ho prendran? Quan era petita sempre em feien molta pena els nens amb els pares divorciats. Tenia la impressió que anaven més bruts i de cop tots eren més dolents jugant a futbol.

—Va, vinga, nens... Xxt... Anem a la cuina, va!

—Potser és un treballador de l'Starbucks on vas tu? —L'Eva insisteix a ubicar-lo.

—No, no, Eva, tu aquest home no l'has vist mai, creu-me.

La claror del vespre s'escola per les finestretes del marc de la porta i es reparteix pels esglaons de l'escala on estem asseguts. El Bini ressegueix el quadrat il·luminat amb el dit damunt la fusta, fins que una ombra esquerda la figura de llum. La Conchi introdueix les claus al pany i entra a casa. Ve de classes de taekwondo i va vestida amb el quimono.

Li busco la mirada per fer-li un resum del que passa al pis de baix, obro molt els ulls, però m'ignora. No sembla gaire interessada en el que sigui que estiguem fent tots aquí asseguts a l'escala, sobretot perquè li ha vingut un fogot dels bèsties i l'únic que li importa és arrencar-se la roba. La cinta groga que duu lligada al front li fa la funció de les celles que no té —les porta pintades—, s'abaixa els pantalons fins als turmells, es planta davant de la nevera i aleteja les solapes de la jaqueta com un drac que es refreda el cos.

Jo admiro l'escena mentre em pressiono amb força les conjuntures de la mandíbula. Des que el Chitawas ha aparegut que se m'ha encarcarat la cara.

Però sembla que amb l'arribada de la Conchi s'hagi firmat una treva al garatge. Els nens es queixen que els seus pares ja no criden i no senten el que diuen, fins que la Hanne fa un crit d'esglai i la porta es tanca de cop.

Ja està. Ja ha passat. El Fulbright ha arrencat de cop i li ha confessat l'homosexualitat a la seva dona. L'amant.

És que no podia ser. La Hanne no hauria seguit amb ell si sabia que era gai i es veia amb altra gent, especialment amb un actor porno. No hauria aguantat ni per la carrera política del seu pare. Aquesta dona té massa collons.

Els tres nens em miren esperant que els doni una resposta al crit de la seva mare, però jo no sé què dir i se m'estreny el cor. En l'únic que puc pensar ara, mentre acaricio les puntes dels cabells hiperhidratats de l'Eva, és en el contracte d'au-pair que ronda pel terra del meu cotxe, entre piruletes i terra batuda. Encara no he pogut decidir si marxo o no. Els nens. El John. La Roberta. La vida aquí.

Penso si els buits en blanc del formulari d'Au-pair in America estan prou nets per omplir-los amb les meves dades i allargar l'estada tot el temps que em deixin. Passar aquí aquest període que els nens em necessitaran. Que la meva vida a l'altra banda de l'Atlàntic encara pot esperar.

La porta del garatge s'obre amb una lentitud dramàtica. Pugem corrents al menjador. El pany que la Hanne ha trencat abans de rajar la jugular al seu marit cau a terra, però ningú no l'agafa.

La densitat del drama pesa damunt de les espatlles de tots tres, que caminen fins al menjador l'un darrere l'altre. El matrimoni acabat, l'amant entre ells dos, el Fulbright que somia els músculs del Chitawas coberts d'oli de coco.

Les passes de la Hanne inicien la marxa cap a nosaltres; camina més a poc a poc que de costum, absorta, però no s'atura. Darrere seu ve l'intrús, que malgrat l'envergadura del múscul avança feixuc, espantat, i necessita una pausa cada dos esglaons. Però per què collons ve? Que marxi! Hòstia, que marxi!

Al final arriba el Fulbright. El gran descobert, l'avergonyit i l'alliberat, que avança amb l'adrenalina de l'ensurt, encara, però també amb l'alleugeriment de poder viure la vida que li demanen el cor i l'escrot. Per ser qui sempre ha volgut ser.

Nosaltres els esperem drets i tensos. El silenci és gairebé insuportable. Els nens s'agafen de les mans arrapats al meu voltant, com si anticipessin el que està a punt d'arribar. El veredicte que els canviarà la vida per sempre.

Després del que em semblen noranta anys d'espera, tots tres es planten per fi al capdamunt de l'escala. Tots tres, un al costat de l'altre, disposats al replà on hi ha la tauleta del correu i els papers importants. A la tauleta on hem sigut tots tan feliços; on recullo els DVD de Netflix i robo els *The New Yorker* abans que ningú; on la Hanne i el Ful han acomiadat els seus fills per anar a l'escola durant tants anys i s'han fet un petó quotidià però sempre dolç de bon dia. Aquest mateix replà on els Bookland han assumit que la vida sempre seria fàcil, intel·lectual i lliure d'actors porno, ara està a punt de sentència.

La Hanne guanya punts per moments. Quina dona, quina calma més lloable, la mirada fixa i determinada, la humitat dels ulls controlada a nivells d'heroïna americana. Wonder Woman. El Chitawas abaixa el cap, aquesta tensió i aquesta vergonya no l'aguanta ni la seva musculatura xutada de Winstrol. Les mans li suen i entrelliga els dits amb tics nerviosos. Qui l'ha vist en pantalla i qui el veu ara. Potser si portés els calçotets lluminosos o pogués cridar «¡Machupichote!» seria una altra cosa.

El Fulbright, intoxicat per l'amor cap a l'actor, no demostra cap mena de vergonya ni de remordiment. És més, aixeca la barbeta en un gest d'orgull i li passa el braç per l'espatlla. No puc obrir més els ulls i tirar la barbeta més enrere per ferli veure que està al llindar de la bogeria! Però què fa! O potser té una estratègia i ho sap perfectament? Potser és el millor, fer-ho així: tall net.

El pare Bookland es disposa a començar el discurs, però abans crida la Conchi, com a part de la família, perquè participi en aquest nou inici.

La Conchi surt de la cuina amb el cap cot intentant desxifrar la complicada tècnica del lligament de jaqueta de taekwondo, mentre segueix l'inacabable repertori d'insults colombians «Eh ave mariaaa, qué rebeca tan juemadre». Quan aconsegueix que el cinturó travessi la segona sivella, alça el cap per adonar-se que set cossos en tensió fa estona que l'esperen.

Passeja la mirada sense entendre què passa. Observa els nens i dedueix el drama. Llegeix la humitat als ulls de la Hanne: malgrat la fortalesa vikinga de la dona, les llàgrimes estan a punt de precipitar-se. La Conchi continua l'escrutini cap al Fulbright, a qui no fa gaire cas... fins que s'atura en l'intrús musculat.

És molt ràpid. La Conchi identifica una cosa tan poderosa que només en uns segons deixa de ser la dona que tots havíem conegut.

La Conchi també mira porno des de l'ordinador del Ful? No pot ser! Això és increïble!

L'alegria és evident. Els ossos li deixen de fer mal. Ja no hi ha menopausa, ni esbufecs, ni insults. La melangia que arrossega cada dia i a cada passa de la vida s'acaba d'evaporar. Federico Chitawas no aixeca el cap, la vergonya li pesa més que al Fulbright, però tot i així la Conchi se li acosta per comprovar que el que veu és real.

Però què fa? Quina gosadia!

La Conchi alça els braços, encara coberts amb les mànigues del quimono, i palpa les galtes de l'home amb totes dues mans.

Ningú no diu res. Ningú no entén res ni pregunta res. Ara que hi penso, no sé si la veig, la Conchi, mirant porno d'amagat.

El Chitawas per fi aixeca la mirada i confirma el que la Conchi temia. El coneix. Però la mirada va infinitament més enllà de com es mirarien dos simples coneguts. L'aura que els envolta és càlida i enorme. El Chitawas plora.

NO POT SER! ARA HO ENTENC!

—Ya estoy aquí, mamá querida...

La família dels amants i els amants de la família

La trobada és animal. L'abraçada és tan profunda que si fes llum il·luminaria l'estat de Geòrgia sencer. Els cossos s'encaixen amb una urgència tan desesperada com ho farien dues persones abans de morir, o dues persones que s'han retrobat després d'una altra vida. L'única abraçada que pot sortir d'una mare i d'un fill després d'una tempesta que els ha separat durant quinze anys.

L'amor es propaga i ho inunda tot.

La Hanne intenta contenir-se però les llàgrimes li ragen sense mesura. Com em ragen a mi i al Fulbright. La Conchi i el Chitawas intenten parlar entre la commoció del somni fet realitat, amb una felicitat irrepetible.

Però... aviam... és increïble: el fill de la Conchi és l'amant del Fulbright. La Conchi és la nova sogra del Fulbright. Estic dins d'una telenovel·la sud-americana.

—Ja ho sé! —El crit de l'Eva talla l'escena com un ganivet de carnisser. La revelació—: Aquest home no el conec de l'Springer ni de l'Starbucks! Aquest home és el que surt a la pantalla del papa! Al porno!

—Eva! —L'estiro del braç i la tensió de la infidelitat es torna a apoderar de mi.

—Com? —La Hanne busca resposta entre mocs i llàgrimes.

—Ho veus? —l'Eva segueix—. És el que porta els calçotets aquells que fan llum i que...

—Eva! —El Fulbright em mira indignat mentre gestiona la imatge de la seva filla de vuit anys davant la pantalla del seu ordinador—. Ja en parlarem més tard.

—Però què vol dir tot això? —La Hanne apuja el to.

—Hanne, de veritat... —El Fulbright es posa vermell—. T'he demanat que en parléssim més tard, que ara...

—El papa i el Chitawas... El papa i el Chitawas són amantis! Com els del Jerry Springer!

La frase del Bini, que ni ell mateix entén, cau com una bomba nuclear al menjador del 2651 de River Oak Drive. La trobada mare-fill queda fulminada per la sentència d'un nen de cinc anys que ha creat un impacte invers a la seva mida. El Fulbright està al llindar del desmai.

—Bini! Per l'amor de Déu, però què dius? —El Fulbright està molt nerviós. Jo no entenc d'on ho ha tret el Bini.

—Bini, per què ho dius? —La Hanne busca explicacions però no les troba—. I per què estàs tan nerviós, Ful?

—Aquest nen és boig! —crida la Conchi—. Boig!!!

—No està boig —intervinc en defensa del Bini—. Jo els vaig veure —Merda.

—QUÈ? —La Hanne s'agafa de la barana, a punt de caure per les escales.

—Sí!!! És el Machupi... —L'Eva no ho pot veure més clar.

—Què vol dir «porno»? —pregunta el Bini.

—Rita! Explica't! —La Hanne em mira amb desesperació, però ara ja és massa tard.

—Doncs... —Em paralitzo—. No crec que sigui jo qui ho hagi d'explicar...

—Rita! Però què dius?! —El Fulbright té els ulls injectats en sang. Jo no puc amb tanta pressió i no veig més sortida que la veritat.

—Doncs que a part de... de l'ordinador... us vaig veure com entràveu junts a l'hotel Marriott i...

—Déu meu, necessito seure... —La Hanne palpa la paret.

—I honestament, jo no crec que sigui tan greu...

—Rita, què cony estàs dient? Que sigui greu el què? —Els cabells despentinats del Fulbright, els ulls, els ullals.

—Que sigueu amants! Si ho acabo de dir!

—Però l'has ajudat perquè és el teu amant? —La Hanne es deixa caure a la cadira.

—Rita, que t'has tornat boja? És clar que no! —El Ful fot un cop de puny i esquerda la tauleta on deixem el correu. S'ha fet sang. La sang li brolla pel braç. Crits. Tensió màxima. I de cop silenci.

Penso com m'agradaria estar fent un planxadet de llonganissa a l'Aroma ara mateix. O un vermut a Barcelona amb les meves amigues, a la plaça del Sol. Amb olives i escopinyes i salsa Espinaler.

—Aviam.

El Fulbright es recolza a la paret del capdamunt de l'escala. La tensió es comença a convertir en derrota. La Conchi li cura el tall i li embolica la mà amb una bena. El Chitawas flipa.

—Sisplau. Deixeu que m'expliqui. —Fa una respiració exagerada amb la boca oberta, tal com li van ensenyar en aquella classe de ioga. Tira el cap enrere i comença el que probablement serà el discurs més transcendent de la seva existència—: Fa vuit mesos que gestiono el visat del Federico perquè pugui venir a viure a Atlanta amb la seva mare. —Silenci—. Però no ho he dit a ningú. Ho he portat en silenci absolut per no crear-li il·lusions a la Conchi i per no posar en perill la carrera immaculada del meu estimadíssim sogre. Però com que és impossible aconseguir un visat en aquest cony de país, al final vaig pagar perquè el Federico entrés aquí de manera il·legal. Sí. —Mira la Hanne—. Il·legal. Però fa unes setmanes per fi li vaig aconseguir un contracte que vam firmar en una habitació del Marriott —em mira menys rabiós del que hauria d'estar—, sí, al Marriott, en un hotel, perquè no ens reconegués ningú... Sobretot perquè aquest home d'aquí, efectivament, és una punyetera estrella del porno sud-americà.

—Bé, també ho soc a Polònia i a la República Txeca... —El Chitawas creu necessari deixar clar que el seu públic és vast i internacional.

—Què vol dir «porno»? —torna a preguntar el Bini. Menja una llaminadura resseca i sembla que no li faci res que ningú no li contesti per tercera vegada.

—Estic tan orgullosa de tu, fill meu... —La Conchi no pot deixar d'abraçar-lo.

—I ho he fet d'amagat —segueix el Ful— perquè no passés exactament el que acaba de passar: que la meva dona s'adonés que havia ajudat un il·legal. Que es pensés que això afectaria la carrera política del seu pare. Que per la logistica —ho diu en llatí— de l'assumpte, semblés que era una cosa que no és. Però la Rita, a part de ser la nostra estimada au-pair, ha resultat que també és el puto Sherlock Holmes.

—Em... em sap molt de greu... —El reg sanguini per fi m'ha arribat al cap i em permet articular una disculpa que mai arribarà a l'altura del que es mereix.

—Amor meu —la Hanne s'aixeca de la cadira—, mai hauria imaginat que em posaria tan contenta que haguessis portat un il·legal a casa.

—O sigui —l'Eva s'ha d'aclarir—, que el papa ha ajudat el fill de la Conchi a entrar al país i ha aconseguit que estiguin junts. Això és il·legal? Però si és el seu fill! No som demòcrates, nosaltres?

—I això què hi té a veure? —s'indigna l'Aksel, que ha aconseguit parlar després d'una hora de múltiples paràlisis cerebrals.

—Senyor Bookland —la Conchi ha tornat a l'embriagament de felicitat i plora—, mai a la vida li podré pagar el que ha fet per mi i pel meu fill. Tots aquests anys somiant aquest moment i ara vostè me l'ha portat aquí, de carn i ossos. —Carn—. Vostè m'ha donat la vida. M'ho ha donat tot. S'ha guanyat el cel! Així que no pateixi perquè Déu l'acollirà al seu reialme... encara que vostè sigui gai.

Quan torna a sentir la paraula «gai», quan s'adona que tots els anys de càtedra i de didàctica del coneixement no li han servit per explicar-se, el Fulbright es rendeix. Abandona l'estabilitat del seu cos llarg i estret, i es deixa caure al costat de la tauleta del correu, ensangonat, atrapat en un cansament fulminant. I des de terra espera que encara que ja no li surtin les paraules la seva família entengui que potser sí que mira porno, però que no mira el porno del Chitawas. Que l'únic que vol ara és agafar la biografia de Carl Friedrich Gauss, el príncep de les matemàtiques, i acabar tranquil·lament el capítol de la geodèsia. O jugar un altre partit de tenis mediocre i fer veure que li importa perdre. Només vol una tarda normal. Una tarda sense sorpreses ni l'anonimat ni l'adrenalina de la clandestinitat. Que el Fulbright l'únic que volia era ajudar. Reunir una mare i un fill. I que, encara que sembli que tant li fa el que ell tingui a dir-hi, que la seva família entengui que ni és gai ni té cap amant.

Els somnis de la Lola

L'esplendor de *Les quatre estacions* de Vivaldi fa volar les cortines des de totes les finestres de la casa del John. A fora, un exèrcit de floristes, jardiners i paisatgistes reparteixen l'estiu en carretons a vessar. El Philipp dirigeix l'orquestra amb l'esquena recta i el sol primaveral reflectit a la gomina que li manté els cabells aturats en el temps.

Jo em miro l'espectacle des d'una terrasseta privilegiada. Prenc un cafè amb llet i desfaig les capes d'un croissant que podria haver vingut tranquil·lament de la Rue Montorgueil de París. Sembla que no pugui ser. Tanta exuberància estètica, tanta coherència musical, tanta mantega als dits. Penso que no sé per què no he vingut més dies a esmorzar aquí, o per què no m'hi vaig mudar directament el primer dia que hi vaig entrar descalça, amb el tupè modelat per la suor i les cames plenes de terra batuda. Un jardiner comença a podar un arbust prenent exemple d'una figura impresa en un paper.

Falten vint-i-quatre hores exactes per a l'entrega de premis de *The Georgian*. Piedmont Park retalla el cel a la llunyania i demà seré just a l'altra banda de l'skyline, esperant sentència literària. Tanco els ulls i repasso algunes de les frases de la redacció. Crec que són bones, però no sabria dir si prou bones per guanyar. Jo crec que sí. O potser no. Sí, jo crec que podria guanyar el concurs. Imagino el que deu ser veure el meu text publicat en un paper, les paraules impreses, el nou somni. Vaig a buscar un altre croissant.

Potser hi ha quaranta persones posant en solfa els jardins de la casa. Estan per totes bandes, fins i tot n'hi ha que arreglen el petit pàrquing de la Lola, on ella espera, bonica i impol·luta, la propera aventura. La Hanne m'envia un missatge més auster que sempre per dir-me que avui no cal que vagi a buscar els nens a l'escola. La calma seca després de la tempesta. Encara tinc ressaca del Chitawas. Atordida per la culpa però contenta que després d'immigració il·legal i porno i sang a tots ens quedés un regust de justícia i d'un amor que ho va eclipsar tot.

Dia lliure, eh? No se m'acut un lloc millor on invertir-lo. Faig un nou viatge a la cuina per a un caputxino amb extra d'escuma i, quan torno, sembla que la figura que s'esculpeix sigui humana. Al capdamunt del turonet, creuant el llindar d'aquest món de meravelles, per fi arriba el John. Texans i samarreta i l'escot i el pèl.

El miro i penso que no trobaré mai ningú que em fascini tant com aquest home, tan hermètic, tan meravellosament complex i vulnerable. El miro i em fa venir ganes de portar samarretes blanques sense sostens, de ser molt europea, de fumar cigarrets dramàtics davant d'un llum de vapor. El John és París i és Nova York. És viure en un món de fotos de l'Havana en blanc i negre, de clubs de jazz clandestins, d'escales de fusta estretes i velles que obren la porta de l'àtic més bohemi de tots. El John vindria a ser una cosa semblant a l'essència de la vida.

Li passa la mà per l'espatlla al jardiner, m'assenyala i somriu.

—No seràs tan cutre de fer un arbust de la meva persona, oi? Encara que, d'altra banda, no se m'acut una idea millor.

—Ja t'agradaria. —La terrasseta s'omple d'aromes de fusta i de terra—. Et quedes a dinar?

—I a sopar.

Em fa un petó als llavis més llarg del que esperava.

El matí me'l passo a la terrasseta, parlant amb ell, llegint els *The New Yorker* pendents i veient com la casa, de mica en mica, es converteix en un quadre de Seurat.

—La meva recepta de vichyssoise és l'original. —El Philipp fa el dinar i el John i jo l'escoltem mentre seiem molt junts darrere la barra—. És a dir, la recepta que Louis Diat va cuinar al Ritz de Nova York, inspirada en com ell i el seu germà refredaven la sopa de porro i patata amb llet freda. Així és com va néixer la sopa als anys quaranta, aquest n'és l'origen real, les altres versions són falses. I li va posar aquest nom perquè ell era de Vichy.

El John m'estreny la mà, burleta, davant l'orgull amb què el Philipp explica la història. Aprofitem quan es gira per fer-nos petons. Truquen a la porta i per fi ens quedem sols. I com si fóssim dos adolescents fent campana, ens fem petons que em porten al Ritz de Nova York i als estius de França. L'olor de la vichyssoise es barreja amb el primer perfum de l'estiu, que s'acosta i que entra ballant amb el vaivé de les cortines. El Philipp torna cap a la cuina i el John m'agafa la cara amb totes dues mans per fer-me un últim petó.

—Però hi ha una cosa més important que la vichyssoise de Louis Diat, darling —el Philipp segueix com si no s'adonés del que fem—: ja has decidit si et quedes a viure a Atlanta?

Guanyar

Fileres d'instruments daurats desfilen sobre les espatlles de soldats que toquen a l'uníson damunt de gespa impol·luta. Cheerleaders teixeixen una coreografia tan precisa com la llista de clixés acomplerts. Centenars de famílies orgulloses arriben des de tots els racons del país amb llàgrimes als ulls per veure els seus brillants descendents llançar el birret a l'aire mentre jo ho observo tot amb una enveja i una enyorança terribles.

Per fi ens toca a nosaltres, els últims micos de Georgia Tech. El moment de la veritat en què un de nosaltres, entre gairebé dos-cents participants, aconseguirà filtrar-se entre l'elit i ocupar una pàgina a la publicació més prestigiosa de totes: *The Georgian*.

Fileres i fileres de cadires blanques ocupen la gespa de l'esplanada més gran del campus. La meva classe d'escriptura creativa es reparteix en cinc fileres; el Tek Soo seu al meu costat, content i expectant. El miro i penso en el camí que ha fet fins a aquest moment. Recordo el dia que el vaig conèixer, amb la cara com un tomàquet i la mirada arrossegant-se per terra, fins ara, que em retorna el somriure amb tota la confiança, i la pell li brilla amb un to meravellosament pàl·lid. Al seu costat s'hi asseuen els xinesos, que riuen i s'abracen amb les veneçolanes.

A l'escenari hi són tots: el rector de la universitat, la directora de l'escola d'idiomes, la Roberta, els representants de *The Georgian*, i també hi ha els de l'altre diari, *The North Avenue Review*, el que algú va descriure com el cosí fumeta de *The Georgian*.

I en un dels extrems de l'escenari, camuflat amb un barret de panamà, ell.

Trompetes. Tambors. Comença la cerimònia.

Les aparicions institucionals són curtes i intenses, plenes d'il·lusions, de compromís i de futur. Jo sempre floto amb aquests xous inspiracionals.

Miro a banda i banda una altra vegada amb l'esperança que el Fulbright i la Hanne hagin canviat d'opinió i vinguin amb els nens. Però no els veig.

Aquest matí no he pogut dissimular quan, encara estabornits pel xoc de sentir la paraula «amant» sortint de la meva boca, la senyora i el senyor Bookland s'han inventat una excusa barata per quedar-se a casa. No sé si és càstig o és vergonya, però la qüestió és que no han vingut. I que m'ho mereixo.

Així que estic sola. Sense iaia, sense pares ni germà i sense família adoptiva, esperant la victòria o la derrota que més il·lusió m'ha fet a la vida.

La Roberta parla l'última. El seu discurs és un compendi de poesia, d'aventura i d'hòstia de realitat. Molt del seu estil. Però sobretot d'aventura. A diferència dels altres no cita cap president americà, cosa que em sembla especialment elegant, i en algun moment recorda que «escriure no ens farà rics, però ens farà volar més alt que res». No rics. Volar. D'acord.

Acaba amb l'aplaudiment més gran de tots i ofereix un somriure que il·lumina l'audiència, fins que per fi dona pas al moment de la veritat: la Champions League dels Jocs Florals.

M'aixeco un altre cop i miro a banda i banda en busca dels Bookland. Res.

Per donar el premi, el rector i la Karen Tucker, directora

de l'escola d'idiomes, s'aixequen per acompanyar la Roberta. Parla la Karen. Estic tan nerviosa que les paraules s'apaguen i es transformen en un «piiip» llarguíssim i inintel·ligible. El discurs és curt i directe, i l'anunci és imminent.

No sento què diu, però una cosa és clara: les tres mirades es claven a la meva cadira i la Roberta està molt contenta.

Em congelo. No pot ser.

És impossible! Ho sabia! He guanyat? He guanyat! De veritat? Però si vaig incloure la frase «cómo le gusta la zanahoria al conejo de mi novia»!

A poc a poc el discurs es torna a perfilar:

«Pel domini remarcable de la paraula en una llengua estrangera, per l'elegància i la intel·ligència —elegància i intel·ligència?—, per la seva humilitat —humilitat???— i per deixar palès sobre aquestes pàgines un talent difícil d'obviar: el premi al millor text literari per a l'edició especial de *The Georgian* 2008 és per a: Tek-Soo-Oh Rangman».

Patapum.

La meva caiguda vindria a ser com la primera baixada del Dragon Khan. Baixo en picat, l'estómac a la boca, una mica de baveta que t'arriba al front, t'empasses el crit, i just abans del terra recullo un polsim de dignitat per tornar a pujar cap a dalt.

Aplaudeixo, primer per inèrcia però molt ràpidament per convicció, perquè la veritat és que em fa molta il·lusió. Aplaudeixo molt. M'aixeco la primera i aplaudeixo tant que gitanejo. Flamenco. Lola Flores.

El Tek Soo s'ho mereix. Les seves històries sempre ressonen a països llunyans i dies antics; i els personatges són misteriosos i apassionants. Després de tot, el seu avi era ninja. I, és clar, qui cony pot superar un avi ninja? La meva iaia era la puta reina del mambo, però no sé si mai seria capaç de fer-li justícia sobre paper. De fer-la un personatge atractiu... Sobretot tenint en compte que no era ninja.

El Tek Soo m'abraça tipus «abraçada de primera dama» i enfila el camí de la victòria. El to beix i saludable de la seva pell se n'ha anat a la merda i puja a l'escenari amb la cara com un titot.

Les autoritats li entreguen el premi amb un aplaudiment gloriós. Tothom dret. Aquest premi és més bèstia del que em pensava.

A la vora de l'escenari, recloent-se en un calculat segon pla, el John fa estona que m'observa ple d'orgull; sap perfectament que no he guanyat, però em mira com si ho hagués fet. Jo li torno el somriure; el sol m'il·lumina els cabells i m'hi dibuixa reflexos de color caoba, i coincidim amb la bellesa del moment, les fotos de l'Havana en blanc i negre, els cigarrets dramàtics a contrallum, París.

La cerimònia s'acaba amb abraçades abundants. Ara la del Tek Soo és tan forta que m'aixeca de terra. Penso que quin dia tan bonic, i quin sol i el rímel corregut.

Abandono la meva filera i agafo el camí de l'escenari per dir-li a la Roberta que gràcies, per anar a buscar el John.

Però, de cop, el tacte d'una mà petita i tendra que reconeixeria entre un milió de mans m'atura.

El Bini se m'abraça fort a la cintura i m'embruta la samarreta de xocolata. Després arriben l'Eva i l'Aksel i jo no m'ho puc creure i els abraço tan fort com puc. Darrere seu les figures del Fulbright i la Hanne observen l'escena amb la mateixa alegria. L'abraçada és llarga i sé que me la quedo per sempre.

—Uau! —Una veu amb un swag descomunal entra en escena—. Així que aquests són els nens que cuides?

Em giro per descobrir l'emissor del missatge i em trobo el noi que ens va fer el tour pel campus a principi de curs. L'acompanyen dues noies, més institucionals però amb el mateix swag descomunal.

—Sí..., aquests són els meus nens... —responc, sense entendre-ho.

—Crec que no ens han presentat —el noi allarga la mà—, em dic William Hernandez. I elles són l'Anne Comenge i la Clarianne Carré.

—Encantada. Soc la Rita Ra...

—Rita Racons —interromp l'Anne—. Et coneixem.

—Com?

—Rita, som l'equip editor de *The North Avenue Review*. No som prestigiosos com *The Georgian*, però som igual de rigorosos i mil vegades més irreverents... i més divertits.

—Sí, sí! I tant! Us conec perfectament... Us llegeixo sempre. —Els nens observen la conversa girant el cap com si fos la final de Wimbledon.

—Rita —el William modula el swag i es posa solemne—: hem llegit el teu text i ens ha agradat molt. Hem vingut per demanar-te si ens permetries publicar-lo en paper a l'últim número de *The North Avenue Review*.

La caseta de l'arbre

No preveia que des d'aquí podria veure el camp de gira-sols on he anat a espetegar aquest matí amb la bici, quan anava de camí a visitar el meu mur de pedra preferit. M'hi he estat força estona, al camp, estirada a terra mirant el cel, intentant entendre com hi havia més de cinc gira-sols que en lloc de mirar al sol es miraven entre ells. Suposo que ser gira-sol tampoc és fàcil.

La veu del Bob Dylan surt de la finestra de la meva habitació i es barreja amb les esquelles de les vaques de l'Antònia; i penso que se'm fa estrany entendre totes les paraules angleses del Bob Dylan asseguda aquí, al terrat, amb la remor de les esquelles de les vaques de l'Antònia.

—Rita? —El meu germà treu el cap entre les cortines de la porta d'entrada al terrat amb falsa indignació—. La mama pregunta si per dinar prefereixes arròs negre o fideuada. I que consti que només t'ho demano perquè encara no fa ni una setmana que has tornat, perquè aquesta tonteria de decidir el menú al teu gust està arribant massa lluny.

—Arròs negre. I jo també estic contenta d'haver tornat. —Faig la ganyota de periquito amb ressaca, ell fa la de l'os formiguer que va calent.

—També diu que et desfacis la maleta d'una vegada, que

se't podrirà la roba i se t'arrugaran les postals aquestes cursis que et van escriure els teus amiguets ianquis.

Els dits se m'omplen de purpurina amb la primera postal que revisc. I ric perquè la que brilla més de totes és la de l'unicorn de la Conchi i el Chitawas, que competeix de molt a prop amb la de Mrs. Gee, que, quina sorpresa, és una bandera americana de dos pams per dos pams que quan l'obres fa sonar l'himne nacional.

La seva postal va promoure un dels moments estel·lars de la festa. Jo feia poc que havia arribat, encara estava en xoc per la sorpresa, pels crits, pel desplegament de gent i sangries i altres receptes mediterrànies que tothom havia preparat per a l'ocasió —també hi havia llonganissa!—, receptes que es repartien per mitja dotzena de taules, que anaven del menjador a la cuina i arribaven fins a fora el jardí de casa.

Els Bookland es van encarregar que no hi faltés ningú. Per descomptat va venir tot el barri de Leafmore: nens, pares, amics de tenis, amics de piscina, mossèn Paul vestit de Michael Jackson, i tota la gent que, segons el Ful i la Hanne, «havien demanat explícitament que volien venir a la teva festa de comiat en cas que al final decidissis marxar».

Això també va incloure Mrs. Moore, la professora del Bini, i tots els meus amics de Georgia Tech: veneçolanes, xinesos, Tek Soo... Karen Tucker inclosa!

Fins i tot va aparèixer l'Andrew amb un assortiment de dònuts inèdits de l'Starbucks!

La Roberta va arribar més tard. Venia amb la maleta feta i el passaport a la bossa. «Ets la meva primera escala del viatge més llarg de l'any —va dir—. Veus? Ser professora només són avantatges». Em va explicar tots els països que visitaria, incloent-ne un parell que no havia sentit mai. Ens vam intercanviar les adreces, em va fer una abraçada llarguíssima i va marxar.

Ara bé, estic segura que si d'aquí a deu o vint o trenta anys algú em demana que recordi un moment que m'hagi marcat la vida, la vida en general, és molt possible que recordi l'alegria que vaig sentir quan vaig mirar com s'obria la porta de casa... i apareixia la Six.

Havíem quedat que ens retrobaríem a Barcelona al cap de dos mesos, però la tia va volar les cinc hores que hi ha des de Seattle fins a Atlanta només per veure'm la cara. I la va tenir, i tant si la va tenir, la meva cara! «A més —va dir—, que estigui enamorada i agilipollada perduda no vol dir que perdi l'oportunitat de tornar a veure totes les veneçolanes juntes... I a part, a part, tenia moltes ganes de veure't».

No m'ho podia creure... va ser increïble.

Segons l'algoritme espai-temps de l'Aksel, vam arribar a ser setanta-vuit persones, que crec que va ser el moment en què Mrs. Gee va demanar a tothom que fes silenci; aquest va ser el moment estel·lar. Va obrir la postal i em va dir que la faria molt feliç que cantés l'himne dels Estats Units d'Amèrica.

En aquell moment m'era tot igual perquè estava en un subidón d'alegria sense precedents, així que vaig alçar la llonganissa que per fi havia aconseguit agafar, i vaig començar a cantar: «Oh say can you seeeeeeeeeeee» i pam i pum, «whose broad stripes and bright staaaaaaaaars» i patapam, i dale que te pego, fins que la resta de la comitiva no es va poder resistir —estem parlant d'americans resistint-se a cantar l'himne dels americans—, i aquella bonica tarda d'estiu es va convertir en una bonica escena digna d'*American Pie*.

Quina gran festa!

Al llarg de la meva vida dec haver preparat una quinzena de festes sorpresa, i, ara que he estat a l'altra banda, de protagonista, he de dir que l'experiència és brutal.

Però la realitat és que allò no va ser una festa sorpresa. Aquella tarda vam celebrar el meu salt al buit, un salt que es fonamentava en una sensació nova difícil de descriure, però que sentia molt forta a dins.

Volia escriure, i sabia que per aprendre a escriure bé ho havia de fer en la meva llengua —havia trobat una escola d'escriptura a Barcelona, l'Ateneu Barcelonès, que tenia renom internacional i oferia tot el que volia fer en aquell moment—, però no sabia si la resta de la humanitat entendria la dèria d'aquell desig, d'escriure, de marxar. I quan deia la resta de la humanitat, volia dir el John.

El John va ser a la festa des del principi, al costat del Philipp, el Mike i la Samantha. Van ser els primers que vaig veure. Quan vam baixar del cotxe i els nens van pujar les escales corrent, jo els vaig seguir sense entendre d'on venia tant d'enrenou fins que van obrir la porta de casa i la multitud va explotar amb un crit.

Durant tota la tarda va passar tan desapercebut com va poder, i alhora executava a la perfecció el seu rol alegre i compromès de veí exemplar. Però als ulls de les dones del barri (i dels homes del barri) la seva imatge transcendia, com sempre, com un male fatale fornit del toc sempre irresistible de misteri i de promesa. Vaig passar per un parell de converses on s'especulava sobre els nous motius que havien separat el John de la seva família, extremant-se fins a hipòtesis terribles, però que es van aturar en sec amb la meva presència. El fet que jo hagués decidit marxar va calmar els rumors que corrien entre què teníem ell i jo, però això no volia dir que no continuéssim sent bons amics (era això el que érem? Bons amics?).

La festa va passar ràpid, massa ràpid. La Six es va quedar fins al final —fins i tot després que marxessin les veneçolanes—, i vam quedar que ens trobaríem quan acabés la seva ruta d'amistats d'Atlanta.

Jo m'acomiadava del Prrr i del Brrr, i la festa s'acabava amb restes del pa amb tomàquet, de les truites de patates, les croquetes i les paelles. I, òbviament, algun taco mexicà.

Mentrestant jo deambulava intentant assimilar l'esplendor i la generositat americanes, tot l'amor que havia rebut, molt més del que m'hauria imaginat mai, i el mòbil no parava de sonar amb missatges protocol·laris que sentia de veritat, com havia sentit de veritat cadascuna de les abraçades que em deien que Atlanta i el barri de Leafmore sempre serien casa meva. I mentre escurava una copa de cava, va arribar un missatge que sobresortia entre tots:

T'espero al jardí, a la caseta de l'arbre.

La inèrcia de les paraules em va recórrer el cos d'electricitat. I no sé si va ser el cava, la sangria o la ironia, però en lloc —com a mínim— d'entrar en xoc, vaig començar a riure a cor què vols.

—Però... tenim una caseta en un arbre!? —vaig cridar.

—Sí! M'hi vaig deixar els ronyons construint-la —va contestar el Ful, des de la cuina, mig borratxo—, però, com et pots imaginar, els nens no li han fotut mai ni puto cas! —Sí, el Ful deia «puto» i no se n'amagava.

Acte seguit el Fulbright i la Hanne es van mirar. Era evident que havien follat més d'una i de vint vegades a la caseta de l'arbre. Però avui es miraven perquè per fi ho havien aconseguit: casa seva s'havia convertit en el centre neuràlgic de la festa del barri de Leafmore. I havia sigut una festa cool. Molt cool.

—Fins i tot —vaig mentir mentre deixava que l'última gota de cava es rendís a la gravetat damunt la meva llengua—, el Prrr i el Brrr m'han dit que s'ho han passat més bé avui que a l'última festa del John.

En sentir allò el Ful ja no es va aguantar més: va abraçar la seva dona i li va fer un petó tan intens com els que li havia fet durant les primeres setmanes de festeig al Campus de Harvard, quan descobrien junts els *Fragments* d'Heràclit i passejaven per Cambridge agafats de la mà, com van passejar l'Oliver Barrett IV i la Jennifer Cavalleri en aquella novel·la preciosa anomenada *Love Story*.

Al fons del jardí, més enllà de la tanca que en delimitava la propietat, hi havia un caminet. Era un caminet de novel·la de misteri, d'aquells que desapareixen entre els arbustos, i la traça es difuminava per la pols i el pas del temps. I què hi trobem al final dels caminets de les novel·les de misteri? Més misteri.

La incògnita en qüestió era una caseta de fusta construïda a dalt d'un arbre, de geometria i acabats mil·limètrics, i embolcallada per branques de fulles verdes que li donaven un toc de novel·la d'estiu.

Em vaig quedar quieta davant del tronc, fins que el record em va fulminar:

Una corda surt disparada des de dins de la caseta i cau al costat dels graons en una distància calculada del terra, només apta per a atrevides. L'agafo per la punta amb les dues mans, decidida a escalar-la, i la ressegueixo amb la mirada fins a trobar-me amb ell.

El John no anava borratxo ni anava fumat. No portava la camisa descordada al segon botó ni li veia aquell pèl del tors que em fa salivar. I portava calçotets: la cosa era seriosa.

Tot i això, vaig pensar que mai m'havia semblat tan sexi com en aquell moment, recolzat en aquella paret de fusta que em portava records ancestrals de qui jo havia sigut feia un any.

—Esperaré a la llum de les espelmes, a la caseta de l'arbre dels nostres somnis.

Va començar així, amb poesia i amb la màgia que transcendeix en tot el que diu només pel mer fet d'existir.

—Uau, comencem forts.

—És poesia dendrològica barata, estimada —va assenyalar la cita escrita en un dels taulons—, aquests Bookland no deixen ni un racó lliure d'empremta.

—Sabies que existia aquesta caseta? —li vaig preguntar.

—No, però una amiga m'ha ensenyat a xafardejar a les cases dels altres. I val la pena, no trobes que les casetes als arbres amaguen algun tipus de conjur infal·lible?

Vaig riure. Les fulles de l'arbre entraven per la finestra que donava al bosquet del rierol i ballaven en caure. La llum de l'aire era de color lila i el John anava descalç.

—Té. —Va allargar un objecte petit embolicat amb paper de diari.

—Què és?

—Un regal.

El vaig obrir. No l'havia vist mai, però sabia perfectament què era.

—Però és el famós… Amb el que el teu… el teu… va firmar el contracte amb la Coca-Cola?

—El mateix —va dir, immutable.

—Però això és història nacional, història mundial! Hauria d'estar en un museu!

—Mare meva, que exagerada que ets, és un bolígraf, Rita.

—Saps que és altament probable que el perdi.

—Només és un boli.

—Ja.

—I escriu molt bé, per cert. Espero correspondència.

—Saps que la tindràs. Tan bon punt arribi a Barcelona t'escriuré.

Un ocell va avançar amb saltirons àgils fins al final de la branca més llarga. El vam observar molta estona, en silenci, i vam acabar asseguts, l'un al costat de l'altre, donant-nos la mà.

—Mai vas pensar que em quedaria, oi?

El John va riure per sota el nas.

—Ni un sol moment.

—Com a mínim espero que em trobis a faltar.

—Cada miserable segon de la meva existència. —Va riure, però ho va dir de veritat.

Després de molta estona, quan la llum ja era blau marí, el John es va treure el tovalló que el Juanito de la Boqueria li havia escrit tants anys abans, en aquella albada en què un plat de gambes de Palamós li va salvar la vida. I me'l va ensenyar, no per donar-me'l, sinó per dir-me que a la Boqueria, a veure el Juanito, hi havia de tornar ell sol.

No vam tenir un comiat exagerat. Primer perquè els odio, però sobretot perquè si alguna cosa quedava clara entre el John i jo és que des del primer dia que ens vam conèixer, ell i jo, mai no ens diríem adeu del tot.

—Per cert —li vaig preguntar—, encara no sé com es diuen aquests arbres, sempre he entès que es deien «putes de riu».

—És que, Rita, es diuen «putes de riu».

The End

La família Bookland sencera va caminar amb mi fins al mostrador de l'aeroport de Delta Airlines, com un equip indissoluble. Quan ens va veure l'hostessa va riure, però no va fer preguntes. Era com si no ens poguéssim separar, la necessitat d'esprémer fins a l'últim segon junts, molt junts, era mútua. Però el final, cruel, havia arribat.

—Hairy... —El Bini no m'ha deixat anar la mà des que hem entrat a l'aeroport—, saps per què els peixos no tanquen els ulls a sota de l'aigua? Bé, ni fora de l'aigua?

—Digues, Bini. —I jo no vull que em deixi anar la mà.

—Doncs perquè no tenen parpelles, Hairy, per això no els tanquen!

—No! De veritat?

—Sí! No en tenen! Hairy...

—Sí, Bini...

—Quan tornaràs?

—Doncs d'aquí res... —La punxada al cor és terrible—. No m'hauràs trobat a faltar que ja hauré tornat, ja ho veuràs. Mentrestant, mira —obro la motxilla—, t'he portat un regal.

El Bini desenganxa la maneta de la meva.

—En aquesta llibreta he apuntat totes les teves idees de geni. Des del primer dia que et vaig veure i em vas dir que els policies també haurien de fer de taxistes perquè sempre portaven el cotxe buit i segur que anaven al Rock'n Taco.

—I la del paper de vàter que fa llum, també?

—També. Totes, Bini. Les he apuntat totes. —El Bini repassa la llibreta amb molta atenció—. Però, com veus, encara hi ha pàgines en blanc, i espero que quan hagi tornat les hagis omplert. Encara que et semblin idees petites o impossibles, és igual: escriu-les, perquè totes valen.

»Per a tu, Eva, també tinc un regal.

L'Eva plora des que m'ha vingut a despertar aquest matí a l'habitació amb unes galetes de plàtan i maduixa que ens hem menjat juntes a dins del llit.

Després d'un any he excel·lit en el control del càlcul logístic transatlàntic, així que vaig saber anticipar a la perfecció l'arribada del regal que havia pensat per a l'Eva (va arribar ahir a última hora de la tarda).

L'Eva arrenca el paper entre la desgana i el drama i s'eixuga els mocs amb la màniga. És una peça de roba. A ella no li agraden els regals que són roba, fins que descobreix la sorpresa: una samarreta del Barça amb el seu nom escrit damunt del número 6, el número del Xavi.

L'emoció és mil vegades més gran del que m'havia imaginat. Les llàgrimes se li eixuguen de cop, i crida i salta perquè no es pot creure que tingui la samarreta oficial del club que cap nena de vuit anys coneix millor que ella. Se la posa i celebra l'emoció com un dels gols que ha revisat un milió de vegades, de genolls, petó a l'escut, lliscant davant de la porta de seguretat. La trena que li he fet abans de sortir de casa ara és un manyoc desordenat més bonic que abans.

—I per a tu, Aksel —l'emoció és enorme—, per a tu t'he portat aquesta Gillette. Que no pots anar amb aquest bigoti a l'escola, l'any que ve. Però que no has vist el mostatxo que portes?

Els Bookland riuen i a l'Aksel li explota la cara de vergonya. S'acosta i m'abraça fort, i noto com ha crescut una mica més, i li oloro els cabells de vainilla secs i esvalotats.

A la Hanne i al Fulbright els voldria dir que ja podria haver arribat a casa seva als divuit anys. Que la seva casa, com totes, té una part de desastre, però una part infinitament més gran de màgia i d'univers únic i fantàstic. Els voldria donar les gràcies per totes les paraules que no m'han dit, per deixar-me trobar-les sola; per tots els entre línies i tots els silencis que m'han portat allà on volia. Gràcies pels llibres, per demostrar-me que llegir és millor que no llegir. Gràcies pel tiopental sòdic, pel Polevetsian dance i l'*Humoresque*, per l'Anníbal, per Parmènides i Empèdocles. Per aquesta inèrcia que ja porto a dins de voler aprendre més i millor. Però sobretot gràcies per deixar-me estimar tant els seus fills.

I no els ho dic exactament així, però els abraço molt i molt fort.

Des del cel, més que una ciutat, Atlanta és una esplanada frondosa i infinita de natura verda. Quilòmetres i quilòmetres d'arbres esquitxats pel que des d'aquí dalt semblen petites cicatrius, centenars de centpeus. Cada tall és un carrer i a l'extrem de cada punt hi ha una casa.

Jo en conec una, d'aquestes cases. És de color blau i està al final d'un cul-de-sac. Tret dels esquirols que s'enfilen pels troncs, pel carrer no hi passa gaire gent, però és igual, perquè a l'estiu et pots estirar al porxo amb els braços oberts i sentir el soroll dels grills mentre la fusta vella t'escalfa l'esquena. A les nits d'hivern els veïns arriben d'hora a casa, i pots observar la vida darrere de les finestres sense cortines en una penombra de colors beix.

Jo en conec una, d'aquestes cases. És de color blau i a dins hi ha tres nens que viuen entre enciclopèdies, circuits elèctrics i reproduccions de batalles històriques. No compleixen els estàndards habituals dels nens de la seva edat, però si t'atreveixes a estimar-los de veritat et poden canviar la vida per sempre.

Com a cas excepcional, la Hanne i el Fulbright van portar els nens a la papereria perquè escollissin els materials que volguessin per fer-me la postal de comiat; que per una vegada podien fer una postal que no fos amb materials reciclats. Els nens van escollir materials reciclats.

Com era d'esperar, l'obra estava plena d'informació rellevant i de fets històrics contrastats. Però també hi havien inclòs caselles de moments que havíem viscut junts: el pàrquing clandestí on la Soul va rapejar aquella nit prohibida. El porc i el seu penis desbocat (tots sabem que l'Eva era perfectament conscient del que es feia). Una casella plena de gossos idèntics —com la Goldie— que havia pintat el Bini. L'he llegit cent vegades i cada vegada hi descobreixo alguna cosa nova, com ara, que m'adono que el T-Rex per fi viu en una vegetació coherent amb el seu període històric.

La veu del Bob Dylan canta l'última cançó des de la finestra de la meva habitació, però ja no es barreja amb les esquelles de les vaques de l'Antònia; la veu nasal s'enfila tota sola per la façana de casa. És hora de dinar.

Respiro fondo; l'olor de la roba estesa es barreja amb la de l'arròs negre, de les gambes i de l'allioli. I quan torno a obrir els ulls, disposada a incorporar-me per baixar a la cuina, m'adono que a la butxaca de la maleta on vaig guardar totes les postals n'hi ha una que no reconec.

M'aixeco per agafar-la i descobreixo un sobre blanc segellat amb saliva resseca. El meu nom escrit amb una lletra que reconeixeria entre totes les lletres de totes les galàxies de l'univers.

De cop, un flaix: és el matí que marxo. La iaia té el cap ple de rul·los i em prepara tots els tàpers per endur-me cap a l'aeroport. Els avis del poble esperen al portal de casa per acomiadar-me. Abans de marxar, una frase a l'aire: «¡Y no te olvides de mirar bien todos los bolsillos de la maleta!».

Alp, julio de 2007

Del único viaje del que te puedo hablar, aparte de cuando tu padre me llevó a ver a la Pantoja a Barcelona, es de cuando me fui de las Casillas de Martos.

Me acuerdo que era un martes (y ya sabes lo que dicen de los martes), pero me fui igual. Todo fue muy rápido. No alcancé a coger nada más que el bolso del domingo y cuatro perras, porque si mi madre me llega a atrapar, me mata. No me dio tiempo ni de coger la foto de cuando canté en Málaga. Me fui sin nada, nada, nada.

Pero me acuerdo de cuando subí al tren sevillano. Me acuerdo de la sensación que tuve cuando me senté al lado de una jaula de gallinas. Cuando el tren arrancó y miré por la ventana. Eso no se puede olvidar nunca. Recuerdo el fuego que sentía dentro cuando llegué a la estación de Francia de Barcelona y vi el humo y los cristales rotos ¡y toda aquella gente!

Creo que sentí que podía volar. Fue muy impactante, pero no tuve miedo, porque los viajeros de verdad, los que viajan con el corazón abierto, no tienen miedo. Están demasiado ocupados con la «endrenalina». Aquel día, por primera vez en mi vida, me sentí libre.

Yo no sé si habrá humo cuando llegues allí donde vas o si la estación tendrá los cristales rotos. Sé que a lo mejor piensas que tienes miedo, mi niña, pero no es miedo lo que sientes, ya lo entenderás con el tiempo.

Parece que hayan pasado mil inviernos desde que me fui de mi Andalucía. Pero cada día me acuerdo de aquel martes y cada día le doy las gracias a Dios por aquel viaje en tren. Porque aquel tren me llevó hasta mi familia, hasta tu hermano y hasta ti.

Nunca olvides lo que este viaje te va a hacer sentir, cómo te va a hacer volar, porque este recuerdo te hará tirar «palante» muchas veces en la vida.

Disfruta del camino más apasionante de todos, Rita, el que te va a llevar hasta ti.

Buen viaje, mi niña.

Nota: Cómete hoy las croquetas, que si no se van a echar a perder.

Te quiere, la iaia.

A les meves dues iaies Natàlia

Els papers de la iaia

Quan em pregunten com definiria aquest primer any de *Les calces al sol*, que es va publicar el 8 de setembre de 2022, dic que, com a mínim, ha sigut increïble. Per això, quan des de l'editorial em van demanar que afegís alguna cosa a aquesta edició tan especial, vaig saber que res estaria a l'altura. Impossible. Però l'alineació d'astres que ha aconseguit aquesta rebuda tan meravellosa es mereixia que hi seguís donant voltes. I la il·luminació va arribar amb un antull impressionant de *paparajotas*. Una recepta de la iaia era el que m'agradaria més compartir. Una de *paparajotas* o de *migas* o de croquetes de *penní*.

Vaig trucar al meu pare i vam anar a buscar «els papers de la iaia». Els de la bossa negra. Però lluny de trobar-hi alta gastronomia andalusa, hi vam descobrir unes pàgines molt millors del que hauríem imaginat...

La meva iaia va aprendre a llegir i a escriure passada la cinquantena. N'hi va ensenyar el meu avi, a qui enviava sovint «*a tomar viento*» quan es posava «massa tècnic» amb les normes ortogràfiques. En llegir els textos de la bossa, el que em va fascinar més va ser descobrir que la iaia escollís utilitzar les paraules que tant li havia costat aprendre per deixar-nos aquell llegat: els *chistes*. Pàgines i pàgines d'acudits.

Ens vam passar l'hora següent pixant-nos de riure. Era claríssim: l'annex d'aquesta edició singular serien les llistes d'acudits que escrivia la iaia. Quina millor herència que aquesta? El testimoni d'algú que va entendre de què anava realment la vida.

I va ser just abans de marxar que, entre l'acudit de «*lo rrulos*» i el de «*la elefanta y el elefante*», va aparèixer un paper amb una frase que em va paralitzar. Sense haver-ho previst en cap moment, vaig reviure l'última pàgina de *Les calces al sol*: «*Tu deves vivir tu vida con alegría, amor y livertá*». Havia anat a buscar unes receptes de cuina i havia trobat una recepta de vida.

Doncs això, alegria, *livertá*... i gràcies per acompanyar-me en aquesta aventura!

Salut i pèls!

REGINA
Puigcerdà, 1 d'octubre de 2023

Paper reciclat 100%. Fabricat ecològicament i sense destrucció forestal

el de gitano por un peo
el de la cebolla
el de la buelo cnerte piso
el de el teniente y el condon
el de la cebolla
el de dicen que tu mujer
Se tira todos los del pueblo
el de mi muje es muy guarra
lamia mas jabon lagarto
el de la loteria con su suegra
el de cabezon
el ma ma manbió lao con
tra tu bolunta
el de lo rrulos
que tiene un jubilao entre
media de las pierna otra
jubila

el de la Suegra que se
muere no lo siento toma
nillo tan poco) el de el ni
ño que llora por un lapi
el de los Catalanes se a
ogan poro pagar la
apuesta) los

los ambres son Como
los Cuartos de baño o es
tan o Cupados o estan
echos una mierda

le dice el elefante a la ele
fanta Cariño no puedo
acerte el amo pues no sa
be el peso que me quitas
den cima) lo jitanos que
los pillaron roban do
gallinas y guarda ban
larropa

a qui en la tercera da te cimos le
tuquella tienes la eda y los años as cumplido
ben a la tercera eda te de cimos bien venido
los de la ter
enpezaras a vivi otra es tapa de tu vida
que si la saber vivi esta llena de a legrias
si me quieres escucha te voy a da un consejo
pasate por e loga a conoce compañero
jubidos pensionista no mires nunca
patras dando buel ta al pasado no tendras
felicida si lo ma lo de tu vida tu lo deves
olvida y vivi con alegria con amor y liverta
tu no dever consentir que te controlen tu vida
tu tienes que dicidir como tienes que vivirla
i si el destino te ve solo sales en tu vida
tuquella tienes ~~la eda y los~~ años as cimplido
solo sito en la

no mires en que dira i buscarte Compañia
~~[illegible]~~ y Si encuentras
una mor que puede llenar tu vida puedes
bolverte a Casa no aga caso lo que digan
juvilados pensionista no mires nunca
patra dando vuerta al pasado no tendras
felicida si lo malo de tu bida tu debes
olvida y [illegible] vivi Con alegria Con amo
y liberta

Canción juvilados

Agraïments

A l'Esther Rebull, la meva greca, per mencionar la paraula «au-pair» per primera vegada. A totes les noies que vaig conèixer en aquelles sales emmoquetades de Nova York i que mai llegiran aquestes paraules. A la Marta, per desviar-se i portar-me pernil. A tots els veïns del barri de Leafmore, que em van obrir els seus cors surenys i les seves pistes de tenis. Al professorat i les treballadores de The Language Institute de Georgia Tech, ments privilegiades per desxifrar els accents més impossibles, com el meu. A tots els amics que vaig fer allà, on l'amistat es multiplica per mil. A l'Andre Castenell, al cambrer de l'Starbucks que tothom voldria tenir. A l'Alex Font, per immortalitzar Nova York sota l'aigua blanca i negra de les fonts de Harlem. A tots els que vau llegir els emails eterns sense accents ni puntuacions ni filtres. Molt especialment a la Núria i l'Alba Casamayor i les seves companyes de l'aula d'informàtica.

Als professors de l'Ateneu que em van fer continuar, sobretot, és clar, al «molt notable» Melcior Comes. A la Míriam, pel crèdit de lliure elecció. Al Joan Riambau, per obrir emails a porta freda que s'acaben convertint en un llibre com aquest. A l'Anna Jolis, la meva editora, per enviar-me l'email que més he esperat a la vida i per creure tant en aquesta història.

A les dones increïbles del Frankie Gallo: l'Andrea, la Judit, la Pam, l'Anna, la Cris i la Cuba, per l'enorme generositat. A l'Alba, perquè tots els viatges, en algun moment, em transporten a aquells vint-i-un dies. A les meves germanes literàries, la Cinta i l'Aina, però també la Clara i la Mireia. A les Chirles, per ser-hi.

A tota la meva família, per animar-me sempre des d'una subjectivitat meravellosa. Als oncles, per cuidar el Nord mentre editava contra rellotge. A la Puri, per les *patatas con oreganillo* i la lliçó de vida. A l'Antoni Bassas, per confiar en la meva inexperiència i per les anècdotes ovals. Al Duncan, per l'assessorament LGTBI+, al Jay, per la Teoria de Bohr, a la Neus, per l'edició més bonica. A l'Ester, per esperar tant el paper. A la Blanca, sàvia consellera. A l'Edu, per la il·lusió.

A tota la gent de Betahaus, perquè sense ells hauria acabat la novel·la cinc anys abans. Però no hauria viscut alguns dels millors anys de la meva vida ni tindria material per a la segona novel·la.

Als ceretans.

A totes les meves amigues i amics, us trobo a faltar.

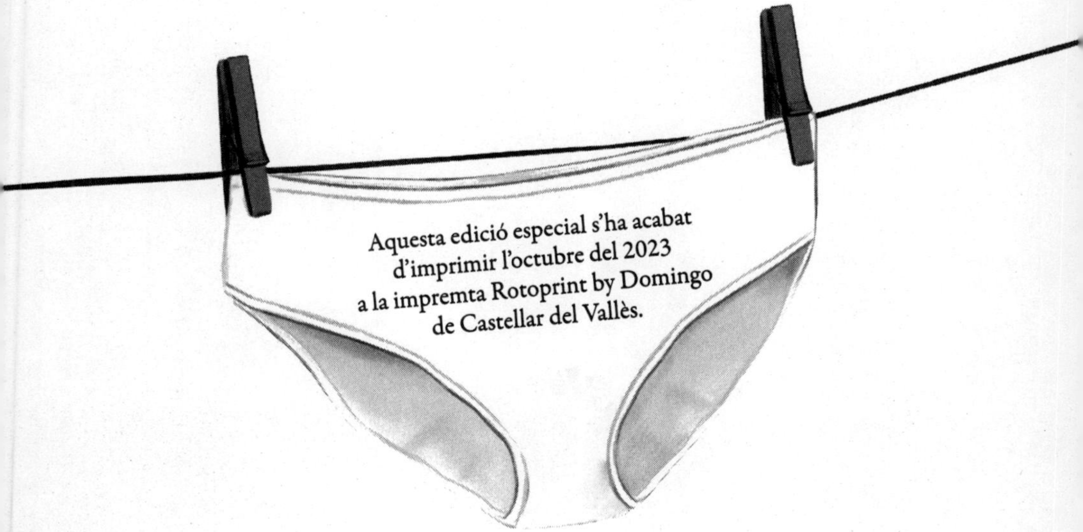
Aquesta edició especial s'ha acabat
d'imprimir l'octubre del 2023
a la impremta Rotoprint by Domingo
de Castellar del Vallès.